字教育研究丛书

著

王蕾谈
儿童文学教育

WANGLEI

TAN

ERTONG

WENXUE

JIAOYU

上海教育出版社

本书作者王蕾博士（摄于 2018 年第五届北京国际儿童阅读大会中国学生阅读素养框架发布会现场）

在 2019 年第六届北京国际儿童阅读大会上发布中文分级阅读首个学术标准

2014 年创办国内阅读教育领域学术盛会北京国际儿童阅读大会

发起创建的全国儿童分级阅读教育联盟 2018 年正式成立

2011 年首都师范大学儿童文学教育研究方向研究生首次招生以来，
已有数十位研究生毕业，供职于全国各地基础教育单位

与不同年龄段的孩子们交流阅读（摄于商务部附属幼儿园）

与不同年龄段的孩子们交流阅读（摄于北大附小）

与不同年龄段的孩子们交流阅读（摄于清华附小）

与不同年龄段的孩子们交流阅读（摄于上海华新中学）

给小学语文教师上阅读教学示范课（摄于 2016 年中国儿童阅读大会现场）

与各地幼儿园、中小学教师交流阅读教育（摄于北京市政府书香阅读季教师领读者培训会）

与各地幼儿园、中小学教师交流阅读教育（摄于沈阳皇姑区教育局教师交流会）

与各地幼儿园、中小学教师交流阅读教育（摄于全国教师阅读教育主题培训会现场）

与家长谈家庭阅读教育（摄于 2019 年天津电视台节目录制现场）

与全国少年儿童图书馆馆员谈阅读（摄于 2017 年中国图书馆学会培训会现场）

北京国际儿童阅读大会学术委员会与教育部、文化部、关工委所属相关学术单位
2020 年一起共同启动针对教师与家长的 BICRC 阅读指导师项目

与国际同行交流（摄于美国圣地亚哥州立大学儿童文学研究所）

与国际同行交流（摄于 2019 年第十一届欧洲论坛华人杰出学者颁奖典礼现场）

与国际同行交流（摄于英国剑桥大学教育学院，向教育同行介绍创办的
国内第一本阅读教育指导学术期刊《小学教师阅读教育指导》）

与国际同行交流（摄于 2006 年第 30 届国际儿童读物联盟世界大会发言嘉宾交流会现场，
左一为北京师范大学王泉根教授，中间为绘本研究学者日本松居直先生）

与国际同行交流（摄于首届北京国际儿童阅读大会现场，右为绘本作家《大脚丫跳芭蕾》作者埃米·扬）

与国际同行交流（摄于第三届阅读大会现场，右为绘本大师《亲爱的小鱼》作者安德烈·德昂）

与国际同行交流（摄于第五届阅读大会现场，右为国际安徒生奖得主罗杰·米罗）

与国际同行交流(2006年主持召开中新儿童文学交流会,合影者为时任新西兰驻华大使及其夫人)

与国际同行交流(2015年主持召开中挪儿童文学交流会)

与国际同行交流（主持召开第十四届亚洲儿童文学大会教育分论坛）

以儿童文学作家身份在中宣部与中国作协主办的 2016 年全国儿童文学作家与
编辑研修班结业典礼上发表文学教育主题演讲

在中央电视台与孩子谈儿童文学阅读,并与小读者同场讲故事

孩子们正在阅读为他们写的书

参加 2017 年国家新闻出版广电总局主办的"大众喜爱的 50 种图书"少儿组评审工作

在人民大会堂举行由中国关心下一代工作委员会主办的公益活动阅读专家受聘仪式现场

序　一

小王老师的无限可能性

中国作家协会副主席　著名儿童文学作家　高洪波

"小王老师"叫王蕾，是我儿童文学领域重要战友王泉根的女儿。泉根有段名言："儿童文学是绿色文学、阳光文学，有缘从事这一行当（无论是创作、研究、出版、教学）的人，都是因缘际会，幸运之人。"泉根这段话写于 2012 年的六一国际儿童节，其实是他重要著作《儿童文学的精气神》（湖北少儿出版社 2014 年 1 月出版）一书后记中的结束语。从这个意义上来说，王蕾在"这一行当"括号中的四项，至少占了创作、研究、教学三个门类，我们都是因缘际会的幸运之人。

记得在十年前的关于我的创作生活 40 周年的研讨会上，最年轻的发言人是小王老师王蕾，她的发言开宗明义："我在高校从事儿童阅读教育的研究，主要是小学阶段的阅读教育与教学研究。据我所知，高洪波先生的儿童文学作品深受学生和老师的喜欢，甚至可以说是追捧，小学生们都亲切地称呼高洪波先生为大高老师。"然后王蕾顽皮地向我传达了来自小学生中的评价：一是因为作品水平"真的很高"，二是通过照片发现我个子很高，于是"大高老师"的头衔便这样赐予了我这个没当过一天教育工作者的人。

主要是为了回馈和感谢，王蕾才变成了"小王老师"。

王蕾是真正意义上的老师，不光是老师，还是首都师范大学的副教授，另一个身份是首都师范大学儿童文学教育研究基地主任，学术研究与学科负责工作两不耽误，小王老师了不起！

王蕾的这本新书叫《王蕾谈儿童文学教育》，全书共五章，按"儿童文学与阅读教育""儿童文学与语文教育""儿童文学与家庭教育""儿童阅读与生命教育"及"儿童文学与儿童观教育"的框架进行阐述，切题准、扣题细，

左一为高洪波先生,右一为王泉根教授

无论是从儿童文学创作、研究还是教育的角度,王蕾都进行了自己相当"学术范儿"的论证,同时她的家学渊源和自身进行文学创作的实践,使她的文字准确中有生动感,是学术专著,又是相当具有可读性的特殊文本。我觉得小王老师的这部著作会对当前小学语文教学的教育质量提升有相当大的推动力,对从事小学语文教育的一线教育工作者不啻是一部针对性明确、操作性超强的案头必备书。

小学语文是一个人童年阶段重要的课程,涉及政治、民族、语言及文化的基础奠定,涉及人生观、价值观的早期认定。语文语文,因语成文,文以明语,语当助文,小学的语文基础打好了,对一个人的未来发展帮助极大,因此一个对儿童文学领悟力强、理解透彻的语文老师,肯定是小学生的福音,他的语文课受欢迎的程度不亚于陪孩子们过节!

王蕾专著的五大板块中,第一板块质量最重,其中涉及面极广,用 27 篇的巨大容量系统地阐述了她的理论支撑框架及体系。她谈儿童阅读,谈分级阅读,还借鉴外国分级阅读为中国的桥梁书定位,她通过典型案例分析来发散自己的思考成果,同时紧扣数字化时代中如何进行基础教育阅读评价展开思辨,她的这些研究成果在我看来定位在儿童成长,工具是儿童文学,途径则是语文教学,依靠对象是小学语文教师,使用频率最高的一个词是教育。

王蕾不愧是王泉根教授的女儿和传人,一个教育世家的优秀基因传递者。教人育人,刻骨铭心,所以在王蕾这部内容丰富的著作中,我读出了一个热爱儿童、倾心教育且善于归纳整理思考中国语文教育现状的大学教授的情怀,也感觉到了一个对当代中国低幼教育有担当、有见地的理论工作者的焦灼,或许还有渴盼与期待:王蕾希望在全民阅读大背景下的国家战略更完备,希望中国的学校、家庭和社会书香洋溢,希望讲授语文的小学老师们文学修养深厚,能口吐华章,引领小学生们进入真善美的精神高地,她更希望中国的下一代兴趣广泛,把自己的阅读视野放宽再放宽,从文学、艺术、历史、科学多学科吸纳汲取,从此成为精神健旺、思想丰富、朝气蓬勃的复兴大业合格的接班人……

我从内心拥护小王老师的这些设想,我认可她在本书中的理论阐述,也支持她从理论到实践再上升到理论的阅读体验。她拥有大学的讲台,拥有一批又一批学生,同时还拥有一批幼儿园和小学的实践基地,以及和她有同样追求的教育工作者、事业好伙伴,这样的资源优势注定小王老师的学术成果会日渐增多,进而抵达本文题目设定的境界:无限的可能性。王蕾将用今后的无数事实证明我的观点,这不仅仅是一部关于儿童阅读与教学研究的专著,更重要的是,这是一个关注儿童与未来、具有无限生机的美好起点。

补充一句,王蕾很欣赏我的系列绘本《快乐小猪波波飞》,她建议自己的研究生孙旭以这套书为课题进行教育硕士论文写作,为此她带着孙旭专门到我家来,非常仔细地询问了我的创作过程及一些儿童文学观念,后来我看到了孙旭长达数万字的极其规范的硕士论文,包括对绘本史的研究、对原创绘本的解读、面对幼儿园和小学二年级孩子们的教学体验与实践总结,周密、严谨、细致的文风一如她的导师王蕾。这篇长文深深震撼了身为儿童文学作家的我,让我看到作品之外的另一种存在方式——理性的、学院式的判断,而这种工作正是小王老师的职业与专长,你于是不得不佩服,钦敬。两年过去了,有一次我问王蕾:"孙旭毕业去哪里了?"王蕾骄傲地告诉我:"去南方的一座城市当小学老师了。"

小王老师的骄傲自有她的理由,一些如孙旭一样拥有教育硕士学位的毕业生进入幼儿园、小学,这是一代素质极高的教育工作者在掌握了教育学、儿童心理学及文学的知识后,拥有了世界视野,有准备地为中华民族的未来奠定文化基础,传递文化基因。有这样一批像孙旭硕士一样的教育工作者陪伴童年,孩子们"三岁看老"的古谚顿时呈现出卓异的光芒,所以从这个意义上说,小王老师的事业确实具有"无限可能性"。

祝贺王蕾,祝贺小王老师!

是为序。

2020 年 4 月 26—27 日

北京疫情防控之时于林萃

序 二

国际视角里的中国儿童文学教育研究

国际儿童读物联盟主席 张明舟

  我是从黑龙江省依兰县一个偏远小山村,通过各种考试和考验,走出大山走向世界的。回想起来,我能担任一个国际儿童读物联盟主席,除了感谢各阶段老师们的辛勤培养外,很大程度上得益于童年时有限的儿童文学阅读经历。儿童文学阅读,潜移默化地使我提升了阅读和学习兴趣,不知不觉间获得了较强的自主学习能力,养成了自主学习的习惯,并开阔了视野,树立了信心。在教育教学资源都极度匮乏的农村学校,我居然获得了非常优秀的学习成绩,以全县第一名的成绩进入梦寐以求的高中,又以优异成绩考入上海外国语学院(即上海外国语大学),后被外交部录取,并于2018年开始担任国际儿童读物联盟(IBBY)主席。在与各国同事的交流中我发现,类似我这样热爱和感恩儿童文学的大有人在,推广儿童文学是我们共同的夙愿,也是国际儿童读物联盟的使命。也因此,我对世界各地儿童文学创作推广的实践和研究非常关注。

  我认识王蕾教授已经有好几年时间了,知道低调谦逊的她,其实一直在积极从事儿童文学与儿童阅读推广、儿童文学与教育教学、儿童文学阅读国际学术交流方面的工作。我还曾出席她主办的北京国际儿童阅读大会,并推荐过国际安徒生奖得主巴西插画家罗杰·米罗,以及国际儿童读物联盟俄罗斯国家分会秘书长安吉拉·利波蒂瓦。我和两位外国同事都对大会组织者宽广开放的学术胸襟和大会的专业水准以及与会教育工作者们高昂的热情留下了非常深刻的印象,也对王蕾教授持续多年不断拓宽和深化的研究和探索心生敬意。兼具教育学者和儿童文学作家身份的她从事儿童文学教育研究是再自然不过的事情了。然而,阅读她的这部专业书稿,我似乎发现了一个儿童文学和阅读推广领域的新世界,这让我感佩和震撼不已。没

左一为张明舟先生,右一为安徒生奖得主罗杰·米罗先生

有阅读,就没有教育,没有好的阅读也很难有好的教育。儿童阅读的基本内容和重点之一是儿童文学。儿童文学是人之初所接触的文学样式,因其深入浅出、举重若轻的特点,易于被儿童接受,影响往往伴随读者一生,因而儿童文学也是最为重要的文学种类之一。由于儿童阅读的主体是在学校里接受学前教育和基础教育的未成年人,学校和课堂是推广儿童阅读最集中的场景,儿童阅读与学前教育和基础教育根本无法分割。在相当长的历史时期里,由于儿童文学常常蕴含教育功能,有时甚至就是明显的说教,坚持快乐阅读理念的家长和公益儿童阅读推广人,对儿童文学与教育挂钩一事也难免犹疑。

本书结合丰富的教育、教学、创作和阅读推广经验,以及系统专业的案例分析,首先厘清了儿童文学本位研究和儿童文学教育研究的区别,着重探讨了当前中国儿童文学研究出现的一个全新研究方向即儿童文学教育研究,提出儿童文学教育研究出现的时代必然性与可行性,并以首都师范大学儿童文学教育研究为例,详细说明了当前中国儿童文学教育研究是指向不同教育形态的结合研究,比如儿童文学与阅读教育、儿童文学与语文教育、儿童文学与绘本教育、儿童文学与生命教育等不同研究维度,并就不同研究形态提出了研究的特质与内容。这对广大师范院校学前教育和初等教育专业的教师和学生,以及从事学前教育、初等教育的工作者快速学习和系统了解儿童文学本身以及儿童文学与教育教学的关系,更高效地提升汉语语文教育和用母语进行的各学科教育教学水平,意义十分重大。

王蕾教授指出:"阅读是一切学习的基础,阅读素养已经成为学生核心素养的重要组成部分,阅读能力对于儿童发展至关重要。然而,国内仍然较少有适合为提升母语即汉语阅读能力的整本书阅读作品。现有的多为提升语文阅读理解能力的纯学科教辅读物,或者培养语言能力的语言学习材料,没有兼顾文学性与语言性的综合提升儿童母语阅读能力的助学读物。"她还进一步指出:"阅读学习类读物的出版必须要与基础教育的发展相匹配,出版机构应该建立定期与教育'亲密接触'的常态机制,比如与学校合作,定期开展读书活动、与教师交流的恳谈活动,通过学校组织与班级学生家长开展父母课堂活动、参加学校的各类阅读教研活动等。这些不同形式不同层次的定期交流机制能从根本上保证阅读学习类读物服务于基础教育,满足阅读教育的需求。除了在内容上满足基础教育的需求,阅读学习类读物的出版在出版形式上也要紧紧围绕为基础教育服务的目标。这里的形式不仅指出版物的外在呈现形态要符合阅读教育的发展,如点读功能、AR 技术的引入,还包括出版物的阅读推广形式、传播途径等都需要契合基础教育的需求。"

这些真知灼见,对于推动中国少儿出版专业化产业化发展,对出版从业人员在选题策划、编辑出版和阅读推广等各个环节的工作都有非常重要的参考价值和指导意义,而更高水平地满足基础教育需要的少儿出版又为更高水平的基础教育发展提供强有力的支撑。这样的良性循环,对推动中华民族整体素质的提升又必然会发挥更大和更积极的作用和更加深远的影响。

此外,书中对亲子共读、自主阅读、分级阅读、图画书、桥梁书、文字书等的分析和阐释,对常常处于困惑状态的家长朋友选购合适的图书和如何陪伴儿童阅读,如何培养儿童自主阅读、自主学习能力也有非常实用的参考价值。

国际儿童读物联盟是与联合国儿童基金会和联合国教科文组织有正式谘商关系的国际非营利的非政府组织,共有 81 个国家分会,总部在瑞士巴塞尔,其下设的国际安徒生奖是国际儿童文学的最高荣誉,有小诺贝尔奖之称,最高监护人是丹麦女王玛格丽特二世。联盟的宗旨是通过高品质童书阅读,促进国际理解,维护世界和平。联盟的会员范围包括儿童文学作家、插画家、图书馆馆员、教育工作者、学者、编辑、出版人、记者等。我很欣喜地在中国看到了儿童文学和儿童阅读研究的全新方向——儿童文学教育研究,相信这样的研究不仅对中国社会有益,也会对世界各地的儿童文学研究和教育研究,以及儿童阅读研究和实践起到很好的启迪和示范作用。

2020 年"六一"

前　言
中国儿童文学教育研究谫议

中国儿童文学学科是汉语言文学专业下属的独立学科,在绝大多数中国高等院校里,儿童文学课是师范院校文学专业的课程,但是否为必修课程,要视该学校对于儿童文学学科的重视度而定。但近十年来,儿童文学课俨然成了各大师范院校教育学专业的核心必修课,甚至有些学校还开设了儿童文学课程群,由五门以上的儿童文学必修课、选修课构成了一个系统的儿童文学课程体系。儿童文学课程开始主流化、多元化。在师范院校的教育学院,尤其是初等教育(即小学教育)学院体系里儿童文学学科得到了充分的发展。为什么会出现这样的局面?

在中国主流的儿童文学学科研究中,对于文学本体的研究是重点,比如儿童文学的特质、作家作品、历史发展等,但在教育学院里儿童文学的研究不再仅限于传统学科本体的研究,而是指向不同教育形态的结合研究,比如儿童文学与语文教育、儿童文学与生命教育、儿童文学与教师教育、儿童文学与戏剧教育等不同研究维度。这些全新的儿童文学学科研究形态的出现与新世纪以来中国基础教育的一次次改革有着直接的关系。以儿童文学与语文教育研究为例,语文教育一直都是中国教育改革的重镇,为什么儿童文学与语文教育会在近十年成为儿童文学学科的一个重要研究方向呢?

我们知道,目前基础教育课程改革的重中之重是中小学语文教学的改革。随着中小学语文教学改革以及新课程标准的全面实施,一个儿童文学在全社会推广和应用的局面正在出现,儿童文学正在全面进入中小学语文教学。

儿童文学作为中小学语文课程资源已被大量选入部编版教材和必读书目之中。这说明儿童文学已经成为中小学语文课堂教学的主要资源,在中小学语文教学中扮演着重要角色。此外,教育部公布的《义务教育语文课程标准》(2011年版)所规定的学生课外读物建议书目中绝大多数作品属儿童文学范畴,如:《稻草人》《宝葫芦的秘密》《安徒生童话精选》《格林童话精选》《鲁滨逊漂流记》《格列佛游记》《童年》等。

儿童文学与中小学语文教学改革的紧密关系还直接体现在《义务教育语文课程标准》对语文课程的教学要求中。新课标规定:低年级课文要注重儿童化,贴近儿童用语,充分考虑儿童经验世界和想象世界的联系,语文课文的类型以童话、寓言、诗歌、故事为主。中高年级课文题材的风格应该多样化,要有一定数量的科普作品。童话、寓言、诗歌(实际上就是儿童诗)、故事以及科学文艺等,都是儿童文学文体,这充分说明:中小学语文(尤其是小学语文)课文的儿童文学化已成为一种必然趋势。儿童文学与中小学语文课文的接受对象都是少年儿童,必须充分考虑到少年儿童的特征与接受心理,包括他们的年龄特征、思维特征、社会化特征,契合他们的经验世界和想象世界的联系。因此,从根本上说,小学语文实现儿童文学化这是符合儿童教育的科学经验和心理规律的。

随着中小学语文教学的改革和新课标的实施,儿童文学作为课外阅读或延伸读物正被大量出版、应用。教育部颁布的新课标明确规定必须加强学生的课外阅读:"要求学生九年课外阅读总量达到400万字以上。"并提出了"适合学生阅读的各类图书的建议书目",其中有大量读物正是我们熟知的中外儿童文学名著。为了适应课标实施的需要,各地出版部门都在组织专家学者编选相关读物。根据新课标选编出版的中小学生课外读物,实际上是一种儿童文学的全社会推广,中外优秀儿童文学作品正通过新课标的实施源源不断地走进课堂,走进孩子们的精神世界。这为我国儿童文学的发展提供了十分难得的机遇,同时也提出了更新更高的要求。

综上,我们可以看到随着时代的发展,语文教育的变革,新课标的实施,尤其是随着千百万未成年人也即广大学生精神生命的健康成长,基于语文教育发展的儿童文学研究,即儿童文学与语文教育的结合研究成为当下儿童文学学科的重要发展方向是必然趋势。

那么儿童文学教育研究近年来都运用了哪些具体的研究途径,又有什么样的成果呈现?首都师范大学的儿童文学研究团队从2009年组建开始,用了近十年时间以首都师范大学儿童文学教育研究基地为平台,牵头全国师范院校小学教育与学前教育系统、小学与幼儿园一线教师等进行了成体系、成规模的儿童文学教育研究,下面我将以我们开展的系列研究与教学工作为例予以说明。

第一,国内首家儿童文学教育专业研究机构——中国儿童文学教育研究中心暨首都师范大学儿童文学教育研究基地于 2012 年 6 月在首都师范大学揭牌成立。中心主要围绕中国儿童文学教育、儿童文学家园阅读推广、国际学术交流与合作三项内容开展工作,汇聚了海内外一流专家、学者及一线教学名师,在儿童文学与教育之间搭建桥梁,引领国内儿童文学教育教学和研究的前沿理论与实践。至今已发展为涉及各主要高等师范院校初教院及学前教育学院的理事单位,并成功举办各类学术报告、学术会议、阅读推广活动等,其中一年一度的全国儿童文学教育年会已成为国内儿童文学教育领域最重要的学术活动。中心作为全国儿童文学教育交流的重要平台对儿童文学教育研究的发展发挥了重要的作用。

第二,重视儿童文学与阅读教育研究。加大阅读教育已成为目前中国教育改革的重点方向之一,儿童阅读的主体部分正是儿童文学阅读,因此儿童文学与阅读教育的结合研究具有很强的现实需求。近年首师大在阅读教育领域进行了诸多方面的研究,重点方向有分级阅读教育研究(课题"分级阅读与儿童文学教育研究"获教育部支持,成为国内第一个儿童文学分级阅读研究国家级课题;2018 年推动成立了全国儿童分级阅读教育联盟)、绘本阅读研究(儿童图画书研究被列为国家社科基金项目;首套图画书教学教材"图画书主题赏读与教学"的出版,以图画书教学教材的研发为起点,力求尽快将图画书教学作为必修课程列入小学教育和学前教育专业培养方案中);学校阅读教育与家庭阅读教育研究(课题"新世纪中国儿童文学与儿童阅读研究"获批教育部社科基金项目;首师大儿童文学团队的儿童文学与阅读教育结合研究成为国内推动学校儿童阅读课程专业化建设的倡导者与推动者。儿童阅读课程已成为很多学校的校本课程,但如何上阅读课、选什么内容上课等都成为困扰学校的难点问题。我们提出当前校本阅读课的课程核心关键词为儿童文学,即阅读的核心应是通过阅读儿童文学作品提高学生的阅读力、思维力和想象力。首师大初教院儿童文学研究团队已为多所学校提供儿童阅读课程专业指导,从阅读书单的制定、教学活动设计、课程实施、课程评价等多方面推动阅读课程的专业化建设)。同时,由首师大儿童文学团队牵头组织的北京国际儿童阅读大会已成为国内儿童阅读教育领域具有重要影响的专业学术活动,为致力于儿童阅读教育研究与实践的大学、中小学、幼儿园、产业机构等构建了阅读教育的重要交流平台。

第三,加强儿童文学与语文教育的理论研究。儿童文学与语文教育结合研究属于一个新兴的研究方向,其本体理论研究相对较薄弱。近年来首师大儿童文学研究团队在理论研究方面作出了一些探索,如首部将儿童文学与语文教学进行结合研究的高校教材《儿童文学与小学语文教学》已入选我国初等教育学科建设首批卓越教师培养教材项目,教材内容涵盖儿童文学的理论与教学运用,不仅包括儿童文学的核心原理、中外儿童文学发展通论等理论内容,更重点介绍了儿童文学各类文体的理论与教学应用,包括童话、寓言、儿童诗歌、儿童散文、儿童小说、图画书等在小学语文教育中最常涉及的六大文体的理论与教学应用,在应用原理方面,突出阐述了如何进行教材内各类儿童文学文体的教学,及在小学语文整体教育中教师如何有效运用儿童文学实现语文教育工具性与人文性统一的培养目标。

第四,儿童文学教育研究已融入初等教育学本科生、研究生的课程改革中。首师大初教院成为国内第一个开设儿童文学教育研究专业硕士生培养方向的高校,目前已招收 10 届儿童文学教育方向研究生,该专业方向的研究生入学后会更多参与儿童文学教育研究的科研课题,毕业论文也会按照此方向进行设计,论文选题涉及儿童文学校本阅读课程案例研究、儿童图画书主题教学研究、儿童文学学校阅读现状研究等。同时,在初教院汉语言文学专业的本科课程改革中以写作基础课为突破点,让更多儿童文学与语文教学的结合研究渗入到课程内容构建中,如将童话写作、儿童散文写作等儿童文学文体的写作置入写作基础课,为有针对性地培养语文准教师起到了更有效的师资建设价值。

第五,儿童文学与生命教育研究、儿童文学与戏剧教育研究成为首师大儿童文学研究团队的分支研究领域。近年生命教育与戏剧教育成为基础教育领域的新生研究热点,而儿童文学作为重要的教育资源成为这两个领域的内容主体。首师大儿童文学研究团队适时出版了国内首部生命教育图画书教学工具书《生命教育如何教？100本图画书告诉你》，研究团队中既有国内高校从事儿童生命教育、儿童文学研究的理论工作者，也有具备丰富教育实践经验的一线教师，这样由理论和实践相结合的工作者组建的研究团队，注定研究从一开始就具有了开放性，并力求通过这样的研究行为让优秀的生命教育图画书能真正走进教育现场，让儿童文学服务于基础教育，成为教育的重要资源。此外，儿童文学与戏剧教育研究课题已开发区域课程与课题实验，正推动戏剧教育有效进入基础教育领域。

　　以上是首师大近年牵头全国师范院校开展的系列儿童文学教育研究的领域，这些不同的研究方向、研究成果，正体现出我国当前儿童文学教育研究的丰富形态与多元特质。同时，我们可以看到一方面儿童文学作为重要资源，以其自身以儿童为本位的学科特点推动着基础教育的发展，同时基础教育不同形式的教育形态也推动着儿童文学学科自身学科容量的增长，儿童文学研究不仅是传统意义上的文学本体的研究，在新时代更融入了多元教育的现代性与应用性研究特质。

　　总之，儿童文学作为基础教育重要的课程资源，要得到充分的利用，要发挥其应有的作用。因此，我们将把儿童文学教育研究工作继续深入开展下去，关心儿童是全社会每一个人的义务，关注儿童文学是每一个教育工作者的责任。我们有理由相信，随着基础教育改革的不断深入，儿童文学对少年儿童的重要意义会得到越来越普遍的认识。

王　蕾

目　录

第一章　儿童文学与阅读教育

第一章

儿童文学
与

阅读教育

儿童阅读素养框架体系建构的基本研究[①]

在第五届北京国际儿童阅读大会现场发布主持的教育部
儿童阅读课题成果：中国学生阅读素养框架体系

一、儿童阅读素养概述

（一）儿童阅读素养研究背景及意义

阅读素养不仅是提升国民素质、增强国家竞争力的重要基础，更是儿童学习和成长的基本要素、儿童完善自我和适应社会的基石。随着社会发展，公民阅读水平成为衡量国家文化软实力的重要标志，近年来我国出台系列文件将

———————————

① 本文合作者毛莉。

全民阅读上升为国家战略,而在全民阅读热潮中,促进青少年儿童阅读素养的提升成为重中之重。同时,在以核心素养为导向的教育改革中,阅读素养同样作为学生发展核心素养的关键组成部分,成为学生未来学习生活中必需的核心技能。因此,对于儿童阅读素养的培养及相关研究,已成为必然趋势。

(二) 儿童阅读素养的基本概念

阅读,简单来说就是从书面语言中提取信息的过程,阅读素养则是完成阅读所需的相关能力和阅读过程中的情感态度及其品质,其核心在于阅读能力的培养。国际上对于阅读素养的研究具有代表性的是国际阅读素养进步研究(PIRLS),2016年该研究对于阅读素养的定义是"理解和运用社会所需要或个人认为有价值的书面语言的能力,儿童能够通过从各种文章中建构意义,他们通过阅读来进行学习,参与学校或日常生活中的阅读者群体并获得乐趣"[1]。

二、儿童阅读素养整体框架设计

(一) 儿童阅读素养框架设计依据

1.《中国学生发展核心素养》

《中国学生发展核心素养》于2016年发布,明确了学生应具备的适应终身发展和社会发展需要的必备品格和关键能力。核心素养以培养"全面发展的人"为核心,分为文化基础、自主发展、社会参与三个方面,综合表现为人文底蕴、科学精神、学会学习、健康生活、责任担当、实践创新六大素养。[2] 儿童阅读素养是核心素养整体发展中的重要组成,对于儿童阅读素养体系的构建应以学生核心素养发展为背景,从文化性、自主性和社会性三个维度出发,参照六大素养,结合阅读自身发展需求进行体系建构。

2. 国际阅读素养进步研究(PIRLS)

国际上儿童阅读素养研究与测评的代表就是国际阅读素养进步研究

---

① 宋乃庆、肖林、程浩:《小学生阅读素养的背景因素探析——基于国际阅读素养进步研究视角》,《中国教育学刊》2017年第2期。
② 人民日报:《〈中国学生发展核心素养〉发布》,《上海教育科研》2016年第10期。

(PIRLS),该测评每五年进行一次。PIRLS 2016 的阅读测评中,有一半的测试篇章用于评估学生阅读的文学体验,另一半则用于评估学生是否能利用阅读获取并使用信息。[①] PIRLS 作为儿童阅读素养研究的代表性测试,对于儿童阅读素养的概念界定有参考意义,同时在体系建构上也提供了重要依据,即关注儿童的阅读情感体验,阅读信息的提取、理解与运用。

3.《义务教育语文课程标准》

《义务教育语文课程标准(2011 版)》(以下简称《课标》)在课程目标中对于阅读的总体要求是"具有独立阅读的能力,学会运用多种阅读方法。有较为丰富的积累和良好的语感,注重情感体验,发展感受和理解的能力"[②]。学生语文素养的培养,是五大内容板块的综合学习,阅读作为语文教学的主要板块,其重要性毋庸置疑。当然,在注重阅读素养培养的同时,还应加强阅读与其他模块之间的关联程度。

4.儿童阅读能力发展相关研究

阅读素养的核心在于阅读能力的培养,阅读能力是个体进行阅读活动、获得良好阅读效果的重要条件。PISA 国际学生评估项目将阅读过程细分为提取信息、形成解释、整体感知和作出评价四个阶段。莫雷和冯启德均按照阅读过程,将阅读能力分为认读能力、理解能力、评价能力、记忆能力。夏正江提出除本体性阅读能力外,还应包括相关性阅读能力,如朗读能力、查阅工具书能力等。这些研究观点对于儿童阅读素养体系的建构大有助益。

(二)儿童阅读素养体系设计原则

1.科学性:立足儿童身心特征

儿童是不断生长发展的生命个体,对于儿童阅读素养的培养,应从儿童本位出发,尊重儿童不同阶段的身心发展特征,充分考虑儿童的差异性,为儿童制定符合他们发展特征的素养目标,以及提供满足儿童发展需要的相

---

① 邓敏:《PIRLS 2016 阅读评估及其对我国中小学生阅读教学的启示》,《教育测量与评价》2018年第 11 期。
② 中华人民共和国教育部:《义务教育语文课程标准(2011 年版)》,北京师范大学出版社,2012,第 7 页。

关指导。在制定儿童阅读素养体系的过程中,要严格遵循儿童身心发展规律,把握这一科学原则进行整体研究。

2. 全面性:促进儿童全面发展

学生核心素养发展的目标,就是将学生培养成全面适应社会发展的个人。作为核心素养框架中的重要组成,儿童阅读素养的培养也应以促进儿童全面发展作为培养目标。这就要求阅读素养体系的建构除了考虑阅读本体相关素养外,还应从多维度进行设计,确保培养全面发展的个人这一目标实现。

3. 时代性:满足时代发展需求

随着社会经济的不断发展,对于人才的培养也不断提出新要求。阅读素养作为个体发展的重要基石,要能满足新时期的人才培养需要,研究过程中应充分考虑时代特征,把握最新教育趋势和教育理念,培养与时俱进的人才。

(三)儿童阅读素养框架整体概述

1. 四维框架体系

阅读素养是儿童学习和成长的基本要素,是儿童完善自我和适应社会的重要基石。在参与阅读活动的过程中,阅读能力发展是基础,个人不断进步是目标,传承历史文化是责任,面向未来社会是要求。因此本框架从人与阅读、人与自我、人与文化和人与社会四个维度出发,将阅读素养划分为能力发展、个人成长、文化底蕴和社会参与四个方面(见图1),其中阅读的能力发展作为核心内涵,带动其他三个方面的共同发展(图2)。

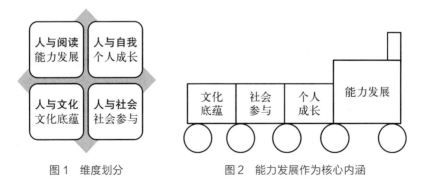

图1 维度划分   图2 能力发展作为核心内涵

2. 完整体系设计

儿童阅读素养框架体系以提高儿童阅读素养为核心,促进儿童个人的全面发展为目标,人的发展四维体系为依托,从能力发展(人与阅读)、个人成长(人与自我)、文化底蕴(人与文化)、社会参与(人与社会)四大领域出发,细化为基础能力、综合能力、方法技能、情感态度、自主发展、品格养成、文化积淀、情怀培养、格局意识、创新参与、实践应用等11个核心素养。这些核心素养作为儿童阅读素养培养的首要目标,它们之间相互联系、相互促进。儿童阅读素养框架体系的构建最终指向阅读实践活动,为获得更好的实践应用效果,本体系又将11个核心素养具体细化为22个构成要素及44个基本要素(见表1)。

表 1　儿童阅读素养框架体系

	核心素养	构成要素	基本要素	简　要　描　述
能力发展	基础能力	认知能力	字词认知	对于基础字词能够认识并了解含义
			文本认知	对文本中的语法句式等有所了解
		理解能力	分析能力	能识别阅读材料所包含的逻辑要素或构成成分,能认识各要素成分之间的关系
			概括能力	能从整体上把握文章的主要内容、核心思想及情感态度倾向
	综合能力	评价能力	内容评价	对故事内容、情节、人物等信息的评价
			写法评价	对语言表达和具体手法的评价
		运用能力	迁移能力	将阅读材料的有用信息迁移使用
			表达能力	促进自身语言表达能力提高
	方法技能	阅读策略	阅读方法	保障阅读活动流畅进行的手段
			阅读技巧	对不同阅读状况采取不同的计划
		阅读技能	浏览检索	能根据需要,从书报、杂志、互联网等搜集并处理有关信息材料
			使用工具	会使用多种语文工具书查阅自己所需要的资料
个人成长	情感态度	阅读动机	阅读兴趣	喜欢阅读并能从中获得快乐
			阅读目标	进行阅读活动的目标
		阅读习惯	阅读积累	阅读过程中进行圈点批注积累等
			阅读交流	阅读后与他人交流阅读感受

核心素养	构成要素	基本要素		简　要　描　述
个人成长	自主发展	自我评估	读前评估	评价自己的阅读水平及读物选择情况
			读中评估	评价阅读过程中方法使用及其效果
			读后评估	评价整个阅读活动的阅读效果
		自主调控	读前调控	为自己选择适合的读物及阅读计划
			读中调控	及时调整不合理的阅读方法
			读后调控	反思阅读过程,调整阅读策略
	品格养成	价值观念	价值取向	面对不同情况的基本立场态度
			价值准则	处理不同情况时的基本行为准则
		健全人格	自我管理	促进自我品格全面健康发展
			人际交往	养成人际交往所需的相关品格
文化底蕴	文化积淀	知识积累	自然科学	有关自然的各类科学知识
			人文社科	有关人类社会发展的知识
		文化认同	文化认知	对优秀文化的基本认知和价值认同
			文化传播	以自己的行为传播优秀文化
	情怀培养	审美体验	审　视	反复仔细地观察阅读对象
			体　味	深入体会阅读文本中的内在美
		文学情怀	文学情趣	形成积极健康的阅读情趣
			文学胸怀	形成开阔的个人胸怀
社会参与	格局意识	民族责任	民族认同	了解民族历史,认同民族文化价值
			责任担当	对民族的兴衰存亡有责任感
		国际视野	国际意识	认识事物的角度要立足于全球
			国际参与	参与国际事务,关注人类命运
	创新参与	思维发展	思维水平	促进各思维要素水平的不断提高
			思维品质	养成良好的思维品质
		探究水平	探索问题	学会发现问题,积极探索问题
			研究设计	尝试开展各项研究,制定研究计划
	实践应用	问题解决	解决途径	对不同问题采取不同解决方式
			解决步骤	合理规划问题解决的实施步骤
		技术运用	学习技术	学习现代科学技术
			实际应用	学会在日常生活中应用技术

三、儿童阅读素养的基本内涵

1. 人与阅读——能力发展

儿童阅读素养的核心是阅读能力的培养,应贯穿阅读活动的全过程,即提取信息、形成解释、整体感知和作出评价。这就要求儿童应具有大致理解阅读内容的基础能力、深化阅读理解水平的综合能力,以及保证阅读活动流畅进行的相关方法策略。

(1)基础能力:个人完成阅读所需要的核心能力,保证读者能够完整流畅地进行阅读,并理解大致内容。包括认知能力和理解能力。

(2)综合能力:在完成基本阅读理解的基础上,对阅读内容进行深层次评价运用,是进行综合性阅读活动的必备能力。包括评价能力和运用能力。

(3)方法技能:阅读过程中,阅读者对于阅读需求所采取的处理方式及使用的工具,以促进阅读活动更好地进行。包括阅读策略和阅读技能。

2. 人与自我——个人成长

儿童阅读素养指向个人的全面发展,在进行阅读的过程中,能呈现出积极的情感状态,并对自己的阅读过程进行及时调控,最终能够通过阅读活动使个体形成正确的价值观念,具有良好的行为品格。

(1)情感态度:读者个体对于阅读活动的价值判断,从而决定个体参与阅读的情感状态,及在此过程中所呈现的惯性行为方式。包括阅读动机和阅读习惯。

(2)自主发展:在阅读过程中有效管理自己的阅读活动,对自己的阅读现状进行自我监控、作出判断并及时调整。包括自我评估和自主调控。

(3)品格养成:通过阅读活动形成正确的、积极向上的价值观念,并能够养成符合道德规范要求的良好个人品格。包括价值观念和健全人格。

3. 人与文化——文化底蕴

文化是个人发展的精神内核,传承文化是每个人的责任。在培养儿童阅读素养时,应将文化底蕴的培养作为其重要价值追求。儿童通过阅读积累各领域的多种知识,对优秀文化能产生价值认同,并追求其中的真善美。

（1）文化积淀：在阅读过程中获取、理解和积累各领域多种知识，并对其中的优秀文化形成认同态度。包括知识积累和文化认同。

（2）情怀培养：阅读过程中，注重阅读的审美体验，具有个人阅读情趣，有对于真善美的体验和追求。包括审美体验和文学情怀。

4. 人与社会——社会参与

社会性是人的根本属性，社会参与则是个人发展的最终目标，强调个人与社会的互动关系。在阅读中应不断明确个人的社会角色，养成参与社会活动的基本能力，并能运用相关知识解决生活中出现的问题。

（1）格局意识：通过阅读活动明确个人的社会角色，即个人在民族文化传承和国际发展中的角色。包括民族责任和国际视野。

（2）创新参与：从阅读活动中发展个人多方面能力，特别是创新思维与相关能力的培养，以适应现代社会要求。包括思维发展和探究水平。

（3）实践应用：从阅读活动到其他事务，能够运用现代科学知识及技术解决现实生活问题。包括问题解决和技术运用。

四、儿童阅读素养的构成要素

1. 能力发展——基础能力

（1）认知能力：阅读活动中的基础能力，即从阅读材料中提取信息并形成基本个人认知，这种能力主要受读者个人的基础知识水平影响。主要包括①字词认知，会认读课标中规定的常用字，做到读音正确，了解字词的基本含义，从而理解阅读文本的大致含义；②文本认知，即对基本的语法知识、修辞知识和文学知识有所了解，为儿童的流畅阅读提供保障。

（2）理解能力：阅读能力中的关键能力，是阅读能力水平发展状况的重要评定因素，即理解阅读材料的主要内容，在获取信息的基础上形成解释。主要包括①分析能力，能识别阅读材料所包含的逻辑要素或构成成分，能认识各要素成分之间的关系①；②概括能力，能对阅读文本所描述的主要

---

① 王玉玲：《浅析学生阅读能力结构及其培养途径》，《汉江师范学院学报》2002 年第 6 期。

内容、逻辑结构、思想感情、价值追求等方面进行整体把握。

2. 能力发展——综合能力

（1）评价能力：能对阅读材料包含的知识内容、思想观点、情感态度、表现形式等进行有根据的评价与判断[1]，同时能合理表达个人观点。主要包括①内容评价，主要评价对象为阅读材料中的知识内容、情感态度等，即作者想要向读者表达的内容；②写法评价，分析文本中所使用的语法知识、修辞手法等，感受不同写法的表达效果。

（2）运用能力：对阅读材料中的有用信息，在日常语言表达中进行迁移使用，其本质在于将阅读时获取的信息，经个人理解加工后进行信息输出。主要包括①迁移能力，即根据现实需要将阅读材料中的有用信息提取应用；②表达能力，在阅读过程中积累长期迁移应用经验，产生高水平的运用能力，从而促进自身语言表达能力的提高。

3. 能力发展——方法技能

（1）阅读策略：阅读过程中为实现阅读目标，所采取的一系列有计划的阅读方法和技巧，以保证阅读的顺利进行。主要包括①阅读方法，促进流畅阅读的重要手段，主要受阅读的需要和阅读材料的文体影响；②阅读技巧，根据阅读状况的不同所采取的不同计划，简单的阅读状况只需要使用单一阅读方法，复杂的阅读状况则需要不同阅读方法的组合使用。

（2）阅读技能：促进流畅阅读的辅助性技能，不直接和读者本体性阅读能力相关，但能够对阅读活动产生影响。主要包括①浏览检索技能，能根据需要，从书报、杂志、互联网等检索信息，会使用工具书查询资料[2]；②使用工具书技能，即使用工具书查阅自己所需要的资料，如能够解决字词障碍的字典、词典等。

4. 个人成长——情感态度

（1）阅读动机：进行阅读活动的内部动因，分为内发性动机（如满足个人求知欲）和外加性动机（如为了提高成绩）。主要包括①阅读兴趣，对阅

---

[1]　夏正江：《试论中小学生语文阅读能力的层级结构及其培养》，《课程·教材·教法》2001 年第 2 期。

[2]　同上。

读有兴趣,就为学生的持续阅读和提高阅读能力提供了内因条件①,《课标》中对于阅读的第一目标就是"喜欢阅读,感受阅读的乐趣";②阅读目标,进行阅读活动的根本目的,如满足获取知识的需求、获得个人内在水平提升、愉悦个人阅读体验等。

（2）阅读习惯:阅读过程中为满足阅读需要,逐渐成为定式的基本行为品质。主要包括①阅读积累,即在阅读过程中根据阅读需要,对相关的阅读信息进行圈点批注,对完成阅读目标有价值的信息进行摘抄积累;②阅读交流,阅读完成后与他人交流个人阅读感受,包括复述作品主要内容、品味语言特色、评价情节人物等。

5. 个人成长——自主发展

（1）自我评估:贯穿儿童阅读活动始终,在阅读开始前、阅读过程中和完成阅读后,对自身的阅读状况进行自我评价。主要包括①读前评估,即对自己的阅读能力水平形成简单判断,还包括对阅读读物选择是否适合自己的判断;②读中评估,阅读过程中自己所采用的阅读策略和使用的阅读技能是否产生了积极效果;③读后评估,对于整个阅读活动的阅读效果和自身阅读体验的相关评价。

（2）自主调控:运用自我调控强调的是个人从元认知、学习动机以及学习行为上主动参与到阅读中②,即能够有意识地监控自己完整的阅读过程,反思自身阅读状况,对不合理的地方及时进行调整。主要包括①读前调控,根据个人阅读水平和阅读需要,为自己选择适合的读物及阅读计划;②读中调控,对阅读中不合理的阅读方法策略及时进行调整,并选择相关工具进行辅助;③读后调控,根据阅读效果反思自己的阅读过程,调整后续阅读策略。

6. 个人成长——品格养成

（1）价值观念:通过阅读活动形成正确的价值观念,面对不同状况有自己的基本立场和行为准则。主要包括①价值取向,能根据正确的价值观,在面对不同状况进行价值选择时,呈现出相对稳定的态度立场;②价值准

---

① 余琴:《小学生语文阅读能力的要素与结构》,《教学月刊小学版(语文)》2011年第4期。
② 齐丽霞:《浅析运用自我调控策略提高小学生阅读素养》,《中国校外教育(中旬刊)》2018年第1期。

则,处理不同状况时,能按照正确价值观念具有正确的行为规范。

(2)健全人格:具有积极的心理品质,能够有效管理自我情绪,促进自我品格发展,能够与他人形成良好人际关系。主要包括①自我管理,能够调控自我情绪,养成良好行为习惯,按照社会道德规范,促进自我品格全面健康发展;②人际交往,在与人交往过程中,养成与他人建立积极和谐的人际关系的所需品格。

7. 文化底蕴——文化积淀

(1)知识积累:儿童阅读素养的形成和提高,实质上是一个由量变到质变的积累过程,而阅读积累是儿童知识积累的主渠道。① 儿童的文化积淀需要积累古今中外人类创造的各种精神文化成果,包括自然科学和社会科学两大方面,大量的知识积淀能促进儿童个人文化底蕴的形成。

(2)文化认同:在阅读过程中,儿童长期接触优秀文化成果,认识其文化价值,形成文化认同感,并能够积极传播优秀文化。主要包括①文化认知,即对优秀文化形成基本认识,并能对其文化内涵产生价值认同;②文化传播,对产生文化价值认同的优秀文化,以自己的行为方式进行积极传播。

8. 文化底蕴——情怀培养

(1)审美体验:阅读作品都有着独特的审美价值,读者的审美体验是对阅读材料所包含的美的一种感受、鉴别与欣赏的情感体验。② 如《课标》中要求学生能够感受作品中的生动形象和优美语言,体会其中的情感。按照获得审美体验的过程来看,首先是审味,即反复仔细地观察阅读对象的外在美,其次才是体味,要深入到阅读文本中,体会其内在美。

(2)文学情怀:文学情怀的本质是人文情怀,主要包括文学情趣和文学胸怀。阅读文学作品,形成积极健康的文学情趣,能够发现作品中的真善美等美好品质,从中汲取健康的精神营养,同时要借助阅读养成广博的胸襟气度。

9. 社会参与——格局意识

(1)民族责任:格局意识应立足于本民族的长远发展,包括民族认同和责任担当。儿童通过阅读能够了解民族发展历史,认同民族优秀文化的

---

① 郭自东:《小学生阅读积累的引导方法》,《甘肃教育》2018 年第 5 期。
② 夏正江:《试论中小学生语文阅读能力的层级结构及其培养》,《课程·教材·教法》2001 年第 2 期。

文化价值,产生民族文化自信,并对自己民族的兴衰存亡产生责任感,愿意通过自己的努力为民族发展贡献力量。

（2）国际视野：格局意识还要求儿童具有国际视野,具体包括国际意识和国际参与两个层面。儿童应具备国际视角,能够面向世界,接纳多元文化,同时能够参与国际事务,关注人类共同发展命运。

10. 社会参与——创新参与

（1）思维发展：儿童的思维发展能够直接影响其未来社会参与状况,阅读是促进儿童思维发展的重要手段。主要包括思维水平和思维品质,即促使儿童运用科学的思维方式认识事物,促进自身思维水平发展,并在此过程中形成良好的思维品质,如专注、创新、灵活等。

（2）探究水平：社会参与要求儿童能够积极探索问题,这也是《课标》中对于儿童综合性学习能力的要求。包括探索问题和研究设计,即鼓励儿童学会发现问题,对新奇事物进行积极探索,在不断研究中制定研究计划。

11. 社会参与——实践应用

（1）问题解决：主要包括解决途径和解决步骤。阅读的目的之一,就是帮助儿童在生活中应用知识解决实际问题,具体要求为对于不同问题具有积极解决态度,能采取合理有效的解决途径,设计安排具体的解决步骤。

（2）技术运用：主要包括学习技术和实际应用,要求儿童能将阅读作为学习手段,学习新的技术,并应用现代技术解决问题。

五、儿童阅读素养框架体系的实践途径

1. 儿童阅读评估测试

儿童的阅读过程中,阅读评估是必不可少的环节,不同时段的阅读评估所产生的作用不同。阅读前的评估,可以帮助儿童了解自身阅读水平,为儿童选择更为适合的读物,从而提高读者与读物之间的适应水平。阅读过程中的评估,有助于儿童对自身阅读活动进行自主调控,保证阅读活动的流畅进行。阅读后的评估,是对阅读效果的直接检测,可以帮助儿童进行阅读反思,发现自身阅读素养培养的提升点。在儿童阅读评估的内容方面有多种观点。祝新华在《促进学习的阅读评估》中提到中小学阅读的内涵包括三个

部分：第一是解码文本，第二是主动参与，第三是反思与应用。① 马琴则在"亲近母语"阅读评价中提到评价内容主要包括阅读能力、语文素养、综合素养三个方面。② 由此可见，现有的阅读评估不再局限于对阅读能力本身的评估，已经逐渐上升到对阅读素养层面的全方位评估。

基于儿童阅读素养框架体系的阅读评估可从以下角度进行设计：第一，阅读评估内容应从人与阅读、人与自我、人与文化、人与社会四个维度进行全面设计；第二，阅读评估形式应根据阅读素养内涵而设计，其中人与阅读和人与自我两个维度量化可测，应以客观题为主，人与文化和人与社会偏人文性，应以主观题为主；第三，阅读评估环节安排，应从读前、读中、读后三条路径，按照统一的框架体系落实；第四，阅读评估结果呈现后，应为读者建立个人阅读档案，将不同阶段的阅读素养诊断报告收纳其中。

2. 儿童阅读课程开展

阅读课程是培养儿童阅读素养的重要途径，受到社会各界的积极关注。就阅读课程的指导理念来看，目前主要包括分级阅读、亲子阅读、群文阅读、整本书阅读等。阅读课程的内容也不尽相同，大部分以儿童文学作品为主体，融入名著导读、教材课文关联阅读等。阅读课程的实践与指导，主要以校内教师进行阅读课程授课为主。儿童阅读课程的开发与实践正处于积极探索阶段，但主要问题在于课程体系普遍缺乏系统开发，这一问题可以依据阅读素养框架体系得到解决。

第一，依据分级阅读理念，根据不同阶段儿童阅读素养发展需求进行阅读课程内容的选择，如字词认知能力培养，低年级段可以是带有韵律的儿歌，中年级段是只包含常用字词的故事，高年级段则出现需要联系上下文或借助工具书才能理解字词的文本；第二，根据阅读素养框架体系开展多种途径的阅读课程，相同的阅读目标下阅读课程形式可以丰富为校园课程、家庭课程、互联网线上课程等；阅读课程各部分内容共同指向阅读素养培养目标，阅读评估、阅读课程、阅读报告、阅读指导建议等都按照相同维度进行设计。

① 祝新华：《促进学习的阅读评估》，人民教育出版社，2015，第 3 页。
② 肖林：《基于 PIRLS 测评的小学生阅读素养影响因素研究》硕士学位论文，西南大学，2017，第 20 页。

3. 儿童阅读活动设计

儿童的天性是向往游戏,而这也是阅读活动中较为缺乏的部分。现有的阅读活动主要以阅读课程互动、阅读故事交流分享、阅读书目推荐、举办阅读节为主,其中有游戏元素的渗入,但还缺乏形式更丰富的阅读活动设计。儿童阅读素养框架的内涵就在于使儿童爱上阅读,通过阅读成为全面发展的个人,因此在各项素养的培养上充分考虑儿童天性进行活动设计。

第一,根据阅读素养培养目标进行更为细致的活动设计。阅读素养框架共包括 22 个构成要素,44 个基本要素,每一要素都可以进行不同的活动设计,让活动更具针对性;第二,转变设计思路,采用儿童喜欢的游戏形式进行活动设计,如字词认知变抄写积累为拼音迷宫,概括能力变大段总结为填词游戏;第三,将多种元素加入活动设计,如动画观看、有声朗读、图文互译等。

结　　语

儿童阅读素养是儿童未来个人终身发展和适应社会发展需要的必备素养,对于儿童阅读素养框架体系的构建离不开学生核心素养发展的支撑。笔者尝试从人与阅读、人与自我、人与文化、人与社会四个维度出发,以阅读能力发展为核心,带动个人成长、文化底蕴和社会参与共同发展,促进儿童的全面发展,进行整体框架体系的构建。该框架体系的构建,将对儿童阅读整体发展产生促进作用。

阅读学习类读物出版本体论及
发展趋势分析

在 2017 年教育·出版·互联高峰论坛作主题报告:
阅读读物出版如何与基础教育有效匹配

在今天的时代,儿童阅读已成为一个国家儿童教育发展的基础与核心课题。儿童阅读在很多发达国家已被推进到儿童文化和教育事业的核心位置。我国素有重视阅读的优良传统,进入 21 世纪以来,全民阅读快速发展,2014 年至今,国务院工作报告已经连续三年明确提出要"倡导开展全民阅读",《中华人民共和国国民经济和社会发展第十三个五年规划纲要》也要求"推动全民阅读",国家新闻出版广电总局发布正式推动阅读的首个国家级"全民阅读规划"《全民阅读"十三五时期发展规划"》,系列国家文件的出台,表明全民阅读已经上升到国家战略。而在全民阅读热潮中促进国家未来一代精神素养全面提升的儿童阅读俨然成为重要的组成部分,国家新闻出版广电总局的"全民阅读规划"将"大力促进少年儿童阅读"作为十三五期间的重点任务之一,明确了儿童阅读的重要性。儿童阅读活动正在学校、家庭和社会中深入推进。正是在这样的背景下,专注于儿童阅读力提升的阅读学习类读物逐渐形成当前一个重要的图书出版领域,尤其是形成了童书出版的重要产品线。

一、阅读学习类读物本体研究

笔者早在 2011 年有关阅读研究的报告中就对"阅读学习类读物"给出过明确概念界定:阅读学习类读物指以培养与提升 18 岁以下少年儿童的阅读能力为目标的读物。当时阅读学习类读物阅读处于起步阶段,近年随着全民阅读热潮的影响,这类读物逐渐增多,已成为一个重要的图书品类。可以说阅读学习类读物的出现与兴起与进入 21 世纪以来社会、学校、家庭对于儿童阅读的高度重视与大力推动有密切关系。阅读是一切学习的基础,阅读素养已经成为学生核心素养的重要组成部分,阅读能力对于儿童发展至关重要。当阅读的重要性已经成为不争的事实,接下来的问题就是应该如何来提升儿童阅读能力。阅读学习类读物的出现就能从内容资源的构建上帮助儿童提升阅读力。

阅读学习类读物在性质上属于教育功能读物,它因服务阅读教育而产生,以实现培养与提升儿童阅读能力的阅读教育目标为核心,很显然它不同于其他出版物,具有阅读教育功能性、多学科内容性、立体推广性这三个突出特点。

首先,阅读学习类读物的阅读教育功能性是指其从读物选题立项、内容创作、编辑加工到市场推广都要紧紧围绕着服务于阅读教育的目标。阅读学习类读物突出的功能性使其区别于一般的童书产品,它属于教育应用型产品;它又区别于助学读物或教辅读物,它不是聚焦于学生的语文学科阅读理解能力,而是关注基础教育中课堂内外、教材内外、多学科整合下阅读能力的培养。这里的阅读不等同于语文学科对教材内容的阅读理解,而是对多学科、多类型文本信息的理解与运用。因此阅读学习类读物以其特殊的阅读教育功能区别于现有的儿童读物。

其次,阅读学习类读物具有多学科内容性。文学、艺术、历史、科学等多学科的内容都可以容纳于阅读学习类读物中,同时内容编排的形式也可以多样,说明性或叙述性、虚构或非虚构、连续性或非连续性等各种形式都融汇于阅读学习类读物中,这些多元学科内容与形式的承载使阅读学习类读物的出版具有极大的开放性,它既可以帮助儿童习得阅读普遍的方法,也可以通过这些读物的阅读掌握不同学科阅读的技巧,如数学阅读、艺术阅读等。

最后,阅读学习类读物的立体推广性表明其不同于传统读物推广的直线模式,即出版社—书店—读者,它的推广既可以采用传统的直线模式,也可以采用点对点模式,如:出版社—学校,出版社—家长社群。阅读学习类读物的推广可以生成多种方式,从产品的理论体系构建、读物出版、阅读课程开发、教师培训、家长课堂到学生阅读测评等,多方位形成立体化推广模式。这样立体化的项目推广特点根本上正是由读物本身突出的教育功能性所决定的,阅读学习类读物的产生本身就要服务于教育,因此教育开展的主体场所与施教者自然也就形成了读物推广的多维要素。

阅读学习类读物根据阅读对象的不同,可分为成人阅读的阅读学习类读物和儿童阅读的阅读学习类读物。

成人阅读的阅读学习类读物的目的是提高阅读教育施教者的阅读指导能力,可分为书单式阅读工具书与阅读指导方法指南书。

书单式阅读工具书即以书单的形式,按序分类地为阅读教育的施教者教师、家长、图书馆馆员等普及各类适合儿童阅读的代表性作品,如为提升幼儿园教师绘本阅读教学的工具书《幼儿图画书主题赏读与教学》,向家长与教师普及经典儿童文学作品的《世界儿童文学阅读与经典》,还有诸如《图画书宝典》《史上最接地气的幼儿书单》等,这一类书单式工具书其实是为阅读教育的开展提供了重要的内容资源参照,有助于成人提升阅读指导能力,从而促进儿童阅读能力的有效收获。

阅读指导方法指南书是向成人传授阅读教育方法与技巧的指南性质读物,代表性的作品有介绍阅读指导理论与实践的美国阅读指南读物《朗读手册》,这本书以学术性与通俗性相结合的写作体例向教师与家长详细介绍了朗读法在阅读指导上的具体实施策略,让阅读指导者通过朗读法的学习帮助儿童爱上阅读。另一本代表作是《打造儿童阅读环境》，从如何帮儿童选书、讲述故事的技巧、阅读区域的呈现方式等，为儿童阅读环境硬件与软件的设置提供了详备的参考。其他如《说来听听：儿童、阅读与讨论》《书语者：如何激发孩子的阅读潜能》等提供具体阅读策略的图书也都属于此类指南性质阅读学习类读物。通过这些图书的阅读，成人将掌握阅读指导多方面的能力与技巧，为培养儿童的阅读能力提供有力支撑。

儿童阅读的阅读学习类读物可分为整本书阅读类与文选汇编类。

整本书阅读类即以完整单部作品形式呈现，比如引进版的阅读学习类读物系列"我爱阅读丛书"，该系列分为红黄蓝三个级别，为不同阅读能力的儿童提供差异化的读物选择，这套书自 2009 年出版以来重印多次，已成为引进版阅读学习类读物的长销品种。再比如原版进口图书《牛津阅读树》系列，这是牛津大学出版社享誉国际的分级阅读品牌产品，已成为国内众多学校与家庭提升儿童英语阅读能力的首选系列。但这些整本书阅读类读物都与非母语阅读能力有关，要么是引进版的国外阅读材料，要么是专门提升英语阅读能力的读物，而较少为提升母语阅读能力，也就是汉语阅读能力的整本书阅读作品。现有的多为提升语文阅读理解能力的纯学科教辅读物，或为培养语言能力的语言学习材料，没有兼顾文学性与语言性的综合提升儿童母语阅读能力的助学阅读材料。

文选汇编类阅读学习类读物，即多作者的单篇作品汇编结集而成的读物，这类读物中，有按照阅读者的年龄段来分类出版的读物，比如《新语文读本》分为小学卷、初中卷、高中卷；再比如"海绵儿童分级阅读书丛"按照阅读者的阅读能力级别进行编排；而《我的母语课》则按照作品的主题进行体例设计。无论按何种方式进行单篇作品的汇编出版，这些读物都是通过多体例、多文类、多层次的古今中外佳作的阅读来发展儿童的阅读能力的。

以上对阅读学习类读物从概念、性质、特点、类型等多方面进行了阐释。可以看到，其整体突出的阅读教育功能使其不同于传统读物，很难将其归纳于既有的出版类型中，而且随着全社会对儿童阅读的重视，这一类出版物的品种将越来越多。那么阅读学习类读物的出版怎样才能更好地服务于阅读教育，服务于儿童教育呢？

二、阅读学习类读物出版如何与基础教育相匹配

阅读学习类读物的出版必须要与基础教育的发展相匹配,这是由其性质与特点决定的。阅读学习类读物的产生与全社会重视儿童阅读活动息息相关,更重要的是,从某种程度而言,阅读学习类读物本身就是应基础教育改革之需而出现的。基础教育实施的载体主要是学校教育,国家中长期教育发展纲要要求学校重视儿童阅读的全面实施,而阅读学习类读物的出版正解决了儿童阅读整体系统建设中"读什么"的问题。因此,阅读学习类读物的性质就是服务于阅读教育的教育功能性读物,从这一点来说,阅读学习类读物的出版当然而且是必须要与基础教育发展相匹配。我们需要研究的是这两者应该从哪些方面来使发展的步伐一致。

首先阅读学习类读物的出版在内容上要满足基础教育发展的需求。出版阅读学习类读物的出版机构需要加强对基础教育发展多方面多层次的了解,包括从宏观角度知晓基础教育当前发展态势,具体到跟阅读有关的各学科发展的变化,比如《全日制义务教育语文课程标准(2011版)》的出台,各版本教材修订的最新情况,特别是近年对语文教材的大幅修订,及学校校本阅读课程建设的现状,等等。对于这些基础教育领域与阅读有关的宏观和微观态势,出版阅读学习类读物的出版人都必须多加关注。对于读物的出版,从选题策划、作者选定到内容编排等方面都要建立读物出版服务于阅读教育的意识,比如前期选题策划和市场调研时,很重要的就是要频繁进到教育现场,了解阅读教育的实施者教师与受用者学生的需求,只有这样才能真正满足读物使用者的教育需求。出版机构应该建立定期与教育"亲密接触"的常态机制,比如与学校合作开展定期读书活动、与教师交流的恳谈活动,通过学校组织与班级学生家长开展父母课堂活动,参加学校的各类阅读教研活动,等等。这些不同形式、不同层次的定期交流机制能从根本上保证阅读学习类读物服务于基础教育,满足阅读教育的需求。

除了在内容上满足基础教育的需求,阅读学习类读物的出版在出版形式上也要紧紧围绕为基础教育服务的目标。这里的形式不仅指出版物的外在呈现形态要符合阅读教育的发展,如点读功能、AR技术的引入,还包括出

版物的阅读推广形式、传播途径等都需要契合基础教育的需求。阅读学习类读物不同于一般的童书出版品类,它的教育指向性很明确,对于一些较具规模的阅读读物,可以采用开展教育项目来进行出版。比如首都师范大学儿童阅读教育团队推出的"爱悦读"桥梁书系列,从该系列的外表来看,可能以为是纯儿童文学的童书品类,但实际上该系列作为国内阅读研究的前沿成果,本身就是为服务与阅读教育而产生的,所以它属于典型的阅读学习类读物。目前这一类文学性、教育性兼顾的阅读学习类读物相对较少,所以在出版时一般将其归为传统儿童文学读物。这套桥梁书的出版推广形式不同于一般儿童文学作品,它除了用传统推广模式外,还构建了整个项目的理论研究、作品创作、教师培训、课程定制等立体推广途径,这样的推广形式满足了学校阅读教育的需求,很多学校将这一套书相关的桥梁书阅读课程作为全校的校本阅读课整体使用,通过课程的开设,不仅帮助学生掌握独立阅读文字书的初级方法,而且还通过教师培训,提升了教师的阅读素养。阅读学习类读物的出版推广方式应该力求多方位、分层次为学校提供阅读服务,帮助学校系统提升阅读教育的质量。

三、阅读学习类读物出版趋势分析

阅读学习类读物在内容与形式上应满足基础教育的需求,实现服务于阅读教育的功能,在全民阅读上升为国家战略的今天,在全社会重点、深入推动儿童阅读的当下,阅读学习类读物的出版将成为未来出版品类中大有潜力的重要新兴出版领域。其出版趋势表现为:

一,阅读学习类读物的出版正在随着儿童阅读活动的深入开展持续发力,将会逐渐形成一个具有相当规模、可持续发展的产品线。对阅读的重视将作为我国文化工程建设的重要内容持续发展下去,而教育领域对于阅读的热力推动更是要作为一项长期任务开展建设,从当前高考改革对阅读考查加大比例,新近各版本语文教材修订加强课内外阅读质与量的评价,到学校幼儿园纷纷加强校本阅读课与园本阅读活动的教研,这些都在表述一种教育现实:基础教育正在也将持续加大对阅读教育的开展。此外,从阅读教育发达的美国和英国来看,阅读学习类读物一直都是教育出版社或者童书出版社盈利增长的重要产品线,比如分级阅读类读物就是助学阅读产品的重要品种,几乎各大出版社都有自己的分级阅读产品,而牛津大学出版社的分级阅读产品更是该社享誉世界的拳头产品。因此,无论是从国内阅读热潮的持续发展,还是从发达国家的现有情况,都可以看到阅读学习类读物将成为一个具有蓬勃生命力的重要出版品种。

二,阅读学习类读物在内容创建上将加大原创性与本土性。从现有的阅读学习类读物来看,无论是给成人阅读的指导图书还是儿童阅读的各类读本,引进版还是占有相当的比例,这与国外阅读教育发展历史久、经验成熟有关,也与全社会对儿童阅读的大力重视时间不长(只是进入21世纪以来,尤其是近十年以来)的现实有关,因此国内原创的阅读学习类读物,或者专门为提升母语阅读能力的读物相对较少。但这样的局面正在逐渐发生变化,我们看到近几年出版的给成人阅读的指导类读物出现了不少原创品种,如提升父母阅读素养的《中国父母基础阅读书目·导赏手册》、培养教师阅读视野的《窦桂梅的阅读课堂》、系统提升教师儿童文学阅读素养的《儿童文学与小学语文教学》等;在给儿童阅读的读物中原创的整本书阅读类品种较少,多为文选汇编类读物,如上文提到的主题阅读类《我的母语课》、按阅读级别分类的"海绵儿童分级阅读书丛"等。未来具有原创性与本土性的阅读学习类读物将在现有基础上不断扩大品种与规模,因为母语阅读能力的提升才是我们本民族儿童阅读的重点,阅读教育的迫切现实需求将极大催生原创助学阅读类读物的大量出版。

三,阅读学习类读物的出版将加强与学术机构、教育机构的合作,推动读物服务阅读教育的专业性与科学性的增强。阅读学习类读物本身就是应教育之需而产生的,出版的目的就是满足阅读教育的需求,因此其研发应该更好地依托专业进行阅读研究的学术机构或教育机构,只有这样才能保证读物的科学性。如果只是借助阅读教育的大潮,套用一些阅读教育的概念(如前几年出现过不少套用国外分级阅读、桥梁书阅读概念的图书),单靠这些外来概念的包装,不依托于专业的理论研究,出来的产品也就热闹一时,并没有持续发展的可能。从国外阅读学习类读物的发展来看,很多读物的产生本身就依托于专业研究机构。比如牛津大学出版社的分级阅读产品就依托于牛津大学自主研发的阅读测评体系,作者都是从事阅读教育行业的学者型作家。这样的作者团队保证了作品的专业性与科学性,自然更能契合教育的需求。

阅读关乎儿童精神生命的健康成长,已成为国家未成年人文化建设的重要部分,阅读学习类读物的出现、发展将成为我国儿童阅读的深入推进系统构建工程的重要一环。专注本土原创,借力专业学术,参考国外先进经验才是阅读学习类读物契合基础教育的发展、服务阅读教育的根本所在。

参考文献:

[1] 艾登·钱伯斯.打造儿童阅读环境[M].许慧贞,译.北京:五洲传播出版社,2011.
[2] 王蕾.爱悦读桥梁书系列[M].合肥:安徽少年儿童出版社,2015.

跟教师谈童话理论与阅读教学应用

在 2017 年第二届全国童话教学大会作主题报告：
跟教师谈童话理论与教学应用

　　很多教师在教授童话时较多地关注教材里出现的是哪篇童话作品，对童话这一文体的关注比较少。要教好童话首先需要明确"童话是什么?""童话最核心的艺术特征是什么?""童话和小说又有什么区别?"，如果不能明确这些问题，教师在设计童话教学方案时就极有可能因为不明确其文体特征，而将很多不同文体的作品进行同样的教授。由此可见，小学教师的儿童文学素养，直接关系到教材的教学。

　　目前，如何把握童话的文体特征、了解童话的基本理论，以便更好地进行童话教学仍是教师们进行童话教学所面临的一大问题。实际上，教师的儿童文学素养直接关系到教学质量，因此今天我想分享一下"童话的理论与教学应用"这个主题。这一议题在十年前也许会被认为和教学关系不大，但从 2011 年的课程标准出台一直到今天的部编教材,我们会发现课改强调童话的学习,教材也增加了大量的童话作品。下面,我将从小学教师童话教学的必修理论、童话的多元教学、童话的阅读指导、童话的校本阅读课程示例四方面进行介绍。

一、童话教学的必修理论

教师在进行童话教学前首先要明确童话的概念、起源和基本特征。只有这样,当教师被问到"童话不就是小猫和小狗的故事吗？五六年级学生看会不会太幼稚?"这类问题时,才能给孩子一个明确的解释,并用相关的童话作品向学生证明童话不只是"小猫小狗的故事",也不是低龄孩子的专利。此外,图书的作者及版本信息也很重要,如《格林童话》《安徒生童话》等经典童话作品已被多家出版社出版,教师在选择学生读物时,必须关注出版年月、翻译者及出版社。以上这些基础知识对于阅读指导而言都非常重要。

童话的起源是什么,又该如何定义？在我国,童话产生于五四新文化运动之后,即从那个时代开始,我国才有真正的儿童文学作品。当然,这指的是成年人有意识地为儿童写作的作品,而不是像《西游记》这类可以归于大儿童文学的作品,叶圣陶创作的《稻草人》是第一部称得上是文学童话的作品。要定义一部作品是否是童话作品,其关键词就是幻想。这也就是童话区别于其他文体的核心特征,比如童话和小说虽然都归类于虚构文学,但童话因其幻想性,故事在现实生活中不可能发生,而小说则取材于现实生活,虽然也是虚构的,但它讲述的故事可能会发生在现实社会。当我们按照这样的标准再去判断《草房子》的文体时,相信不会再有老师将其归入童话,它就是一部名副其实的小说。

通过叙述的艺术手法、作者、艺术形象等特征,可以把童话分成不同类型。如按照童话叙述的艺术特点可以将童话分成热闹派、抒情派等;按照创作作者则可分为民间童话和文学童话;按照艺术形象可以分成超人体、拟人体和常人体。比如猫和老鼠在作品里面像人一样说话,这就是拟人体形象。超人体形象指拥有特殊本领的人,比如会魔法的主人公,像经典作品《彼得潘》主人公拥有常人孩子没有的一些本领,我们将其定位成超人体。常人体童话作品里所有的人物形象都在现实生活中存在,最典型的一个作品是《安徒生童话》中《皇帝的新装》,作品中每个人物都是普通人,但因为情节极其夸张,不可能在现实生活中发生,我们将其视为常人体童话代表作。基于对童话人物的了解,教师在进行教学设计的时候也就会很清楚地知道应该从什么角度向学生介绍人物形象了。如《神笔马良》中马良虽然和现实生活中的孩子一样,但他拥有了一个宝物——神笔。有了这个宝物,这个作品就成了真正的童话作品。

童话还有一个艺术特征就是幽默,这不仅是语言和情节的幽默,也包括人物形象的幽默。为什么说童话是最贴近孩子的作品?因为在童话世界可以看到孩子们平时喜欢的游戏、头脑中构建的奇怪事物等,童话作家则是儿童的代言人,将自己内心世界有趣的东西表达出来。

这里我要特别指出学校在研制童话教学的书单时还要有版本意识,尤其对于一些公版图书——作品作者去世50年及以上,其作品不需要作者授权就可以在很多国家的不同出版社出版,如《安徒生童话》在国内就有数以千计的版本。所以版本意识对于学校研制书单非常重要,选择适合学生的版本需要教师掌握如翻译者、出版社等各类版本知识,以此为学生提供最合适的童话书单。此外,学校还需要注意书单的系统性。这需要教师充分了解童话的历史发展脉络,在制定书单时不仅要关注当代作品,也要关注古代作品以及民间童话时期的相关作品。西方童话发展经过了几个阶段:第一个阶段是原始民间故事,民间故事里的人物形象大多是公主、王子、巫婆之类;第二个阶段是由作家收集改编的民间故事;第三个阶段是作家独立创作的故事。《安徒生童话》之所以被称为整个童话历史发展的里程碑作品,就是因为从安徒生开始实现了作家真正的独立创作。我国其实同样经历了这些阶段,即口口流传—作家收集整理—作家独立创造。

二、童话的多元教学

在设计一个童话作品的教学时,教师可以将不同方法结合在一起使用,如童话表演法、戏剧教育教学法、朗读法和改编扩写等。童话表演法是目前很多学校都在使用的一个方法,在此不赘述。戏剧教育教学法即将戏剧的一些表演手法用到教学上。例如,这样一段童话作品文字:"大海上风呼呼地吹,海浪一层一层地起来,我们看到天边的乌云慢慢地过来。"在传统语文课堂上一般会把这段文字进行朗读。如果使用戏剧教学法,教师就可以请几位小朋友来模拟大风呼呼吹的声音,将道具、人声模拟等舞台戏剧手法运用到教学中来。朗读法则要基于童话的夸张、荒诞性,要求孩子富有感情地朗读,把自己设想成作品中的人物形象。改编和扩写可以很好地发散学生的思维。有这样一个案例:一位教师在进行童话作文教学时,要求学生针对不同圆的形状写作文。有位学生写圆形是鸡蛋超人、椭圆形是变种的鸡蛋超人。作业交上来后,这位教师就评判学生胡编乱造,没有依据。孩子反驳:"我就是这么想的呀!"其实,孩子的话非常正确,童话就存在于孩子的想象世界中。现实世界中大灰狼要吃小白兔,在孩子的童话世界里就可能变成了小白兔打败了大灰狼。所以,教师在评判学生改编和创作的童话时,不应该按照记叙文、议论文、说明文等这类作文的特点,如果教师知道童话的核心是幻想,就会作出更好的评判。

三、童话阅读指导

众所周知,目前除教材里的作品,学校还要完成课标规定的小学阶段不少于145万字的阅读量。这个阅读量的完成必须要靠课内的校本阅读指导和课外的阅读指导。在进行教材外的童话阅读指导的过程中,教师也需要注意一些技巧与方法。教师在介绍作者时要分步介绍,首先要明确是谁写的,对他的写作风格、语言特点都要有所了解,这样才能把握其文学风格,然后再对作品内容作简单的介绍与梳理。

以中低年级童话口语交际课为例,为《小熊维尼》设计一堂课,可以这样思考:这本书通过有趣的故事告诉孩子很多在现实生活中碰不到的有趣人物形象,教师可以请孩子以口语的方式复述印象最深的片段,要求孩子把话讲完、讲通顺,还可以让孩子互相说喜欢的形象。这些设计看似很简单,其实对口语练习很有作用,让孩子们通过反复的训练,通过口语的表达把事情说清楚,把语言表达通顺。

对同一部作品,可以在不同的阶段进行分级指导。教师还可通过阅读链接把课程内外的作品用一些方式进行整合。如读完《小熊维尼》之后,老师可以把作家米尔恩的其他作品找出来,让学生进行浏览式略读。这个过程也要讲究一些方法,如同一个作家的作品略读、同一主题的略读、同一国家不同童话作品的略读等。

四、童话的校本阅读课程示例

童话校本阅读课程需要逐步建构从一年级到六年级的阅读体系,比如一、二年级可以推行桥梁书阅读课程,我们知道绘本阅读适合一、二年级的孩子阅读。但是到了三、四年级,孩子基本就是阅读章回故事等纯文字作品,这中间就要通过桥梁书从以图画为主的书逐步过渡到纯文字书。纯文字书有太多的长句、情节,孩子一开始读不懂,久而久之,就会缺乏阅读自信,提不起阅读文字书的兴趣。在小学 6 年要系统化、专业化、科学化地进行阅读指导,其实就是要对学生进行系统的分级阅读指导,要根据阅读级别进行指导,从选择合适的读物出发,进行不同年级、不同阅读级别的分级阅读教学法,让学生从读具象的图画逐步过渡读到抽象的文字,从教师伴读过渡到独立阅读。

比如,目前全国很多学校在小学中低年级推行的"小豆包桥梁书阅读课程"就是一个童话初阶校本阅读课程,这个课程是我所主持的教育部课题"新世纪中国儿童文学与儿童阅读研究"的一个成果,所用的教材为桥梁书"'爱悦读'桥梁书——小豆包系列"。该书从文本建构、人物形象、文字长短等方面充分考虑了一、二年级儿童的阅读能力,里面用的文字 95% 都是孩子会写、会认的字,5% 的生僻字会用拼音标出来。教师在实际的教学过程中用故事地图、阅读游戏、文学活动圈等教学策略,从童话桥梁书的阅读出发,能够帮助儿童一步步掌握初阶童话书的阅读方法,逐步爱上文字书阅读。

A—Z分级阅读测评体系
对校本阅读课程建设的启示研究①

2016 年参加沈阳皇姑区教育局分级阅读校本阅读课程实验区专家指导活动

近年来,分级阅读的理念在国内逐渐兴起。分级阅读,即根据儿童心理发展特点、智力和阅读能力的发展水平为其选择适合其阅读的读物,并给予一定的阅读指导方法。由于分级阅读从儿童本位出发,以儿童站在正中央为理念,必然受到社会越来越广泛的关注。在学校教育中,分级阅读的理念也越来越受欢迎,它可以为正在大力兴起的校本阅读课程建设提供思路,结合儿童总体的阅读能力发展阶段和个体的阅读发展状况为孩子选择合适的读物,提供相应的阅读指导方法,培养学生自主阅读能力,提高学生阅读兴趣,满足学生发展需要。目前国际上有不少有关分级阅读测评体系的研究,

---

① 本文合作者孙素文。

其中较为完善的当数美国 A—Z 分级阅读测评。由于它相对完善的测评方式可以更为准确地判断孩子所处的阅读水平,并且给予相应的阅读干预,最终促进儿童阅读能力的提高,其基本的理念和具体的操作方法对于我国的校本阅读课程的开发和建设具有重要的指导意义。

一、何谓 A—Z 分级阅读测评

A—Z 测评创始人是凡塔斯(Fountas)和皮内尔(Pinnell),二人均是美国大学教授,具备丰富的教学实践经验,在基础阅读教学方面作出过突出贡献。她们在早期的工作中发现,当教师团队共同制定出全面的学生阅读学习干预计划时,学生可以获得更高水平的进步。他们与团队教师经过 20 年的实践研究,根据共同核心标准对学生语言艺术学习提出的总目标,制定了详尽的具体阅读目标和阅读教学指导策略《扫盲学习的连续性》(*The Continuum of Literacy Learning*),并由此开发了检测各个阶段学生阅读水平的测评工具《基准评估系统 1 和 2》(*Benchmark Assessment System 1 and 2*)、以及具有针对性的阅读干预教学系统《分级读写素养干预系统》(*Leveled Literacy Intervention Systems*),由此开发出自己的一套较为完整的促进提高学生阅读能力的分级阅读项目。

A—Z 分级阅读测评法,就是利用电脑和人工,根据文本的词汇数量、句子长度和复杂度、句义明晰度、句式、插图信息量、思想内涵与深度、主题熟悉度等,从 A 到 Z 难度逐渐递增的一种图书分级方式,共 26 级。这种采用电脑软件和专家分析相结合的办法对图书进行分级的方法,综合考虑主观因素与客观因素,避免了单一电脑测试的机械化和单一人工测试的主观化,而此系统更看重内容的深度和思想性等主观因素,相对来说是比较完善的测评系统。

二、A—Z 分级阅读测评体系的理论基础

(一) 美国国家共同核心标准(The Common Core Standards)
共同核心标准相当于我国的课程标准,是语言、数学、历史、社会、科技

等各个课程上的总体目标,它成为凡塔斯和皮内尔开发 A—Z 测评的理论基础和指导纲要。共同核心标准对语言学习提出七个方面的要求:阅读文学作品、阅读信息文本、基础技能、写作、听与说、语言、阅读的深度与广度。这七个方面的学习要求为 A—Z 测评系统的开发提供了重要的指导。凡塔斯和皮内尔在共同核心标准对学生提出的阅读目标的基础上,对每一部分的阅读目标进行了进一步细化和深化,并且提出相应的教学干预措施,目的在于帮助学生有计划、有步骤、有方法地进行阅读学习,从而提高学生的阅读能力。

(二)图书水平分级依据(Fountas & Pinnell Text Level Gradient)

结合美国国家共同核心标准,凡塔斯和皮内尔把在阅读教学中应注意的十大文本特征、同时也是影响文章难度的十大因素作为图书文本水平的分级依据,它们分别是:文章的体裁,主要指虚构和非虚构文本分类系统;文本的组织和呈现方式,如传记类的叙事性文本、按照一定的组织方式进行表述的事实性文本等;文章内容;文章的主题和思路;语言特点,如书面语与口头语、象征语、描写或技术语言等广泛的文学语言形式;句子的复杂程度,简单自然的句子更容易处理,嵌入式和连体式句子的文本理解起来会困难;个人词汇量的积累程度;个人对词义的识别和解码水平;文本插图,一个高品质文本的组成部分;图书的排版特点,根据读者对象的不同编排图书的长度、大小和布局等。分级是一个复杂的过程,不同的文本可能会因为不同的特点而具备不同的难度,会因为某些特征而具有挑战性。据此,凡塔斯和皮内尔将以上十大特性作为图书分级评估的重要因素。

(三)A—Z 图书分级梯度

凡塔斯和皮内尔将 A—Z 的 26 个英文字母作为图书级别的代表,将图书分为 26 级,从 A 到 Z 难度递增,结合不同年级的阅读能力要求,图书的等级也会产生相应的变化。一般来说,A—C 等级的图书适用于幼儿园阶段的儿童阅读,B—I 等级的图书为一年级的孩子服务,H—M 级图书适用于二年级学生,L—P 级图书满足三年级孩子的需要,O—T 级图书提供给四年级的学生阅读,S—W 级图书五年级孩子更感兴趣,V—Y 级图书更适合六年级学生阅读,X—Z 则为七、八年级及其以上的学生提供选择。此外,该体系还对各年级学生的阅读能力作出了明确的要求,每个学年分为四个学期,对每一学期都有预期的阅读能力要求,从低级向高级,相衔接的年级之间会有交叉等级出现,当学生没有达到所在年级所处学期的阅读期望,就需要强化干预,接近预期时则需要进行短期阅读干预。

三、A—Z 分级阅读测评体系的构成要素

(一)基准评估系统

凡塔斯和皮内尔开发的基准评估系统是将一系列具有可操作性的文本作为衡量标准,通过个体性和总结性评估,来评价学生当前的阅读水平和随时间推移的变化性阅读水平的测评工具。主要分为两个体系,系统 1 主要为幼儿园至二年级的低学段儿童服务,文章的等级为 A—N 级;系统 2 主要为三年级至八年级的高学段学生服务,文章的等级为 L—Z 级。

两个系统的测评工具基本相同,主要包括以下内容:

评估指南(Assessment Guide),对如何进行测评操作、分析测试结果、监控学生的进步、利用测试结果对学生进行分组和教学等进行了解释说明。

评估表格(Assessment Forms Book),分为三个部分,分别是朗读表、阅读理解对话表和文本信息概况表。在学生朗读原文时,教师要在朗读表上作记录并统计各项数据;阅读理解表中是学生读完全文后需要根据文本内容回答的相应问题;文本信息概况表是让学生描述文本的内容,可以借助图画进行表达。精细的评估表可以收集敏感可靠的数据,包括读者的准确性、流利度、自校正和理解能力等,便于教师收集诊断信息以更准确地定位读者的阅读需求。

分级测评图书(Leveled Assessment Books),是根据凡塔斯和皮内尔严格的分级工具,经过精心撰写和编辑的代表着凡塔斯和皮内尔文章水平梯度的基准图书,主要为虚构类(Fiction)和非虚构类(Nonfiction)的题材,虚构类主要包含现实虚构、历史虚构和童话幻想类文章,非虚构类主要包含事实文学、传记、科普社会类文章等,这些原始基准书为学生提供了测试阅读的材料。

识字学习的连续性：教学指南（The Continuum of Literacy Learning：A Guide to Teaching），为学生提供语言艺术学习七个方面不同等级的方法指导，分别是引导性阅读、词汇的读与写、口语交际、阅读写作、创作写作、共享性阅读以及朗读与文学讨论，七个方面贯穿于整个幼儿园到八年级的学习中，并提出阶段性的学习目标，目的是为学生提供具体的语言学习训练方式。

学生文件夹（Student Folders），用于存储学生个人的评估文件，可以反映随时间推移学生阅读能力的进步情况。

F & P 计算器/秒表（F & P Calculator/Stopwatch），用于计算评估表上的阅读率、准确率百分比和自校正比例。

专业发展视频（Professional Development DVD），为教师提供了基准评估系统的要素和具体操作的方法，教师可以直观地学习如何使用这一测评系统，同时也为教师提供了观察、实践、评分、分析、评价、讨论等的机会。

数据管理（Data Management），管理数据评分，随着时间的推移，分析个人和小组的进步情况，比较小组和整个班级的数据，学校和地区管理人员根据要求作数据分享报告。

凡塔斯和皮内尔基准评估系统是对学生的阅读水平进行检测的一套系统完整的测评工具，教师或专业测试人员可以利用各项测评工具对学生的阅读行为进行系统细致的观察并给予量化，并且跟踪学生的过程性和总结性的评价记录，由此教师可掌握该学生阅读能力的变化过程。通过这样一系列专业精准的评估来测评学生阅读能力，教师给予相应的阅读指导和建议，可以帮助学生随着时间的推移提高其阅读能力，同时也可以为教师了解班级整体阅读水平提供教学支持与评估，使得阅读指导方法更具有计划性、针对性和高效性。

（二）分级读写素养干预系统

分级读写素养干预系统是在对学生进行阅读水平检测之后，能够根据其阅读状况为之选择相应的搭配阅读体系进行强化训练的系统。该套书籍体系中，不同等级的书用不同的颜色表示，共七个颜色体系，难度由低级到高级，并在封面标明书的级别，教师和学生可以快速找到需要的书籍。每个颜色系统除单纯的阅读书籍之外,还包括教学指南、记录表、学生档案、秒表、计算器等测评工具。利用这套完整的书籍和测评工具,学生可以获得朗读、书写和拼音学习的相互促进,能够积累词汇和语言知识等,教师可以教会学生如何去阅读并且掌握学生的进步情况,利用这样强化训练的方式使学生达到他所在年级应具有的阅读能力水平。

四、A—Z 分级阅读测评体系对校本阅读课程建设的启示

(一) A—Z 分级阅读测评体系与校本阅读教材选编

校本阅读课程分级的理念,必然使得校本教材在选编时要考虑分级的因素,例如不同的学生年级、不同的阅读级别对阅读材料的生字量、语言、文体、句式、主题深度等都有不同的等级要求。A—Z 分级测评体系在编订其分级阅读读本时充分考虑的各个要素对我国各学校的校本教材编订具有宏观上的指导意义。国内校本教材在组织选编时可以借鉴凡塔斯和皮内尔的图书分级要素,不论是选择汇总他人作品而成集成册,还是选用某一本或多本书籍作为校本阅读教材,都需考虑影响文章难度和理解难度的相关要素,编选适合各学段的校本阅读教材。

具体来说,校本阅读教材的编选可以结合我国教育部制定的《义务教育语文课程标准(2011 年版)》的要求以及图书分级的影响要素综合考虑,按照学段选编阅读教材,可从课标生字量、主题、语言语法、人物情节、图书编排等各要素综合考虑。A—Z 分级测评系统中统计词频的方法对我国校本阅读教材选编具有很重要的启示作用。在我国,不同版本的语文教材都有生字表,选编人员可以利用计算机 ACCESS 技术,将学段生字量与即将入选的文章汉字量作统计对比,监测文章中的汉字在学段内的生字字频,从而判断该文章对于该学段学生的生字障碍率。主题也是影响文章难度的重要因素之一,应结合皮亚杰的认知发展理论,了解不同年龄的孩子大概所处的思维发展水平,选择难度适当的篇章供给学生阅读。语言晦涩必然提升文章的难度,语法句式的复杂程度也会影响学生的阅读兴趣,选编人员在选择时应按照学段的要求选择适宜的文章,不应急于求成而过度拔高句式难度,以

免增加阅读障碍、降低学生的阅读兴趣。选文的人物形象都应有其鲜明的特性,文章中人物数量的多与少、人物关系的单纯与复杂、故事情节是否生动曲折等也是在编订分级读物时应考虑的内容。编选人员还应根据读者对象的不同编排图书的长度、大小和布局等,儿童的视知觉特点决定了他们对图形比较敏感,对纯文字性的页面注意力不够集中,编排时应当注意文图结合,不能全篇都是文字,以免降低儿童的阅读兴趣,也不能通篇都是图画,从而降低学龄儿童的文字阅读量。色彩是儿童书籍的生命,好的插图设计能给人以新颖、打破常规的感觉,既能凸显人物形象,也是对文字信息的补充说明,同时可以帮助儿童用想象力对现实进行再加工,用主观感受去描绘客观世界。

(二) A—Z 分级阅读测评体系与校本阅读课程指导方法

校本阅读课程为不同阅读层次的学生服务,必然要注重学生的分级阅读理念,因此阅读课程的指导方法也应当是分级的。应当充分考虑学生的年龄或年级,以及由于学习时间的累积而不断变化着的能力水平,以此调整阅读指导方法,使其符合学生的身心发展需要。可以结合学生的学段特点制定不同的阅读目标和指导方法。第一学段的儿童,要注重培养孩子的阅读兴趣,为其提供故事、寓言、童话等故事性强的作品,使得孩子能够被故事的情节所吸引而产生继续读下去的愿望,能够结合自己的生活实际理解文章中词语的意思,教师可以采用表演、模仿、创设情境、闯关游戏等多样化、趣味性强的阅读理解指导方法,以增强低龄儿童的阅读兴趣和阅读信心。第二学段的孩子,在阅读中要注意引导其体会句子的含义,能读懂文章的主要内容,体会文章表达的思想感情,可采用展开想象、绘制图画、续编故事等形式增强学生对文本的理解和感受。第三学段的学生,在阅读中要引导其了解文章的表达顺序,感悟文章的基本表达方法,学会欣赏,能与同伴交流自己对作品的看法,作出自己的判断等,相应地也会采取更高层次的阅读指导方法,更加注重学生的自我感受、自我探索、自我表达以及合作能力,例如采用文学活动圈的方式,让学生自行分组分配任务,完成问题提问卡、故事绘图卡、联系生活卡、人物评价卡、心情起伏卡、背景研究卡等探究内容。这种分层次、多样化的阅读指导方法有助于儿童阅读能力的形成和提高。

五、分级阅读理念下的校本阅读课程建设评价

（一）校本阅读课程的评价

凡塔斯和皮内尔的分级阅读理念和实践成果,为我国的校本阅读教材的制订提供了有力的思想理论指导,鼓励了国内教研人员探寻检测汉字生字、词频的技术支持,并初见成果;图书分级要素的影响因素也给校本读物的制订提供了方法,能够提高读物的质量。总之,这些均使得校本阅读教材在编订时能够与国家语文课程目标相一致,有章可循,使操作规范化,减少了随意性,为学生提供难度适宜的校本读物,丰富了校本阅读课程建设的理论研究,加快了校本课程建设的更加合理化的实践探索步伐。

在校本阅读课程中融入分级阅读的理念,在实践上使得分级阅读与学校教育体系相结合,这样能够快速并且广泛地向师生、家长、学校乃至全社会推广分级阅读的理念,实现分级阅读的方式。不同层次的阅读指导教学方法,对教师的教育理念的塑造、教学思维的开发、教育方式的改变、课程整合能力的锻炼等各方面都有促进作用,展现着教师的专业发展水平,也使得校本阅读课程本身颇具特色。这种分层次的指导方法,可以掌握学生的进步程度,及时调整指导策略,处处体现着以学生为阅读主体的特点,满足不同阅读能力层次的学生的需要,帮助儿童树立阅读的信心,培养其良好的阅读习惯和独立的思考能力,同时增加儿童的知识积累,有效发挥了校本阅读课程的作用。

（二）学生发展的评价

校本分级阅读读物的制订,给学生提供高质量的阅读材料,使之与学生的发展水平和阅读能力相吻合,满足其身心发展的需要,真正适合学生阅读,能提高孩子的阅读兴趣,培养孩子独立自主的阅读能力,给予学生充分的阅读空间,尊重其阅读实践和阅读体验。校本阅读课程分级的理念和分级的指导方法,实际上也是帮助学生逐步培养语文实践能力,不同形式、不同等级的阅读指导方法也能给学生提供变化着的阅读方式,渐渐形成会听、会读、会分享、由依赖阅读到自主阅读再到合作探究的逐级提升的阅读技

巧,也是教师收集学生过程性评价资料的有效方式和手段。

　　另外,阅读指导方法中文学活动圈的阅读方式,能够让孩子们自己去阅读、去体验、去探索、去分享,他们被允许和鼓励去独立思考、决策,自己解决问题、自由表达思想。这一方式坚信儿童有能力实现独立阅读,并能根据内容联系生活、自我评价,甚至自行探求新知,坚信儿童最终将掌握获取知识的能力,这是对学生的尊重的体现,这种尊重同时蕴含着信任! 校本阅读课程应该给学生提供自由学习的平台,让学生在这一阅读活动中有高度的热情和探索新知的欲望,自信、快乐、勇气伴随其中,每一个孩子都能更好地展现自我!

参考文献:

[1] 王晖.儿童分级阅读推广策略研究[J].大学图书情报学刊,2014(4):83.

[2] 詹立波,尤建忠.儿童图书“分级阅读”在我国的生存现状与问题研究[J].中国图书评论,2010(6):114 - 115.

[3] 李爽.独木和森林——也谈英国小学的分级阅读[J].出版广角,2011(6):26 - 27.

[4] 王晖.英美两国儿童分级阅读对我国的启示[J].现代情报,2013(12).

[5] 姜洪伟.美国阅读分级方式简评及思考[J].出版发行研究,2010(10):10 - 12.

[6] 李爽.儿童分级阅读大事记[J].出版广角,2011(6):29.

[7] 韩阳.中国儿童分级阅读参考书目成形 中国儿童分级阅读建议出台“中国儿童分级阅读研讨会”在北京举行[J].出版参考,2009(8):18.

[8] http://baike.baidu.com/link? url = Eu6ppVWY-ZAR7X88GlzrpIbm2PO09-TvxIQlbZviFttZsE3w1ZYL0Eq7TLsmPuebn_vfu_NidJJgQqM_RuVY6q.

[9] 徐先德.基于新课程的校本阅读教学策略探究[D].兰州:西北师范大学,2007:7 - 11.

[10] 丛龙梅.校本阅读教材:小学语文课外阅读的另一片天空[J].内蒙古师范大学学报(教育科学版),2008(8):89 - 90.

[11] 曾祥芹.阅读学新论[M].北京:语文出版社,1999(9):289 - 292.

[12] 莫雷.阅读与学习心理的认知研究[M].北京:北京师范大学出版社,2006(1):19 - 20.

[13] 娄阿利.9~12岁小学生语文阅读能力的发展特点及培养研究[D].沈阳:沈阳师范大学,2011(5).

[14] 罗盛照,张厚粲.中小学生语文阅读理解能力结构及其发展特点研究[J].心理科学,2001(6).

英国分级阅读品牌读物
"牛津阅读树"文本探究^①

英国最早进入分级阅读领域的是 1963 年出版的瓢虫系列图书 *Ladybird Key Words Reading Scheme*，最为著名的则是牛津大学出版社的"牛津阅读树"（*Oxford Reading Tree*）。"牛津阅读树"系列是牛津大学出版社所出版的代表性儿童分级读物，从 1986 年面世至今，已成为一百多个国家儿童分级阅读的首选读物。经过三十多年的发展，"牛津阅读树"不断扩张脉络，在牛津分级理论的指导下，除庞大的读物体系外，还发展出课堂教学、家长指导、教师指导、配套练习等多系列分支，为儿童提供更为系统的分级阅读指导。

在 2019 年中国出版发行协会全国少年儿童分级阅读标准研制工作座谈会上发表主题报告

"牛津阅读树"系列阅读等级共分为 16 个级别，从第 1 级到第 16 级，表示在阅读树上即从树根到树梢，不断向上阅读更高层级，这也是该系列读物名称的由来。以树干为中心，纵向划分为两部分，即非虚构类和虚构类，横向也可划分为两部分，即从第 1 级到第 9 级阅读树读物，以及第 10 级到第 16 级树顶阅读读物。因此，完整的"牛津阅读树"由四部分构成：非虚构类

---

① 本文合作者毛莉。

阅读树读物、非虚构类树顶阅读读物、虚构类阅读树读物、虚构类树顶阅读读物。

此外,"牛津阅读树"还提供家庭阅读指导、教师阅读指导等配套用书,用来提高成人的阅读指导能力。这些辅助性材料可以帮助儿童获得更好的阅读效果,具体可分为四部分:自然拼读语音用书,能帮助儿童练习他们的发音和拼读能力;基本故事书,可以介绍普通词汇和日常用语;工具书,比如配套练习用书、语音用书、字词拼写字典、语法用书等;指导用书,教师用书和家长用书能分别指导教师和家长如何为儿童阅读提供帮助。

一、具有科学依据的读物体系

"牛津阅读树"理论体系完整,读物题材丰富,在英国分级阅读领域权威性极高,目前上架读物有 13 个系列,书目总量达上千本,且该出版社每年都会更新书目。笔者在研究过程中发现,尽管"牛津阅读树"读物数量巨大,却因其是依据科学理论进行划分的,形成了层次分明、功能全面、体系完整的读物系统。

该读物体系纵横交错:在横向划分上,按照阅读能力一般结构即认知能力、理解能力、概括能力和评鉴能力,将读物在功能上划分为七大模块,即自然拼读法、自然拼读法练习、起步阅读、综合阅读、高水平阅读、非小说阅读和诗歌阅读。自然拼读法及其练习帮助儿童形成阅读的基本认知基础,起步阅读以简单易懂的阅读材料帮助儿童形成阅读理解能力,综合阅读和高水平阅读则对儿童的阅读能力发展与培养有了更高要求,而非小说阅读和诗歌阅读能为儿童综合阅读提供补充材料。同时各系列读物在功能类型上也充分与英国国家课程目标相结合,如英国国家课程标准中要求"儿童应该容易地进行流畅阅读","牛津阅读树"中就有多个系列读物具有相关功能。

在纵向划分上,"牛津阅读树"从三方面进行划分。首先对读物进行年龄段划分,根据儿童学段对应年龄划分为七个阶段:4~5 岁,5~6 岁,6~7 岁,7~8 岁,8~9 岁,9~10 岁,10~11 岁。国家在学制设定上,充分考虑儿童身心发展特征,分级阅读大多会参照这一方法进行划分。其次对读物按照英国国家阅读级别(Book Band)划分,用12种颜色代表不同级别的读物,对儿童阅读能力的要求也随之变化。最后按照牛津阅读级别体系进行划分,16个级别包括主干阅读和树顶阅读,各级别对儿童的阅读要求和阅读重点不同。

　　"牛津阅读树"参照多种理论依据构建系统化的读物体系,既结合阅读能力结构和国家课程标准对读物进行功用划分,又结合学制年龄段、国家阅读级别体系、牛津分级体系对读物进行能力级别划分,构建了纵横交错、层次分明的读物体系,可便于读者在大量分级读物中找到适合自己或自己需要的读物。

二、涵盖广泛内容的读物类型

　　"牛津阅读树"出版读物主要包括以下13个系列图书,分别为 *Infact*; *Story Sparks*; *Biff, Chip and Kipper Stories*; *Biff, Chip and Kipper Decode and Develop*; *Traditional Tales*; *Songbirds Phonics*; *All Stars Fiction*; *Fireflies Non-fiction*; *Explore with Biff, Chip and Kipper*; *Snapdragons*; *Floppy's Phonics Fiction and Non-Fiction*。从儿童文学文体类型来看,该套读物可分为两大部分,即叙事体儿童文学和非叙事体儿童文学。叙事体儿童文学以儿童故事和小说为主,其中儿童故事类读物比重较大,*Biff, Chip and Kipper Stories* 系列为整个阅读内容体系的核心,加上扩展提高系列,总共包含400多个儿童故事。另外两个系列: *Traditional Tales* 为儿童提供更丰富的世界经典故事; *Snapdragons* 是基于真实情境的生活故事。虚构类读物篇幅增加,故事情节与人物形象设置都更为复杂,代表系列有 *Story Sparks* 和 *All Stars Fiction*,帮助儿童发掘阅读潜力,提高阅读持久度和获得更高的阅读技巧。非叙事体儿童文学包括儿童诗歌、儿童散文、人物传记、科学文艺作品等。*Infact* 系列就包含科学文艺作品,如 *Snake Attack* 为儿童提供各种科普知识,同时还有人物传记,如 *Real Heroes* 向儿童介绍为人类社会作出贡献的名人。*Fireflies Non-fiction* 包含大量社会科学作品,如 *Food as Art* 和 *Skateboarding*。*Glow-worms* 为儿童诗歌类丛书,有助于儿童对文本语言形成独特的感知能力。

从读物内容的题材来看,该体系将读物划分为虚构类和非虚构类作品,因此读物题材可以分为综合故事类和百科知识类。本文对叙事类读物 Biff, Chip and Kipper Stories 经典作品 280 篇左右、Traditional Tales 2017 年经典作品 36 篇、All Stars Fiction 2017 年经典作品 66 篇进行统计分析,得出结论为这些作品的主要故事类型包括生活故事、动物故事、幻想故事。由于生活场景和生活交往对象的不同,生活故事有很多种类,可以是家庭故事、校园故事、个人生活故事等。家庭故事主要讲述家庭成员之间的事情,如 Biff, Chip and Kipper Stories 中的 Kipper's Birthday(第 2 级)、Poor Old Mum(第 4 级);校园故事贴近儿童的生活实际,包括校园环境、校园活动、同伴相处等内容,如 Biff, Chip and Kipper Stories 中的 A New Classroom(第 5 级)、All Stars Fiction 中的 Football Team(第 10 级)。动物故事是以动物作为主人公的故事,包括真实生活里的动物和虚拟情景中的动物。Biff, Chip and Kipper Stories 中围绕小狗 floppy 有很多故事,如 Floppy's Bone(第 1 级)、Floppy's Bath(第 2 级)。All Stars Fiction 中记录了很多与动物有关的故事,如小松鼠、狗、兔子等。幻想故事一般是基于生活实际、带有想象色彩的故事,即童话故事,情节设置较为夸张,如 All Stars Fiction 中 Cleaner Genie 里帮人打扫卫生的妖怪清洁者。经典童话故事也有涉及,如 Traditional Tales 中有小红帽、龟兔赛跑、神笔马良等故事。

在"牛津阅读树"系列读物中,包含自然科学知识和人文社会科学知识的内容约为图书总量的三分之一,这些图书涉及生物、物理、化学、科学、历史等多学科知识,能扩充儿童的阅读视野。本文对非叙事类读物 Infact 基础阅读 72 篇和扩展阅读 36 篇进行统计分析发现:与自然科学有关的书目占较大比重,总计 108 篇作品中有 75 篇,主要包括自然生态、动物生活、植物种类、天气变化、地球资源、宇宙知识等,知识难度随阅读级别呈现递增趋势,第 1~3 级主要介绍动植物知识和季节变化,如 Things with Wings 和 Seasons;第 4~8 级开始加入自然生态主题,如 Tree Town 和 Deep Down Weird;第 9~11 级涉及宇宙生物、星球知识、自然能源等的知识,如 A Life in the Sky、Awesome Skies、Time Zone。有关人文科学的书目约为 33 篇,涉及人类发展、历史人物、艺术、现代技术、科学探索、民族文化等,这类内容从第 4 级开始数量有所增加。讲述人类发展历史的有 The Missing Bone、Your

Body、*Inside Out* 等；艺术方面涉及漫画、户外艺术、剪纸等，如 *Let's Make Comics!*、*Outdoor Art*、*The Craft of Paper*；科学探索方面涉及太空探索、新能源、未来建设等，如 *Zaha Hadid: Building the Future*、*Man Meets Metal*。

三、采用丰富形式的助读系统

　　儿童阅读并不单指儿童阅读图书这一过程，而是指包括阅读准备、阅读图书、阅读反思在内的完整阅读过程。"牛津阅读树"不仅为儿童提供了庞大的读物体系，还为儿童设计了阅读后进行自我诊断的练习体系。本文以"牛津阅读树"经典系列 *Biff, Chip and Kipper Stories* 为研究对象，对第 1~9级的 90 本读物进行统计，发现该系列大致采用了 21 种练习形式，涉及 12种练习题型。

　　"牛津阅读树"助读系统练习形式的丰富程度几乎难以概括，它充分考虑到了儿童不同年龄段的认知特点。字词学习是进行阅读活动的重要前提，读物采取了 5 种形式进行相关练习，包括字词勾画、词义辨析、单词排序、看图写话和词语归纳，这些练习形式随着阅读级别不同而发生变化，如在第 1~3 级中以字词的正确认读为目标，采用简单勾画和选择的方式，在第 4~6 级中则加入填写和分类的练习方式，以期儿童能够掌握词语性质并正确书写。阅读理解是阅读能力发展的核心，主要训练形式包括连线匹配、信息填充、选项判断、文本排序、信息搜索、选句填空、文本简答、文本阅读等多种练习方式，题型涉及连线、填写、判断、排序、查找、选择和简答等 7 种形式。在第 1~3 级中主要练习形式为连线匹配和选项判断，考虑到低龄儿童处于具象思维阶段，练习题目主要为图画与文字信息的匹配。在第 4~5 级中加入信息填充、选句填空以及文本排序，文字信息间的匹配，要求儿童对故事主要情节有所把握，同时还要理清故事发展脉络。在第 6~9 级中加入文本简答、文段阅读，儿童要在理解故事内容的基础上概括答案，在完成阅读后需要进行语言输出，书面表达方面采用传统的字词、句式、文段的训练思路，练习形式有句式仿写、看图写话、对话练习、情景写作，为儿童提供多种练习途径。最后还有对儿童创新能力的相关练习，如独立创编故事和根据故事内容设计其他产品等。

四、情境多样的阅读指导系统

"牛津阅读树"读物体系包含学校阅读指导部分与家庭阅读指导两大指导系统。本文就该体系多套读物分析发现,其学校阅读指导将传统阅读指导分化为指导阅读(小组阅读)课程、独立阅读课程、听说活动课程、写作活动课程以及多学科融合课程等几大教学情境进行指导。

以 *Disgusting Denzil* 为例[选自 *All Stars*(第 10 级)],该读物在指导阅读即多人合作阅读的课程中,将阅读过程分为介绍故事、阅读故事、重读故事三个阅读阶段,分别穿插运用预测、提问、澄清(解决)、总结、想象等指导环节。在介绍故事时,教师引导学生根据封面信息、关键页、插图等预测情节,借助原文解答疑惑,养成自主阅读习惯;在阅读故事阶段,学生独自或者合作阅读故事,教师根据学生的阅读需要予以帮助,之后带领学生共同解决阅读中的问题;在重读故事阶段,教师将对故事中的情节、人物、思想等进行总结,并组织学生参与扩展性活动。在独立阅读指导中,学生个体成为阅读中的单一主体,教师要为学生提供方法指导,如圈画陌生词汇、学习较难词汇以及处理阅读中的字词障碍,同时还要引导学生的阅读思考,最后为学生提供同类型读物推荐的指导。在听说活动课程和写作活动课程中所提供的指导,主要是为了提升学生的听说读写能力。本课的指导方案为学生提供两种模式,一种是学生作为故事中的小怪物住在怪兽国,互相交流各自的情况,在交流中提升口语表达能力;另一种是学生写一份关于怪物的介绍报告,可以提升学生的书面表达能力。在学科交叉课程中,本课可与科学课结合起来,让学生探究动物世界较为特殊的进食方式。

儿童课外阅读的主要场所为学校与家庭,过往的阅读指导中总是忽视家庭指导对儿童阅读发展的作用。"牛津阅读树"充分考虑到家庭指导资源,各系列不同级别读物都配有家长指导用书,主要包括自然拼读和阅读策略两大部分,结合儿童各方面阅读能力发展需求,指导内容十分全面。本文以 *Biff, Chip and Kipper Stories* 系列为例,具体分析其第一阶段(第 1~3级)和第二阶段(第 4~6 级)两本家庭指导用书。该系列在家庭阅读指导方面主要采用 4 种指导方式:引导学习、示范学习、游戏活动、动手操作,这 4

种方式根据指导内容不同可以灵活使用。自然拼读即传统意义上的字词学习,在对其指导方面主要包括基本认读、词汇识记、词汇拼写和词汇理解。基本认读是对字母和基础词汇的初步学习,家长可示范正确读音,引导孩子进行模仿学习;词汇识记是对更高难度词汇的记忆性学习,家长可通过单词游戏、字母模型等方式帮助孩子进行学习;词汇拼写与词汇理解进一步提高了学习难度,孩子不仅要达到拼写水平,还需要理解这些词汇的性质和含义。整个家庭阅读指导的核心在于阅读策略指导,包括阅读内容、阅读理解、阅读方法、阅读习惯和阅读活动几大方面。阅读内容是指导孩子如何选择读物,比如选择多种读物类型等;阅读理解要指导孩子从复述故事、朗读故事以及关注重点词来理解故事内容;阅读方法方面的指导往往是其他读物所欠缺的,该系列中多有涉及,比如指导孩子在阅读中遇到困难字词的处理方法、在朗读时可以使用的技巧等;阅读习惯的培养也是不容忽视的,比如要引导孩子爱护书籍、注意阅读图书细节等;此外还有阅读活动的相关指导,为家长提供了丰富的阅读指导途径。

参考文献:

[1] 王泉根.分级阅读的四项基本原则[J].出版发行研究,2010(10):8 - 9.
[2] 陈永娴.阅读,从娃娃抓起——英国"阅读起跑线"(Book start)计划[J].图书馆理论与实践,2008(1):101 - 104.

美国分级读物《文学精粹》
助读系统细究①

2018 年为全国分级阅读教育联盟科研基地授牌

  分级阅读作为一种经过实践证明的科学有效的儿童阅读模式,已成为提高儿童阅读兴趣和能力的有效方法。美国颁布的《州共同核心英语语言艺术课程标准》规定,k~12 级的每一级的学生都有相应的阅读任务,并根据孩子的阅读能力让孩子阅读相应的书。《文学精粹》就是在该标准下诞生的一套经典的分级阅读读物。虽然我国在《中国儿童发展纲要(2011—2020年)》中明确提出"推广面向儿童的图书分级制,为不同年龄儿童提供适合

---

① 本文合作者毕秀阁。

其年龄特点的书",但我国的分级读物研究多数仍停留在理论研究层面,缺乏对实际内容的关注。因此,本文通过分析《文学精粹》读物的助读系统,以期为我国分级阅读读物的编写与出版提供借鉴。

《文学精粹》是美国在 2010 年 6 月制定首部《州共同核心英语语言艺术课程标准》后的第四年,由麦格劳·希尔教育出版公司以此核心课程标准为依据出版的一套分级读物,在全球分级读物中具有一定的新颖性与代表性。全套读物分为文选系统与助读系统,以下重点分析其助读系统的特点。助读系统是读物不可或缺的辅助内容,即除读物文选之外的辅助阅读部分。《文学精粹》的助读系统分为插图设计与问题设置两方面。

一、读物插图设计分析

从整体上来说,《文学精粹》配图活泼、色彩鲜明,给人很强的色彩冲击和直观的形象感,图文结合,可以让人更清晰地理解文意。同时,插图展现的是一种很和谐的画面,呈现的主体为个体与他人、动物、植物、社会环境的和谐发展图像,如三年级《狼》一文中小猪教狼读书识字的插图及《珍妮和狼》一文中小女孩帮狼包扎伤口的插图。

(一) 插图的分类

从插图呈现形式上来说,《文学精粹》插图有四种呈现形式:一是纯实物性插图,在读物中占有很重要的位置,为使读者更加理解文意而设置;二是装饰性插图,大多作为背景出现,在文本中只占小部分内容;三是表征性插图,多以实物描摹图的形式出现,但也有为了使学生熟记单词而设计的一些形象化的插图;四是解释性插图,如图表、柱状图等。

从插图的来源上来看,插图的创作方式多样,有照片、卡通、国画、简笔画、油画等多种形式。文本内容配有不同形式的插画,提高了儿童阅读兴趣和认知能力。在低年级分册中,考虑到儿童的具体形象思维,大多以照片的形式呈现,显得真实、自然。高年级分册中,随着学生认知能力的发展,开始出现多种形式的插图。

（二）插图位置

根据文本需要,插图在文本中的位置主要呈现五种设计形式:文本目录、标题、文本段落中、结尾、背景页。插图在文本出现的位置不同,所起的作用也不同,出现在文本目录处的插图,起着提示作用,代表着单元的主题。出现在作品标题处的插图,常常概括了故事的主旨,起到"未见其文,先知其意"的效果,让读者明白文章讲的大致是一件什么事情。出现在文本中间的插图,大部分是伴随相应段落出现,起着辅助理解文意的作用。图文并茂的形式,增加了文章的可读性和易读性。文章末尾处的插图,大部分出现在文本辅助问题处,其插图内容仍与文本有关,起着再次提示读者回忆文本情节的作用,从而让读者更加准确快速地回答问题。有的插图只出现在文本的背景页,提供背景知识,这类插图大部分出现在高年级。

（三）插图的功能

皮亚杰在《儿童心理学》中指出,"9 岁或 10 岁儿童对图形的探究较为彻底,还能比较经常地对图形进行预测"。在本套分级读物中,插图的功能呈现多样性特点:

（1）使抽象的事物具体化。直观形象的插图,可以使抽象的事物具体化,如文本中出现一些用语言难以表达的事物的形象时,插图可以使其清晰可见。

（2）增强读者对相关知识的记忆。如在介绍身体部位时,利用人的图像,可以很清晰地看出人体的各部位。

（3）插图除了具有欣赏价值、能帮助读者理解文本外,还可以培养儿童的观察和想象能力。如在文后问题的设计中,让小读者看文中图来猜想事情的结果。

从整体上看,随着年级的升高,插图所占的比例越来越小。在一年级分册中,插图几乎构成了文章的全部内容,在读物 A4 纸大小的页面上,插图占有四分之三的空间,文字比例很小。文字为辅,图画为主,读者阅读图画就能大致了解故事。到二年级分册,图画所占比例缩小,文字和图画几乎到了 1:2 的比例,图画是为更好地说明文字而服务,但图画在文中仍起着十分重要的作用。到三、四年级分册中,文字开始成为文章的主要内容,文字所占的比例大于插图,并且有时候插图只充当背景,但插图在文中仍起着重要的作用,两者以 1∶1 的比例出现。从五年级分册开始,长篇作品出现,文字成了篇章的主要内容,插图只是偶尔起辅助作用,需要插图解释文字时,才配插图,所以出现了插图和文字分开展示的现象,有的页面全是文字,有的页面完全是插图。但有时候在比较难的文章中,文字和插图仍以 1∶1 的比例出现。

综上,《文学精粹》的插图不但形式丰富、位置自由,而且功能多样,符合不同阅读能力水平孩子的多样化需求。

二、读物问题设置探究

任何以教育功能为主的儿童读物中,助读问题的设置都是整个助读系统的难点,它的难点在于如何通过有益问题的设计帮助儿童掌握知识与技巧。问题的设计重在让小读者对已有知识加深体验,并同时掌握新知识。《文学精粹》中每一年级分册的问题涉及范围相似,但随着年级的升高,在同一范围内设计的问题在深度上加深,就像蜘蛛结网一样,不断扩大小读者的知识结构与技能,这样不仅渗透了知识,也很好地完成了各种技能的学习。

(一) 问题分类清晰

为了使读者进一步理解文本,在读物分册中每篇文章结束时都有"阅读应答"模块,设有系列问题让读者思考,问题主要分为文本复述与总结、细节理解题、文体辨识题及生活链接题四大类。如一年级分册第一单元文章 *Nat and Sam* 中,第一个问题模块是让小读者用自己的话复述作品中的重要细节;第二个问题模块请小读者根据文中细节进行信息理解,问题示例为:①当 Sam 带着 Nat 到学校时,发生了什么?(细节)②哪些细节告诉你 Sam 和 Nat 很喜欢学校?③你是怎样辨别出这篇文章属于现实类小说的?(文体)第三个问题模块为生活链接题,设计的题目将作品与小读者的生活相对接,如提问为:作品中的小主人公做的哪些事情你在生活中也可以做?

（二）问题方面设计实用性强

这套读物的问题设计重在让小读者将阅读作品时学到的知识与技巧运用到自己的生活中。所有文章的第一板块均为文本复述或总结题，这种题型的设计有助于对儿童语言复述能力、逻辑思考能力及细节理解能力的综合培养，重在让小读者用自己的话复述故事情节或者总结重点情节，为小读者口语表达与阅读理解提供学习途径。最后一个板块从题型命名上看，目标更为明确，直接就叫"链接题"，用提问的方式让小读者思考文章与现实生活之间的关系。

（三）问题设计分级目标指向清晰

《文学精粹》作为一套代表性的分级读物，不仅在选文难度上分级，在助读系统的问题设置上也进行了科学分级。如一年级分册中第一板块仅为简单的细节复述，到了二年级，就改为了文本总结，虽然都是在训练儿童的细节理解能力，但更着重培养细节概括能力，提示小读者用一些关键词去总结文章内容，如事情的开始、经过、结果等，同时让他们学会使用一些工具进行总结，如书中提供的故事发展表格类似于简单思维导图，能够帮助小读者更好地利用图表工具理解文章。对作品进行概括总结这一学习目标的设置是随着儿童年龄的增长自然过渡的，对于一年级的孩子，如果要求他们进行总结，难度太大，不太适合该阶段儿童的思维发展特点，而从二年级开始，这样的题型会循序渐进地设计进每一册书中，将逐步培养小读者的概括总结能力。再比如，从二年级开始，在细节理解题中，还多了一个让读者根据文章的特定含义猜测文中单词意思的固定题型设计，比如利用语义重叠法、同音异义词法、词根词缀法、合成词等方法猜测文中某个单词或词语的意思。在用一些理论方法猜词的过程中，赋予理论知识以鲜活的生命力，使它们不再是封闭式的存在。四年级的理解题中多了比较和对比题，使儿童的分析思维更进一个层次。五年级的文本理解题中增加了解决问题的题型，即让儿童回答：作品中某人或事物遇到问题，是如何解决的？作为小读者，你是怎么想的？六年级在文体辨识题中增加了文学要素题，如"请从诗歌中发现一个双声叠韵的例子"。

三、《文学精粹》助读系统的编辑启示

分级阅读这一概念十年前就进入了中国的出版领域,很多读物标以"分级阅读"四个字,似乎就变成了分级读物。其实真正的分级读物要求编者必须掌握一定的分级阅读知识,核心知识即为读物的分级标准,以及读者水平如何区分。在分级阅读发达的欧美国家,分级阅读读物的出版是作为专项出版进行的。何谓专项出版? 即负责分级阅读读物出版的编辑、市场人员都是经过分级阅读相关知识培训的专业人员,因为分级阅读读物不是传统的儿童读物,它是带有很强教育功能的特殊读物。近年来全社会对儿童阅读越发重视,分级阅读不再是简单的一个对传统读物的"包装概念",它要求从业人员从选题规划、专业作者团队组建,到一体化的项目推广都要具备专业的分级意识,因此未来的分级阅读读物的出版趋势是专业替代非专业,简单地把长文章放一组、短文章放一组的"分级"做法不再会有市场,因为现在的学校、家庭需要的都是精准化、专业化的阅读服务,因此分级读物的编辑意识必须专业化。从《文学精粹》的助读系统中,我们可以给出以下提示供编写母语分级阅读读物者参照:

(一) 助读系统要注重培养读者的批判性精神

"批判思维"的概念源于美国教育家杜威的反思性思维。1910 年,他在《我们怎样思考》一书中,提出了反思性思维是一种基于可能的推理来进行积极、连续、缜密的思考的思维。在杜威看来,这样的反思是在解决具体问题过程中对所产生的疑惑进行的思考,也就是批判性思维的体现。《现代汉语词典》(第六版)中,"批判"一词被解释为"①对错误的思想、言论或行为做系统的分析,加以否定。②分析判别,评论好坏"。2010 年美国颁布的《州共同核心英语语言艺术课程标准》反复强调"批判性阅读",如标准中提到的"比较并对比不同故事陈述的观点""阐释对文章关键信息的理解""从文中举证文章表达的思想"等。可见美国在阅读教育中特别注重儿童客观理性地评价和分析文章内容,从而培养他们的独立思考能力。

这一点在《文学精粹》读物中具体体现为所设置的问题具有很强的批判

性思维。以二年级第一单元《帮助,关于友谊的故事》为例,有这样的问题设计:在第 14 页,文中的画引导你从上往下看向洞,在第 17 页,文中的画引导你从洞的底部往上看,你认为作者为什么改变了读者看这些画的方式?此问题的设计能引发读者的反思,指引他们走向文本又超越文本。再比如,每篇文章的总结题模块通过图表提示读者回答问题,不仅提高了读者分析问题的能力,也教会了读者总结问题的方法。

我们可以通过分级读物的助读系统问题的设置加强对小读者批判性思维的培养,编辑可从以下方面进行助读问题的编辑设计:①针对某一问题,用不同文本引导读者找异同点,鼓励读者去发现、质疑与辨析;②多设计一些没有标准答案的开放性问题,重点让读者表达自我的认识,而不是仅仅局限在文本中作者的思想中;③鼓励读者从文本走向自己的生活,引导读者结合自己的生活积累和价值观念对文本的深层内涵进行解读,给读者充分的自主权,为批判性思维的形成奠定良好的基础。

(二) 按照不同读者的发展水平,循序渐进地发展儿童的阅读与思维能力

随着年级的升高,《文学精粹》每册的问题形式、难度也呈螺旋式上升的态势,如在文本中间"停顿并检测"环节中的问题的难度就会随年级一步步提高。从二年级开始,鼓励读者用"可视化策略"回答问题。所谓"可视化",即将文章中主要情节的关键词以一定的符号变成图像缩绘在纸张上的一种表达形式。如二年级《不是诺曼》这一篇文章中间的"停顿并检测"环节:"你认为如果 Sana 带 Maryam 去参加同学的聚会将会发生什么事情?用可视化策略帮助你。"到四年级的"停顿并检测"环节,除了让读者用"可视化策略"回答问题外,还要将外显知识内隐化,出现了"提问与回答""总结"和"重读"等题型。到了五、六年级,随着篇幅的增长和问题难度的增加,小读者很难准确地回答出一个问题,在"停顿并检测"环节,除了四年级的一些固有题型外,还增加了"证实或修正预测"这一类难度更大的题。如五年级《山与月亮相遇的地方》一文的"中间停顿"环节,让儿童"使用证实或修订策略回答:为什么国王把书的一页给了 Minli?"。《文学精粹》助读问题形式灵活多样,工具性很强。在助读问题提出后会有相应的阅读提示

与指导,读者在这些策略的引导下,经过多次尝试与操作,不断发现规律,掌握方法。这种问题设计形式不仅可以培养儿童口语和书面语交流能力、解决问题的能力及自主学习的能力,而且充分发挥了小读者的主动性。

参考文献:

[1] 皮亚杰,海尔德.儿童心理学[M].吴福元,译.北京:商务印书馆,1980.
[2] 中国社会科学院语言研究所词典编辑室.现代汉语词典(第5版)[M].北京:商务印书馆,2005.

美国《哈考特分级阅读读物》研究及出版启示①

2019 年为全国分级阅读教育联盟东北地区教研中心授牌

　　我国自 21 世纪初从国外引入分级阅读出版概念,经过近十年的发展,在分级阅读读物的研究与出版上已有所成就,但依然处于研发的初创阶段。欧美的分级阅读研发已经有了近一百年的历史,到现在几乎所有的大型教育出版社与童书出版社都会有自己的分级阅读出版品类。系统研究国外分级阅读读物的出版对我国分级阅读读物研发有重要的借鉴价值。本研究将选取美国《哈考特分级阅读读物》进行深入的分析和研究,以待国内出版机构从国外的分级阅读读物中汲取经验和方法,研发出适合我国儿童阅读的分级阅读读物。

---

① 　本文合作者宋曜先。

一、《哈考特分级阅读读物》：国际分级阅读品牌打造

《哈考特分级阅读读物》是世界上最大的教育出版商之一的哈考特教育出版集团旗下的哈考特学校教育出版公司享誉全球的分级阅读品牌产品。哈考特学校教育出版公司是美国基础教育出版商，出版幼儿园与小学阶段的教材。《哈考特分级阅读读物》共分为 7 个不同的级别（Grade），涵盖幼儿园到小学阶段。从结构上说，每本读物都包括故事与练习两个部分。部分读物根据自身内容的特点以及篇幅的长度会出现目录，将整本读物分为几个篇章或几个小部分。因此，不同级别的读物结构、内容会有所不同，即使同一级别的读物也会有多种结构。经过系统的原文文本分析，该分级阅读读物有以下 6 个重要特点：

（一）分级明确且图书数量庞大

分级阅读的重要价值即为具有不同阅读能力的儿童提供不同的书籍，使之喜欢阅读、能够阅读并逐步提高阅读能力。作为分级阅读读物，它理应具有恰当而明确的分级系统。本文所研究的《哈考特分级阅读读物》系列分级读物共分为 7 级，使用读者涵盖幼儿园到小学六年级儿童。该系列读物的分级体系表现在文本内容、语言以及练习系统和插图这四个系统的编排中。低级的图书文本内容更加贴近儿童生活，富有趣味性，情节简单，人物单一。而随着级别的上升，文本内容更加丰富，非叙事性文本大大增加，有关自然知识和人文知识的文本开始占有较大比重。在叙事性文本中，人物增多，情节也愈加复杂。在文本语言方面，随着级别的上升，词汇数量增加，重现率降低，句式从单一重复逐渐变得丰富复杂，正文由一句话只有几个单词到直接呈现大段的文字。练习系统的内容和形式都体现分级的特点，练习题目对儿童的思维能力、动手能力、表达交流能力的要求都有所提升，题目呈现增多的趋势，表述的单词量增多且更加复杂。插图与文字的比例逐渐下降，低级图书中的图文并重逐渐被高级图书的以文字为主所替代。这四个系统相辅形成，共同呈现出分级阅读读物的"分级"特点。

该系列分级阅读读物不仅分级明确，而且图书数量庞大。本研究分析

的 6 个级别图书共有 497 本。这样庞大的图书体系不仅能够让儿童在同一级别中有丰富多样的选择,更重要的是通过增加儿童在某一级别的阅读量,从而保证他们的阅读能力能够逐步提高到进入下一个级别的水平。

(二) 文本内容大多基于真实的生活世界

纵观《哈考特分级阅读读物》所有图书,绝大部分图书的文本内容都是基于儿童所处的这个真实的生活世界展开叙述的,虚构的小说、童话、神话传说等数量非常少。即使是在初级级别的图书中,幻想或想象型的也只有寥寥数本。在幼儿园阶段阅读的 39 本图书中,仅有 *Where is my hat* 这一本图书以动物为主人公并赋予他们人的语言,让他们进行简短的对话,呈现出一个完整的小故事。其他的图书都围绕着儿童的自我认知、认识自然界、认识周围的社会、了解各种工作等内容展开。从 Grade 1 开始,文本内容分为动物故事、生活故事、自然科学知识和人文科学知识。前两类文本中有少部分属于虚拟故事,后两类文本全部属于对真实世界或历史的介绍。动物故事包含三类文本,它们分别是对真实的动物生活的描绘、讲述人与动物之间的故事,以及以动物为主人公描述的拟人故事。而绝大多数的文本属于前两类,即把动物作为真实的、客观的、现实中存在的动物来写。据统计,Grade 1 的 151 本图书中,虚拟的动物故事有 12 本。Grade 2 的 79 本图书中有 7 本,Grade 3 的 90 本中只有 1 本。而 Grade 4 到 Grade 6 中的动物故事全部属于非虚拟动物故事。生活故事中带有虚拟成分的就更少,仅有 3 本,其中有两本属于童话故事,它们是 Grade 1 *Rock soup*(即《石头汤的故事》)和 Grade 3 *The baker and the rings*,后者叙述面包师帮助女王从巨人那儿拿回被偷走的钥匙的故事。另一本是 Grade 6 *A Message in Cybertime*,它描述的是未来世界的信息传递方式。

(三) 重视自然科学及人文科学知识且知识内容螺旋上升

据估计,在《哈考特分级阅读读物》系列分级读物中,以自然科学知识和人文科学知识为文本内容的书目能够占到图书总量的三分之一到二分之一。它们囊括了运动和力、电磁、声波、光波、物质性质、物质构成、物质变化、地形地貌、天气变化、地球、太阳系、宇宙、远古历史、现当代历史、世界不同民族文化、动植物、生物圈、美国政府、法律法规等知识。它们涉及物理、化学、生物、地理、历史、政治等多门学科的知识内容,为儿童呈现出了百科全书式的知识。它们全方位地给儿童以启迪,能够扩大他们的视野,触动他们的阅读兴趣,进而从小培养儿童的科学素养和人文素养,同时这样的文本选择和编排也体现着小学阶段不同学科课程融合的特点。在所有图书中,介绍物理、生物、地理这 3 门学科知识的占一半以上。而政治和历史知识主要集中于美国政治和美国历史,图书在介绍历史和政治知识的同时也渗透着对儿童的爱国主义教育,能培养他们的民族自豪感。

知识内容螺旋上升这一特点主要体现在介绍自然知识的图书中。以"物质"这一主题为例,它在整套分级阅读书目中出现多次。Grade 1 中 *What is matter* 给出定义认为物质就是我们周围的一切,另外用多幅图片介绍了物质的三种状态,即固体、液体和气体。最后以水为例向读者说明物质的状态可以改变。在 Grade 2 中 *Matter matters* 再次给出新定义,认为物质是组成事物的东西,我们的世界是由物质构成的。这样的定义比 Grade 1 中的定义更加全面和准确。接下来在书中介绍了物质的两大特性,即具有质量和体积。最后同样介绍了固液气这三种物质形态,但同时又引入了其他的知识,如利用天平测量固体的质量,用量杯测量液体的体积,等等。另外同样是在 Grade 2 中,还有一本图书 *A matter of change* 也与物质相关。它介绍了物质的混合和水的三态变化及其条件,如蒸发、凝固等。在 Grade 3 中 *Matter is everything* 给出的物质的概念是:物质是占据空间的东西。然后在书中引入了密度的概念,同时介绍了固体、液体、气体各自的物理性质,并展示出大量自然界及生活中出现的混合物的事例和图片。Grade 5 中的 *Properties of matter* 中提出物质的概念是:占有空间并具有质量的任何事物。并介绍了物质的结构,引入了原子、分子、中子以及元素的概念。同时利用这些概念,从微观的角度解释了固体、液体、气体各自的性质以及物理变化和化学变化的本质。从以上的介绍不难看出,围绕"物质"这一概念,该分级阅读读物用多本图书进行了反复介绍,但这并不是重复,后一级别的图书内容是对上一级别内容的加深和拓展,形成了螺旋上升的知识体系,有利于知识的巩固,同时适应了儿童自身的发展。其他图书也呈现出同样的特点,围绕某一主题,同一级别可能有多本图书,随着级别的上升,与这个主题相关的图书重复出现并在难度上有所加深,广度上有所拓展。

(四)重视插图且图文编排科学分级

《哈考特分级阅读读物》十分重视图书中的插图。在低级别的图书中,插图与文字一样,都是儿童获得信息的手段。儿童可以读文字获得信息,也可以读图掌握信息。图和文自成系统并互相补充,成为一体。这样的文图设计降低了儿童的阅读难度,提升了儿童的阅读兴趣,使文图共同成为儿童阅读的对象。图片与文字的结合,对于培养儿童的观察能力、想象能力、思维能力都有着重要的意义。随着图书级别的升高,虽然插图占比有所下降,但它仍然是图书必不可少的构成部分,对正文内容起着解释、说明和补充的作用。尤其是在有关自然知识和人文知识介绍的文本中,由于某些知识的抽象性,仅仅通过文字的叙述,儿童不能够全面深刻地理解知识,这时,插图就能够直观、形象地展现出文字所不能表达的内容。

整套系列读物的正文没有固定的形式和结构,图和文的编排都非常灵活,编排的主要依据是图书级别及所对应的儿童特定年龄的认知特点。图和文的编排方式大概有以下两种类型:第一种类型是每页有一幅较大的插图,图片在文字的上下方或侧方,文字以整行或整段的形式出现。这种类型的图文编排主要出现在叙事性文本的图书中。第二种编排类型是图和文的混编,每页有几幅大小不等的插图,没有相对固定的图片和文字的位置安排。在这种类型的图文编排中,文字没有按照一定的顺序呈现,有的文字以"小贴士"的形式出现,构成对正文文字的补充、解释或拓展,也有的文字在某一幅图片的边角处出现,是对图片的解释和说明。这种类型的编排方式主要出现在介绍自然科学的图书中。可见在该系列分级读物中,插图非常关键。并且在图文编排中,该系列不刻意追求整套图书结构的固定化,能够根据需要灵活编排。

(五)关注儿童的全面、多元发展

《哈考特分级阅读读物》能够关注到儿童全面、多元的发展。这首先表现在文本内容的选择上,既有充满幻想的童话故事、神话故事,也有真实的生活故事、人物传记。既有探索大自然奥秘的自然科学知识,也有让儿童获得不同体验的政治文化文本。既有童话,也有戏剧、儿童诗等各种体裁的文本。多种类型的文体和包容万象的文本内容,能够调动儿童不同的兴趣点,帮助儿童从小涉猎丰富的知识,从而扩大视野,全面发展思维,促进多种能力和素养的形成。其次,这一特点还表现在练习系统中。正文之后的练习对儿童提出了多种形式、多种内容的学习要求。例如,有的练习会要求儿童自己设计一种新的玩具、新的昆虫、新的机械,这是在培养儿童的动手能力和创新能力;有的练习要求儿童考察自己生活的社区,画出地图,或者通过看地图,设计出行路线,这是在培养儿童的生活能力和理解能力;也有的练习要求儿童制作太阳系模型、地球模型、地形模型,或者做测量物体密度的实验,通过控制变量的方式做研究植物生长的影响因素的实验,等等,这对儿童动手实践能力和思维能力等的提升有着启发和促进的作用。另外,作为以学习语言、提高阅读能力为目的的阅读读物,练习中也涉及很多听、说、读、写的综合性学习活动。如要求学生给家长大声朗读、复述故事情节;设定某一主题与家人展开讨论,进行表达与交流;设计某一特定的情节,让儿童进行多样的写作训练。此外,练习还为儿童提供了学习的多种方法与策略。例如,要求儿童通过查词典的方式进行词语的学习,设计自我检测表为儿童提供一种自我评价与检测的方式,要求儿童通过画图表的方式总结某项活动,通过做海报的方式展示自己对某一问题的理解和看法,通过查找图书资料、网络资源或进入博物馆等方式进行拓展学习,通过头脑风暴法列出要求的特定项目,通过与同伴的合作进行学习和活动。这些练习既是对儿童提出的要求,也在为儿童提供学习方式和学习策略,它们会随着儿童的运用而逐渐内化为其自我的学习方式和策略,从而对他们的进一步学习、解决问题和生活提供引导和帮助。

(六) 致力于学习途径的多样化

《哈考特分级阅读读物》非常重视儿童从多种途径学习。在正文之后的练习中,有的会让儿童从图书、网络等多种渠道查找资料,拓展阅读,从而对书中自己感兴趣的某一问题或特定问题进行阅读拓展、深入研究,了解更多相关知识,获得深刻的理解;有的会让儿童进入博物馆或实地考察,收获真实的感受和体验;也有的练习会关注同伴之间的交流和学习,让儿童与同伴相互合作,共同完成某一项任务。另外,《哈考特分级阅读读物》还重视家庭学习和社会学习。它将家庭成员、社会成员以及家庭和社会中的各种事物作为儿童学习的来源和学习的对象,练习中"Social studies"和"School-home connection"的出现频率非常高。"Social studies"会让儿童进入社区、公交站、公园、动物园、飞机场等场所进行观察和学习,在这过程中可能会涉及数学、语言、音乐、科学等多种学科的知识。"School-home connection"主要是将家庭作为儿童学习的场所,将家长作为儿童学习的帮助者、引导者或者倾听者、合作者。它可能要求儿童大声朗读书本,或者向家长介绍自己所学的内容,让儿童练习朗读、学习表达,并收获成功的喜悦感。在儿童讲述的同时也要求家长向儿童叙述自身的经历或自己对某一问题的理解和看法,从而扩展儿童的视域,并同时发展儿童的倾听能力。儿童与家长进行的这种双向交流、沟通,或者讨论、对话等,能有效促进儿童听、说能力和表达交流能力的发展。还有练习要求家长与儿童共同完成某一项探究活动,例如表演、实验等,在这个过程中,儿童会潜移默化地学习到一些方法性、过程性的知识,并提高合作能力、沟通能力,锻炼意志品质。这种多样化学习途径的设计,会让儿童逐步形成"任何时间都可以学习、任何地点都能够学习""从任何人身上都能够学习、在任何场合都值得学习、用任何方式都可以学习"的意识,从而促进他们终身学习和终身发展。

二、哈考特分级模式对我国分级阅读读物出版启示

《哈考特分级阅读读物》分级合理、明确,图书数量适当,形成了完整的体系;内容选择丰富,体裁多样,契合儿童心理特征;插图比例适当,逐级递减;合理控制生字生词数量,句长合适,难度递增;练习系统多样灵活,活动性、趣味性强;具有开放性,提供了多种学习方式和多样的学习资源。这些特点都很值得我国分级阅读出版借鉴。

哈考特分级阅读模式对于我国母语体系的分级阅读读物的出版研发有以下启示:

（一）儿童分级阅读读物的目标

即使同是儿童分级阅读系列读物，也可以有不同层次的目标，因此也需要各有差异的出版编创策略。出版者首先需要明确的是，你希望出版的这套分级读物能达到怎样的效果，有怎样的出版目标？主要是为了给学有余力的儿童丰富知识，开阔眼界，提高多方面素养，增加识字量；还是为了让在课内的语文学习上稍有困难的儿童通过课外阅读巩固课内的生字词，增加阅读量，提高阅读能力；或是为了儿童能够在课外通过阅读获得轻松愉悦的感受，享受阅读带来的乐趣？这三种不同的目标将分别对应不同类型的分级阅读读物，在语言难度、趣味性、练习系统、插图等多个方面将会表现出不同的特点。例如，将阅读对象设置为学有余力的儿童时，文本选择的字词可以在课内的基础上有所拓展，文本内容的深度和广度也可适当增加。而当阅读对象为阅读能力稍有欠缺的儿童时，文本中字词应以课内教材为蓝本，并多次复现，以达到巩固的目的，同时还可以在书中用有趣灵活的方式给儿童提供一定的阅读方法，帮助他们提高阅读能力。但无论设置为怎样的目标，也都必然要遵循分级阅读读物所应该具备的共同特征，即在一致中体现差异和变化。这样多个层次、不同目标的分级阅读读物有助于家长和教师根据儿童的情况进行选择。当然，这三种目标之间并非是绝对孤立的，出版者可以根据市场调研或其他方法确定一到两种目标，然后进行图书的开发。如此，不仅可以满足多样的需求，也可以让分级阅读更加具有开放性和多样性。

（二）儿童分级阅读读物的分级标准

关于分级阅读，目前国内还没有形成比较一致的分级标准。然而从已经出版的分级阅读读物来看，它们都是按照年级或年龄为标准来进行分级的。这样的分级方式有一定的依据。首先，根据儿童发展心理学的相关研究，儿童的发展速度和发展水平虽然具有差异性，但是也具有阶段性和连续性，绝大多数儿童在相同的年龄，在身体发展、心理发展、社会发展等方面都具有相同的特征。再有，分级阅读要遵从服务大多数原则，为广大儿童青少年服务。因此，以年龄或年级为分级标准具有一定的科学依据和可行性，这样对家长或教师而言，决定购买哪个级别的图书会更加方便和快捷。然而，分级阅读需要涵盖的年龄范围是多大呢？分级阅读的对象可以宽泛地设置为 18 岁以下的儿童,但重点是幼儿园和小学阶段的儿童,即低于 12 岁的儿童。这是由于绝大部分的儿童在升入初中以后,已经具备了独立阅读的能力,他们更加需要泛读多种文本来进行拓展阅读。国外已经有了多种分级标准,如蓝思分级阅读框架、A—Z 分级阅读体系等。笔者认为,蓝思分级阅读框架需要测出读者的蓝思分值以及图书的蓝思分值,过于精确和繁杂,再加上汉语言文字与英文的差异,不便于为我所用。而 A—Z 分级方式比较简单易行,它虽然也有对读者阅读能力的测量,但可以通过其他方式调整借鉴到我国的分级阅读中来。在编制分级阅读读物时,可以分为 7 个等级,粗略地对应学前到六年级这 7 个阶段,再为每一个级别、每一个类型的图书编写一篇样文或从书中选取一篇或一段文字作为样文,供儿童对自身的阅读能力进行测试。儿童读者在选择适合自己的图书级别时,需要先阅读与自身年龄或年级相对应的图书样文,然后按照阅读感受决定是否要增加到同类型文本的更高级别或是降低到同类型文本的较低级别。此外,即使是同一年龄的儿童也会具有不同的阅读能力,因此,在图书中以颜色划分不同的等级,而不直接标出图书所对应的年龄或年级的分级方式更能充分尊重儿童的差异性,体现阅读的个性化。加之即使是同一读者,也可能由于自身经验的原因或是兴趣爱好的不同,在选择图书时,因文本类型的不同而选择不同的级别,所以级别的增高或降低,也更多地适用于同一类型的文本。值得注意的是,在对图书进行分级的过程中,需要对同一级别的图书文本进行严格的筛选,确保内容难度和语言难度在一个特定的范围之内。由于每个等级的图书类型丰富,数量也不宜过少,整套图书将成为数量庞大的分级阅读读物体系。

(三) 儿童分级阅读读物编写的可参考资源

1.《义务教育语文课程标准》

《义务教育语文课程标准》对语文课程的性质、各个学段语文学习的目标和内容、语文教学的方法策略、课外阅读等各个方面都提出了具体的要求或建议。分级阅读读物的主要任务应该是提高儿童以阅读素养为核心的语文素养。因此,它理应与课内的语文教学一起,共同为培养和提升儿童的语文素养服务。《义务教育语文课程标准》也将能够为分级阅读读物的编写提供强有力的支持和参考。

2. 小学语文教材

从某种角度上来讲,小学语文教材也是一套完整的分级阅读读物。不同的是儿童在阅读文本的过程中,会有来自教师的更多的指导和帮助。小学语文教材是在课程标准的指导下,根据儿童的心理发展和认知水平,由语文教育专家精心编写的,因此它往往具有较高的科学性和普适性。在编写课外的分级阅读读物,尤其是侧重于小学这个阶段的分级读物时,可以将小学语文教材作为参考资源。它对于分级读物拼音的处理、文本内容的选择、语言难度的控制、练习系统的安排都有着十分重要的参考价值。

《哈考特分级阅读读物》以其独一无二的特点成为享誉全球的知名分级阅读品牌读物,当然由于中西方文化的差异,它所展现的某些特点我们并不能完全照搬。例如,《哈考特分级阅读读物》选材大多为真实的故事,而在我国的各类教材或儿童读物中,虚构的以及充满幻想的童话、寓言、民间传说故事等有着重要的地位。它们契合儿童,尤其是低年级儿童的心理特征,在对儿童传统文化的传承、审美素养的提高、想象力、思维能力的发展等方面有着多样的教育价值和不可替代的作用。再如,由于美国文化重视科学,因此《哈考特分级阅读读物》中有关自然科学知识的文本数量非常之多,虽然它的知识内容螺旋上升且配有较为形象的插图,但笔者认为,对于小学阶段的儿童来说,类似"原子""分子"这些知识的系统介绍还是过于抽象和复杂,并不适合于这个年龄段的儿童学习和阅读。不过一些有关科学常识或简单的科学知识的作品理应成为分级读物的一部分,以启迪儿童的科学精神,提高儿童的科学素养。

参考文献:

[1] 王泉根.新世纪中国分级阅读的思考与对策[J].中国图书评论,2009(9): 101-105.

[2] 白冰.少年儿童分级阅读及其研究[J].出版发行研究,2009(9): 16-18.

[3] 姜洪伟.美国阅读分级方式简评及思考[J].出版发行研究,2010(10): 10-14.

[4] 罗德红,余婧.科学与价值:我国儿童汉语分级阅读研究的问题与展望[J].出版广角,2012(9): 62-64.

[5] 浦漫汀.儿童文学教程[M].济南:山东文艺出版社,1991.

桥梁书与儿童独立阅读力提升研究①

2015 年在第二届北京国际儿童阅读大会上为来自各地的教师代表
作"桥梁书阅读课程全国教师培训项目"首场报告

一、桥梁书本体理论介绍

桥梁书是介于以图画为主的书与纯文字书之间的一种读物,其主要作用在于帮助孩子实现从读图到读文字,从亲子阅读、教师伴读到独立阅读的顺利过渡,从而让孩子的独立阅读能力有所发展。桥梁书的概念源于欧美,英文是"Bridging Books",中国台湾地区出版界引进"Bridging Books"时,译为"桥梁书"。桥梁书的重要功能是帮助儿童获得独立阅读能力,这与桥梁

---

① 本文合作者毛莉,闫仕豪。

书的自身特点存在密切关系。本课题组实验表明,汉语类的桥梁书核心特点如下:其一,文字长短适中,整本书的字数在1万字以内,单篇作品的字数在3 000字左右;其二,桥梁书里的文字有95%为课标规定的小学一、二年级常用汉字;其三,句式以陈述句、对话句、一般疑问句等简单句式为主;其四,文图比例为2∶1,每一张跨页包含两张小图或一张大图;其五,版式采用诗歌体排版,每行一般不超过15个汉字,以便于儿童阅读;其六,人物形象以类型化为主,人物关系简单,故事常采用起因、经过、高潮、圆满结局的传统故事模式进行叙述。桥梁书的核心读者为6~9岁的儿童,即小学中低学段的儿童,其在思维发展上处于具象思维阶段,在阅读时往往喜欢以图画为主的读物,对文字较多的抽象内容比较抵触。这时桥梁书的出现,以接近儿童生活经验的主题、幽默有趣的故事形式,帮助儿童喜欢上阅读,渐渐适应篇幅加长的文字书,自然而然能够带领儿童探索更大的阅读世界。本文将重点讨论桥梁书对于提升儿童独立阅读力的阅读价值,以及如何实施桥梁书推广策略,并以代表性桥梁书作品"'爱悦读'桥梁书——小豆包系列"为例予以阐释。

"'爱悦读'桥梁书——小豆包系列"(简称"小豆包桥梁书")系教育部社科研究课题成果之一,作为国内首套有理论支撑的桥梁书作品,已成为原创桥梁书的代表性品牌读物,其理论研究、作品开发、同名课程推广、儿童舞台剧与教育游戏构成了独一无二的桥梁书阅读教育产品线。同时,出版的10本"小豆包桥梁书"作为阅读教材已经进入全国百所小学课堂,为6~9岁孩子搭建了一座从图画阅读走向文字阅读的桥梁。

二、桥梁书对儿童独立阅读力提升的影响研究

桥梁书作为儿童接触文字书阅读的初级形态,对于儿童独立阅读能力的提升具有重要影响,主要体现在以下几方面:

(一)提升儿童阅读兴趣

儿童是阅读的主体,兴趣是阅读的基础,任何阅读活动的进行都应以儿童的兴趣为核心。特别是在童年时期,阅读的核心任务是帮助儿童学会阅

读并热爱阅读,旨在为儿童今后的学习和形成积极的、有所作为的人生态度打下坚实的基础。① 对处于从图画书阅读向纯文字书阅读转型的低龄儿童而言,提升他们的阅读兴趣变得尤为重要。

桥梁书在激发儿童阅读兴趣方面,主要通过满足儿童的身心发展需要和成长需要两个途径来实现。首先,桥梁书属于分级阅读中初级的文字书读物,遵循儿童的身心发展规律进行编写。6~9岁的儿童由于身体的快速成长、语言能力的不断发展,对自我世界与外部世界充满好奇,更喜欢关于身心变化和个性差异、充分描述外在世界、讲述朋友交往等类型的图书。比如"小豆包桥梁书"中的《小豆包一路奇遇记》可以带领儿童探索奇妙的广阔世界,《小豆包的好朋友》则可以为儿童的同伴交往提供有益的范本。同时,桥梁书想要满足儿童的成长需要,必然要从儿童的生活经验出发,以贴近儿童真实生活的故事内容,能够引起儿童的情感共鸣。在"小豆包桥梁书"故事主题的选取上,充分考虑了这个阶段儿童初入校园,对校园生活会感到陌生,同伴交往将要面临各种状况,让儿童通过阅读找到自己生活情境的真实还原,也在阅读中获得成长的力量。

(二)帮助儿童获得阅读自信

6~9岁儿童处于从以图画为主的图书阅读向纯文字书阅读的转型期,面临的最大的问题就是对文字书的畏难情绪。儿童倾向于生动有趣、画面直观的以图画为主的书,比如绘本、漫画等,究其原因,是因为他们在一般的文字书阅读中很容易受挫,生字词太难、情节太复杂、人物形象太多,长此以往,会让儿童对阅读文字书严重缺乏自信。通过阅读桥梁书,儿童可以获得充满愉悦感的阅读体验,因为桥梁书的内容有针对性,儿童很容易读懂,获得阅读自信。

比如在"小豆包桥梁书"中,故事所采用的字词95%都是该阶段儿童已认识的基础字与常用字,句式多为简单句,人物形象较少,人物关系简单。这样的设计使儿童在进行独立阅读的过程中可以很好地理解故事内容,并由此产生"我能阅读"的自信。同时,这一系列读物在情节设置上均为起

---

① 万国琴:《小学语文课外阅读指导策略研究》,硕士学位论文,华东师范大学中文系,2006。

因—经过(高潮)—结局的传统结构,叙事结构简单,可以帮助儿童在短时间内梳理故事思路。而在人物形象的塑造上,以小豆包、小饺子作为主要故事人物,儿童可以在朗朗上口的语言节奏中熟悉故事的所有人物。让儿童走向独立阅读的重要桥梁就是帮助他们建立阅读自信,儿童有足够的信心自己完成阅读,才是真正实现独立阅读的开端。

(三) 引导儿童获得阅读方法

在"小豆包桥梁书"中,故事地图就是解决儿童缺乏阅读方法的有效策略。简单来说,故事地图就是为故事设计一个地图,起点是故事起因,中间路线是发展经过,终点是故事结局,在角标上还标注着时间地点人物。通过这样一张地图,儿童可以快速掌握叙述性故事的六要素,梳理故事线索,理解故事发展的顺序结构,从而能够条理清晰地完整复述故事内容。这样的桥梁书设计可以为儿童阅读提供无形的阅读方法指导,让儿童在阅读有趣的故事地图的同时习得故事的结构模式,掌握阅读文字故事书的一般规律。

(四) 扩展阅读交流途径

阅读对于儿童来说是一种单向信息导入的活动,特别是文字占有较大比重的图书,很容易让儿童陷入只有信息导入没有自我阅读信息输出的阅读活动中,从而使得阅读失去乐趣。"小豆包桥梁书"中特别设计了"聊一聊""写一写""阅读游戏"等环节,为儿童在阅读文字书时提供双向交流途径,这是一般读物所不具有的功能。儿童在开始阅读前,可以就本册感兴趣的话题与其他小朋友进行交流,在完成阅读后,可以把自己读书的感受以文字、图画等方式表达在"写一写"或者"阅读游戏"的板块上。同时"小豆包桥梁书"配套阅读指导手册上,也以多种形式为儿童提供交流机会。比如儿童可以根据故事情节把自己理解中的故事通过画画表示出来,成为一种艺术的再创造;可以对与自己息息相关的问题进行阅读与思考,和伙伴们进行积极的讨论;也可以将有趣的故事情节演成小节目,加深对故事内容的理解。阅读交流的有效实施,在满足儿童阅读后交流与表达愿望的同时,更能加深其对阅读内容的理解,提升阅读兴趣,进而推动阅读的持续进行。

三、桥梁书阅读推广策略初探

无论是儿童读物的编辑、营销人员还是书店的工作人员,都应该加强专业阅读素养,积极投身于阅读推广事业中。那么桥梁书作为特殊的儿童读物,有哪些阅读推广方式呢? 下面将以完整的桥梁书阅读推广设计思路来具体阐释。

(一)阅读推广准备

1. 了解桥梁书理念

桥梁书是由欧美分级阅读体系衍生出的阅读理念,如果作为阅读指导者,对桥梁书为何物尚不了解,那么要对桥梁书进行阅读指导也就变得毫无可能。因此,桥梁书阅读指导的重要前提就是桥梁书理念的普及。欧美作为分级阅读理念的发源地,多年前就已经注意到阅读理念普及对阅读活动推广的重要作用,并采取了系列措施进行普及工作。比如英国的"阅读起跑线计划"是世界上第一个国家工程性质的专门为婴幼儿提供阅读指导服务的计划。① 该计划的核心部分是由公共图书馆、教育部门等多家机构联手为婴幼儿家庭发放免费的阅读包。发放阅读包的目的是让更多的父母了解阅读开展的具体理念和相关活动,让他们了解在亲子阅读过程中遇到困难时,可以在哪里获得哪些帮助。因而,在推广者进行桥梁书推广的准备工作时,需充分查阅文献,对桥梁书的概念、特点、性质等进行充分了解,这样才能按照桥梁书自有的特征来进行推广活动的设计。

2. 精心挑选适合儿童的桥梁书

桥梁书自从进入我国市场以来,已成为出版领域纷纷争抢的新"蛋糕",国外各类桥梁书作品的引进,国内原创桥梁书的开发,使得桥梁书的出版变得鱼龙混杂。教育功能指向应是选择桥梁书的第一定律,也就是说桥梁书的首要目的是帮助儿童提升独立阅读能力。优秀的桥梁书作品在以儿童本位为出发点和立足点的基础上要从内容与形式上有针对性地帮助儿童提升

---

① 王晔:《英美两国儿童分级阅读对我国的启示》,《现代情报》2013 年第 12 期。

独立阅读力,从儿童熟悉的自然领域、生活领域和想象领域进行取材,再通过合适的图文比例,配合儿童的阅读习惯,以较为基础的字词语法呈现内容,这才是真正适合儿童的桥梁读物。课题组研发的母语桥梁书标准可为广大推广者提供遴选桥梁书的参照。

(二) 阅读推广导入环节

1. 指导儿童关注图书细节

对孩子来说,阅读并非成人意义上的看、理解的思维过程,它更像一个游戏过程,孩子是寻宝者或者发现者,而书中的细节就是宝藏。[①] 作为一本图书的有机组成部分,封面、封底、扉页、版权页、引言页、前后勒口、目录等都是图书传递信息的载体。对细节关注的欠缺,对于儿童良好阅读习惯和有效阅读方法的培养有直接的不利影响。我们在指导儿童进行桥梁书阅读活动时,要培养他们关注图书细节的整体阅读意识,引导他们在细节中有更丰富的阅读体验。

封面是阅读者最先接触的阅读内容,包含着许多重要信息,读者能够通过了解书名、作者名等基本信息,判断图书的风格走向和大致内容。封面还能够预示故事内容,如《小豆包的好朋友》封面上画着奔跑的小豆包和小饺子,以及一条吐着舌头的大蛇,这些信息可以让儿童很容易获悉:小豆包的好朋友就是小饺子,他们在某天遇见了可怕的大蛇。前勒口和后勒口一般是作者简介和相关图书推荐,可以让读者在了解作者信息的同时扩展阅读途径,发现更多优质的图书。"小豆包桥梁书"的后勒口上是本系列桥梁书的其他作品封面,儿童如果喜欢这本图书的话,可以进行其他9本图书的阅读,从而直接获得很好的阅读推荐。

图书的其他部分也同样起着重要的作用,如阅读目录页,可以快速了解一本书都讲述了哪些故事,从而快速掌握图书的主要内容信息;引言页会有一段关于本书的引子,故事的引子就是故事的开头,常常会告诉我们故事发生的地点、人物等重要信息。

[①]　朱辰晖:《感悟细节　享受绘本》,《科学大众:科学教育》2015年第12期。

2. 帮助儿童树立阅读目标

中低年级儿童尚未具有独立阅读能力,无法为自己树立明确的阅读目标,只是在阅读过程中扮演着纯粹阅读者的角色,即在不带有任何目的的前提下进行自由阅读。这种确立阅读目标的指导意识对于指导者来说并不陌生,它已经存在于我们的阅读过程中,一般分为陈列式和提问式两种。陈列式就像科目教学中的教学目标一样,是指将在阅读中应该达到哪几项目标罗列出来,给儿童以直观引导,让他们直接对照阅读目标展开阅读。提问式则是将这些目标细化为小的问题,让儿童在阅读中带着问题去寻找答案。

"小豆包桥梁书"读书会主要采取了提问式的目标确立法,通过设置问题纸条箱,将故事的主要情节以问题纸条的形式放在纸条箱内,由儿童进行抽取,再根据所抽取的问题内容带有指向性和目标性地进行阅读。在帮助儿童明确阅读目标时,也可以充分发掘儿童的自主性,让他们从自己的角度出发,为自己确立个人阅读目标。阅读目标的确立,对于阅读活动能起到重要的靶向作用,能够帮助儿童找到阅读方向,展开更有意义的阅读活动。作为阅读指导者,应依据儿童的不同阅读能力层级,予以直接引导或者自主式引导。

(三) 阅读推广核心过程

1. 协助儿童理清故事思路

小学中低学段的儿童处于阅读能力发展的初期阶段,各项阅读能力都发展缓慢。这一时期的儿童仍以具象思维为主,他们对于直观形象的事物容易接受,对于抽象概念和逻辑关系的掌握有一定难度,这就导致很多儿童在阅读完成后,出现思维混乱、很多情节难以理解的状况。一般这个阶段的儿童很难理清故事思路,进行有条理的故事复述,更难以认识到故事中情节的具体关联性。

对于以上问题,桥梁书便是一种很好的解决途径。比如在"小豆包桥梁书"中设置了"故事地图"环节,简而言之就是为故事画的地图,这是帮助儿童梳理故事发展脉络的有效途径。通过"故事地图",儿童可以快速了解故事性文本的六要素——时间、地点、人物、起因、经过和结果,从而在头脑中将故事情节合理有序地串联起来,形成思维空间的抽象联系。这样的故事地图可以引导儿童很快把握并理解故事内容,甚至是流利地将其复述出来,更重要的是可以培养儿童在阅读中有意识地提取关键信息、进行深入思考的阅读习惯,这就是故事地图的作用。

2. 帮助儿童明确人物形象

在桥梁书阅读推广中,我们可以采取"人物角色网"的方式引导儿童对人物形象进行分析。儿童根据初步阅读体验,在众多人物中选择自己感兴趣的作为分析对象,然后再次精读故事原文,找到与目标人物相关的故事情节、语言、神态、心理等描写,对人物形象进行大致把握。比如儿童在《小豆包的好朋友——勇敢的一天》一文中选择小豆包这一形象后,可以根据故事中小豆包敢和大蛇说话、敢戏弄阿里巴巴等情节推断出小豆包是个勇敢的人物,也可根据小饺子对小豆包的评价——"你真勇敢"支撑这一观点。最后儿童会根据他们所感知的人物形象特点,依据故事中的细节进行总结陈述。通过这样的方法训练,儿童将逐渐形成对故事人物形象的感知能力和判断能力,这将有助于他们理解故事,学会文学阅读的方法。

(四)阅读推广后的指导

1. 搭建自由的阅读交流平台

从阅读心理来看,读者读完某一文本后会有与人交流和表达的愿望,愿望一旦达成,有可能促进其阅读理解,提高其阅读兴趣,达到推动阅读的目的。[①] 特别是对于小学低龄阶段的小读者而言,他们处于思维能力和想象能力迅速发展时期,所阅读的文本内容由于贴近他们的生活体验,很容易引发他们的经验共鸣,同时儿童丰富且独特的想象力,也会使他们对故事内容产生很多问题和联想。那么,进行阅读交流就显得尤为重要。

阅读交流使阅读成为一种双向互动的活动,能够促使儿童在交流中对阅读产生更大的兴趣,从而让阅读成为一种持续性活动,这便是阅读交流的价值所在。桥梁书的又一特点就是为儿童提供多重阅读交流途径。我们以"小豆包桥梁书"阅读为例,首先图书本身就为儿童提供了交流平台。阅读活动开始前的"聊一聊"模块,可以让儿童根据故事主题结合自身生活经验,

---

① 元盼盼:《谈课外阅读交流的有效途径》,《成才之路》2014 年第 9 期。

与书本、作者、其他读者进行自由讨论。阅读活动完成后的"写一写"模块，为儿童心中的所感所想留有发挥之地。其次，图书配套的阅读指导方案中也设置了广泛的交流渠道。每次推广活动中都设有"故事延伸"环节，比如儿童在阅读完《吵架》这个故事后，可以和发生过矛盾的伙伴沟通交流；而在阅读《馅儿怎么可能在外面》故事后，儿童可以畅谈自己在生活中见过的类似事物。

2. 开展丰富多彩的阅读游戏活动

传统的阅读指导活动主要以读书交流会、读后感展示、讲故事比赛等形式开展，我们更建议阅读活动能与游戏活动结合起来，在儿童更喜欢的游戏方式中融入阅读扩展活动。比如在"小豆包桥梁书"阅读活动中，设计了"手绘故事地图"环节，儿童可以自由创作地图，在绘画中理清故事思路；"图书馆探秘"活动则是对故事内容进行延伸的体验活动，让儿童到不同的图书馆中发现更多有趣事物。儿童在阅读游戏中主动建构自身的知识经验，通过游戏的形式学习阅读方法，提高阅读能力，逐步学会独立阅读。

桥梁书对于儿童的阅读发展起着重要作用，优秀的桥梁书阅读与推广可以为儿童搭建一座从以图画为主的书走向纯文字书阅读、由成人伴读通往独立阅读的桥梁。出版从业人员在认识到桥梁书价值的同时，可以通过更多富有针对性的推广策略的指导，使儿童在整个阅读过程中享受独立阅读的成就感，并从阅读中获得积极的情感体验。从而使儿童通过桥梁书阅读成长为一个富有自信的阅读者，终生畅享阅读之乐。

为儿童服务的分级阅读创作

2017 年分级阅读创作代表作"小豆包桥梁书"（第二辑）新书研讨会现场

　　儿童文学是儿童的文学，却不是由儿童自己创作的，而是由大人写给孩子看的文字。大人写作时，如何写才能让孩子乐于阅读呢？我想首先就应该蹲下来真正研究儿童，只有把儿童研究清楚了，才能真正创作出服务于儿童的文学。分级阅读创作源于欧美，是一种从创作目标、创作内容、创作形式都全心全意为儿童服务的文学形式。它属于儿童文学这个大家庭，核心服务对象为 3~11 岁处于阅读黄金期的儿童。接下来以我自己创作的桥梁书"小豆包"系列为例，对何谓真正意义上的分级阅读文学予以说明。

　　桥梁书作为帮助儿童从以读图为主的书到纯文字书之间的过渡读物，已成为儿童文学的一个重要品类。桥梁书属于分级阅读的初阶级别，主要服务于 6~7 岁，也就是小学一、二年级的孩子。一些童书出版社将作家的长篇缩至短篇，或把短篇加上拼音，就冠之以"桥梁书"的名称，而真正意义上的桥梁书在字词构造、句子长短、文图比例、人物形象、构建方式等多方面都要精准考量,比如我的桥梁书"小豆包系列",就完全依托于原创国语桥梁书理论写作而成。我主持的教育部儿童阅读课题专门开辟了"桥梁书本体阅读理论子课题",我们的研究团队从字词句法、篇章结构、情节形象等多角度构建了一套完整的桥梁书理论。这些阅读理论的构建是基于对 6~7 岁儿童阅读水平、阅读兴趣、阅读态度、阅读行为的充分研究的。因此,小豆包桥梁书会呈现适合一、二年级孩子阅读的专属文本特点:语言浅语化,尽量使用 6~7 岁儿童会读会认的常用字,需要注音的生僻字控制在 5% 以内;对话体大量出现,还原儿童的生活语言;文字以诗体形式排列,带给儿童疏朗的阅读视觉;故事情节以起因、发展、高潮、完美结局为叙述线索;人物形象塑造非典型化,而是扁平化,人物性格单纯不复杂,人物关系清晰而不庞杂;主题设计对接 6~7 岁儿童的阅读兴趣,如侦探主题能满足该阶段儿童强烈的好奇心;同时故事之后还配有阅读游戏、故事地图等帮助儿童把握文学阅读的有趣方法,著名儿童文学作家徐鲁老师将此称为文学作品里的富有创意的"停顿和休息的包间"。

以上这些文本特点形成了"小豆包桥梁书"独特的分级阅读创作风格。在作品推出的同时,我作为创作者还带领来自教学一线的教师团队,为作品本身研发了"小豆包桥梁书"文学阅读课程,这一课程目前全国已有近百所小学在使用。孩子们在 15 堂小豆包文学阅读课上逐渐掌握了区别于图像阅读的文学阅读的方法,通过桥梁书爱上文字,爱上文学。

桥梁书只是分级阅读文学中的一个初阶品类,目前在桥梁书作品方面我已在少年儿童出版社出版了完整的从初阶到进阶级别的 10 本"小豆包系列",专门针对三、四年级阅读的儿童文学分级作品"豆豆国系列"也在北京少年儿童出版社出版。

全民阅读已上升为国家战略,儿童阅读更是文化建设工程的重中之重,被社会高度重视,因此,新时代下我们的儿童文学出现了"儿童文学的阅读教育""儿童文学的阅读推广"等全新的立足于时代新特点的学术话语与理念构建,分级阅读文学正是在这样的学术话语中活跃出现的文学形态,它的价值取向、审美追求、艺术章法与文化选择都是指向儿童的,虽然这是一种集文学与教育、审美与认知、有趣与有益于一身的高难度写作。

　　它希望让文学真正走向童年并参与儿童精神世界的塑造,用循序渐进的儿童文学作品,帮助儿童收获阅读力,享受文学阅读的审美乐趣。我相信,这一类文学形态将在未来 5 至 10 年里蓬勃发展,未来的儿童文学创作者必须要加强对教育现场里儿童的研究,对他们的阅读兴趣、阅读态度、阅读行为充分了解,这样才能真正创作出走向儿童、服务儿童的文学作品。因此,我认为新时代儿童文学创作观,虽然从形式上看多元共荣,直面现实抑或张扬幻想,但终究要回归到对我们服务的对象——儿童本身的研究上,只有尊重、遵循儿童在不同年龄阶段的身心发展特点、兴趣爱好,才能创作出真正意义上的儿童的文学。

数字化时代下基础教育
阅读评价研究^①

在 2019 年第十一届欧洲论坛发表阅读教育评价研究主题报告

一、现阶段基础教育阅读评价现状

基础教育阶段是一个人阅读素养形成的初级阶段。从教育层面来看，《义务教育语文课程标准(2011 年版)》(以下简称《课标》)将学段目标与内容

---

① 本文合作者赵自勤。

分为了识字与写字、阅读、写作、口语交际四个部分,阅读处于核心位置,起到承前启后的作用。同样,《课标》在总体目标与内容中,单独在阅读方面提出了明确的要求:"具有独立阅读的能力,学会运用多种阅读方法。有较为丰富的积累和良好的语感,注重情感体验,发展感受和理解的能力。能阅读日常的书报杂志,能初步鉴赏文学作品,丰富自己的精神世界。能借助工具书阅读浅易文言文。背诵优秀诗文 240 篇(段)。九年课外阅读总量应在 400 万字以上。"①

在阅读变得越来越重要的局面下,很多学校已将"提高学生的阅读素养"落实于行动中。在此过程中,各中小学积极开展形式多样的阅读活动,却忽视了对学生的阅读资源进行科学的筛选、对其阅读行为进行合理的指导等等,学生在阅读活动中是否真的习得了阅读方法、养成了阅读习惯等无法保证。要想提高阅读的实效性,随之而来的阅读评价环节不可回避。阅读评价是指通过测试、问卷调查、课堂提问等多种方式,对学生的阅读能力进行评价。科学的阅读评价结果能够有效地指导教师和学生在接下来的阅读教学或学习中有目标地进行活动。

而从目前的阅读评价情况来看,我们仍旧面临着一些问题及挑战:

第一,阅读评价的目标不够明确。阅读评价的对象是学生阅读能力,评价目标首先要有明确的阅读能力的组成要素和各要素之间的关系层级,由此做到最大限度地避免阅读评价缺乏针对性和有效性。但以目前实际的评价情况来看,部分命题者没有预先对目标阅读能力进行明确的要素分析,整体上没有明确的阅读目标,使其题目考查到的阅读能力要素不够全面或有所重复,不能体现出阅读者的实际阅读能力。

第二,阅读评价的内容资源单一。当前很多评价侧重对课文的考查,或对和课文题材相关的补充文章的考查,这些文章大多文学性较强。而在现代日常生活中,与学生衣食住行息息相关的多为应用性较强的文字信息,为了有效提高学生实际能力,基础教育阶段的阅读评价就应该纳入不同文体、不同题材的课外阅读作品作为评价内容资源。

---

① 中华人民共和国教育部:《义务教育语文课程标准(2011 年版)》,北京师范大学出版社,2012,第 7 页。

第三,阅读评价的方式较传统。阅读评价方式应多元,如问卷、课堂提问、小组合作、作品展示等。但基础教育阶段的阅读评价多以语文试卷上的阅读题为主,题型也相对传统,主要归为三方面:①字词基础方面,如给带点的字选择正确的读音;②阅读理解方面,分为语法与修辞、文章主旨的概括,如考查关联词、找中心句等;③实际运用方面,分为运用、个性化解读,如片段仿写、摘抄句子谈自己的感想等。①

第四,阅读评价的环节设置不够。我国大部分学校都开始重视推广阅读,开发了有关阅读的活动,但在此过程中缺乏对阅读效果的评价,导致虽然阅读形式多样,实际上学生的阅读能力是否得到提升却没有一个科学的判断。

由此看来,阅读评价首先应符合现代背景的需要,其次,应兼顾评价目标、阅读内容、评价方式和评价环节设置等,其中任一环节出现问题都将影响评价的信度和效度。

二、数字化时代下的阅读评价

什么是数字化时代呢?数字化时代也称为电子信息时代,电子信息的所有机器语言都用数字代表,所有的信息都以互联网为主要传输方式。数字技术的快速发展对教育领域同样产生着深远影响,中国新闻出版研究院最新组织实施的第十三次全国国民阅读调查(2016 年 4 月)结果显示,受数字媒介迅猛发展的影响,数字化阅读方式(数字化阅读是一个相对复杂的概念,包含了两层含义:其一是阅读内容以数字化方式呈现,如电子书、网络小说、网页、微博、微信等;其二是阅读载体形态数字化,如电脑、智能手机、电子阅读器等)的接触率为64.0%,较 2014 年的 58.1%上升了 5.9 个百分点。在这种数字化阅读扑面而来的时代背景下,社会经济、文化、教育等领域都受到了影响。对于基础教育阶段的学生来说,数字阅读已成为当今普遍的阅读方式,有效地进行数字阅读被认为是当代学生应具备的"多元阅读素养"(multiliteracies)。② 而

---

① 冯彦:《小学高年级阅读测评的现状与思考》,《现代中小学教育》2014 年第 30 期。
② New London Group. A pedagogy of multi-literacies:Designing social futures〔J〕. *Harvard Educational Review* , 1996(1).

作为教育者,更应该认识到这种趋势,及时把握数字时代为阅读提供的优越条件,并使阅读教学适应学习者的需求。

那么,数字化时代下的阅读评价有何特点?首先,对于阅读测评的内容资源而言,数字阅读不仅内容十分丰富,种类也十分繁多。其次,在测评过程中,数字阅读一般通过各种导航工具灵活控制阅读内容及步骤,学生在阅读的同时可以回应所阅读的内容,体现了很强的交互性。测试平台能提供查找关键词、加批注、划重点等多种功能。而对于学生来说,阅读器绿色环保,便于携带,不会造成书页的损坏,阅读时间也更不受场所限制。此外,对于测评结果而言,测评所用时间短,利用音效动画等途径能够使测评方式更多样且便捷,个性化的设计能够满足学生多元的阅读需求,亦能呈现出学生提取和整合多种信息的能力。

结合数字阅读的特征,如今已经有了很多专为基础教育阶段的学生提供数字阅读的平台,实现了线上阅读、线上评价的测评模式。接下来以中文在线的慧读平台为研究案例,通过分析其整个阅读系统架构与测评的实施,进一步思考数字化时代下的基础教育阅读评价应如何完善与改进。

慧读平台是由北京中文在线教育科技发展有限公司研发,专门为中小学生设计,同时为教师和家长提供配套服务的分级阅读平台。平台的研发基于学生生理特征、认知特征、情感特征与社会化特征;其阅读评价的目标与《课标》中的学段相呼应,且参考了 PISA 测评[PISA 是国际经济合作与发展组织(OECD)开展的一项国际性学生评价计划,阅读是其评价内容的一个重要组成部分]中的阅读测评标准。平台的目的是通过多视角、多维度为学生选择适合的读物,从而激发学生的阅读兴趣、培养学生的阅读习惯,最终提升学生的核心素养。

慧读平台在阅读评价的内容资源提供上体现了分级阅读的特点,在阅读评价的方式和环节设置上又突出了电子阅读的特点。它是循环式的系统,首先根据各个年龄段的身心发展特点将阅读资源划分为不同的等级;其次通过前一次阅读后形成的数据分析,为新一轮的阅读提供个性化推荐,从而实现了阅读的闭环。老师和家长在整个过程中可以通过客户端随时随地掌握孩子的阅读情况,有针对性地提出指导意见。

平台对于阅读评价的内容资源的筛选非常严谨,不仅考虑了平台服务院校的个性化需求,更注重从顶层设计,从学生身心发展特点和其认知发展特征进行分析,根据小学低中高年级学生的情感与社会化特征进行筛选;针对学生阅读兴趣,根据数字图书分级标准,参考课标推荐书目、团体推荐书单、出版社推荐书单、名师推荐书单来选取;也参考了重点政策性文件,如《国家中长期教育改革和发展规划纲要》《教育信息化十年发展规划(2011—2020年)》等。如此,平台帮助读者将大量资源过滤,根据读者需求确定阅读内容,避免了数字阅读资源"多、浅、碎"的缺陷。

三级阅读及评价体系是平台最突出的特点,即分为泛读、精读和研读,对应着《课标》中的三个教学目标维度:知识与技能、过程与方法、情感态度与价值观。其评价也因阅读的深浅程度分为调研测评、多维测评、深度测评三级。其中,泛读以课外阅读作业的形式存在,同样做到分学段阅读,其阅读书目含官方、行业、团体推荐书目,其目的是拓展学生的阅读视野,培养学生的阅读兴趣。泛读的阅读目标是笼统地对学生的阅读行为进行检验,评价形式为做客观题。精读的阅读评价内容资源是课程标准指定必读书目,也可以是教师、专家指定必读图书及其他数字资源,其目的是丰富学生的学科及专题教育知识,拓宽视野,提升阅读能力。精读的阅读目标是激发和培养学生的阅读兴趣,评价形式为做客观题、主观题和游戏。研读以课标阅读能力培养为内在逻辑,以主流教材阅读能力培养序列为参考。一是为老师提供知识点、能力点参考,阅读考点分析、阅读教研案例等,对学生的学习方法作出指导,进而上升到促进学生的阅读鉴赏分析批判能力的提升;二是针对教材重难点策划教材解析。其阅读目标是使学生对阅读的知识点、能力点和阅读考点能够理解和掌握,评价形式为客观题、主观题和游戏。

此外,平台重视对于阅读评价内容资源的建设和使用过程的及时评价,为此设有针对阅读内容资源的评价环节。平台结合了数字时代的主要特征,主要对阅读内容的教育性、科学性、技术化呈现和艺术性这四个方面进行评价,目的是衡量阅读结果、检测和改进平台运作过程。

在学生的阅读评价结果和分析方面,平台对每位学生都有相应的一份阅读分析报告,报告包括五个方面:

(1)阅读综述:其表现形式为柱状图,通过学生在一定时间内阅读的书籍总量、总字数、所用时长等数据进行分析测得。能够清楚直观地看出学生所能阅读文章的长度和难度。

（2）任务概况：其表现形式为曲线图，通过学生在一定时间内完成的测试题目总量、平均成绩、正确率、最高成绩等数据测得。反映学生在阅读过程中的信息检索与获取能力，以及总体的阅读能力。

（3）掌握的知识点：根据学生在一定时间内的答题对错情况得出具体的知识点掌握情况。帮助学生了解并解决自己在知识点上的疏漏。

（4）能力点分布：其表现形式为网状图，通过学生在一定时间内的答题对错情况和与他人进行共同阅读时的互动情况，具体整理出相对应的能力点，帮助学生了解并提高自身阅读能力。

（5）阅读建议：报告最后附有根据整个分析而给出的阅读建议，学生可根据建议全方面改进提升自己的阅读能力，培养良好的阅读习惯。

从平台对阅读评价目标的参考与设定、评价的内容资源筛选、对阅读内容资源的评价与对学生自身阅读能力的评价这一系列过程中可以看出，平台在关注阅读的内容之外，更加关注阅读内容的交互性、学生在学习过程中的参与度以及学生之间的协作。学生的自主性和主动权较以前大幅增加，学生可以根据平台提供的课程参与度和活跃度，以及这门课程是否符合个人的阅读节奏，自行获取阅读内容以及相应的阅读方式。这也为增加学生的阅读兴趣提供了更多可能性。

总之，慧读平台为不同阅读风格的学生匹配个性化阅读内容，通过平台的阅读评价系统提高学生阅读的自主性，培养学生终身阅读的习惯。平台认为，对丰富多样内容资源的使用能够培养学生基本的阅读素养，协助中小学生通过阅读提升学科学习效果，培养学生终身学习的阅读习惯。

三、慧读平台对于基础教育阶段阅读评价的启示

通过对以慧读平台为代表的数字阅读平台进行分析，在基础教育阶段的阅读评价方面我们可以得到如下启示：

（一）阅读评价框架
慧读平台的阅读评价参考了很多现当代阅读理论和经典教育心理学理

论作为方法论指导,也与《课标》中的要求相呼应。平台中的三级阅读也均对应有明确的阅读目标。

阅读目标、阅读行为和阅读评价是完整阅读的三个要素,它们之间是相辅相成的。有效阅读行为的开始要先制定阅读目标,目标必须是可量化的,而不只是笼统的定义,有了明确的阅读目标,阅读之后才能进行阅读评价。有了学生的阅读评价结果,我们就可以回头再检查阅读行为,是不是达到了事先设置的阅读目标。一个科学且可行性高的阅读评价,也需要不断地对上一个阅读评价进行改进。如果评价的结果和预先目标有所偏差,那就需要反思是不是在阅读实施的过程中出现了什么问题,或者是不是我们把目标定得太高了,因为这三者是互相关联、互相作用的。例如 PISA 的阅读素养测评是对阅读能力的要素进行分层,使测评目标和阅读能力相对应,这样不仅使操作更具体,也为准确评价学生以及把握教学的深浅提供了依据。[1] 获取信息、解释文本和反思与评价是 PISA 阅读能力的三个构成因素,它使得测试目标对象具体、明确,在命题中便于认定和把握每道题目的考查点。

(二) 阅读评价的内容资源

进行阅读评价,首要的就是选取合适的阅读材料。慧读平台的阅读内容资源不仅经过筛选,之后的评价环节也会对阅读内容资源进行不断改进。合适的阅读材料能够更好地考查学生的阅读能力和阅读素养。

对于阅读材料的选取,一般要考虑以下几个方面:"文章各方面的内容在现实阅读的意义、文章的文本形式与文本类型、文章涵盖内容的范围、文章生僻的内容、文章的篇幅长度、从文章中提出问题的可能性等等。"[2]就基础教育阶段的学生而言,文本文体应将寓言、小说、诗歌、散文和戏剧等均包含在内,且文章内容要尽量接近现实,文章涵盖的内容要尽量广泛。

(三) 阅读评价的方式

慧读平台设计了一个阅读伙伴全程陪伴学生阅读,且平台设置了场景

[1] 汪燕宏:《借鉴 PISA 实施新课程小学语文阅读素养测评》,《教学月刊(小学版)》2010 年第 1 期。
[2] 李广:《小学生语文素养评价研究》,东北师范大学出版社,2016,第 142—143 页。

阅读,有不同的阅读游戏。这一点对激发学生的阅读兴趣和提升测评有效程度非常重要。这里需要解释,将所要考查的阅读能力放入相关情境中,评价的要素并非为情境,只不过是把情景融入评价,给学生以真实感,评价的内容也都来自现实生活的各个方面,使学生觉得试题密切联系着自己的实际生活,觉得自己身在其中,不仅会产生与现实生活相关的生活体验,而且可以从中获得成就感。题目中设置的情景要以知识性层面为核心,通过自身所熟知的情境来引发学生已有经验中的认同感。这种引发会根据不同情境来激发学生不同的阅读能力。

PISA 中的阅读测试设计思路同样强调要基于学生的现实生活。PISA 认为这样做的原因有二:一是因为离学生最近的是个人的生活,其阅读测评强调考查的阅读能力是学生在现实生活中需要的,强调要测量学生应用阅读知识和阅读技能解决生活中实际问题的能力;二是为了学生的未来发展。PISA 认为,测试的目的不是去了解学生掌握了多少学科知识,而是要了解学生的学习潜力,要了解他们是否掌握了与将来生活相关的基础知识和技能设计能力。

(四)阅读评价的实施过程

慧读平台在电子阅读器上设有多个客户端,主体为学生客户端,学校方面有教师客户端,家庭方面有家长客户端。这就意味着基础教育阶段的阅读不仅仅由学生一个人去完成,当然学生是阅读主体,学生能依靠阅读评价去及时发现自己在阅读中的问题。与纸质阅读不同,在电子阅读器的帮助下,同类问题可以进行归纳梳理,知识点可以进行汇总延伸。线下的纸书阅读和线上的课外阅读相结合,能够制造阅读的氛围,培养学生的阅读兴趣。

对于家长而言,家长的协助并非是简单的督促孩子进行阅读,而是要参与到孩子的阅读中去,这种"参与式阅读"要求将自己同样投身于阅读中,与孩子同时在线阅读,了解孩子的阅读情况,比如孩子每日的有效阅读时间、感兴趣的阅读题材等。如此,在阅读过程中就能获得和孩子生活经验相符合的情感体验,建立与更新自己的教育观。亲子共同阅读与家庭教育密不可分。

对于教师而言,电子阅读器能帮助教师快速地收集每个学生阅读评价后的分析报告,对每个学生的阅读情况有大体的了解和掌握,也能对自己的教学进行及时调整。它同样帮助教师快速发布教学任务,有针对性地设置阅读篇目,等等。在题目的批改方面,客观题可以由电子阅读器自动化批改,这将为教师减负,同时也能及时向学生反映答题对错。

现阶段的阅读方可能涉及三方,之后随着数字时代更加快速的发展,阅读的参与及评价也一定会更加多元,促进教学相长。

(五) 阅读评价的结果

1. 要重视学生在阅读过程中的合作能力

PISA 认为阅读能力是"为了实现个人目标,发展个人的知识和潜能,有效地参与社会生活而对阅读材料(或文本)进行理解、运用和反思的能力"[①]。

总体来说,阅读能力是一个人在阅读过程中所展现的个人知识和对阅读内容进行认知、理解、复述、归纳、运用、审美和评价的能力。其中的运用能力涉及与他人的合作。

线上的阅读平台是一个开放式学习平台,学生在平台上可以找到自己的班级,与同学们共同进行阅读。当前,数字时代为我们提供了良好的网上平台,开放式教育资源的逐渐盛行正在改变整个教育的大生态。我们不再单维度地看待学生成长,以个人能力作为培育学生的重中之重,而是越来越关注课程的交互性、学生在学习过程中的参与度,以及学生之间在线上的协作互助。社会与教育相互影响,交融前进,一个人不可能孑然存在于社会中,因此,阅读能力也不再仅仅如字面所指,不仅仅依据一个人在阅读过程中所表现出的能力,在一定程度上也要依据大家在线上共同阅读协作完成测评的合作能力。

另外,在这种合作学习中,学生的自主性和主动权也会越来越大,教师和家长可根据学生在阅读中的参与度和活跃度,以及这门课程是否符合学生的学习节奏,为其选择更适合的阅读内容。

---

① "What is PISA？" OECD ,accessed March 2,2021,http://www.Pisa.oecd.org/Pisa/.

2. 阅读评价涉及多学科视野

阅读虽然广泛地涉及各种学科，但是在语文和英语科目中出现最多，导致提起阅读时，很多人忘了其实做理科题的时候也需要阅读。阅读本身就是多学科的，不会清晰明确地审题在任何科目中都行不通。慧读平台关注并改进了"语文阅读"这一固定思维，设置了包括生物、地理、品德、艺术等12个科目的阅读评价，使学生的阅读素养从不同层面、不同途径、不同角度受到关注和培育。

从阅读价值的判断来看，社会学将阅读视为关系人类社会进步和个体社会生活完善的一种社会行为，其价值实现的路径在阅读过程中。社会发展在现在以及未来，都必定是跨多方面多领域发展的，那么对于人才的要求，也必定是多方面的。因此读者会根据自身需要进行阅读。如果只引导学生去阅读语文学科的书籍，就会使学生在潜移默化中走入误区：阅读仅仅存活于语文、存活于文学之中。

进行不同学科的阅读评价使知识之间的弹性壁垒逐渐消除，使各科知识在学生头脑里有了系统化和连贯化的改变，拓展了学生的知识结构和想象力，鼓励其发表自己的独特见解。这将不再是单纯的阅读和获取知识，更是为培养全面发展的人才提供更多可能。

3. 阅读评价形式需多样化

在多样的阅读评价里，有一个令人困惑的问题，那就是多种形式的阅读评价的目的是什么？是否是为了增加娱乐性，为消除学生阅读的枯燥而评价？当然不是。阅读评价的多样化是为了提升学生的阅读能力、丰富其阅读策略，并不是让多样的评价形式掩盖了阅读内容。慧读平台利用电子阅读器的优势，阅读题目在设计上做到了很多纸质阅读无法做到的多种形式，如音效和动画的配合，学生通过视觉上的强化可以更快地识别文本信息的编码特征，将其转换为具体的、形象的内容，保持在大脑中，形成认知，这会强化学生对阅读意境的感受。而题目在电子阅读器上的出现顺序是渐显的，其顺序的先后其实就是在引导学生一步步学会怎样阅读。比如第一题会先出现重要的信息和观点，第二题进一步出现重要人物之间的关系，第三题浮现整个故事的发展线索，这其实就相当于一个隐形的思维导图。相对于纸质评价受到的限制而言，电子阅读器手动控制的特点恰恰丰富了学生在阅读过程中阅读策略的层层迸发。

由于阅读行为本身不仅仅是读者和阅读内容的闭合系统,而是读者和外界环境的开放系统,因此,数字时代的阅读必定会为读者创造出更多积极价值,聚焦到基础教育阶段,也一样会为学生们带去更多教育资源。我们应该去适应这种数字化浪潮,充分利用数字阅读的优势,为基础教育阶段的学生提供更广阔的阅读空间。

清华附小"校本阅读课程"的
实践及启示[①]

给清华附小的孩子上"小豆包桥梁书"校本阅读课

　　我国课程改革提倡"三级课程、三级管理"的课程管理政策,其中的"校本课程"给予了学校更多的自主权,更给予了教师和学生更多的发展空间。"校本阅读课程"是"校本课程"的一个分支,它是以阅读为导向,为满足学生阅读发展需求而设计的课程。

　　近几年,阅读越来越多地被人们所重视,在国家"全民阅读"的规划中,明确提出了书香校园的建设,更是强调"少儿阅读是全民阅读的基础。必须将保障和促进少年儿童阅读作为全民阅读工作的重点,从小培育阅

---

① 本文合作者吕月。

读兴趣、阅读习惯、阅读能力"①。因此,"校本阅读课程"的开发迫在眉睫。现阶段,组织学生进行阅读活动的学校不在少数,但是如何将活动序列化、课程化,从中切实培育孩子的阅读兴趣、阅读习惯和阅读能力值得进一步探索。

一、清华附小"校本阅读课程"实践现状

清华附小的"校本阅读课程"开设较早,成为国内小学阶段校本阅读课程建设中相对成熟的代表。这与清华附小的理念与价值追求息息相关。该课程以校长窦桂梅提出的"三个超越"为课程理念,以"书香立人"为核心价值观,以十几万册图书、儿童文学专家、家长等为资源,充分利用学校的空间,力求教师和学生养成阅读习惯,通过经典文学作品阅读提升自身的文学素养,形成正确的人生观与价值观。

(一)清华附小"校本阅读课程"目标

课程目标引领课程的实施,在"校本阅读课程"设计中尤为重要。清华附小"校本阅读课程"既有总目标,又有阶段性目标。

该课程总目标可概括为:①培养阅读、探究的兴趣,陶冶情操;②培养通过多种媒介自主选择书目的能力;③掌握阅读方法和技巧,积累语言;④培养学生理解、思考等阅读能力、写作能力、想象力和创造力。

同时,遵循目标设定的阶段性原则,学校将其细化并形成各学段目标。比如:要求学生在低年级学会朗读、初步默读,能够借助读物中的图画辅助阅读;在中年级能够了解并运用朗读、略读、默读、批注等多种阅读方法;在高年级熟练掌握并运用朗读、略读、默读、批注等多种阅读方法。

(二)清华附小"校本阅读课程"内容的选择

清华附小"校本阅读课程"在内容上以书单的形式呈现。

---

① 国家新闻出版广电总局:《全民阅读"十三五"时期发展规划》,《重庆与世界(学术版)》2017年第1期。

1. 课程内容的选择多角度、多方面

从对清华附小阅读教师的访谈中我们了解到，"校本阅读课程"内容的选择会参考作家、专家的建议，同时也会参考现有的一些具有代表性的分级书单，而最重要的是要根据教师的阅读经验与学生的兴趣。课程内容具有经典性、序列性和趣味性的特点，且丰富多样：涵括民族文化经典，如《西游记》；经典绘本，如《七号梦工厂》；经典科普著作，如《海底两万里》；人文社科经典，如《人类的故事》等多门类作品。

2. 课程内容的选择以学生需求为主

课程内容还考虑到阅读与学生需求之间的联系。例如给六年级下学期的学生选择绘本《开往远方的列车》作为教学内容，正是考虑到孩子们即将毕业，面临命运的选择，通过书中人物精神鼓励学生勇于面对挫折，用积极的心态笑对人生。

3. 课程内容的选择兼顾多学科需求

"校本阅读课程"内容的选择兼顾了多学科的教学需求。如绘本《蜘蛛和糖果店》便是数学阅读课的教学内容，《斯凯瑞金色童书》就是英语阅读课的教学内容。在多元智能理念的引导下，学校试图开发语文阅读课、英语阅读课、数学阅读课、音乐绘本课等多元阅读课，以阅读带动整合。

（三）清华附小"校本阅读课程"实施方式

清华附小"校本阅读课程"的主要实施方式有三种，即自主阅读、课内教学和阅读活动。

1. 自主阅读

自主阅读是把阅读的时间还给学生，重在培养学生的阅读兴趣和阅读习惯。在"校本阅读课程"的实施中，学校一天至少要保证学生三个时间段的阅读，即早诵读、午悦读、晚亲子共读。

2. 课内教学

在课程实施中，最核心的当数课内教学。清华附小秉承"得法于课内，受益于课外"的理念，每周开设一节"校本阅读课"，教师通过阅读方法的指导，借助"乐读单"，提高学生的复述、理解、赏评等阅读能力。课内教学中，整个学期的教学内容不同，课型也随之变化。比如六年级下学期，第一周的教学内容是《荷花镇的早市》，这是书单中的必读书目，因此设置为"阅读欣赏课"；第十四周的教学内容是《蓝色海豚岛》和《金银岛》，这是书单中的选读书目，根据作品的主题，设置为"比较阅读辩论课"。当然除此之外，还有阅读导读课、阅读指导课、阅读分享课等，以搭配不同的教学内容。

3. 阅读活动

阅读活动包括主题阅读、开心阅读节、阅读成果展示会等，旨在让学生在实践中获得阅读带来的情感体验，同时也可以作为评价学生阅读情况的一种方式。

（四）清华附小"校本阅读课程"评价方法

"校本阅读课程"以学生学业评价为主，方式多样。评价形式包括：读书报告单、课外阅读考察试卷、诗文背诵测评和阅读成果展示等。评价人员包括：教师、学生本人和同伴、家长、专家等。

其中读书报告单作为主要过程性评价，从阅读情况（班级、姓名、阅读时间、阅读心情）到书的相关内容（书名、作者、书评、故事简介、人物、启迪、摘抄等）让学生做一个详细的记录，是对学生读完书后提取信息、阅读理解与情感体验的书面化反映。而课外阅读考查作为终结性评价出现在语文期末试卷之中，考查的是学生读书关注细节的阅读能力。

二、清华附小"校本阅读课程"分析与启示

"校本阅读课程"的开发，使得学生的阅读更加趣味化、系统化，使得教师的教学更加具有指导性、创造性。清华附小这一课程的开发和实施中，有很多地方值得我们借鉴。

（一）"校本阅读课程"要具备完整的开发体系

清华附小的"校本阅读课程"开发成完整体系，由多个阅读活动构成，但活动只是一个个载体，这源于课程最初就有明确的设计与预期。学校从育人理念出发，集各方力量开发阅读课程，开发过程中一方面关注学生的兴趣和需求，另一方面也注重教师的专业发展。这一课程的开发首先对学校情

境进行分析,再从学科整合、多元智能发展、学生学习动机等角度切入,结合相关要求设计课程的目标、内容、实施方式和评价方法。

(二)"校本阅读课程"内容选取与排列的原则

清华附小"校本阅读课程"的内容以整本书为主,其选取兼顾了三个原则:"一是能够增进学生知识的;二是能够锻炼学生阅读能力的;三是能够开启智慧,启迪心灵,传承文明的。"①具体来说:

1. 符合儿童审美,兴趣优先

清华附小"校本阅读课程"推荐的书单中,大多是儿童文学经典之作,以文质兼美著称,作品讲求纯真、稚拙与儿童情趣,这些作品语言浅显,适合学生阅读;主题弘扬真善美,能够开启学生的心智,同时引发他们的情感体验,培育孩子的人文精神。比如《草房子》用纯美的爱唤起孩子内心的感动,激发儿童的真善美,有益于儿童的健康成长与美好人格的养成,理应当作教学内容引入课堂。

那么,我们苦心为孩子推荐的内容他们一定都喜欢吗?肯定不是的。不同孩子的喜好不同,有些学生喜欢探险类的,有些学生喜欢科普类的,有些学生喜欢校园类的……为了兼顾孩子们的兴趣,书单中设有必读和选读,必读书目重在教师引导引发兴趣,选读书目给予了学生更多的选择权。

2. 选择范围广泛,遵循"适度分配"原则

儿童阅读应当是综合性的阅读。"如果分类的话,大致可以分为六个大类,第一类是儿童启蒙的读物,一般性的知识,比如三字经、卡片等等。第二类是思想品德教育的励志类读物。第三类是科普读物。第四类是传播人文历史的读物。第五类是比较流行的儿童图画书、卡通读物。第六类是我们经常说的儿童文学读物。"②儿童文学读物又分为图画书、童话、寓言、小说、散文、诗歌等多种体裁,不同体裁有着其独特的价值功能,比如童话可以培养学生的想象力,诗歌可以陶冶学生的性情等。因此,在选取课程内容的时候,各种体裁都要有所涉及。

---

① 李怀源:《由叶圣陶"读整本书"思想谈小学整本书阅读》,《课程·教材·教法》2009年第4期。
② 同上。

清华附小"校本阅读课程"内容的选取兼顾了多门类作品,实现了每个阶段阅读的多样性,努力实现学生作为人的全面发展。

3. 内容排列符合儿童心理、年龄发展特征,呈螺旋式上升

基础教育阶段学生的阅读量和阅读能力呈螺旋式上升,小学低年级儿童识字量少,以形象思维为主,对客观事物的认知比较浅显;而小学高年级学生思维开始由形象转化为抽象,他们已具有独立思考的能力,形成了初步的价值观。因此,每个阶段要依据学生的发展特点合理编排课程内容。那么该如何将作品分级,编排呈现合理的序列化呢? 低年级要选择内容丰富、形象具体、文字少、趣味性强的读物,让学生感受阅读乐趣,适当阅读科普读物,对科学知识感兴趣。中高年级故事内容要具有哲理性,帮助学生区分幻想与现实,形成正确的价值观,适当增加散文、科幻作品等体裁,培养学生想象力和自主探索的欲望。[①]

从儿童的心理特征出发,依照分级标准与清华附小"校本阅读课程"内容的编排,我们可以发现:小学低年级,推荐的阅读内容主要以图画书、童话、诗歌为主,如《猜猜我有多爱你》《神奇的校车》《蝴蝶·豌豆花》等;而中高年级应更多选择一些具有哲理性、能够激发学生探索欲望的小说或科普读物,如《小王子》《科学家工作大揭秘》等。

(三)"校本阅读课程"的有效实施

"校本阅读课程"的实施需要根据学校的实际情况,进行有效的评估和方案的设计,既要保障时间、空间、资源等,又要通过有效的教学方式促进学生阅读。

1. 多方面支持,教学资源、时间、场所有保障

"校本阅读课程"作为课程就一定要有课时作保障,就如清华附小每天进行三个时间段的自主阅读,每周五设置一节阅读课,每个学期开展阅读活动,以此保证每个班级均衡开展阅读,每个学生享有阅读的权利。学校图书馆要做好多类、足量的书籍储备,班级共读时至少保障每个人手中有书。有条件的学校还可以开拓阅读空间,营造良好的读书环境。

---

① 《儿童青少年分级阅读内容选择标准》,《人民教育》2009 年第 Z2 期。

2. 课外阅读课内化

"校本阅读课程"产生的重要意义在于培育学生的阅读兴趣、阅读习惯、阅读能力,因此,教师的引导是十分重要的。课外阅读课内化就是指利用多种教学方法在课堂上对学生的课外阅读进行有效的指导。

清华附小"校本阅读课程"利用阅读进行多学科融合,结合作品特点,设置多种课型,课堂上采用小组学习的形式,教师设计"乐学单"、展演等多种教学方法,带领学生学习并掌握略读、浏览、批注的阅读方法,提高提取信息、形成解释、评价鉴赏、迁移运用等阅读能力,最终以求实现由教师指导下的阅读过渡到同伴指导或自我有意识地阅读。学校组织的戏剧表演、背诵擂台等活动,又是课内共读向课外的延伸,以期让学生通过活动获得更深层次的阅读体验,同时也可作为学生阅读情况的一种评价方式。这种理念和实践中的指导方法值得借鉴。

(四)"校本阅读课程"评价体系的建立

"校本阅读课程"作为课程来说,评价应该是多个维度的,包括:对课程本身的评价、对学生的评价和对教师的评价。

对学生的评价是评价的重点,既要有以活动为核心的过程性评价,又要有以考试为中心的结果性评价,多方评价人员、多角度、形式得当是设计评价体系需要考虑的。就清华附小的"校本阅读课程"学生学业评价体系而言,从考查内容上来看,有诗文背诵测评、课外阅读测评。从考查的方式来看,有读书报告单、抽签背诵、闯关、试卷等,每种形式都有明确的打分标准。对教师的评价就要从教师自身阅读和阅读教学两个方面进行反馈。对课程本身的评价属于课程的内部评价,虽然容易忽略,但却是必不可少的。此方面的评价要追溯到最初目标、方案的设计与实施的现实情况之间的对比,以此做进一步的改进。

我们以清华附小"校本阅读课程"的实践为例,获得了一些可供借鉴的经验,但是因为各个学校的现实情况、学生、教师情况不同,也要因地制宜,设计适合自己学校运行的"校本阅读课程"。

分级阅读,快乐分享①

2016 年主持的海绵分级阅读公益课堂现场

儿童阅读关乎儿童精神生命的健康成长。在大力提高国民素质的今天,儿童阅读已成为一个国家儿童教育发展的基础与核心课题。西方发达国家以及亚洲的日本、韩国早已将儿童阅读推进到儿童文化和教育事业的核心位置。我国素有重视阅读的优良传统,进入 21 世纪以来,全民阅读快速发展,儿童阅读活动也正在家庭、学校和社会中深入推进。

儿童阅读因地区、学情、文化等不同特点,分为不同形式,如校园阅读、社区阅读、主题阅读等等。在其多元变化的形式中,有一些形式正成为具有恒定意义、可持续性发展的科学范式在全世界范围内被推广、实践。分级阅读就是一种已在世界范围内,尤其是阅读发展活跃的国家、地区推行多年的

---

① 本文为"海绵儿童分级阅读书丛"主编前言。

系统、科学范式,已成为一种世界性的阅读趋势。最新修订的教育部《全日制义务教育语文课程标准(2011 年版)》要求学生课外阅读总量达到 400 万字以上。那么,课外阅读到底应该如何在学校与家庭进行有效指导,课外阅读与课内阅读应该如何衔接,儿童家庭阅读与校园阅读如何结合? 我们认为分级阅读这种阅读范式与阅读理念为解决这些问题提供了具体可行的实践思路。

分级阅读,一言概之,即按读者的阅读能力级别提供阅读读物并给予相应指导的教育范式。"海绵儿童分级阅读书丛"正是在教育部人文社科儿童阅读研究项目课题组指导下研制的一套针对中国小学生课外阅读的系统、专业的分级阅读文学读本。该丛书具有以下特点:

第一,以分级阅读理论与教育实践为研发支撑。2012 年"基于阅读教育的小学阶段分级阅读研究"课题组正式成立,课题组成员中既有高校学者,也有小学一线名师和中青年骨干教师。课题组通过理论梳理、专题研讨、教研实践等途径对小学阶段阅读教育的本体进行了一个全方位、多层次的探索。经过四年的研究,"海绵儿童分级阅读书丛"以英语体系分级阅读理论为参照,以母语系统分级阅读原创理论为指导,以一线教育实践为评价,以提升小学阶段儿童的独立阅读能力为目标,是对课题研究的一次重要成果呈现。

第二,力求解决阅读教育本体内容无序的现实问题。当前,学校、家庭都非常重视儿童阅读,但长期以来,困惑教师与家长的一个现实难题便是,阅读教育到底应该读什么? 该丛书以阅读能力分级为序,将小学阶段现有的年级阅读与主题阅读进行有机结合,对适合儿童阅读的文学读本进行归类整合,力求为小学阶段的儿童阅读教育提供系统的、专业的、具体的教育内容。

第三,内容规划以儿童本位、文学本位、教育本位为三本位基准,在内容选取与体例规划上都以儿童的适读性为分级阅读的重要核心理论,选取具有形象性、生动性、故事性的文学作品,以适应具象思维占主导的儿童思维特点。同时,强调文本特有的教育指向,将生态教育、人格教育、习惯教育、同伴教育、民族教育等抽象的教育目标具象化为一个个阅读主题,通过一篇篇儿童性的文学载体慢慢传达给孩子。

第四,形式呈现力求满足阅读教育的普适性与运用性。丛书以阅读级别与小学年级划分为序,从初级阅读的1A到高级阅读的6B共分为12册,按"人与自然""人与生命""人与自我""人与他人"四大教育主题进行归类,具体到各分册,又细化为多个儿童化的小主题,如"人与他人"这个大主题,在最初级的1A分册中表达为"嗨!新朋友""帮助我的好朋友""相处的秘密"等小主题,在1B分册表达为"如何与同学相处""好朋友吵架""团结很重要"等小主题,并在此后的2A到6B各分册中都以不同的小主题予以呈现。文本选择涵盖诗歌、寓言、散文、童话、小说、图画书等各类文学体裁。让沉浸其中快乐阅读的孩子们在不知不觉中收获真、善、美的力量。同时,丛书还特别设置了"请跟我来""阅读成长"等板块,让孩子在自读的同时,能感受编选者的设计意图,不但从整体上把握主题,还能从文本细节中提取信息,充分思考。

我们认为,一套阅读教育的读本一定要结构清晰、系统有序、统一规划,将各年级的阅读量与阅读内容由少到多、由浅入深、循序渐进地贯穿于整套读本的科学规划中,避免作家、文体、主题、年代的无序混搭,只有具备这样特点的读本才能利于儿童自读,利于教师导读,利于家长共读。

第五,将课内阅读与课外阅读、学校阅读与家庭阅读统一、连接。阅读教育在实施过程中容易形成课堂阅读与课外阅读、教材阅读与课外书阅读、学校阅读与家庭阅读的脱节,这无形中增加了阅读教育的执行者与接受者的负担。如何通过有效的途径将这些看似"对立"的两面进行结合?课题组通过理论研讨和数十所小学的一线调研、课堂反馈,确定了阅读教育必须贯穿"整合化"的思路。比如,每册中都会设置一个"原文再现"单元,所选用的文章多为目前使用较多的人教版、苏教版、北师版等教材中经典文章的原文,比如《雪孩子》《巨人的花园》《最后一头战象》等篇目在多个版本的教材中都出现了,但都因为教材篇幅所限对原文进行了大幅删减,因此我们就在"原文再现"单元中将作家的原文进行了展示,让儿童不仅能从教材中初步认知经典,更能够通过原文品读经典的原汁原味。再比如,我们会选择各版本教材中出现的作家的其他代表性作品放进读本中,帮助儿童通过不同的文本、从不同角度去解读这些知名作家的文风。同时,我们在每册书中设置的"古诗三首""整本书阅读"单元,所选取的文本都与教材、课标有着直接的关联。"整合""关联""衔接"是我们课题的关键词,也希望通过这样的研究思路将阅读教育进行整体规划,让阅读立体化、多元化、有效化。

第六,读本研制涉及多学科、多地区、多学校、多文体、多作家,这样的特点决定了这套读本气象丰富的多元性。四年来,课题研究涉及儿童文学、儿童教育、儿童心理、儿童文化等多学科的整合探究;课题参与学校涉及全国十多个地区,除北京外,浙江、四川、辽宁、重庆、广东等地区的高校教师与一线教师也纷纷参与;此外,读本文类的多文体、所选作家的多样性都为课题研究注入了多元、开放、专业的特性。

怎样让阅读教育的内容既丰富又不庞杂,既有序又不枯燥?希望"海绵儿童分级阅读书丛"能够解决阅读教育内容难以构建的现实问题,希望这套读本为正处于做梦时光的孩子们打开一扇通往绮丽风景的窗户,分级阅读,快乐分享!

文学阅读为儿童成就
高水平阅读素养[①]

《我的文学课》封面

阅读素养是我所主持的教育部儿童阅读研究项目提出的核心概念,其意指完成阅读所需的相关能力和阅读过程中的情感态度及其品质,包括阅读所致的能力发展、个人成长、文化积淀、社会参与等多个方面。阅读素养是当前儿童素养发展的核心,因为阅读是一切学习的基础。阅读重要已经成为不争的事实,但用什么来提升儿童的阅读素养呢? 对于处在基础教育阶段,尤其是小学阶段的儿童而言,系统的文学阅读正是有效的提升途径。

文学是一个人成长过程中不可或缺的精神养分,它并不是可有可无的。如果缺失文学的滋养,一个人的精神生命就容易杂草丛生。在儿童期阅读的文学还有一个特殊的名称——儿童文学。儿童文学是"大人写给孩子看的文学",是 18 岁以下未成年人阅读欣赏的文学读物,涵盖童话、儿童诗、寓言、儿童小说、绘本、儿童戏剧等不同门类。儿童文学是小学阶段的孩子阅读的主体,因为儿童文学天然便是以儿童观为支撑的文学,是为儿童的精神生命打基础的文学。儿童通过文学里的故事、人物、语言、意象来认识世界、思考自我、阅读生活。各国儿童阅读发展的历程都揭示了一个规律:儿童

---

① 本文为《我的文学课》主编前言。

文学阅读是儿童阅读的主体——尤其是对 0 至 12 岁的孩子而言。除了儿童文学以外,一些适合儿童阅读的其他文学形式,如部分古典文学、现代文学等,也应该成为儿童阅读的资源。但是无论是儿童文学,还是适合孩子阅读的古典文学与现代文学,都需要以一定的阅读理论为支撑,为儿童构建一张系统的文学阅读地图。有了这张地图的引领,儿童的阅读才会多元而不杂乱,教师的阅读指导才会丰富而不无序,家长的伴读才会科学而不茫然。

基于这样的认识,我们推出了这套《我的文学课》系列图书。这套书按照分级阅读与整合阅读的理论,为小学阶段的儿童提供系统的文学阅读课,用系统的文学教育帮助孩子们构建对世界的认知、对母语文化的热爱、对审美与情感的体验。

《我的文学课》系列图书主要特点如下:

一、专业阅读理论构建系统文学教育

本套书作为教育部社科规划基金项目"分级阅读与儿童文学教育研究"的成果之一,依据分级阅读与整合阅读理论,将适合小学一到六年级儿童阅读的中外文学作品进行了系统的分级与整合。

二、为不同年龄段的儿童提供与他们的阅读水平相匹配的文学作品

分级阅读即指为不同阅读级别的读者提供与之相匹配的读物与阅读指导,这是一种在阅读发达国家和地区推行多年的阅读教育科学范式。它的立足点即是尊重儿童本身的发展,从不同孩子现有的身心发展水平出发,既不拔高,也不压低,差异性与共性很好地得到了结合并有机地加以呈现。本套图书依据课题组的中文分级标准,并结合年级划分的学情,将分级阅读与年级阅读相结合,从文章字词、篇章结构、主题等不同角度为小学阶段的儿童提供循序渐进的阶梯阅读资源。

三、依据整合理论,将教材阅读与课外阅读进行有机整合

"整合"是课题组在全国进行"教师阅读素养"系列培训时多次提到的关键词,在全民阅读已经上升为国家文化战略的今天,作为开展儿童阅读教育的现场,学校非常重视阅读指导,但是对于习惯了教材阅读的教师,如何通过课外阅读、校本阅读课程、书香校园构建等提升儿童阅读的品质,却实实在在是一个新的课题。我们认为,课堂内外阅读不应该成为两张皮,它们应该整合在一起,以教材带课外阅读,以课外阅读促教材理解,这样才能在不增加学生与教师负担的同时,既完成课标对阅读数量的要求,又切实提升学生的阅读能力,让阅读变得有趣、有用、有益。举例说明,本套书中选用了多位部编版小学《语文》教材涉及的作家或新课标要求必读的作家的作品,如国外名家安徒生、王尔德、泰戈尔,国内大家冰心、叶圣陶、金波、曹文轩等。这些作家的作品既能满足学生对入选教材的作品的深入理解需求,同时又拓展了阅读的深度与广度。

四、以作家单元阅读为核心,将作家专题阅读、群文阅读、单篇阅读、整本书阅读、名著阅读、原创阅读、文字阅读、图像阅读等不同阅读形态融合其中

目前阅读教育的重点难点为"读什么"。由于种种原因,我们的教师自身阅读量有限,在为学生选择阅读资源时便会走进诸多误区,如阅读主体为国外经典作品,忽视本土作家的作品阅读;缺乏对作家的关注,作家的专题阅读甚少;绘本阅读仅在低年级推行,中高年级几乎不读;跨过短篇阅读,直接让学生阅读中长篇作品;等等。本套书共分为6个年级12册,每册分为9个单元,涵盖部编本《语文》教材入选作家、新课标必读作家、不同文体的重要作家、国内具有代表性的作家等100余位,使学生通过他们的短篇代表作和长篇作品中的精彩片段,来了解不同的文学形态,体会不同的审美风格,感悟不同的情感传递。同时,每册书还有一个"整本书阅读单元",将适合不同年级的整本书阅读资源,有序整合在前面不断积累的作家短篇作品阅读

的基础之上,让儿童循序渐进、自然而然地从短篇作品阅读步入长篇作品阅读,兼顾文字与图像的阅读理解。

五、文学知识与文学理论以浅语的形态贯穿其中,为儿童铺陈一条看得见的文学缎带

全套书每个单元都有单元导读、阅读感受,这里提供的文字并不是版面的装饰,而是用浅显易懂的语言将不同文体的文学知识与理论以及不同作家的创作风格介绍给孩子们。阅读中成人的指导很有必要,孩子们在自由选择不同单元阅读时,应该有相应的指导伴随,这样自由阅读才不会变成盲目阅读,阅读的质与量才会同步提升。文学理论是否需要让孩子们理解?比如,童话是什么? 童话的核心特点是什么? 童话的幻想性到底体现在哪些方面? 童话与小说的区别在哪里? 这些看似艰涩的理论知识是否应该让孩子们了解? 我们认为,非常有必要。理论即是规律,文学理论便是从纷繁芜杂的作品中归纳出的核心规律。理解这些规律能帮助阅读者看清文学的内核,认识不同作品的共性与个性,这样才能使文学阅读举一反三,化繁为简。

六、融合核心阅读策略的阅读游戏帮助儿童提升阅读能力

学会阅读才能爱上阅读,本套图书每个单元后置的阅读游戏不仅是阅读之后的测评,更是小读者学习阅读策略的有效且有趣的途径。这些阅读游戏在形式上不同于传统的阅读测试题,而是课题组通过研究论证出的 5 种最适合小学阶段的有效游戏方式,帮助儿童逐渐掌握涵盖认知、理解、评价、运用的核心阅读能力。同时,这几种形式的游戏从一年级一直贯穿到六年级,题目难度随年龄的增长而逐渐增加。这种相对固定的游戏形式,能帮助小读者学会阅读,爱上阅读。

以上六大特点使《我的文学课》系列图书不是一套简单汇编的读本,而是一张适合中国小读者,能引领他们去游历、去观察、去思考的文学阅读地

图。在这张"地图"中,不同风格的作家作品幻化成不同的色彩,这些五彩缤纷的文学颜色构建成了一个系统的文学阅读资源库。在这里,你将遇见不同的作家、不同的文体、不同的主题、不同的文化,相信我们的孩子们会在这些有序构建的"不同"中,用文学丰富的养分为自己的精神打底子,为未来的幸福奠基,为实现自己的理想铺平道路!

聆听阅读课，收获智慧花①

"名校阅读课"系列图书封面

  小学是发展儿童阅读能力、提升儿童阅读兴趣的重要阶段。儿童阅读已成为一个国家儿童教育发展的基础与核心课题，西方发达国家以及亚洲的日本、韩国早已将儿童阅读推进到儿童文化和教育事业的核心位置。在我国全民阅读快速发展的今天，儿童阅读活动也正在学校、家庭和社会中深入推进。

  阅读的重要性已成为不争的事实，教育部《义务教育语文课程标准》中"小学阶段课外阅读量总量达到145万字"的规定也得到了教师、家长的一致认同，接下来的问题便是儿童到底应该读什么。

  儿童的阅读内容既要追求量，也要讲究质。换言之，儿童读书一方面要读得多而杂，汲取各方面的营养，另一方面又要读得精而专，在有限的时间内尽可能阅读质量上乘的代表性作品。前者靠家长为孩子提供品种丰富的读本就能实现，但精而专的阅读则需要专业的阅读指导。

———————————

① 本文为"名校阅读课"丛书总主编序。

"名校阅读课"丛书是海绵分级阅读"名校阅读课"课题组联合国内的阅读名校,为处于小学阶段的儿童研制的一套系统、专业的阅读读本。

本丛书具有以下特点:

第一,研制团队专业。本丛书以儿童阅读知识体系为理论支撑,由"名校阅读课"课题组联合国内阅读名校共同研制。丛书第一辑入选的学校包括清华大学附属小学、北京大学附属小学、中国农业科学院附属小学,均为目前在国内小学教育领域具有代表性的阅读名校,丛书第二辑呈现区域特色阅读,分六册集中展示了沈阳皇姑区的区本阅读课程。参与丛书编写的一线教师也是各学校具有丰富阅读教学实践经验的特级教师或学科带头人。

第二,全方位、多层次开启儿童的多维阅读空间。目前国内的阅读课呈现出多元形态、多维视野的特点。本丛书所展示的阅读课都各具特色,是同类课程中富有代表性的特色课程。如清华附小的整体阅读课,通过趣味语文知识、诗歌文赋、文学名篇、推荐书目简介等板块设置,将小学阶段必读、选读的文学精华与语言知识在阅读课中教授给儿童。北大附小的传统古诗文阅读课、农科院附小的文学名著导读课、皇姑区的分级拓展阅读课程都是目前国内同类课程中的特色阅读课,它们从阅读文本的不同点切入,提升儿童的阅读兴趣与阅读能力。

第三,注重阅读理论与教育实践的有机结合。丛书的整体理论框架涉及儿童阅读理论的诸多方面,如分级阅读、主题阅读、儿童文学阅读教学等。除理论支撑外,丛书的构建均立足于各校的阅读教育实践。本丛书作为各校的校本阅读教材,已在学校多年的教学实践中反复试用与修订,可以说本丛书是中国小学阅读教育多年实践下的代表成果展示,是真正立足实践的科学研发,处处体现着理论研究者与教育实践者的思想智慧与科研活力。

第四,内容活泼,充满趣味性。内容的趣味性是儿童阅读读本研制的首要标准,再专业、再权威的读本,如果儿童没有兴趣看,那也只能是专家们纸上谈兵的一堆"废纸"。本丛书无论是内容的编排,还是选文的确定,都以儿童为本位,尊重儿童的阅读趣味,并有引导性地指导儿童从生动活泼的内容中汲取文化的力量。

本丛书作为儿童阅读课题的研究成果不应该仅仅局限于个别学校、个别地区的传播,作为教育工作者,我们有这个责任与义务让学术成果更多、更广地服务于社会,让更多的学生、家长和教师受益。

　　希望本丛书所呈现的一堂堂精彩的阅读课,能够在小读者心中播撒下一颗颗阅读的种子,让智慧之花在他们心中快乐绽放!

学会阅读才能爱上阅读①

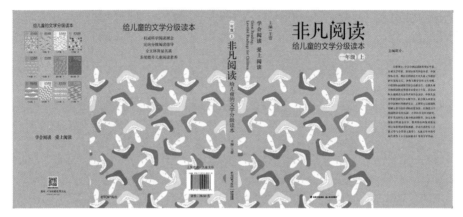

《非凡阅读》分级读本封面

　　阅读,现已成为我们这个时代的热搜词,无论是国家对于全民阅读的重视,还是教改加强阅读在考试中的比重,都让人们格外重视阅读。很多人认为,重视阅读首先要让孩子爱上阅读。于是,从幼儿的早期阅读开始,家长、教师就给孩子们大量地讲述绘本。在一个个精彩有趣的绘本故事中,在一幅幅惟妙惟肖的绘本图画里,孩子似乎通过绘本爱上了阅读。可是当他们进入小学后,从语文书到课外书都变成了密密麻麻的文字书,孩子好像对这样的书失去了之前的热情。是孩子不爱阅读了吗? 当然不是。他们只是在面对这样的文字书时不知该从何下手:是一个字一个字地指着念吗? 是碰到不认识的字就赶紧查字典吗? 是从头读到尾吗? 还是从中间挑着读? ……一系列的阅读难题把孩子与书的距离越拉越远。要让孩子愿意走近书,爱上阅读,首先要告诉他们正确的阅读方法。只有先让孩子学会阅读,才能让他们真正地爱上阅读。这也是我们为什么强调,即使在幼儿早期

---

① 本文为"非凡阅读:给儿童的文学分级读本"系列丛书主编前言。

阅读阶段,也不能只是一味地给孩子讲故事,在讲的同时也要教授他们一些简单的阅读方法的用意所在,就像不会游泳的人,只有当他学会游泳的方法后,才会真正地爱上这项运动,享受属于自己的水上时间。

现在,你手上的这套"非凡阅读——给儿童的文学分级读本"丛书就是教孩子如何成为阅读小达人的文学读物。它会帮助孩子达成三大目标:

(1)系统掌握文字书的阅读策略。

(2)立体了解不同文体的阅读知识。

(3)循序渐进地达成课标规定的阅读总量。

作为教育部儿童阅读研究项目"分级阅读与儿童文学教育研究"的成果之一,本书的三大目标正是在课题组系统的阅读理论与实践理念的指导下确定的,书中的作品篇目、内部体例、整体风格等亦都围绕这三大目标进行设计。具体内容指南如下:

分级阅读,循序渐进。整套书分为 12 册,根据课题组选定的读物与学生阅读水平的分级标准,每册书选定一个适读学期,满足与之对应的小学低、中、高学段的不同阅读需求。

原文赏读、作品解读与课外指导构建完整阅读学习链。每册书按体例分为群文阅读单元与整本书阅读单元两大板块。群文阅读单元分为作品阅读、单元导读、阅读游戏、家庭与学校阅读活动方案样例;整本书阅读单元分为文字书阅读与绘本阅读。从短篇作品到整本书作品,从导读文字到阅读方案,从文体知识到阅读策略,形成了一体化阅读学习链。

从文体阅读中积累阅读知识。文体就是指作品的样式,适合儿童阅读的文体主要有小说、诗歌、散文、童话、寓言等,充分了解文体知识能帮助儿童掌握不同形态的文学样式。本丛书主要以文体划分单元内容,通过作品阅读、单元导读、阅读游戏等多种方式来展现不同的文体知识。如有关童话的知识方面,本书通过分布于 12 册图书中的不同童话单元,循序渐进地介绍童话的主题、分类、艺术手法、语言特点等。读者在阅读完整套书后,很容易在头脑里形成一张完整的文体知识图谱。

利用有趣有用的阅读游戏系统传授阅读策略。书中各群文阅读单元均配有一组阅读游戏,这些游戏不同于传统阅读题,采用全方位带动儿童听说读写能力的游戏方式,把通过科研论证的、最有效的、系统的阅读策略传授给儿童,在游戏中开发儿童的认知、理解、评价、运用四大阅读能力。

本套书的编写者既有高校中从事儿童阅读研究的专家、学者,也有来自不同小学,尤其是阅读名校的一线教师。因此,在阅读本书时,编委会针对不同年龄的阅读群体也有不同的使用建议:

如果你是6~12岁的小学生,请你按照每册图书标注的适读学期,选择适合自己的分册,再按照作品、导读、游戏的顺序有序阅读,每周完成一个单元,这样你就能通过有计划的、循序渐进的阅读,轻松成为阅读小达人。

如果你是学生家长,请你先翻到书中对应的家庭阅读活动方案样例部分。这里有关于不同阶段学生所应具备的阅读能力的介绍,以及如何在家里跟孩子一起通过阅读本书提升阅读能力的具体方法和建议。和孩子一起阅读,成为他们身边的阅读老师,相信你和孩子在共读的过程中都会有满满的收获。

如果你是一名教师,请直接把这套书带到你的阅读课上,它可以帮你系统构建一门完整的校本阅读课,每册书均已按照一个学期的课时被划分为八个群文阅读单元与一个整本书阅读单元,单元导读、阅读游戏及阅读活动方案样例等内容可以帮助你充实课堂内容。通过运用本书,你会发现,你的学生在阅读兴趣、阅读习惯、阅读方法及阅读总量上都有不小的进步。

希望你能从"非凡阅读——给儿童的文学分级读本"丛书中学会阅读,爱上阅读,越读越享受,越读越开心!

美与诗的绽放

与北大附小不同年级的孩子谈谈如何进行分级阅读

　　诵读对于儿童身心健康的发展、美感的收获、诗意哲学的融汇,都能起到非常重要的作用。安徽少年儿童出版社近期出版的由新教育研究院编著的《新教育晨诵》系列读本将为诵读活动在教育现场的推广与实践提供深切著明的理论体系与操作纲要。新教育实验作为目前中国规模最大的民间教育公益机构,由朱永新教授发起,多年来致力于教育改革与创新。晨诵课程是新教育研究院16年来长期扎实研究出的综合课程体系,它经过了千余所新教育实验学校的广泛实践,应儿童身心发展之度,助教师共读共学之想,达家长寄寓自然教育之思,赋予新教育"家校合作共育"的教育理想以实践的纲要。

　　用各种形式的诗歌来构建诵读课程的内容体系,这是新教育晨诵不同于其他诵读活动的最大特点。新教育研究者从数以万计的中外诗歌中选取顺应儿童本能兴趣与审美趣味的诗歌,这里既有传承中华文化精华的古典诗歌,又有洋溢美好情感的现代诗篇,还有传递人类共同价值的外国佳作,以及初启心智、惟思奇巧的儿歌童谣。这些诗歌作品里不仅仅有名家名篇的荟萃,还有一些是较少进入惯常教育视野的优品佳作。诵读各类诗歌,能让儿童在随韵接合的诗句中,体悟美的色调与诗的境界,多角度全方位为儿童提供系统的诗意美育。

此外,从新教育晨诵课程内容的选文标准来看,其首要标准即是符合儿童的身心发展需求,这样的选取维度使各年龄段儿童都能够在这些作品的阅读熏陶中保持其童真本心,助力发展,顺应自然。新教育晨诵从幼儿园一直贯穿到高中,简洁平易的作品体系映射出新教育晨诵课程的教育哲学,即以儿童为本位。因此,在所有的晨诵作品中,说理训导,寓意附寄,辞藻美华,韵律匀整,都没有作品本身所传递的儿童性显得重要,所以我们才会看到大量充满童真意趣的小情思大境界的作品出现于《新教育晨诵》中。比如这首《露珠和太阳》:"露珠/很小,很小,/太阳/很大,很大。/小小的露珠,/却能把太阳装下!"一首简单却富有深意的作品,用儿童能感知感受到的意象来叙说,传递的却是心怀世界的大理想。再比如《从小爱祖国》:"鸟儿爱蓝天/鱼儿爱江河/蚯蚓爱泥土/蜜蜂爱花朵/我们好儿童/从小爱祖国。"这首传递爱国热情的诗歌用一组儿童熟知的动物意象,将我们与祖国的爱之联系生动活泼地表达出来。教育的核心是什么? 是用儿童能理解、能感知的话语体系,传递真善美的哲学。《新教育晨诵》系列用富有艺术价值与教育价值的诗歌体系为我们呈现出教育回归儿童的真谛。

正如新教育实验发起人朱永新所言,新教育晨诵课程是经历了 16 年教育实践沉淀的成果。从 2000 年新教育组织编写《中华经典诵读本》《英文名篇诵读本》开始,新教育就一直将晨诵作为其教育研究的重点课题。2003年,第一所新教育挂牌学校昆山玉峰实验学校正式践行"一条主线——诵读活动";2007 年,新教育年会正式推出"晨诵、午读、暮省"的新教育儿童生活方式,新教育晨诵开始正式以课程方式在各实验学校推出;到今天新教育研究院正式推出《新教育晨诵》,经过了长达 16 年的理论探究与实践摸索,如新教育人所说,正是"晨诵课程的系统梳理和全面提升"。新教育晨诵课程的实操性与专业性很好地解决了当前诵读活动开展中出现的脱离一线教学、与学校整体教学节奏安排不协调的突出问题。新教育诵读课程打通幼儿园到高中 13 年的教育,整个课程纵向以儿童年龄年级来定位,横向以切合课堂内外的主题教学来贯穿,每周为儿童选出 7 首诗歌,每个晨诵主题有开篇简介,以便教师与学生共读时把握单元核心。同时,每首诗作之后与每单元的主题拓展板块中都有新教育人就诗歌或主题进行的作品解读与阅读思行文字,让儿童一方面从内容上体悟诗作的美与德,同时更从诗歌走向现实,让儿童结合自己的生活经验来与诗作对话。这些设计都极大地拓展了晨诵课程在学校教育与家庭教育推广的有效性,让课程本身拿来就能用,用了就有效,为教育理论落地一线、落地家庭提供了很好的实践模式。

新教育晨诵课程明确提出自己的课程目标:"让每一位读者,因为诗歌,而诗意栖居。"相信这样的教育理想将通过《新教育晨诵》的一首首传达真善美、播撒美意与诗境的作品,走进每位与它相识相知的学生、教师与家长心中。

21世纪儿童阅读的社会支持系统研究

在 2019 年国家教育行政学院举行的阅读育人高峰论坛上为来自
全国各地出版社、教育局的代表介绍分级阅读理论与应用

在 21 世纪儿童本位、儿童主体性发展的时代背景下,儿童阅读在社会上的受关注度迅速提升,大量的阅读活动以多姿多彩的形式开展起来。总的来看,推动儿童阅读的社会支持力量主要有政府、文化机构、民间团体等,他们构成了相对稳定的社会支持系统,紧密联系,积极促进儿童阅读推广。

一、儿童阅读社会支持系统形成的社会背景

社会层面的儿童阅读是一项系统工程,其支持系统的形成得益于阅读

时代的变迁,同时也反作用于社会阅读风气的形成。

(一) 符合尊重儿童、满足儿童个性化发展的追求

进入 21 世纪,儿童教育更加关注儿童本位,尊重儿童主体意识和个体发展的理念在教育领域和社会文化领域得到认可,儿童阅读开始在大众意识形态中占据重要地位。在探索和实践的过程中,儿童阅读社会支持系统的阅读推广充分符合儿童作为“完整的人”追求自主阅读的精神本质,儿童阅读的三大社会支持主体以独特的社会功能定位满足了儿童阅读在 21 世纪背景下的时代变迁,从观念意识的传播、阅读实践、理论研究等方面将儿童阅读从单一的社会文化现象向社会系统工程转变。

(二) 时代赋予了儿童优越的成长环境

阅读作为历史文化的传承与延续,在 21 世纪与创新时刻相伴,当今时代赋予了儿童成长一个优越的环境,它将阅读与儿童的生命成长紧紧连接在一起,给予儿童健康的成长环境,实现“以阅读促成长”,主要表现为大量的优质读物、良好的社会文化氛围、丰富的阅读推广行动、广泛认可的儿童阅读理念、合适的阅读场所等,还有在此基础上为儿童创设的良好的心理环境。儿童通过阅读去认识世界、体验情感、自我成长。

(三) 民族文化素养的提升需求

阅读,能够使社会形成共同的话语体系和文化价值观,它深刻影响着人类行为,并改变着我们的生活。儿童阅读社会支持系统的明晰是在社会为儿童提供丰富的精神文化生活的过程中逐渐显现的,当前儿童的阅读状态决定了未来国民阅读素养高低,直接影响国家竞争力。三大主体发挥各自的社会作用,从社会层面推进儿童阅读,从广度和深度两方面着力,系统化的特点让阅读成为文化工程、文化战略。

二、政府推广儿童阅读的情况分析

在儿童阅读的推进过程中,政府大多不作为活动的具体实施者和反馈

者,而是以支持者的角色出现,从该角度来说,其推进儿童阅读主要通过政策、资金、人才资源、辅助管理四方面。

(一)政策支持保障儿童阅读理念的传播和践行

政策支持是政府推动儿童阅读发展的主要途径之一,通过各类政策性文件的形式呈现,将阅读的概念提升到政府层面理解。政策支持从宏观角度支持了儿童阅读的推进,反映了政府层面对儿童阅读的重视和保障,为各级政府及文化事业单位推广儿童阅读提供了政策性意见和建议,受众指向包括图书馆、出版社、民间团体等单位和组织,内容涉及儿童阅读的组织管理机构、经费投入、阅读材料、阅读方式等。国家政策性文件的发布,自上而下地影响着各单位,使其组织贯彻并落实文件精神,让儿童阅读在全国范围内获得关注和支持,阅读活动得以持续、有效地开展,自上而下的特点保证了活动规模、范围和影响力,也给予各单位充分的自由和较大的空间灵活开展阅读活动。

(二)经费投入助力儿童阅读有效进行

经费是阅读活动的基本保障,中央层面倡导开展的大型阅读活动和地方性品牌阅读活动的经费来源主要依靠财政拨款、设立儿童阅读专项资金,辅之部分企业团体赞助。阅读推广专项资金将活动的宣传、组织、实施、奖励、改进推向一体化。政府财政支持已不再仅限于文化事业单位,在自下而上民间阅读活动的影响之下,政府将合作支持的对象和范围延伸,实现了民间、政府、企事业单位等跨领域、全方位联手,整合资源利用,逐渐形成一条社会层面的儿童阅读推广资金链。

(三)专业研究机构推动儿童阅读深入探索

1. 相关研究机构

儿童阅读理念得以广泛传播和普及,阅读活动得以深入开展,得益于致力专门研究的相关研究机构,如中国新闻出版研究院、中国图书馆学会科普与阅读指导委员会、中国阅读学研究会、全国儿童文学教育研究中心,它们都在儿童阅读的推广、传播和研究中发挥着重要的作用。

2. 设立阅读指导专门机构

从政府层面提倡和开展起来的儿童阅读活动近年来开始走区域化、品牌化发展道路,不少大规模读书活动都设立了专门的指导小组或机构提供意见支持、监督管理和保障性服务。如 1997 年设立的"知识工程"领导小组、1998 年设立的中国青少年新世纪读书计划指导委员会、1982 年成立的上海市振兴中华读书指导委员会、2000 年成立的深圳读书月组委会第一届读书指导委员会、2005 年共青团北京市委员会发起成立的北京读者协会及 2010 年北京市政府北京阅读季办公室等,它们体现出了明显的资源优势——政策资源、财政资源、人才资源、媒体资源,这些机构凭借其权威性、指导性、多元性、持续性的特点,保障儿童阅读推广。

(四) 政府层面推广儿童阅读的活动类型

1. 政府层面发起的一系列经典儿童阅读活动

自 20 世纪 80 年代初,针对儿童的读书运动就在政府层面提倡并开展起来,在这一时期,全国性的大型读书活动如表 2 所示:

表 2 我国政府层面发起的儿童阅读活动汇总表

时 间	活 动 名 称	发 起 单 位
1982 年	红领巾读书读报奖章活动	共青团中央等
1993 年	青少年爱国主义读书活动	中宣部、全国妇联等
1997 年	知识工程——全民读书月	中宣部、共青团中央等
1998 年	中国青少年新世纪读书计划	共青团中央等
2000 年	全民读书月	全国"知识工程"领导小组办公室
2009 年	全国少年儿童阅读年	全国"知识工程"领导小组办公室
2010 年	中华诵·经典诵读行动	教育部、国家语委等

注:活动分两类性质,一类专门针对儿童开展,另一类针对国民阅读开展,而儿童阅读活动是其中一个分支。

2. 区域性大型品牌阅读活动

2000 年以来,各地区政府积极响应中央号召,倡议组织了多次大型阅读活动,这些活动有的并非完全针对儿童,而是以全民阅读作为背景依托,儿童阅读作为其中的重要分支开展起来的,并成为整个读书活动的精彩亮点。在此,笔者列举了21世纪以来我国政府层面推进的部分地方性品牌阅读活动,如表3所示:

表3　21世纪以来我国政府推进的部分地方性品牌阅读活动汇总表

序　号	发起时间	主　　题
1	2000 年	深圳读书月活动
2	2004 年	好书伴我行——重庆市未成年人读书活动
3	2005 年	青岛图书文化节
4	2005 年	浙江省未成年人读书节
5	2006 年	苏州阅读节
6	2006 年	河南青少年读书节
7	2008 年	成都"读者大游园"
8	2009 年	"书香岭南"全民读书活动
9	2011 年	北京阅读季
10	2014 年	书香中国万里行
11	2016 年	"书香天府·全民阅读"活动

(五) 阅读活动的主要形式

政府推广儿童阅读主要通过大型、公益性的文化活动进行,具有持续时间长、号召力深远、参与人数多、活动规模大等特点,通常会设置不同主题,围绕该主题展开系列阅读文化活动,目前主要有文化展览、阅读论坛、大型竞赛评比、图书漂流活动、扶贫工程等。

(六) 政府推动儿童阅读过程中存在的问题

1. 立法进程缓慢

我国目前还没有一部专门保障阅读或儿童阅读的法律,阅读推广在立法进程上存在缺口。

2. 儿童阅读活动的组织协调机制不健全

一些地方政府缺乏全局观,协调机制未建立,存在功利化阅读现象,儿童阅读活动商业气息浓重、形式主义作风严重。

三、文化机构推广儿童阅读情况分析

文化机构是儿童在社会上参与阅读活动的主要阵地,包括图书馆、出版社、书店及网络平台等。

（一）少年儿童图书馆的儿童阅读推广

1. 阅读服务分析

近年来儿童图书馆在提供儿童阅读服务方面逐步完善并相对稳定,主要包括阅读环境的创设、阅读空间的设计、藏书建设、阅读书目的陈列与摆放、阅读活动及讲座的开展、专业的阅读咨询与指导、数字阅读服务的开展等。

2. 阅读活动开展的特点

少年儿童图书馆作为儿童的校外社会文化教育机构,既有别于成人图书馆,又不同于其他的儿童校外活动场所,它肩负着传递知识、陶冶情感、培养自主阅读意识、提高读者综合素质的重要责任,因而少年儿童图书馆在开展儿童阅读过程中呈现出以下特点:一是阅读活动形式多样化,在全民阅读的社会背景下呈现出多样的活动形式,少儿图书馆的角色和功能定位得到延伸,跳出传统的借、阅、藏的服务圈,对儿童阅读的推广从被动走向主动;二是阅读咨询与指导专业化,主要体现在咨询与指导方式上的创新;三是建立多方合作机制,与多股社会支持力量形成阅读推广链,在政策、管理、经费、资源,读物创作、出版、销售,家长、学校等多方面形成合力;四是开始着手对婴幼儿早期阅读的推广,开始了积极的学习、探索与实践;五是重视对弱势儿童群体的阅读推广,包括了生理性弱势儿童群体和社会性弱势儿童群体,主要体现在读者服务功能的延伸上;六是对儿童阅读的研究不断深入,以"儿童阅读"为核心,从学术理论与实践两方面开展学习与探究,逐渐转变为主动的研究者角色。

3. 儿童阅读活动的实践形式

少年儿童图书馆阅读活动的组织与开展以馆内活动为主,辅之部分馆外活动。儿童阅读根据其活动特点分为基础式阅读、启发式阅读、互动式阅读、创造式阅读和体验式阅读五种。

（1）基础式阅读：通过一定方式自主选择或由他人引导选择感兴趣的书籍进行独立阅读的活动方式。

（2）启发式阅读：通过专业人员对其进行阅读指导，从而获得独特的阅读体会。这里的专业人员指专业馆员、外请的儿童阅读理论与实践专家、儿童阅读推广人等。

（3）互动式阅读：强调阅读的交互性特点，是一类有多人参与，在思维、语言、肢体动作方面的互动性较强的阅读形式。

（4）创作式阅读：在阅读过程完成后，读者将阅读体悟以不同方式表达出来，作为阅读后的延伸启发性活动，创作时期不限。

（5）体验式阅读：注重儿童的阅读体验，分室内和室外两类，它更加注重儿童在阅读过程中的个人感受。

4. 少儿图书馆推广儿童阅读存在的问题

由于各类社会因素的影响，出现了一些问题和漏洞，主要体现在儿童阅读推广形式化问题明显、少儿图书馆财政支持不足、地方性少儿图书馆资源缺失严重等问题上。

（二）21 世纪童书出版业的儿童阅读推广

在儿童阅读推广的支持系统中，童书出版是一个重要的传播渠道，出版社编写、出版的童书是儿童进行阅读的主要材料，童书质量的优劣直接影响了儿童的阅读体验，能对其身心发展产生重要的作用力。

1. 基于儿童阅读推广的童书出版业发展现状及特点

童书出版业处于儿童阅读推广链的上游，为儿童提供丰富的阅读材料。21 世纪以来，基于儿童阅读推广的童书出版业呈现出新的特点：一是出版格局的创新，我国童书出版业进入了独立运作的新时期，除了专业童书出版社外，国内大部分出版社都参与到了童书出版的行列中，出版格局走向专业化、系统化；二是童书出版规模扩大，从品种、印数、印张、定价上都有不同程度的增幅；三是童书版权贸易和进出口数量的增长，近十年来的童书版权贸易和进出口状况处于黄金发展期，国外优秀图书大量引进，国内不少原创童书走出国门;四是童书创作队伍成果显著,一批优秀的儿童文学作家在儿童文学创作队伍中脱颖而出,成为具有时代特点和阅读号召力的童书创作群;五是从单一出版走向多元化合作发展,社会各界对儿童阅读及阅读推广主体的研究直接推动了童书出版业的发展变化,使其逐步走向专业化研究、品牌化产业发展道路。

2. 基于儿童阅读的延伸服务

少儿出版社在以服务儿童阅读为理念的常态运作中,实现了儿童阅读的系列延伸服务,这类服务通常以多方合作为载体,以传播儿童阅读理念和走近儿童读者为目的,以活动的形式呈现,主要有作家作品见面会、儿童阅读讲座、儿童阅读系列活动等。

3. 童书出版业在儿童阅读推广中存在的问题

产业转型与升级是当下少儿出版社面临的核心问题之一,儿童阅读的实现方式不仅包括纸质媒介,更向数字阅读转移。然而正是在这样的背景下,童书出版业在繁荣发展的同时,出现了一些不可避免的问题:首先是童书出版结构不健全;其次,品牌意识仍然有待提升;再有,童书阅读服务形式单一,以及偏远地区的童书供应渠道不足等。

(三) 书店推广儿童阅读的情况分析

书店及各类传播媒介分别是儿童读物的销售渠道和宣传渠道,它们在儿童阅读运动这一社会文化现象的发展中扮演了保障及传播的角色。

1. 书店推广儿童阅读形式多样

随着图书销售形式的变化,图书销售渠道不断扩展,实体书店、网络书店成为童书销售的主要平台,并伴随着多元化发展的特点:一是实体书店合作推行儿童阅读,包括与作家合作、与出版社相约、与其他书店联盟、自发组织童书阅读活动等;二是网络书店变革童书销售模式,当前网络书店依据不同标准划分为不同类型,目前比较普遍的是将当下网络书店的类型以开办主体为标准划分为出版社类网络书店、实体书店类网络书店、纯网络书店三类;三是书店发展从单一销售模式向多元化经营业态转移,它不再仅仅是单纯的图书零售场所,而逐渐转型成为综合性的文化传播平台,为读者提供的是多元化的阅读服务。

2. 实体书店自发开展的儿童阅读推广实践

实体书店在 21 世纪儿童阅读运动中实现了角色多元化,管理自主性强于公益性图书馆这类文化事业单位,它们跳出利益至上的销售模式,在构建阅读文化及我国语文课改实施的背景下,实体书店凭借其自身资源优势、环境优势及空间优势成为继图书馆之后的儿童常去的又一课外阅读场所。在这里,书店通过设置独立阅读区,创设阅读环境,开展书籍导读、图书推介、特色阅读活动等形式为儿童阅读开辟了新的空间。

书店自发开展的有关儿童阅读的活动方式主要有阅读故事会、亲子共读会、阅读剧场等,这些活动多在已形成自身独特的童书经营理念的大型书店及独立的儿童书店中开展,尤其是一些规模稍小,但走主题式、体验式路线的独立儿童书店。

3. 书店在儿童阅读推广中存在的问题

当下书店由于其特有的盈利性、竞争性特点,加之处于市场经济环境之下,他们在儿童阅读推广中的行动具有一定的复杂性,依然存在一些不可避免的问题,如书店营业人员的阅读服务意识不够强,阅读营销人员的阅读素养尚需加强培训等。

四、民间团体儿童阅读推广分析

民间团体推动儿童阅读是一种社会行为,是非官方的、纯民间的。民间团体让我国的儿童阅读推广从民间起步,到社会支持,再到政府重视,以自下而上的形式为我国儿童阅读文化的培养带来源源不断的动力。

(一) 民间团体推广儿童阅读的现状及特点

1. 变革儿童阅读理念

首先是儿童观的转变。长期以来,儿童观的缺失是我国教育领域和文学领域的共同问题,21 世纪到来,儿童阅读的神秘面纱被逐渐揭开,个中因素涉及时代教育变革、人类迫切的阅读需求、经济文化发展等等,在此无法一一论述,大众意识形态下的儿童阅读观更关注儿童主体成长。其次,观念变革影响实践,现代意义上的儿童阅读观关注儿童作为"人"的自然发展,将其视为融社会性存在、自然性存在、生态性存在为一体的独立精神主体。儿童阅读观念的变革体现在教育课程改革、读物出版关注儿童心理层面的需求、文化事业单位为儿童阅读提供支持、学术研究的专业化等方面,这些变化给儿童阅读带来了实践性成果,儿童开始拥有丰富的阅读资源和较高的阅读平台。我国推广儿童阅读的民间团体在 2000 年以后如雨后春笋般大量涌现,这与长期丰富的优质读物、理念先行的准备、热爱阅读的推广人们有着紧密联系。

2. 阅读推广向专业化发展

主要体现在重视阅读研究,合理构建资源体系、"儿童阅读推广人"品牌化呈现等方面。同时,还涌现出了一些推广儿童阅读的经典项目和机构,如"毛虫与蝴蝶——新教育实验儿童阶梯阅读研究"项目、海绵阅读汇、亲近母语儿童阅读研究中心、红泥巴读书俱乐部等。

3. 阅读活动形式不断创新

民间团体开展的儿童阅读活动从最初的完全自主性、无序化,向规范化、品牌项目化发展。基于其"民间"的特点,阅读推广更能迅速把握目标人群。当前,民间团体开展儿童阅读活动主要有教师读书会、亲子户外阅读活动、网络平台主题读书课等形式,也有相对完善的阅读推广体系。

(二) 民间团体推广儿童阅读存在的问题

1. 儿童阅读推广的无序化问题

主要体现在:民间团体的专业化有待考量;儿童阅读的活动量虽多,却始终停留在活动层面,经验总结和理论升华少,活动形式创新有余,理论支持不足;过于繁杂的阅读活动混淆家长与儿童的阅读选择;阅读评价缺乏统一标准;等等。

2. 经营性与公益性的"冲突"

通过为儿童推荐、提供阅读资源和组织开展阅读活动、阅读研究,产生一定经济收益的各类民间推广组织,我们将其称为半经营性民间团体,其提供的服务内容大体包括提供有形产品和免费阅读服务,在实际运营中有时经营性与公益性行为会发生冲突,这样难免导致儿童阅读的综合性推广力度降低。

五、儿童阅读三大社会支持主体发展现状总结及建议

本文通过对 21 世纪背景下儿童阅读的社会支持力量进行梳理和分析，重新审视儿童阅读的政策、方式、途径、理论及实践等在 21 世纪所呈现的变化。儿童阅读社会支持力量主要包括三类主体，分别为政府、文化机构、民间团体，三大主体共同构成儿童阅读的社会支持系统，这个系统是立体的、动态的，并随着社会对儿童观、阅读观的认识变化及阅读文化的发展而变化。

（一）儿童阅读三大社会支持主体发展现状总结

政府支持是文化机构推动儿童阅读社会工程建设的中坚力量，文化机构在儿童阅读推广中所扮演的角色更具组织性、传播性，民间团体是儿童阅读的重要支持力量。社会支持系统对儿童阅读的作用主要体现在它的社会支持功能上，政府的宏观调控作用是文化机构和民间团体有效运作的中坚力量，文化机构的社会角色富于多元化，一方面与政府层面的儿童阅读推广有效对接，融理念传播和活动践行为一体；另一方面与民间团体紧密合作，为其提供资金、人力或读物支持，在此基础上，民间团体能获得可信度更高的儿童阅读效果反馈，促进儿童阅读推广长效机制的建立。但同时，目前对三大主体间如何更有效整合资源利用依然有待研究。如何审视三大主体中经营性或半经营性的儿童阅读推广组织？我们应适当从市场原则和公益服务的角度客观看待它们的阅读推广行为。儿童阅读的社会支持系统并非固化的系统，而要随着阅读风气的转变、阅读形式的变化而时刻更新。

（二）从儿童阅读视角出发对三大主体发展的思考及建议

儿童阅读的社会支持系统在功能定位、理念形成及传播、阅读创新及实践、反思及提升等方面是适应了大众意识中对儿童阅读的认可和支持而产生、发展的，儿童阅读的社会支持系统一定程度上受到来自市场变化的深刻影响，这些变化主要体现在阅读资源的提供、阅读行为的发生、阅读指导、阅读研究、组织管理等环节上，这些也是出现问题最多的环节。

在儿童阅读社会支持系统的未来发展中,势必要以三大主体为基点,实行发散性的阅读推广,形成立体化的儿童阅读推广体系:一是让儿童阅读持续成为下一代精神文明建设的国家战略工程,关注儿童阅读的相关立法进程,推进儿童阅读活动逐渐系统化、组织化,进一步强化财政支持。二是打造良好的阅读推广环境,包括社会硬环境和软环境。从政府层面来说,应合理利用其强大的宣传力、号召力,发挥推广效能,在文化机构层面要重点关注儿童阅读文化氛围和阅读推广运作建设,在民间团体方面应充分发挥好其巨大的灵活性和创造性。三是使儿童阅读书目推荐合理化。政府部门应始终发挥监管作用,规范当下儿童阅读书目推荐渠道,支持书目推荐研究,提升针对不同儿童读者推荐书目的层次性;文化机构应与专业研究队伍开展合作,促进推介行为规范化;民间团体应加强与出版机构、儿童文学作家及专业研究者的合作,关注当下儿童阅读趋势,开发多重童书分类标准,并以此研发阅读书单,提升其推荐书目的学术价值。四是实现三大主体的立体化合作。三大主体的立体化合作,首先应推进自身建设,优化已有的阅读推广实践,丰富推广渠道的多样性;其次,注意推广对象的层次性,关注分级阅读,以此作为三大主体深层合作的标准之一;再次,共同打造儿童阅读推广链,从资金支持、阅读资源开发、推广实践、阅读评价、学术研究等角度形成合作链;最后,致力于系统工程的打造,从儿童阅读运动的整体视角推广阅读,形成构建文化系统工程的积极意识。

儿童阅读的三大社会支持主体并非各自独立存在的个体,它们以儿童阅读为核心且相互影响。推广儿童阅读的最终目的是儿童阅读文化的建立和发展,良好阅读文化氛围和平台的形成。目前,儿童阅读的社会支持系统还未完全以显性的形态呈现在大众的观念视野中,这与阅读的时代发展、区域性发展有关。

随着社会经济发展水平和个人因素的变化,三大主体的系统化发展在一定程度上影响着时代阅读风气,以及社会上儿童读者群的阅读态度,包括阅读兴趣、阅读动机和阅读倾向。三大主体应根据自身社会角色定位,结合当下儿童阅读的时代氛围,把握儿童读者群体的阅读趋向,发挥其特有的社会功能,系统开展儿童阅读推广,为我国儿童阅读系统工程的建设打下坚实基础。

少儿阅读推广的政府支持系统研究[①]

为孩子们写下阅读寄语

　　阅读作为提升国家文化软实力和综合国力、竞争力的重要方式,对民族的精神成长和文明养成能够产生巨大影响,一个人的童年也能因阅读而改变。对少儿阅读的关注正是在这样的背景下顺应时代发展和人类需要自然产生的,政府作为推广少儿阅读的"看不见"的保障,从宏观层面为少儿阅读理念的传播和践行提供了宽阔的平台。一个国家对少儿阅读重视与否,反映了其在民族文化、国家发展上是否具有建设性眼光。

　　1972年联合国教科文组织提出了建设阅读社会的目标,自1995年开始,将每年的4月23日定为"世界阅读日",从全球高度推进阅读。我国历来有重视阅读的传统,进入21世纪以来,阅读推广尤其是少儿阅读推广俨然成为国家文化工程建设的重要组成部分。

---

① 　本文合作者陈云川。

政府作为少儿阅读在宏观层面的支持者,扮演着引领者和保障者的角色,其责任的到位与否将在各方面潜移默化地影响着少儿阅读活动的开展、实施及研究。在少儿阅读的推进过程中,政府大多不作为活动的具体实施者和反馈者,而是以支持者的角色出现。

探究少儿阅读推广工作中政府支持系统的具体形式、特点及问题,有助于让社会支持系统不断完善,更加符合当代少儿阅读的需求。少儿阅读的社会支持系统发展至今,实践经验的支撑具有重要的推动作用。从没有经验到获得部分经验,少儿阅读从零散无序的活动形式到有组织、有秩序地顺利开展,大量的实践经验发挥了影响。如果我们从这些经验中总结规律,将少儿阅读活动政府支持系统的实践经验上升到了新的层面,让理论得以有效指导实践,理论、实践交互影响,将有助于打开少儿阅读推广工作的新局面。

一、少儿阅读推广政府支持系统构成及特点

(一) 构成

少儿阅读推广政府支持系统由政府层面相关的政策支持、财政支持、阅读指导专业机构设置、品牌读书活动开展、多元阅读活动形式构建等多方面构成。

政策支持指政府通过各类政策性文件的形式,将阅读的概念提升到政府层面理解,从实际功能上说,这些文件具有思想上的指导性,对少儿阅读的社会发展做了中长期规划,规范了阅读活动和阅读行为。

除了政策支持外,政府还通过财政支持来有效推进少儿阅读发展。经费支持主要通过各单位、团体、组织等开展阅读活动来进行。

阅读指导专业机构设置指政府层面组织成立的阅读推广指导机构,这些机构旨在发动和倡导社会阅读,通过举办各类阅读活动来引领社会阅读风气。如各种读书活动领导小组或办公室已经逐渐成为长期性指导机构,有专业人员负责阅读活动的组织策划工作和日常事务。

品牌读书活动开展指政府发起或组织的各类大型全国性或区域性的品牌读书活动,在这些活动中政府能够适应少儿阅读环境和需求的变化,发挥

宏观作用,调动各方资源并综合利用,为少儿阅读的推进提供高效、有序的社会氛围。政府通过各种形式响应各个主题活动的号召,积极推进全国青少年儿童的阅读活动,促进阅读能力的提升和良好阅读习惯的养成。

多元阅读活动形式构建指政府为保障少儿阅读推广工作常态化、长效化,以文化展览、阅读论坛、竞赛评比、图书漂流、广泛搭建阅读资源平台等方式来实现政府对少儿阅读的持续有效支持。

(二) 特点

少儿阅读政府支持系统由以上多方面构成,从宏观到微观层面都有效推进了全社会对于少儿阅读的重视,这一支持系统突出的特点有:

1. 政策支持保障少儿阅读理念的传播

政策支持从宏观角度支持了少儿阅读的推进,反映了政府层面对少儿阅读的重视和保障,为各级政府及文化事业单位推广少儿阅读提供了政策性意见和建议,受众指向包括图书馆、出版社、民间团体等组织和单位,内容涉及少儿阅读的组织管理机构、经费投入、阅读材料、阅读方式等。正是这些文件的颁布,自上而下地影响着各单位,使其组织贯彻并落实文件精神,才让少儿阅读在全国范围内获得关注和支持,阅读活动得以持续、有效地开展。自上而下的特点保证了活动规模、范围和影响力,也给予各单位充分的自由和较大的空间灵活开展阅读活动。

从少儿阅读的角度来说,相应政策性文件的受众指向包括图书馆、出版社、学校等各类文化事业单位,在此我们主要以图书馆、出版社、书店、民间团体等少儿阅读社会支持系统中的支持节点为讨论范围。

我国保障少儿阅读持续进行的相关文件主要通过教育部、文化部、中宣部、新闻出版广电总局等发起并执行。从宏观上来说,几部指导性文件的颁布保障并支持了少儿阅读在社会范围内的推广,本文以 18 岁以下儿童为阅读主体,以文化和教育角度作为讨论标准,选取了部分 21 世纪以来政府层面发布的相关文件以及两会提案等进行呈现。表中第一项《关于在全国组织实施"知识工程"的通知》为 1997 年发起的,由于其在 2000 年以后政府推动阅读过程中所发挥的重要作用,本文特将其加入其中,如表 4 所示:

表4　21世纪以来政府发布的关于保障少儿
阅读的相关文件、两会提案汇总表

序号	时间	文　件　标　题	发布单位/制定单位
1	1997年	关于在全国组织实施"知识工程"的通知	中宣部、文化部等
2	2001年	2001版语文课程标准(实验稿)	教育部
3	2004年	中共中央国务院关于进一步加强和改进未成年人思想道德建设的若干意见	中共中央、国务院
4	2004年	文化部、国家发改委等12个部门关于公益性文化设施向未成年人免费开放的实施意见	文化部、国家发改委等12个部门
5	2006年	关于开展全民阅读活动的倡议书	中宣部、中央文明办等
6	2007年	关于向青少年推荐百种优秀图书、百种优秀音像制品、百种优秀电子出版物的通知	新闻出版广电总局办公厅
7	2007年	关于组织全国重点"有声读物"出版工作的通知	新闻出版广电总局
8	2007年	关于"六一"前夕向青少年推荐百种优秀图书及开展暑期读书活动的通知	新闻出版广电总局办公厅
9	2008年	关于认真做好2008年全民阅读活动的通知	中宣部、中央文明办等
10	2008年	关于向全国青少年推荐百种优秀图书暨重建灾区精神家园活动的通知	新闻出版广电总局
11	2009年	关于进一步推动做好全民阅读活动的通知	中宣部、新闻出版广电总局
12	2009年	关于在全国开展全国少年少儿阅读年活动的通知	全国知识工程领导小组办公室
13	2009年	关于调整"十一五"国家重点图书、音像制品和电子出版物出版规划项目的通知	新闻出版广电总局办公厅
14	2010年	国家中长期教育改革和发展规划纲要(2010—2020)	教育部
15	2010年	教师教育标准(草案)	华东师范大学编制
16	2011年	义务教育语文课程标准(2011年版)	教育部
17	2013年	关于制定实施国家全民阅读战略的提案	115位政协委员联名签署
18	2013年	全民阅读促进条例(草案)	全民阅读立法起草工作小组
19	2013年	关于开展2013年全民阅读活动的通知	新闻出版广电总局
20	2016年	全民阅读促进条例(征求意见稿)	新闻出版广电总局
21	2016年	全民阅读"十三五"时期发展规划	新闻出版广电总局

如表1-4所示,从教育角度来看,保障少儿阅读的相关文件主要有三项——《2001年语文课标(实验稿)》《义务教育语文课程标准(2011年版)》《国家中长期教育改革和发展规划纲要(2010—2020)》。2001年的语文课标实验稿和2011年的语文课标都体现出对少儿阅读的极大重视,明确了学生进行课外阅读的相关要求,从课程性质与理念、总目标与内容、学段目标与内容、实施建议、评价建议等多方面为促进儿童校内阅读和校外阅读作了明确说明;《国家中长期教育改革和发展规划纲要(2010—2020)》中对义务教育阶段和学前教育阶段儿童的教育作了概括性要求,从经费投入、人才培养等方面为少儿阅读提供了意见指导;2004年中共中央、国务院发布了《关于进一步加强和改进未成年人思想道德建设的若干意见》,从思想道德建设的角度督促全社会做好未成年人教育工作,这为儿童在社会中开展阅读活动提供了政策支撑与实践指导。这些文件从教育的角度,保障了儿童在校内参与阅读的权利和自主性,更鼓励了他们积极参与社会各界组织开展的阅读活动,拓展课外阅读空间层次。

以"全民阅读"为背景的阅读活动获得了政府层面的支持和推进,少儿阅读作为其中的重要内容,得到社会各界的积极响应。《全民阅读促进条例(草案)》源于2013年全国两会期间115名政协委员联名签署并提交的《关于制定实施国家全民阅读战略的提案》,该提案中明确提出了"由全国人大制定《全民阅读法》,国务院制定《全民阅读条例》"的建议,同年,全民阅读立法列入2013年国家立法工作计划。2016年《全民阅读促进条例(征求意见稿)》出台并在后续开展了一系列意见征集、地方调研等工作。国家对"阅读"的需求已不再限于零散的阅读活动,而被提升到立法层面,"阅读"已成为人们精神文化生活的重要组成部分。对儿童来说,符合儿童特点的阅读活动更是从小培养审美情趣和陶冶道德情操的重要方式,儿童良好的阅读习惯从小养成,"阅读"应被视为提升国家综合实力的关键因素,而从国家战略高度推进阅读工程,最鲜明的体现就是通过政府立法的形式保障阅读,并设立专门的组织管理和监督机构推动阅读。

2. 财政支持保障少儿阅读理念的践行

以公共图书馆为例,21世纪以来以少年儿童图书馆和公共图书馆少儿馆为阵地开展起来的阅读活动数量急剧增加,形式多样,儿童参与度高,趣味性强,活动运作经费主要依靠政府拨款和图书馆部分有偿服务,财政支持的程度直接影响着图书馆能否正常、有效地开展少儿阅读活动。

经费是阅读活动的基本保障,中央层面倡导开展的大型阅读活动和地方性品牌阅读活动的经费来源主要依靠财政拨款和少儿阅读专项资金,辅之部分企业团体赞助。阅读推广专项资金将活动的宣传、组织、实施、奖励、改进推向一体化,政府的财政支持主要面向推广少儿阅读的各文化事业单位。

但同时,政府财政支持也不仅限于文化事业单位,在自下而上的民间阅读活动的影响之下,政府将合作支持的对象和范围延伸,实现了民间、政府、企事业单位等跨领域、全方位联手,整合资源利用,逐渐形成一条社会层面的少儿阅读推广资金链。

3. 设立阅读指导专门机构有效推进少儿阅读专业化发展

从政府层面提倡和开展起来的少儿阅读活动不在少数,很多活动在实践中受到了社会各界的认可,吸引大批少年儿童参与其中,随着活动影响力逐渐扩大,不少阅读活动开始走区域化、品牌化发展道路。近年来开展的几项大规模读书活动都有专门的指导小组或机构提供意见支持、监督管理和保障性服务,如表5所示:

表5　近年来开展的大规模读书活动汇总表

序号	时间	指导小组/机构名称	地域	内　容
1	1997年	"知识工程"领导小组	全国	开展全民阅读,针对儿童开展了专门的系列阅读活动
2	1998年	共青团中央中国青少年新世纪读书计划指导委员会	全国	启动"中国青少年新世纪读书计划",成立"中华青少年新世纪读书俱乐部",开设专门网站,为青少年提供网络读书交流平台
3	1982年	上海市振兴中华读书指导委员会	上海市	致力于组织开展读书活动,凭借鲜明的主题和深刻的社会影响吸引儿童读者
4	2000年	深圳读书月组委会	深圳市	组织、管理和监督深圳市的读书活动,特别是少儿阅读活动
5	2005年	北京读者协会	北京市	开设阅读网站,成立"青少年读书俱乐部",举办"北京青少年读书节"等读书活动,为青少年开展读书展示、读书讲座、好书推荐、读书指导活动

政府设立的阅读指导机构能够有效实现社会资源的调配,通过多种渠道影响少儿阅读,体现为读书活动内容丰富、形式多样,儿童参与方式多样化,影响广泛而深入。此外,政府层面设立的阅读指导机构在推动少儿阅读的过程中体现出明显的资源优势:政策资源、财政资源、人才资源、媒体资源。这些机构凭借其权威性、指导性、多元性、持续性的特点,能够很好地保障少儿阅读推广。

4. 以大型读书活动推动少儿阅读社会关注

过去的几十年中,我国政府发起了一系列针对少年儿童的读书运动,这些运动自上而下推动,动员儿童广泛参与,尤其在全民阅读活动的背景下,少儿阅读稳步发展。自20世纪80年代初,针对儿童的读书运动就开始在政府层面提倡并开展起来,全国性的读书活动都以青少年儿童为对象,这些活动具有以下几方面特点:第一,参与人数多、规模大,活动吸引了大批18岁以下群体参与其中,还有中小学校、各级各类图书馆、大型书店、民间团体等社会各界的支持;第二,活动持续时间长,每项活动自发起之日起,一直延续至今,在大量实践中积累丰富经验,获得理论升华,让这类经典活动开始走品牌化道路,形成完善的活动体系;第三,活动具有丰富的资源优势,全国性的读书活动自然具有全国性的特点,这也就意味着活动的广度和深度是一般区域性或群体性阅读活动所不具备的。

全国性的大型读书活动如表6所示:

表6　全国性的大型读书活动汇总表

时　间	活　动　名　称	发　起　单　位
1982 年	红领巾读书读报奖章活动	共青团中央等
1993 年	青少年爱国主义读书活动	中宣部、全国妇联等
1997 年	知识工程——全民读书月	中宣部、共青团中央等
1998 年	中国青少年新世纪读书计划	共青团中央等
2000 年	全民读书月	全国"知识工程"领导小组办公室
2009 年	全国少年少儿阅读年	全国"知识工程"领导小组办公室
2010 年	中华诵·经典诵读行动	教育部、国家语委等

(说明:活动分两类性质,一类专门针对儿童开展,另一类针对国民阅读开展,而少儿阅读活动作为其中一个分支。)

除历经持久的全国性品牌少儿阅读活动外,区域性大型品牌阅读活动也是政府推进少儿阅读的重要体现。2000 年以来,各地区政府积极响应中央号召,倡议组织了多次大型阅读活动,这些活动有的并非完全针对儿童,而是以全民阅读作为背景依托,少儿阅读作为其中的重要分支开展起来的,并成为整个读书活动的精彩亮点。活动具有规模大、品牌化、区域化的特点,在此,本文列举了 21 世纪以来我国政府层面推进的部分地方性品牌阅读活动,如表 7 所示:

表7 21 世纪我国政府推进的部分地方性品牌阅读活动汇总表

序 号	发起时间	主 题
1	2000 年	深圳读书月活动
2	2004 年	好书伴我行——重庆市未成年人读书活动
3	2005 年	青岛图书文化节
4	2005 年	浙江省未成年人读书节
5	2006 年	苏州阅读节
6	2006 年	河南青少年读书节
7	2008 年	成都"读者大游园"
8	2009 年	"书香岭南"全民读书活动
9	2011 年	北京阅读季

除此之外,重庆、东莞、西安、厦门等多个城市都开展了大型阅读活动。儿童是特殊年龄段群体,地区性阅读活动中大多设立了符合少儿阅读特点和兴趣的主题阅读板块,开展了一系列活动,形式涉及读书论坛、名家讲座、主题征文、演讲、朗诵、好书推荐、晒书会、展览等,此外,针对打工子弟学校儿童、留守儿童、残疾儿童等弱势儿童群体也开展了阅读活动,比如儿童图书捐赠、流动图书馆、优秀童书进校园等。不少城市根据城市特点和文化底蕴打造了具有城市特色的阅读活动,有效利用了地方文化资源,为儿童营造了良好的读书氛围,逐步建立起与地方文化相互渗透的长效发展机制。北京、石家庄、内蒙古等城市举办了专门的青少年读书节,通过各类符合青少年阅读特点和阅读需求的文化活动,提升其文化素养。

品牌阅读活动的开展与政府支持有紧密联系。作为一项公益性的文化活动,少儿阅读推广容易遇到现实困难,如资金、人才的缺乏,而政府层面的推广也正是解决这些问题的关键,政策支持、财政拨款、媒体跟进、人才保障,能够推进少儿阅读活动向城市文化项目迈进,为少儿阅读搭建起社会性文化平台,将少儿阅读理念纳入更高层次的文化认同中,构建少儿阅读的社会体系。

5. 用丰富多元的活动保障少儿阅读活动常态化

政府推广少儿阅读主要通过大型、公益性的文化活动进行,具有持续时间长、号召力深远、参与人数多、活动规模大等特点,通常会设置不同主题,围绕该主题展开系列阅读文化活动。目前主要呈现为以下几类活动形式:

(1)文化展览

针对少儿阅读活动的文化展览主要指以少年儿童为活动主体,以阅读文化为内容核心,以实物或图文材料为载体,以观赏、交流为主要形式,并由专门机构组织开展起来的促进少儿阅读的系列观赏性活动。这类活动主要围绕少儿阅读文化和理念的传播而进行,持续时间长,一般在固定场所进行,多为开放性展览,接受各类读者对象参与其中进行文化欣赏、品评或学习。文化展览多根据不同主题呈现不同内容,其中最常见的便是大型书展,为儿童呈现多领域、多主题书籍,以书籍为媒介,为儿童读者亲近阅读、了解自身阅读兴趣、开拓阅读视野提供了平台。除此之外,还包括作家手稿展、绝版书籍展、摄影展、获奖征文展、时代作家作品展等,将阅读从狭义的"读书"向广义的"阅读文化"推进。

(2)阅读论坛

以论坛、讲座、研讨会的形式传播阅读理念、推进阅读实践是政府推广少儿阅读活动的有效方式之一,主要包括阅读研讨会和专为儿童举办的阅读讲座。通过政府的影响力组织和举办阅读研讨活动,能够汇集相关部门及专业领域的专家学者,从多角度诠释 21 世纪以来有关少儿阅读的社会性变革。阅读论坛大部分是在全民阅读活动的背景下进行的,一部分是针对少儿阅读的研讨,另一部分则是专门针对儿童阅读进行的。阅读论坛的形式及内容往往各具特色,从少儿阅读现状、阅读心理、读物出版、阅读方法、影响因素等方面进行深刻剖析,如中国图书馆学会专设青少年阅读推广委员会在全国范围内传播和指导青少年阅读。

（3）竞赛、评比

竞赛、评比是推广少儿阅读的重要方式,各类主题赛事的开展不仅能为儿童的阅读提供交流和表达的平台,也是阅读效果的反馈,更是深入推广少儿阅读、传播阅读理念的重要方式。各类读书征文赛、演讲朗诵赛、辩论赛、绘画摄影赛、儿童文学作品剧等精彩活动能够让儿童在阅读后充分表达自己的阅读感受,并形成创造性成果,同时,在与同龄人共同参与的过程中实现充分互动,分享阅读感悟,调动深层次的阅读激情。政府层面的评比还会评选出在少儿阅读推广中有突出表现的团体或个人,为促进我国少儿阅读的深入普及树立典范。

（4）图书漂流

图书漂流是兴起于西方国家的一种阅读分享形式,爱书人将自己已看完的书贴上图书漂流的标签,投放到公园长椅、咖啡厅等公共文化场所中,给其他爱书人提供了"遇见"它的机会,让一种浪漫的邂逅贯穿好书传递的过程,将阅读文化无限延伸下去。现在我国也有不少地方开展起图书漂流活动,且由于儿童的低龄化特点,漂书活动多是在成人引导下开展的,并在一定主题性阅读活动中和几类相对固定的场所中进行。不少少儿图书馆在公共空间提供图书漂流专用书架,到馆小读者可以在家长的陪同下自行选取书籍,阅读完后将书籍投放到原处或其他开展漂书活动的场所。图书漂流是政府推广少儿阅读的一种新的尝试,参与者本着诚信、自由的阅读品质,为少儿阅读的社会传播打上了自由、温暖、成长的标签。

（5）广泛搭建阅读资源平台

少儿阅读活动的普及不仅在大中型城市,更是走入了小城市、农村和西部偏远山区。阅读是每一个人都拥有的权利和自由,偏远地区的儿童受地区经济文化发展的限制,教育资源的缺乏和教育水平的低下剥夺了他们自主阅读的权利。政府在推进少儿阅读的过程中,尽量兼顾阅读公平的问题,为偏远地区儿童提供大量阅读资源,建设专属阅读平台。如 2007 年新闻出版广电总局、中央文明办等多部委联合发出通知,在全国范围内实施"农家书屋"工程,书屋中提供包括图书、报刊、电子音像制品等在内的阅读产品;2013 年,新闻出版广电总局下发通知,要求"农家书屋"在暑期面向农村少年儿童开放,使其成为少年儿童的第二课堂,同时面向儿童组织开展阅读活动、推荐好书活动等。此外,不少地区政府联合出版社、图书馆、民间团体等多方力量,开展了童书捐赠、流动书车等活动,弥补了偏远地区少年儿童的阅读空白。

二、少儿阅读推广政府支持系统存在的问题

在政府层面开展起来的少儿阅读活动具有广泛性、稳定性、深入性的特点,自上而下的政策支持给予了儿童良好的阅读环境,广泛而深入的社会影响力和媒体宣传力是政府的优势,财政支持是构建少儿阅读系统工程的重要保障。政府层面的支持如同"看不见的手",在少儿阅读的社会发展过程中发挥了倡导、组织、监督、服务等功能。政府层面进行的少儿阅读推广多以宏观的形式呈现,政策性文件保障、人才体系构建、财政经费支持、信息媒体宣传、组织管理机构的完善让少儿阅读推广得以项目化、体系化。但由于少儿阅读推广活动在我国起步晚,理念和实践正逐步完善,目前少儿阅读推广中政府支持系统工作主要存在以下问题:

(一)少儿阅读立法进程缓慢

按照《中国法学大辞典·法理学卷》的解释,从广义上说,立法泛指由特定的国家机关依据一定职权和程序,运用一定技术所进行的制定、认可、修改、补充和废止法律规范的活动。我国目前还没有一部专门保障阅读或少儿阅读的法律,阅读推广在立法进程上存在缺口。将阅读法制化,是政府助力少儿阅读的必要方式。

对少儿阅读的关注是 2000 年以后从社会层面发起的。实践多、理论少,政府层面的理论研究与指导存在大面积空白。图书馆作为开展少儿阅读的又一核心阵地,也没有专门针对儿童的图书馆法和相关条例。在政策支持上,我国的少儿阅读服务缺乏法律和制度保障。

以应试教育为核心的现行教育体制存在的诸多问题,导致许多中小学生的在校课程安排及周末补习在某种程度上限制了他们自主阅读的时间,课外阅读的空间被缩小或被完全占据,自主阅读变成"成人需求"式的被动

阅读。现行教育体制存在的问题在一定程度上阻碍了少儿阅读制度化、法治化的进程。

政府推动少儿阅读还未上升到国家文化战略层面。不少国家以法律形式保障儿童一生的阅读权利,并致力于通过阅读的形式提升国民文化素养。我国目前关于全民阅读的法律正在立法程序中,但还没有一部针对少儿阅读的专门法律,少儿阅读立法问题亟待解决。

（二）少儿阅读推广组织协调机制有待健全

政府层面的少儿阅读推广还存在组织协调机制有待健全的问题。政府支持少儿阅读具有全面性、持续性、多元化等特点,但正是在这样的背景下,阅读活动针对性弱、指导机构执行监督不力等问题也浮出水面。我国每年的阅读活动从中央到地方,组织机构、参加部门很多,从宏观上看,全国性的统一协调机制虽已初步建立,但以儿童为对象的阅读机制仍未建立,地方政府开展的少儿阅读活动得不到系统整合,少儿阅读体系的构建受到阻碍。究其原因,在于少儿阅读全局化意识的缺乏,在大众意识中,还未对少儿阅读有足够的文化认同。

（三）部分地方开展的少儿阅读活动形式单一、内容枯燥,缺乏创新

部分地方开展的少儿阅读活动将成人阅读的思维方式投射到少儿阅读身上,忽视了儿童的主体地位,造成少儿阅读活动成人化、形式化、利益化。某些地方政府财政投入不足、经济文化发展水平有限,加之少儿阅读又是社会公益性活动,政府采取吸引企业赞助的形式,改变了推广阅读的本质和初衷,让阅读活动变成了图书展销会。

（四）与文化机构、民间团体的社会支持系统联系不够紧密

少儿阅读推广的社会支持系统从社会结构层面划分可分为政府、文化机构、民间团体三大领域,从不同角度、不同分工上来推动全社会的少儿阅读推广工作拥有不同的社会角色,为少儿阅读提供了有针对性的服务。就少儿阅读推广来说,这三大主体构成了一个有机整体,互相作用和影响。三者不应是独立地运作,它们之间推广少儿阅读的合作步伐应该越来越近,而

在加强三者的紧密联系上政府层面的工作应该加大力度,通过有效的方式将三者工作有机结合。

三、相 关 建 议

政府层面推进少儿阅读的问题主要表现为立法进程缓慢和阅读活动的组织协调机制不完善等,不少发达国家及地区都将推广少儿阅读以政策、法律的形式加以保障,使每个人对少儿阅读都有社会意识。但在我国要实现这一进程仍有很长的一段路要走,社会意识的缺乏在一定程度上造成了阅读活动的组织协调机制不健全,出现了僵化执行、形式主义、缺乏带动性等现象,阻碍了为儿童创造健康阅读氛围的步伐。文化机构内涵和外延较广,包括图书馆、出版社及书店等,有经营性质、半经营性质和全公益性质,单位性质不同,社会地位及分工都有所区别,因而存在的问题也是多方面、多层次的。

针对当前政府支持系统在少儿阅读推广工作中的问题,本文给出以下对策与建议:

(一) 加快少儿阅读立法工作,推进少儿阅读上升为国家战略

少儿阅读作为我国全民阅读的重要组成部分,是国家人才储备、国民文化素养、社会文化氛围得以持续改善提升的关键。目前我国还未出台专门针对少儿阅读的保障性和促进性法律,而一些发达国家在儿童的阅读问题上早已实现了专门的立法推动,以儿童为阅读主体,关注儿童本位,从资源、指导、平台等各方面出发,以法律的形式使儿童的阅读权利得到全面支持和保障。是否将少儿阅读作为国家战略,正是影响我国少儿阅读推广发展的一大因素。

将少儿阅读上升为国家战略,首先应关注少儿阅读的相关立法进程,将其作为国家层面的推广行动,发展为少儿阅读社会系统工程。将阅读法制化,是推动国家阅读文化建设、提升未来国民素养的重要举措,若以法律的形式传播阅读理念、明确社会责任主体的权利和义务,能推进少儿阅读在全社会广泛开展,同时能让大量的阅读活动开展得有序可循,有可借鉴的理论

及实践经验,有专业指导和研究。在近年来的两会上,多位人大代表和政协委员都针对全民阅读提出了多项议案和提案,如设立国家阅读节、推动全民阅读立法、建立全民阅读基金等,2013 年 8 月,全民阅读立法列入 2013 年国家立法工作计划。这是一项针对阅读的立法提案,少儿阅读的推进将在此背景下实现跨越式发展。

将少儿阅读上升为国家战略,还应将目前开展的少儿阅读活动逐渐系统化、组织化。这主要依靠政府层面的引导行为,即对各类阅读活动进行统筹规划和组织安排,对政府层面倡导和开展的阅读活动设立专门的组织策划机构、指导实施小组、研究团队,并通过各类政策性文件督促和保障阅读活动的广泛和深入开展,以强大的社会影响力做好少儿阅读系统工程的宏观保障。

此外,财政支持是少儿阅读活动有效开展的又一重要因素。要将少儿阅读上升为国家战略,汇集社会力量将其推广为社会系统工程,以政府、文化机构、民间团体为三大核心支持主体。经费问题是阅读活动有效开展的保障,在推进少儿阅读立法的过程中,应重视阅读经费问题,设立专项阅读资金,开展多方合作,成立阅读基金会,让阅读不仅成为社会共同关注的话题,更成为公众共同参与的行动。

(二) 构建有序的阅读推广环境,为健全少儿阅读组织协调工作提供坚实后盾

当前少儿阅读组织协调工作机制的不健全表面看是组织的形式问题,但根本还是因为社会环境有待改善,特别是阅读推广的软环境有待改善。儿童进行阅读活动需要良好的社会环境,包括硬环境和软环境。硬环境指人们可见的外部环境,而软环境指的是大众意识形态中形成的心理环境。儿童在社会层面进行阅读活动的过程中,深受阅读环境的影响。从实践层面来看,少儿阅读理念和阅读实践与良好的推广环境密不可分。简单来说,"推广"一词即指针对某件事扩大其应用、实施的范围,在此即为传播少儿阅读理念、推进少儿阅读活动的广泛和深入开展,建设少儿阅读的社会系统工程。

构建有序的阅读推广环境从政府层面来说,应合理利用其强大的宣传力、号召力,发挥"推广"效能。首先应关注少儿阅读理念的传播和普及,合理开辟少儿阅读的传播渠道,规范推广内容,创新推广形式,利用会议、讲座、文件、宣传片、论坛等多种方式丰富少儿阅读的推广形式。明确政府层面推广少儿阅读的行为规范,减少形式主义色彩,采取主观带动客观的方式。其次应关注阅读实践过程,对于全国性的大型阅读活动,成立专门的策划、组织、管理和指导办公室,组织专家、学者对活动进行理论指导和实践支持,亲近儿童及社会各界人士,广泛征求活动的组织开展意见及建议;针对区域性少儿阅读活动,在从少儿阅读视角出发的前提下,发挥区域特色,如在西南少数民族聚集地区,便可尝试开展关于少数民族文化的阅读系列活动,打造少数民族文化的阅读嘉年华。同时还要关注阅读研究及媒介宣传:少儿阅读推广过程中,阅读研究应发展成为常态内容,贯穿于阅读前、阅读中和阅读后,成为阅读推广专业化的表现;此外,重视媒介宣传效用,合理规范各类网络、电视及纸质传播媒体,对少儿阅读相关内容的宣传进行监督、管理。

(三) 政府支持系统加强与文化机构、民间团体支持系统之间的联系

少儿阅读的三大社会支持主体并非各自独立存在的领域个体,它们是以少儿阅读为核心并相互影响的社会存在。

三大主体的发展并非以上下级形式存在,而是以并行的姿态相互作用。政府应该从整合资源开始,逐渐挖掘出有效的合作领域,在学术研讨、实践和评价中产生交集,根据一定标准来逐渐形成少儿阅读推广实践的立体化模式。

随着社会经济发展水平和个人因素的变化,三大主体的系统化发展在一定程度上影响着时代阅读风气以及社会上儿童读者群的阅读态度,包括阅读兴趣、阅读动机和阅读倾向。儿童的阅读行为虽是个体行为,但每个儿童都是处于一定的读者群体之中的。这个群体的阅读文化和群体意识让儿童的阅读行为具有从众性,并反作用于三大主体的阅读推广过程中,体现在少儿阅读理念、读物选择、活动形式、推广模式及学术研讨的变化上。政府应根据自身社会角色定位,结合当下少儿阅读的时代氛围,根据儿童读者群体的阅读趋向,带动文化机构与民间团体一起来系统化地开展少儿阅读推

广,为我国少儿阅读系统工程的建设打下坚实基础。

少儿阅读的社会支持系统在功能定位、理念形成及传播、阅读创新及实践、反思及提升等方面应适应大众意识中对少儿阅读的认可和支持而产生、发展。少儿阅读的社会支持系统在一定程度上受到来自市场变化的深刻影响,这些变化主要体现在阅读资源的提供、阅读行为的发生、阅读指导、阅读研究、组织管理等环节上,这些也是出现问题最多的环节。在少儿阅读社会支持系统的未来发展中,势必要以三大主体为基点,实行发散性的阅读推广,形成立体化的少儿阅读推广体系。

(四)政府应重视少儿阅读推广的重要内容:书目研制

21 世纪以来,社会各界重视儿童阅读的表现之一即为对少儿阅读书目的推介。政府其实也曾开发各类书单,如新闻出版广电总局每年向全国青少年推荐百种优秀图书等,这类推荐影响力较强,辐射面较广,但整体而言,政府对于书单的研制还应该从专业性、监督性上加大重视力度。

一方面政府层面自行研制的书单应加强专业性。如研制专家组成员除去出版研究者外,还应广泛吸纳与少儿阅读相关的多学科专家,如邀请儿童教育、儿童心理、儿童文学、儿童艺术、儿童科普等多学科领域的专家参与书单的研制,才能使推荐书目符合少儿阅读这门新兴学科发展的自身规律与特点,书目的研制才能从经验化走向理性化。

此外,政府还应加强监督其他文化机构、民间团体自行研制书单的规范性与科学性。要监督文化机构及民间团体的书目推荐行为,保障图书推荐的质量,有效规范少儿阅读推广行为,避免商业性替代文化性,让少儿阅读在健康有序的规则下稳步前进。文化机构与民间团体推荐书目可谓形式多样,但较为零散,标准不一,容易造成儿童选择图书时的盲目。因此,政府可以通过制定推荐书目的规范标准来加强监督相关机构的书目推荐行为,也可以通过一些方式来组织书目的合作研制,如组织学术界、图书馆界与出版社、书店实现跨界合作,提升童书推荐的专业性和全面性,促进推介行为规范化,去粗取精,净化图书推荐市场。政府部门应始终发挥监管作用,规范当下儿童阅读书目推荐渠道,支持书目推荐研究,注意书目推荐的多样性,关注分级阅读,提升书目推荐的儿童读者层次性。

总之,从国家和政府层面来说,儿童整体阅读水平的高低、社会阅读氛围良好与否深刻影响着未来民族文化素养、社会风气、文化价值观的文明程度。少儿阅读社会支持系统的发展离不开政府层面的宏观引导,政府的支持和保障行为能够加快少儿阅读上升为国家战略的步伐,汇集社会的多方力量,将推广少儿阅读的声音和行动系统化。

参考文献:

[1] 潘同人.中国政策性文件的政治学思考[J].云南社会科学,2012(5).

[2] 王余光,霍瑞娟.图书馆少儿阅读推广[M].北京:朝华出版社,2015.

[3] 郝振省,陈威.全民阅读蓝皮书(第一卷)[M].深圳:海天出版社,2009.

知识付费时代下
儿童阅读推广新平台构建刍议①

在 2016 年中国童书博览会现场接受 CCTV1 采访谈儿童阅读

早在 2013 年全国两会期间,全国政协委员邬书林就提交提案②,建议把全民阅读上升为国家战略。这一提议,立刻赢得了包括葛剑雄、白岩松、陈建功、何建明等在内的 115 名委员的大力支持。提案认为,世界主要发达国家都将阅读视为国家综合实力的核心要素之一,以国家战略的高度推进国民阅读,建议制定实施国家全民阅读战略,并提出五项具体建议:一是成立全民阅读促进委员会,以加强领导,统筹协调各地各部门资源,形成合力;建立长效机制,形成国家长远战略;解决全民阅读工作中的重点难点问题。二

---

① 本文合作者陈小杰。
② 韩旭阳:《“全民阅读”列入今年立法计划已草拟条例初稿》。据中国网新闻中心:http://www.china.com.cn/news/2013-08/05/content_29621246_2.htm。

是设立国家全民阅读节,比如选择孔子诞辰 9 月 28 日。三是进行全民阅读立法,由全国人大制定《全民阅读法》、国务院制定《全民阅读条例》,以法律法规的形式将推动全民阅读工作纳入法制化轨道。四是制定全民阅读规划,将其作为开展全民阅读的指导性文件。五是建立全民阅读基金,建设全民阅读重点工程。

该提案从"促进全民阅读的目的和意义"这一宏观角度,到"各级政府如何推进全民阅读"的微观思考,详尽地讲述了促进全民阅读的重要性和具体举措。

政府实施阅读立法的行为,有助于增强人们重视阅读的意识,让人们将阅读作为必须遵守的法律底线,逐渐将阅读变成一种如遵守交通规则一般的日常行为习惯和生活必需,意识到阅读对于人们生活和发展的重要意义。提案中关于"设立专门机构、制定详细举措推动阅读"的相关内容,是将"推进全民阅读"的"宏伟蓝图"变成现实"高楼大厦"的重要基础,为推广和实现全民阅读提供了现实的可能性。全民阅读的推广,提升的不仅是阅读能力,更是中国传统文化和阅读核心素养。

一、知识付费时代下儿童阅读推广新界定

在提案中涉及的一些传统阅读推广策略与举措的基础上,一些现代的阅读方式也为促进"全民阅读"提供了一些有价值的参考。随着分答、喜马拉雅、知乎 live 和得到等平台的推出,以及爱奇艺会员和百度文库教育资源付费下载等形式的出现,知识付费已然成为新时代被讨论的热点和焦点问题。知识付费是一种通过知识信息的共享来获得一定收益的传播模式,是将知识技能、智力资源进行整合,以免费或付费的方式将其传递给社会大众或特定平台的一种共享传播形式①。这种模式的诞生,促使了许多新的交流、互动方式的出现。它把个人或机构分散、盈余的知识技能等智力资源在互联网平台上集中起来,通过免费或付费的形式分享给特定个人或机构,最

---

① 邹伯涵、罗浩:《知识付费——以开放、共享、付费为核心的知识传播模式》,《新媒体研究》
2017 年第 11 期。

大限度利用全社会的智力资源,以更高的效率、更低的成本满足生产及生活服务需求。

知识付费背景下的阅读促进了人们阅读方式的变革。例如:喜马拉雅"有声化知识分享平台"的出现,促使人们从"视觉"阅读模式走向了"听觉"阅读模式,让人们之间的交流媒介不再仅仅局限在"用眼睛"阅读,也可以"用耳朵"阅读。这种"听阅读"的新形式,可以改变单一的"看阅读"模式,让儿童享受听觉上的"阅读大餐",激起儿童阅读的新鲜感。阅读模式从单一的"看",到静静地"听",再到彼此建群,现场进行互动和交流,这一形式的变化极大地激发了儿童的自主性和内驱力,促使了儿童从被动接受到自主参与的阅读状态转变。"碎片化阅读"可以将儿童的阅读时间化整为零,让儿童的零散时间得到充分而有效的利用,如让儿童在吃饭时间"读"一本书,在候车的短时间内了解一个百科知识。可以说,知识付费背景下出现的传播模式,为儿童阅读推广提供了可贵的借鉴。

那么,什么是儿童阅读推广呢? 阅读推广一词源于英文的 reading promotion,promotion 除可翻译为"推广"外,还有"促进、提升"的意思,所以也有人将 reading promotion 翻译为"阅读促进"[①]。有观点认为阅读推广就是对阅读进行推广和促进,简而言之,"'阅读推广'就是推广阅读,借助开展相关的阅读活动,将有益于个人和社会的阅读活动推而广之,使人们更有意愿、更有条件参与阅读的文化活动和事业"[②]。

笔者认为,儿童阅读推广重点在于阅读者的"读"和推广者的"推"。所以推广者如何结合当前的阅读背景采用有效的方法策略去"推动",阅读者如何在当今阅读的大趋势下产生兴趣去"阅读",是阅读推广的关键所在。综合以上论述,本文认为,知识付费时代下的儿童阅读推广是在知识付费的背景下,借助一定的网络阅读平台,运用一定的能够激发儿童阅读兴趣的方法,去引导更多儿童进行阅读实践,实现阅读的可持续发展。

---

① 王波:《阅读推广、图书馆阅读推广的定义——兼论如何认识和学习图书馆时尚阅读推广案例》,《图书馆论坛》2015 年第 10 期。
② 范并思:《阅读推广与图书馆学:基础理论问题分析》,《中国图书馆学报》2014 年第 5 期。

二、构建儿童阅读推广新平台的思考

(一) 推广儿童阅读新平台的现实基础

依据语文课标要求,小学生低段的课外阅读总量不少于 5 万字,中段的阅读总量不少于 40 万字,高段的阅读总量不少于 100 万字。[①] 如果仅仅依靠课内的阅读,学生的阅读总量远远不能达标。因此,在课内阅读的基础上,必须思考如何利用一种儿童喜闻乐见的新形式培养儿童的阅读兴趣,激发儿童学习的内驱力,扩大儿童的课外阅读量,同时兼顾课内阅读和课外阅读的关系,统筹安排好校内校外阅读的时间。这是当前儿童阅读推广不可回避的重要议题。

伴随着全民移动互联时代的到来,新平台、新产品不断涌现,在最大限度激活并满足用户需求的基础上实现了既有业务的升级与迭代。最明显的实例,就是知识共享的三个时期[②]。在知识共享 1.0 时期,主要以百科网站为代表,进行知识信息的单向传播,为便于完成资料搜索和拓展作业,儿童利用百度百科搜索自己需要的信息资源,实现了在静态知识平台上的信息提取和阅读,此时网络信息平台成为一个必不可少的阅读新角度。到知识共享 2.0 时期,主要以百度知道、知乎、新浪爱问等社区为代表,这些是以知识讨论为核心的跟帖产品,实现传受双方的知识互动,属于动态知识社区。这一动态知识社区的出现,大大增加了儿童与外界交流互动的机会。通过跟帖的形式,儿童在表达自己观点的同时,能借助网络平台的阅读了解到他人的想法,实现彼此思想或情感的沟通。而知识共享 3.0 时期,则涌现了大批知识付费平台,如分答、得到、喜马拉雅等内容社区,这些新平台以其独有的"听觉上的阅读"优势,得到了广大少年儿童的无限青睐,"凯叔讲故事"让众多儿童每天都听得格外津津有味,"天天练——学习就能得红包"的阅读模式令儿童学得不亦乐乎。

当知识付费时代正式来临、付费制成为这一阶段的核心内容时,如何在

---

① 中华人民共和国教育部:《义务教育语文课程标准(2011 年版)》,北京师范大学出版社,2012,第8—13 页。

② 王传珍:《知识付费奇点与未来》,《互联网经济》2017 年第 1 期。

知识付费时代下加强儿童阅读推广新平台的构建,成为本文的一个重要思考。以下是本文基于知识付费背景下的一些具体策略的思考。

(二)儿童阅读推广新平台的具体策略

1. 平台构建主体多方参与,多种力量共同推进

盖一座高楼大厦,需要投资方、设计师、建筑师和建筑工人等共同参与,方能完成。同样,儿童阅读推广新平台的构建亦需要儿童教育专家、作家、学校、家庭、出版社等多种力量共同推进,方能有望成功。儿童需要阅读哪些书、不同年龄阶段的儿童需要阅读哪些书[1]、不同能力层级的儿童需要阅读哪些书[2],这些均需要具备专业儿童阅读理论的学者给予一定的系统化指导。对于优秀作品怎么读、经典名著与作家背后的写作故事、如何鉴赏儿童作品的审美情趣等深入作品内部的问题,专家作家将会给予更专业的解读。如何率领儿童开展和推广阅读,则是学校义不容辞的责任和义务。在学校不遗余力的全面推动中,家庭有针对性的辅助和配合指导,会令学生阅读效果更加显著突出。而多个版本的同名书的各自优势,则需要出版社给予更专业的建议。平台构建主体的多方参与,为构建优质网络阅读平台提供了专业化的现实团队基础。在此基础之上,还需要制定相应的阅读平台使用规则,保证网络阅读工程的有序展开。

2. 制定阅读平台使用规则,阅读推广有序开展

俗话说,没有规矩不成方圆。一个良好的阅读氛围,离不开一个大家共同遵守的约定。网络阅读平台创设的根本目的是在交流互动中提升儿童的阅读能力水平,共享优质的阅读资源。本着这个目的,细致地制定符合儿童实际学情的"作品上传质量要求"和"作品上传时间规则",十分重要。作品质量是保证资源优质的"生命线",分流上传时间是保证资源"多而不乱"的"警戒线"。此外,平台中的成员不宜过多,如以班级的学生家长和学校的老师群体为主。借用这个平台,可以促使儿童有序、高效地开展课内外阅读,促进课内外阅读的健康、可持续发展。

---

① 王蕾:《海绵儿童分级阅读书丛》,北京工业出版社,2016。
② 王蕾、宋曜先:《美国〈哈考特分级阅读读物〉研究及出版启示》,《编辑学刊》2017 年第 3 期。

3. 创设网络平台阅读情景,激发儿童阅读兴趣

为实现儿童阅读的可持续发展,必须客观面对儿童在阅读中产生的现实问题,"对症下药"。我们在阅读实践中发现,"阅读难"一直是困扰儿童的重要阅读问题,主要表现在:①没有兴趣读;②读不懂;③缺乏阅读动力和阅读主动性;④缺少阅读方法;⑤习惯性拖延。这些问题一直困扰着老师、家长和孩子,造成会阅读的孩子越来越强,不会阅读的孩子越来越弱,阅读差距越来越大。为此,如何缩小儿童之间的兴趣差距,成为创设网络阅读平台的关键。为激发儿童的阅读兴趣,新平台可以利用"阅读虚拟币"取代生活中的实际货币,让学生在赚取"阅读虚拟币"中实现阅读成就感。为了获取游戏货币,孩子往往使出浑身解数,尽己所能,全力以赴。基于此,在阅读推广中,不妨借鉴儿童感兴趣的因素,将游戏货币变成"阅读币"。并利用全新的网络阅读平台,引导儿童在"阅读规则"之下赢取"阅读币",将游戏元素与阅读实际相结合,激发儿童的阅读兴趣,打造具有班级特色的网络阅读平台。在班级平台中还可划分出多个阅读资源区域,鼓励儿童自主上传课内阅读作品,以赚取虚拟阅读货币,收获阅读成就感。

在赢取虚拟阅读货币的过程中,上传课内学习的内容要有弹性。既要照顾后进生上传信息的基础性,又要考虑中等生和优秀学生各自的发展空间。因此在划分阅读资源区域的时候,要注重分层,既要有朗读文章分享,又要有基础知识作品展示,还要有分享质疑环节,也要有阅读方法梳理,每个环节由易到难。难易搭配,知识、能力和方法兼顾,让每个儿童都有露脸展示的机会,都有获取阅读虚拟货币的机会。如此,才能激起儿童原始的阅读动力、浓厚的阅读兴趣,激励儿童去尝试多元的阅读方式。

4. 形成多元化的交叉互动,促进阅读动态交流

告别单一的"用眼睛看书",实现多元化的"用耳朵听书",是迈向激发儿童阅读兴趣、充分利用"碎片化时间"的第一步。这一步,将儿童从传统的"视觉器官"阅读模式迁移到了全新的"听觉器官"阅读模式。根据加德纳的多元智能理论,人类个体具备8种相互联系且相互影响的多元智能。"多元智能理论之父"加德纳认为,语言智能、节奏智能、数理智能、空间智能、动

觉智能、自省智能、交流智能和自然观察智能,是独立存在于个体身上且与特定的认知领域和知识领域相联系的 8 种智能。[①] 这 8 种智能的提出,充分说明了儿童身上蕴含着不同的需要激活和开发的差异智能,这些差异智能的存在,为采用多元方法和多种手段挖掘学生的潜力奠定了理论基础。

　　基于此,在儿童阅读过程中,可以充分调动儿童听、说、读、写、唱和表演等时候使用的多种感官,激发儿童的阅读兴趣,尊重儿童的多元智能潜力,丰富儿童的多种感知觉体验,让儿童的身心和思维在阅读中充分"动"起来。在儿童"动"起来的过程中,可以全面收集儿童的作品,推选出"脱口秀大王""故事教主""诗词小达人""生活百科王"和"新闻小灵通"等阅读小明星。有充足精力和能力的孩子还可以利用课余时间进行课外阅读视频直播,争当网络小红人。这些直播的视频可以不拘泥于主题,擅长书法的可以说说练字心得、进行书法作品推荐;喜欢讲故事的可以分享精彩片段、进行故事续编;爱好说笑话的孩子可以打开"逗你一笑"的话匣子。这些"阅读小明星"的音频、视频作品,经过仔细遴选后,可以上传到网络阅读平台。对这些作品,围观者可以打赏"阅读虚拟币",可以发帖、跟帖留言,可以加入小明星所在的"阅读讨论圈",可以在特定的时间内邀请人气小明星说"阅读悄悄话",还可以推选出自己最欣赏的"阅读小达人"。

　　5. 充分利用好碎片化时间,丰富课外阅读资源

　　在经济快速发展的今天,儿童的生活亦步履匆匆,在各种补习班之间奔波的他们,似乎根本没有时间去遴选阅读书目,更别提要静下心来阅读经典名著了。适用群体为成人的得到 App 可以为儿童阅读推广新平台的形式提供借鉴。为提供最省时间的高效知识服务,得到 App 提出了利用好碎片化时间的学习方式倡议,让用户在短时间内获得有效的知识。"每天半小时,搞懂一本书",它巧妙地运用音频资源,通过专栏订阅的付费形式,向大众提供了一个便捷的知识服务平台。无独有偶,分答"5 分钟马桶时间"的付费问答平台,更是将"碎片化时间"用到了极致。这些做法,让人们的时间化整为零,无论是在站台等车的时间还是餐馆等餐的时间,抑或卫生间里的马桶时间,都可以不费吹灰之力地"听"一本书或"听"个百科小常识。

[①]　张春玲:《多元智能理论及其对素质教育的启示》,《中国教育学刊》2002 年第 3 期。

得到 App 的这种"耳朵上的阅读"方式,给予了儿童阅读推广很大的启迪。在儿童阅读推广的新平台上,可以借鉴喜马拉雅创建的"有声小说""新闻谈话""综艺节目"及"教育培训"等的多内容模式,将儿童的阅读内容按照小说、散文、诗歌和童话等不同的文体进行划分,这样既方便儿童选择,又可以在潜移默化中渗透文体意识,引导儿童借助文体掌握专业的阅读方法,提升阅读能力。在儿童专业网络平台上进行文体划分,仅仅是第一步。如何生成和上传有声读物,才是实现"听觉阅读"的关键。

知识付费的产生背景,是在知识和技能盈余[①]的情况下,个人或机构将多余的智力资源通过互联网集中起来,以获取一定费用且满足彼此需求的双赢现象。同理,在日常学习过程中,总会有能力水平高的儿童率先完成既定学习任务,从而出现时间盈余。这种时间盈余,如果任由儿童无端消磨,既是时间的浪费,也是儿童精力资源的浪费。因此,可以充分利用这类儿童的这种时间盈余,邀请他们录制课外经典名著的语音,在网络平台上担当"小小播音员",并将自己的音频上传到网络阅读平台上。每段音频可根据时间的长短和阅读的质量,标出相对应的"阅读虚拟币"的价格。其他想要阅读的孩子,可以利用平时自己积攒的"阅读虚拟币"进行自主选购,随时随地"用耳朵进行阅读"。如此,既可以利用好精力旺盛孩子的"盈余时间",又可以令想要阅读却没有充裕时间的孩子拥有阅读资源。巧妙利用碎片化时间,孩子的阅读时间总还是可以挤出来的。

(三)构建儿童阅读推广新平台的问题

以上所探讨的儿童阅读推广新平台的构建,是在知识付费背景下进行的一次阅读方式变革的尝试。虽然这符合当下的潮流趋势,但仍然存在着一些需要思考的地方。

1. 经典名著书目的推荐问题

"一千个读者眼中有一千个哈姆雷特",同样是对于经典名著的判定,每个读者的想法和审美角度亦不同。儿童作为阅读的主体,是阅读的直接践

---

① 许森:《知识零售变现模式的问题与思考——以付费语音问答服务"分答"为例》,《新媒体研究》2016 年第 19 期。

行者。如何依据一定的标准,借助技术手段在新平台上遴选出多数儿童喜爱的名著,是一个需要思考的现实问题。

2. 学生优质资源的上传问题

网络阅读平台创建后,如何对学生各类资源进行筛选,是形成"优质阅读资源库"的一个重要保障。遴选后的优质资源,需要及时地上传至平台,并给予一定的说明和介绍。遴选和上传的工作,都需要一定的具有专业性的负责人。

3. 网络阅读环境的监控问题

面对上传的作品,每个读者都有自己的审美和评价。要营造一个积极健康、用正能量主动参与和互动的阅读环境,背后需与儿童和家长做好交流。

4. 阅读中儿童人人参与的问题

网络阅读平台的趣味性和新颖性是吸引儿童的重要因素。然而,若无严密的评价和监测措施,一些阅读自觉性比较差的儿童可能会出现"逃脱"或"拖延"的现象。因此,制定周密的阅读要求和阅读评价制度,是实现儿童人人参与的重要保障。

这些问题的思考和解决,都是完善儿童阅读推广新平台的重要保障。

知识付费时代下儿童阅读推广新平台的构建工程任重道远,需要各方积极配合,同心协力且各司其职,发挥不同领域内的专业优势,共同促进儿童阅读的健康可持续发展。构建这一新平台,根本目的在于激发儿童的阅读兴趣,点燃儿童的阅读希望,保持儿童的阅读动力和促进儿童阅读的可持续发展。

奇特奇妙奇异的《木偶奇遇记》

2009 年在罗马街头与皮诺曹"偶遇"

一根会哭会笑的木头，被刻成木偶后，经历了种种奇遇，最终成为一个真正的男孩。这是世界著名经典童话《木偶奇遇记》的"一句话浓缩情节"。实际上，这个关于一个名叫皮诺曹的木偶的奇遇记，被公认为诸多世界著名经典童话中情节最复杂、故事最奇特、人物最有趣、风格最幽默的童话之一。

在这里先给大家一些建议：如果碰见会说话的蟋蟀，一定要认真听他的话；如果上学路上听见喇叭声、笛子声，千万不要跑去看热闹；如果遇见一只瘸腿狐狸与一只瞎眼猫，最好离他们远远的；如果同学让你不要上学，去海边看难得一见的鲨鱼，你一定不能去；如果有人邀请你去一个一年 365 天天天放假的国家，你绝对不要去……

可是，木头木脑的小木偶皮诺曹对上述这些建议一概不采纳，他对蟋蟀的话置之不理（虽然这只蟋蟀显然比他有智慧，见识更多，足足长他一百多岁）。他淘气、任性，虽然他内心想当个好孩子，想当个杰佩托爸爸的好儿子，想好好听从天蓝色头发仙女的话，可是，他太喜欢只玩耍不学习，只收获不劳动，只得到不付出，所以从他成为木偶的那天起，就经历了各种意想不到的奇遇。

皮诺曹天性淘气捣蛋,当他还是根木头时,就又哭又笑,吓得杰佩托爸爸的好朋友樱桃师傅倒在地上半天没清醒过来。但皮诺曹内心纯真善良,当他知道亲爱的杰佩托爸爸为了给他买识字课本,卖掉了自己身上唯一的外套时,感动得热烈亲吻爸爸的脸颊,并向爸爸保证说"一定要好好上学读书"。

可是,他又是一个没有自我约束力的孩子,只要一想到玩,就把爸爸、学校、老师忘得一干二净。他居然为了看木偶戏,卖掉了爸爸卖外套换来的识字课本,就从这一天起,皮诺曹因为自己的贪玩,遭遇了各种意想不到的"倒霉事":他去看木偶戏,却差点儿被戏院老板当成干柴扔进火里;他因为想不劳而获,听信了狐狸与猫的鬼话,被强盗追杀,吊在树上只剩一口活气,幸亏有天蓝色头发的仙女的搭救才捡回一条命;他因为说谎,鼻子拼命长,居然长得出不了门;他因为太饥饿而去偷葡萄,结果成了农夫家里的看门狗;他因为想看难得一见的鲨鱼,不去上学,最后成了绿油油渔夫锅里的木偶鱼;就在他快变成一个真正的男孩的前一天,他在犹豫了好几个小时后,最终抵挡不住好朋友小灯芯的鼓动,跟他一起去了一个"一年365天天天放假"的国家,可是没过几个月,他居然变成了一头小驴子,还被卖到了马戏团,甚至差点被剥了皮做大鼓……啊!多么可怕的遭遇,木头木脑的皮诺曹一开始将自己的不幸遭遇归结为"命苦",当他明白这一切都源于自己的贪玩、懒惰与缺乏自我约束力时,他终于变成了一个真正的男孩。

《木偶奇遇记》虽然写于19世纪中期的意大利,但是迄今为止,这部被誉为"意大利儿童读物的杰作""意大利儿童读物中最美的书"仍然拥有广大的读者,自1884年出版以来,被翻译成200多种文字,成为全世界儿童最喜欢的童话作品之一。

小木偶皮诺曹与现实生活中的许多孩子一样,任性、淘气、捣蛋,但又纯真善良,天真无邪,但这只是大家喜欢、热爱这部作品的原因之一。还有一个重要的原因,就是这部作品中闪闪发光的幽默元素。

下面的一连串有趣的人物都来自《木偶奇遇记》,已经成为世界著名童话中的经典形象:皮诺曹爸爸的好朋友安东尼奥师傅,鼻尖儿总是又红又亮,因此大家都叫他樱桃师傅;主角小木偶皮诺曹没有耳朵(因为爸爸忘了给他做),可他有个长长的鼻子,还戴着一顶用面包做的帽子,穿着用花纸做的衣服;木偶戏院老板食火人(这可是他的真名)长着长长的黑胡须,从下巴一直拖到地上,每次走路都会踩到自己的胡须;皮诺曹的救命恩人天蓝色头发的仙女,有个头顶着蜡烛的蜗牛侍女,她的动作总是跟所有的蜗牛一样慢,从四楼走到一楼居然用了整整一个晚上的时间;还有一个长得更奇怪的人,那就是绿油油的渔夫,他头上不是头发,而是浓密的绿草,皮肤是绿的,眼睛是绿的,连他长得拖到地的胡须也是绿的,就像一只后脚直立的大蜥蜴……

除了喜剧形象的塑造外,《木偶奇遇记》设置了一系列幽默的情节。有一次,皮诺曹饥肠辘辘,好不容易从垃圾堆里发现了一个宝贝——一个又圆又白的鸡蛋! 皮诺曹高兴得发狂,当他正兴致勃勃地打碎蛋壳准备做蒸蛋时,居然……居然……居然从蛋壳里冒出了一只又漂亮又有礼貌的小鸡,它弯下腰对皮诺曹行了个礼,说道:"非常非常感谢您,皮诺曹先生,您把我从蛋壳里解救了出来。后会有期。祝您好运,请代我向您全家问好!"还没等皮诺曹反应过来,小鸡已经扑扇着翅膀不见了。当皮诺曹走进戏院看木偶戏时,因为得罪了戏院老板食火人先生,差点被当成生火的木头扔进火炉,最后他可怜的泪水打动了食火人先生,总算绝处逢生,可你们知道食火人先生心软时的表现吗? 猜猜看。他被打动时是流泪,还是叹气呢? 食火人真正被打动时,就会打一个大大的喷嚏。所以,在他连打几个大喷嚏后,终于放了可怜的皮诺曹,还送给他五个金币。所以长相凶恶的人不一定没有一颗善良的心。

幽默元素使《木偶奇遇记》拨动了每一个读者的笑神经,有句关于《木偶奇遇记》的著名评语:"有皮诺曹的地方就有笑声!"这部童话的作者卡尔洛·科罗迪(Carlo Collod,1826—1890)是一位天才的幽默大师。卡尔洛·科罗迪原名卡尔洛·罗伦齐尼,1826 年 11 月 24 日出生在意大利佛罗伦萨乡下的一个厨师家庭。他给自己取笔名为科罗迪,是因为那是他母亲故乡的名字,一个位于佛罗伦萨旁边的小镇。他从教会学校毕业后,就积极参加了意大利民族解放运动。最初他在佛罗伦萨创办了两份幽默报纸——《路灯》和《小论战》,报纸停刊后去了米兰一家公司当职员,业余从事新闻写作。他先后写过《小手杖游意大利》《小手杖地理》等儿童书。1880 年时,他应《儿童报》主编的邀请创作了《木偶奇遇记》,被他称为"这点傻玩意儿"的这部作品,一面市就轰动一时,随后在一百多年里被翻译成多种文字风行世界,仅在意大利就有 135 000 个版本,还曾多次被搬上舞台与银幕。大名鼎鼎的迪士尼公司早在 1940 年就推出了根据该童话改编的长篇动画片,造就了皮诺曹这个经典的动画形象。意大利还把这部家喻户晓的童话拍成了电影,全部由真人演出,票房打破意大利电影史上的最高纪录。

著名作家巴金先生曾这样评价《木偶奇遇记》:"我费了几分钟工夫把《木偶奇遇记》读完后,我虽然已经不是一个小孩子了,然而我也像丰子恺先生家里的孩子们那样,被这奇妙的故事迷住了。"

精彩的情节、幽默的风格、有趣的人物,使这部作品里历久弥新,成为全世界流传最广的童话之一。

解读中国经典童话
《稻草人》的"求真性"

在母校北京师范大学文学院与中国作协联合主办的
2013年海峡两岸儿童文学研讨会上作主题发言

从中国现代文学童话发展的历史来看,茅盾的编译与郑振铎的译述虽然都属于童话创作,但并非真正的文学童话,因为文学童话与民间童话、编译童话最大的区别在于从内容到形式皆由作者原创而产生,茅盾与郑振铎的创作都是在已有的西洋童话或民间故事的基础上加以改写,并不是真正的原创活动。因此,从这点来考察中国现代文学童话创作的发展历史,叶圣陶的童话创作是真正的文学童话。1923年收录有23篇叶圣陶原创童话的短篇童话集《稻草人》是中国文学童话诞生的标志性成果,而其中的短篇童话《稻草人》则是中国童话发展史上的重要作品,也是叶圣陶创作中最具代表性的作品之一。

"求真"是《稻草人》这篇童话作品的最突出的特点,即将真实引入童话创作中。在这篇作品中,叶圣陶"求真"的美学追求体现在两个方面:一是在内容上将真实的生活引入幻想的童话中,二是在艺术上遵循童话的逻辑性原则。

我们先探讨内容上的求真性。安徒生曾说:"最美妙的童话都是从真实的生活中产生出来的。"还认为"从生活写下来的故事才是最好的故事",

"故事和真事没有什么很大的分界线"。正是这种现实主义的创作思想,让我们从安徒生童话中看到了他所处社会的各种真实的人物形象:大臣、市长、贵族、地主、教士、大学生、农民、船工、手艺人、商人、猎人、洗衣妇、小店员等。同时,这些真实人物在真实社会中的现实处境也在安徒生童话中展现出来,比如《卖火柴的小女孩》中小女孩冻死街头的场景绝不是安徒生的想象,他真实地记录了一个可怜的穷人家孩子的悲惨命运。叶圣陶的童话同安徒生童话一样,脱离传统童话的公主、王子、国王等的模式人物与场景,将现实中的人和事引入童话中,他的童话创作强调真实性与现实感。他曾在《稻草人》序言中谈到童话真实的重要性,希望自己的童话能"引起孩子们对现实生活的兴趣,并关心周围发生的事"。因此,他将"求真"作为自己创作的美学追求。他说:"我很怕看见有些儿童读物把世间描写得十分简单,非常太平。这是一种诳骗,其效果只能叫儿童当发觉原来不是这么一回事的时候大喊一声'上当'!"在叶圣陶童话出现之前,中国流行的多是以外国童话或中国民间故事为基础改写或编译的童话读物,叶圣陶并没有被困进已有的童话模式中,他跳出了原有的国王、王后、妖魔、巨人、神仙、怪兽等人物形象模式,把"真实"作为自己的美学追求。他的作品中充满了当时社会中真实的人物形象:工人、农民、学生、商人、蚕农、渔民、邮递员、卖报员、艺人、纺织女工、乞丐、富翁、童工、小木匠、人力车夫、警察、厨子、知识分子、军人等。从叶圣陶开始,"不写王子便写公主"的童话创作模式被彻底地颠覆,现实世界的人间百态通过童话的形式进入儿童的视野中。用童话的方式,说出人间的真相,这是叶圣陶童话的特色之一,而这一特色正是其区别于民间童话,隶属于真正的原创文学童话的美学个性所在。

　　叶圣陶原创的一系列现实童话都充满了现实感,儿童在这些现实童话中了解到了真实的社会:《旅行家》通过一个从遥远星球来到地球的旅行家的眼睛,将社会中的贫富悬殊等不合理现象揭露无遗;《瞎子和聋子》讲述了一个瞎子和聋子互换生理缺陷,瞎子有了眼睛,聋子有了听觉,可是当他们第一次看到和听到之后,才发现原来真实的世界尽是不幸与悲伤;《克宜的经历》以一个孩子得到一面可以窥见未来的魔镜写起,孩子从魔镜看到的不是幸福与快乐的未来,而是充满着"皮包骨头"的人间惨境;《快乐的人》所呈现的是日夜辛劳的蚕农与终年纺纱的织女却过着饥寒交迫的生活;《大喉吱》展现出大机械生产下人们的苦恼。而其中"求真性"表现最为突出的则是《稻草人》这篇童话。

《稻草人》构思巧妙,将中国田地里常有的稻草人作为主人公,通过他的眼睛,向读者呈现真实的人间百态——可怜的老太太处境艰难,亡夫丧子,好不容易还清了丈夫与儿子的丧葬费,想通过自己的努力劳动,靠田里的收成过上正常的生活,却遭遇了遍地虫灾的一场浩劫,到头来辛劳终年颗粒无收;村里另一位可怜的渔妇不得不暂时抛下正在生病的孩子去河里捉鱼给孩子吃,才高兴自己好不容易终于捉到一条鱼,渔船里的孩子却病得更重了;一个走投无路的弱女子被赌鬼丈夫卖掉,她除了心碎地哭泣便只能选择投河自尽以示反抗。对于这一切的惨景,稻草人只能眼睁睁地看着,他无力阻止这人世间的惨剧发生。贫困的农民、苦难的生活,这便是现实社会的真相所在。

郑振铎在1923年为叶圣陶的短篇童话集《稻草人》所作的序言中指出,叶圣陶将现实生活引入童话中是必要的,儿童生活在真实的世界里,他们需要知道人间社会的现状,正如需要知道地理和博物的知识一样重要,儿童文学应该把成人的悲哀显示给儿童。叶圣陶这种将现实纳入童话中的"求真"美学追求,将客体的真实的社会与人生,通过作家主体独特的童话艺术形式展现出来,这是叶圣陶所开辟的现代童话的创作之路。

将现实引入童话创作的"求真"美学追求不仅在叶圣陶童话的内容上有所体现,在其艺术手法上,这种"求真"则表现为创作符合童话的逻辑性原则。童话的逻辑即指童话事理与推理上的客观逻辑性,是文学童话创作手法上的基本要素。童话创作允许作家将情节、人物、场景等进行幻想的设计,即在真实生活中这些故事中的事和人都是不存在的,但是这些虚假的人物、场景都必须拥有客观世界物的属性,符合逻辑的发展,人物的行动与语言必须符合他们在故事中的身份与性格;情节的发展必须按照生活和自然的规律,合乎逻辑地进行,真正达到"酌奇而不失其真,玩华而不坠其实"。

叶圣陶的童话创作在艺术手法上也把符合事理发展的真实性作为创作的准则。比如《稻草人》中的稻草人虽说是具有生命的童话人物,但他却在作家的笔下严格遵循了客观的物的属性。当他看到害虫正在残害稻叶时,并没有不合逻辑发展地跑向主人大声报告他所发现的事,他只能"把手里的扇子摇得更勤了。扇子常常碰在身体上,发出啪啪的声音。他不会叫喊,这是唯一的警告主人的法子了"。即便老妇人对这一切熟视无睹,稻草人也还是只能摇扇子。叶圣陶这样描述道:

> 稻草人……急得不得了,连忙摇动扇子,想靠着这急迫的声音把主人留住。这声音里仿佛说:"我的主人,你不要去呀! 你不要以为田里的一切事情都很好,天大的祸事已经在田里留下根苗了。一旦发作起来,就要不可收拾,那时候,你就要流干了眼泪,揉碎了心;趁着现在赶早扑灭,还来得及。这儿,就在这一棵上,你看这棵稻子的叶尖呀!"他靠着扇子的声音反复地警告;可是老妇人哪里懂得,一步一步地走远了。他急得要命,还在使劲摇动扇子,直到主人的背影都望不见了,他才知道警告是无效了。

同样的,当稻草人看到弱女子投河时,他非常心惊,他着急,想救她,可是他只是一个稻草人,他能做的只是"又摇起扇子来,想叫醒那个沉睡的渔妇。但是办不到,那渔妇睡得跟死了似的,一动也不动。他恨自己,不该像树木一样定在泥土里,连半步也不能动"。

叶圣陶将稻草人形象设计得合情合理,符合他真实的身份与性格,如果他违反稻草人真实的物的属性,发现问题时立刻一跃而上,这样只会让小读者认为这故事是编造的。

综上所述,从《稻草人》的创作中我们可以发现,叶圣陶创造出了具有中国作风与中国气派的现代新童话,这是真正意义上的具有作家独立风格的文学童话,中国的现代童话发展之路从此开始,叶圣陶的童话为中国现代文学童话创作奠定了基础,提供了丰富成熟的艺术创作经验。

解密《哈利·波特》的阅读魔法

在第 30 届 IBBY 世界大会上作主题演讲
"《哈利·波特》的阅读魔法"。
左一为时任 IBBY 主席彼特·施耐克先生

在一片"字书行将消亡"的舆论与预言中，却有一部厚达数百万字的文学读物风行世界，而且居然使千百万少年儿童"我为书狂"，将他们从游戏机、电脑前拉回了书桌。这部奇书就是英国女作家 J.K.罗琳创作的《哈利·波特》系列。《哈利·波特》能否成为经典读物，这要留待时间检验，对此我们不作讨论。哈利·波特，一个骑着飞天扫帚、戴着圆形眼镜的英俊少年，到底是用什么魅力征服了全球读者？J.K.罗琳，这位当年穷困的单身母亲、如今的英国女性首富，到底是用什么魔法掀起了网络时代的阅读风暴？

虽然文学创作鼓励探索，但相对于成人文学而言，儿童文学由于受读者对象阅读经验与人生阅历的制约，因而在创作上需要注意"适读"问题，例如有些负面的东西是不适宜完全展现给儿童的，成人文学的某种"探索"手法如"三无小说"（无情节、无人物、无环境）、朦胧诗等也是不适宜儿童文学的，否则儿童就会觉得莫名其妙，看不下去，弃之一边。有经验的儿童文学作家认为，儿童文学作品要在第一时间抓住小读者，即打开书本的第一页、阅读的第一分钟、故事的第一段，倘若不能在第一时间"抓人"，小读者就会不予理睬。原因很简单：儿童缺乏耐心，坐不住。正是基于对儿童阅读心理的准确理解与把握,《哈利·波特》可以说是在创作艺术方面费尽了脑筋,铆足了力气,集中到一点,就是按照儿童的口味进行写作。具体分析,我以为至少有以下数点值得我们借鉴:

一是设置悬念,环环相扣,整部作品充满紧张、刺激、惊险的阅读氛围,促使小读者不得不读下去、读完它。

哈利一出场就扣人心弦:他一岁时,父母被黑巫师伏地魔杀害,脑门上留下一块闪电形的伤疤。11 岁时,猫头鹰给他衔来了一封神秘的来信,那是霍格沃茨魔法学校的录取通知书。他提着宠物猫头鹰,握着魔杖,背着各种魔法书,在伦敦国王十字车站我们常人看不见的"九又四分之三站台"乘火车前往魔法学校报到。哈利在魔法学校虽然生活得十分开心,但周围不断发生令人不可思议的事情,到处险象环生:学校三楼怎么会有一条长着三个脑袋的大狗?是谁在圣诞节之夜送给哈利一件隐形衣?厄里斯魔镜怎么会映出哈利死去的父母?魔法界银行古灵阁为什么被盗?奇洛教授的头上为什么总是围着一条大围巾?他的身上为什么永远有一股难闻的味道?……这一切为什么又总与哈利·波特的名字相关联?是否与失踪的伏地魔有关?

阅读是一种心灵的探险。《哈利·波特》设计了各种现实或虚构的险情,悬念迭出,情境奇特、情节紧张,使主人公常常处于一种千钧一发、惊心动魄的危险境地,而最终又能绝处逢生,安全脱险,从而极大地满足了少儿读者向往勇敢、好奇、探险的阅读心理与叙事期待。

二是讲究故事性,有头有尾,有放有收,波澜不断,高潮迭起,在运动中表现人物的性格和命运。

按照 J.K.罗琳的计划,她要从哈利 11 岁进魔法学校写起,一直写到 17 岁毕业。故事虽然漫长,但主线却十分清楚,一贯到底:塑造英俊少年哈利·波特的精神生命成长史。从已出版的中译本前 6 集看,每一集的故事情节既相对独立、完整,又与整体格局有机融合、密不可分。值得注意的是,作者在每一集中都采用了相同的叙事结构:在每集故事的开头,哈利总是在麻瓜世界过着十分艰苦的生活,然后去魔法学校上学。每一集的主体内容是描写哈利在魔法学校的生活,而故事的结尾又都是暑假来临,哈利不得不回到麻瓜世界去。麻瓜世界的无奈、无助与无望,迫使哈利想尽快逃离,盼望快快开学,重返魔法学校。这种有规律的结构方式既象征着作品对基督教和现代性所代表的现实世界的疏离与厌弃,和对神秘的原始思维世界的向往,同时也使整部作品找到了一个有头有尾、前后呼应、循环往复的叙事模式。这一模式恰到好处地满足了儿童的阅读心理,使儿童的阅读过程有了审美意义上的间歇、调整与期待。因为,倘若将哈利的故事从 11 岁进校开始一直讲到 17 岁毕业,势必会头绪纷繁、事件错杂,儿童不但不易记住哈利的故事情节与命运转变,而且会因故事的冗长读得很累,以至读不下去。而现在这种"有头有尾、有放有收"的结构模式就显得十分从容、有序而且"抓人"——在故事的关键处,魔法学校的暑假开始,故事不得不戛然而止,使小读者不断追问: 后来呢? 后来呢?

三是魔幻世界与校园生活的有机结合。

现代儿童基本上是在学校环境里长大的,他们所熟悉和理解的主要是学校生活。但学校生活毕竟又太机械、单纯,周而复始的上课下课、作业考试,不免枯燥乏味。J.K.罗琳巧妙地将魔幻世界与现代校园结合起来,在小读者熟知的校园生活场景中展开魔幻故事,在魔幻世界的奇特氛围中表现校园生活。校园/魔幻,现实/远古,既熟悉又新奇,既耳熟能详又险象环生,既真实具体又虚无玄妙,这是《哈利·波特》最具特色的艺术手法,也是 J.K. 罗琳的聪明之处。

《哈利·波特》的题材内容并不新鲜,它是欧洲古典童话老而又老的有关巫术与巫师的故事,但一旦把它移植到 20 世纪 90 年代的英国校园,这就产生了化腐朽为神奇的巨大魅力。魔法学校的一切都与现实社会的学校相仿,哈利·波特与同学们一样要为功课和考试发愁,为违反校规而提心吊胆,教授们一样有使人喜欢的一面也有使人讨厌的一面,少男少女之间一样有"来往过密"——在《哈利·波特与火焰杯》中,哈利与好友罗恩、赫敏这三位少男少女之间产生的微妙的心思是那样难以捉摸,美好的友情竟那样一波三折,忽晴忽雨,哈利渴望与美丽的秋·张共同走进美丽的故事,但这个朦胧的憧憬却遭受了失意与不快——霍格沃茨魔法学校既是哈利与孩子们向往的童话伊甸园,又何尝不是当代校园生活的真实摹写? 难怪小读者都会把哈利看作自己身边的一个同学、一个朋友,而不是一个神奇的小巫师。

《哈利·波特》给小读者带来了阅读的快乐与神奇。《哈利·波特》是完全属于儿童的,它既为渴望新奇的小读者带来了阅读冲击,也为绞尽脑汁寻找新鲜儿童文学选题的童书编辑们提供了有益的启示。

21世纪北京市0~6岁儿童
早期阅读情况现状分析

在798国际儿童艺术中心与孩子们交流绘本阅读

　　培养0~6岁婴幼儿早期阅读是近年来国际国内儿童早期教育的热点内容之一,"尽早阅读就是基础"已经成为儿童早期教育专家的共识。可以说,"培养儿童早期阅读已经成为关系到儿童健康成长,提高下一代综合素质的重大课题"①。儿童进行早期阅读活动,对其语言表达能力、思维发展和个性培养起着重要作用。根据最新公布的统计公报,有关专家预测,中国已经开始进入新一轮的人口生育高峰期,在2016年之前,人口将保持在每年1 600万至2 000万的增长水平。有报告显示,如果按照目前新生儿的出生数量进行预测计算,全国0~6岁的婴幼儿数量已经超过1亿。首都北京

---

① Robert S.Siegler and Martha Alibali,*Children's Thinking*(London：Pearson Education,Inc., 2005).

2001年到2005年"十五"期间,1~6岁学龄前儿童人口呈逐年增长趋势,由2001年的58.91万人,上升到2005年的61.95万人。调查研究北京市儿童早期阅读的基本情况,将对相关教育机构、科研机构有效地推动儿童早期教育事业的健康发展起着十分重要的参考作用。

"北京市未成年人阅读状况课题组"通过重点调查的方式,主要就北京市儿童早期阅读的社会支持系统的情况进行了调查分析,另外通过联合新浪网亲子中心、北京海淀区妇幼保健院、朝阳区小橡树幼儿园三家机构,向家长发放调查问卷,对北京地区的0~6岁儿童的早期阅读情况进行了重点调查。本次接受问卷调查的家庭共有485户。

一、北京市儿童早期阅读社会支持系统分析

（一）儿童早期阅读材料的提供和儿童书店的发展情况

书籍是儿童进行早期阅读的重要材料,目前中国国内有573家出版社,其中专业少儿出版社为31家,在北京的专业少儿社有中国少年儿童出版社、中国和平出版社、连环画出版社、北京少年儿童出版社和海豚出版社。但实际上国内573家出版社中有523家出版少儿读物,还有130家设有专门的儿童读物编辑室,少儿图书的年出版品种已经发展到1万多种,年总印数更是达到了6亿册。近年来,少儿图书的质量有较大提高,出现了一批批兼具社会效益和经济效益的"双效书"。其中0~6岁的低幼读物占到了很大的比例。因此,可以毫不夸张地说,少儿读物作为儿童早期阅读的重要材料非常丰富多元。

同时,作为儿童书香文化的社会支持系统的重要构成部分,书店在规划建设上近几年凸显出迅猛发展、特色经营、专业多元的特点。北京现有的大型书城均设有儿童图书专柜。位于西单的北京图书大厦二层设有专门的儿童书籍区,同时还利用场地不定期地为小读者举办各种丰富多彩的阅读活动。王府井步行街的王府井书店也设有专门的多品种儿童图书专柜。值得一提的是,近年北京还新建立了几家专营特色儿童图书的书店。小逗号书店位于北京朝阳区,该书店专营外版儿童图书,其中以适合0~6岁的小读者阅读的图画书居多,这为培养儿童的双语阅读能力提供了非常丰富的阅

读材料。此外,位于王府井步行街的外文书店每年还定期举办"北京国际儿童图书展",主要展出并销售国外儿童图书。优秀儿童书籍的出版和专业多元的儿童书店的经营,极大地推动了北京市儿童书香文化的发展,为儿童早期阅读提供了有效发展的必要条件。

(二)儿童阅读俱乐部迅速发展

儿童早期阅读的发展除具备必要的"硬件"支持外,还需要专业教育机构的有序、有效的引导、培训和支持。北京现有的幼儿园、亲子中心、图书馆和相关教育培训机构近5年来陆续开设专门的早期阅读教育课程,通常以儿童阅读俱乐部的形式在家长中普及早期阅读的知识。比如,首都图书馆与北京师范大学中国儿童文学研究中心等专业机构合作,定期举办的"儿童阅读与多元智能"大课堂活动,聘请了来自国内外的儿童教育、儿童文学等领域的专家、教师与家长分享儿童早期阅读的诸多理念,并为前去参加活动的小朋友现场讲故事。隶属于外语教学与研究出版社儿童早期教育资源中心的毛毛虫悦读剧团,自成立以来就面向0~6岁的婴幼儿家庭提供个性化亲子阅读活动。另外,北京东华门幼儿园研究幼儿语言已经有20多年的历史,其成立的"家长沙龙"和"图书借阅中心"一直指导家长进行多种形式的早期阅读活动。

对北京市多家幼儿园、亲子中心和教育培训机构的走访、调查,显示出儿童阅读俱乐部已经日渐成为开展儿童早期阅读的重要基地。家长带着小朋友在老师和专家的指导下,按照儿童自身的特点走进书的世界,发现阅读的乐趣,也通过丰富多样的早期阅读活动,拓展儿童对世界的感受和理解,促进他们语言、思维、创造力和想象力的全面发展。

(三)儿童早期阅读政府支持情况分析

北京市制定的《北京市未成年人保护条例》明文规定,市政府支持和鼓励艺术家和作家及其他创作人员创作有利于未成年人健康成才的精神产品,并鼓励和支持学校、社会组织和个人采用有效的形式对家长培养教育未成年人进行指导。此外,北京市出台的《北京市图书馆条例实施办法》规定,作为阅读推广的重要基地,少年儿童图书馆"不仅要适应图书馆应用现代科学技术进行管理和服务的需要,还要适合少年儿童的特点","单独设立的区县少年儿童图书馆建筑面积应当达到 2 000 平方米以上,阅览座位应当达到 150 席以上,附设在区县公共图书馆或者其他少年儿童活动场所的区县少年儿童图书馆建筑面积应当达到 1 000 平方米以上,阅览座位应达到 1 000 席以上"①。北京市委、市政府一直高度重视儿童文化事业的建设,切实采取各种措施提高儿童文化产品和服务的有效供给,促进首都儿童书香文化的繁荣。

近年,由北京发起、在全国产生广泛影响的新童谣活动,日渐受到孩子、家长、教师的欢迎。新童谣活动可以说是近年来北京市促进儿童文化事业发展的重要文化活动之一。新童谣在首都少年儿童中传唱起来,充分展现了首都少年儿童新风貌,传播了社会文明新风尚。此活动通过童谣的形式为儿童早期阅读提供了优秀、生动、健康的阅读材料,并通过新童谣的图书在学校、幼儿园开展了一系列活动,此举极大地推动了儿童早期阅读事业的进展,对繁荣首都文化事业起到很大的助力作用。

在北京市委、市政府的统一领导下,按照北京市委宣传部的工作部署,团市委、北京市少工委与北京市文明办、北京市委教育工委、北京市教委、北京出版集团等单位紧密协作,并在北京全市召开了由 18 个区县的团委书记、教育团工委书记和少工委负责同志参加的工作部署会议,在全市依托社区、家长学校、托幼机构等开展新童谣传唱活动。新童谣传唱活动还依托教育机构和社区团队组织,与教育行政部门配合,向北京全市儿童赠送《新童谣》,并重点对福利院、城市低保家庭子女及来京务工人员子弟学校开展专项赠书活动。此外,新童谣普及活动在广大社区、家庭中广泛开展,通过读书会等形式,开展诵读和传唱活动。同时,依托北京青年报、北京少年报等团属新闻媒体开展新童谣评选活动,开辟专版连载新童谣,进行"我最喜爱的童谣"评选活动。北京市结合了全市各区域的地区特色,制定缜密的活动方案,有计划、有重点、有步骤地推动了新童谣传唱活动在北京市范围内顺利进行。

二、北京市 0~6 岁儿童早期阅读情况调查

北京市 0~6 岁儿童早期阅读呈现什么样的特点？他们所处的家庭早

---

① 文化部计划财务司:《中国文化文物统计年鉴 2005》,北京图书馆出版社,2005。

期阅读环境呈现怎样的情况？为了解北京市学龄前儿童早期阅读的主要情况和基本趋势,北京文化发展研究院"北京市未成年人阅读状况课题组"通过联合新浪网亲子中心、北京海淀区妇幼保健院、朝阳区小橡树幼儿园等机构向家长发放调查问卷,对北京地区0~6岁儿童的早期阅读情况进行了重点调查。485户家庭接受了本次问卷调查。特别需要说明的是,本次选择的合作调查方具有一定的针对性和代表性。新浪网亲子中心作为知名儿童教育与交流的平台,与课题组进行的网络调查合作具有一定的广泛性和针对性。而北京海淀妇幼保健院是北京地区著名的妇幼保健机构,承担海淀地区180万常住人口及近120万流动人口的妇幼保健工作,海淀地区169个托幼单位的保健工作也在其所辖工作范围内。同时,海淀区是首都北京的重要功能区域,区内高校密集,科研机构林立,在文化、教育等方面具有明显的区位功能优势和资源优势。因此,通过海淀妇幼保健院发放调查问卷,采用样本调查,能更好地分析出北京地区儿童的早期阅读的基本趋势和特点。作为北京市特批的第一家家庭式幼儿园,小橡树幼儿园从诞生之初就引起了广泛的关注,在办园理念上极富特色,早期阅读就是该园的特色课程之一,因此通过向小橡树幼儿园家长发放调查问卷,数据反馈具有一定的代表性。

早期阅读概念不再等同于识字教育。

绝大多数家长不再将早期阅读概念等同于识字教育,有64%的受访者认为早期阅读是指大人与孩子共同进行多种形式的阅读过程,其次有22%的家长认为早期阅读就是大人与孩子一起阅读,仅有3%的家长选择早期阅读就是大人教孩子识字。调查结果如图3。

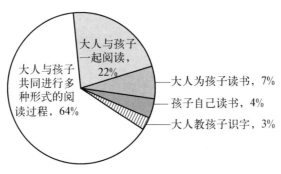

图3　早期阅读概念调查结果示意图

早期阅读概念不是指儿童看书识字，从广义上可以泛指一切与儿童阅读有关的活动，是儿童通过色彩、图像、文字以及一旁共读的成人的语言来理解以图画为主、文字为辅，甚至没有文字的婴幼儿读物的一切活动。早期阅读概念的推广与近几年北京地区对儿童阅读事业社会支持系统的加强有密不可分的关系。

零岁阅读观念认同度高。

美国教育机构的一项研究发现，儿童的学习能力在入学前就已得到不同程度的发展，因此儿童 0～6 岁的早期教育非常重要，早期阅读作为早期教育的重要内容应该得到年轻父母的足够重视。研究表明，0～3 岁是儿童发展语言的关键期，对孩子潜力的开发有着不可估量的作用。这一阶段对培养儿童阅读兴趣甚为重要。最新的教育观念认为，早期阅读应该提前至零岁开始。① 在此次调查中，大多数的父母对于"零岁阅读"的观点持赞同态度，70% 的父母为自己的孩子在 0 岁时购买了第一本书，有近 68% 的父母认为孩子应该从出生起就进行早期阅读。调查结果如图 4、图 5。

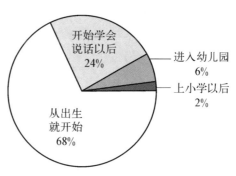

图4　"儿童应该从什么年龄开始进行
早期阅读"调查结果示意图

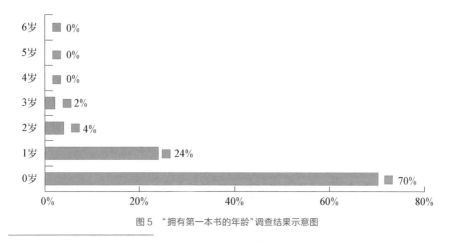

图5　"拥有第一本书的年龄"调查结果示意图

---

① Perry Nodelman. *The Pleasures of Children's Literature*（Boston：Longman Publishers，1996），p.89.

对于刚出生的宝宝,他的第一本图书将和他的第一声啼哭、第一次微笑一样成为他未来人生的重要里程碑。儿童刚出生时也许听不懂书的内容,但是他的大脑具有惊人的吸收力,意大利著名的教育家蒙台梭利女士将婴儿的吸收能力称为"胎生的吸收力"。在这一时期里输入的信息,会存在于儿童的深层意识里。因此,在儿童刚出生时就与儿童一起分享阅读的体验,并不是在浪费时间。丰富的语言、生动有趣的图画都会对儿童的感官发展起到良好的刺激作用,更重要的是在亲子阅读的过程中,能够加强父母和孩子的交流。早期阅读的作用最重要的不是教会了儿童多少的知识,或者给他讲了多少个故事,而是和他们一起分享书,和孩子分享在一起的快乐时光,这将对他以后性格的培养起到重要作用,也是加强父母与子女感情的重要途径。对于这一点,在本次的调查中也有所体现——98%的家长认为通过早期阅读对增强大人与孩子之间的情感"很有作用"或者"有一定作用"。早期阅读能够很好地满足亲子间的情感交流。

早期阅读成为家庭的必修课。

在本次的调查问卷中有这样一个问题:你培养孩子早期阅读的方法是什么? 关于这个问题的回答五花八门:"指着字读书听故事""让孩子自己看""读儿歌,看图片,讲故事""在孩子感兴趣的时候教他识字""看颜色,看画"……但46%的家长"每天为孩子固定读书",60%的家长每天为孩子读书的时间为15~30分钟,具体参见图6、图7。可见,早期阅读的重要方法——亲子共读已经为很多家长接受,并作为家庭习惯在儿童日常的教育中固定了下来。

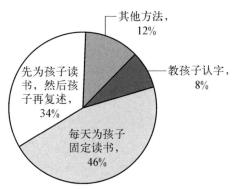

图6 "培养早期阅读的方法"调查结果示意图

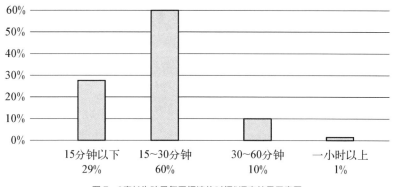

图 7 "家长为孩子每天阅读的时间"调查结果示意图

北京师范大学中国儿童文学研究中心主任王泉根教授指出,培养儿童良好阅读能力的重要途径就是与孩子一起进行亲子共读,而且亲子共读要从孩子一出生起就这样做。在亲子共读的过程中,儿童熟悉父母的声音,把书作为自己的重要玩具,从习惯摸书、咬书、撕书、翻书,直到看书,这个阶段就让儿童产生对书的兴趣,产生对阅读的兴趣。

早期阅读家庭环境日趋成熟。

一个没有书的家,就像一间没有窗户的房子。家庭阅读环境的塑造对于儿童早期阅读习惯的养成有着重要的作用。在受访家庭中,47%的家庭为孩子设有专门的小书架,22%的家庭是孩子和父母共用一个书架。90%的家庭里,孩子的图书拥有量超过 50 本。57%的家庭一个月去书店一次,30%的家庭一个月去书店 2 次以上,还有 13%的家庭从不去书店。

家庭阅读环境的塑造让儿童从小习惯与书做伴,让书成为儿童生活中不可缺少的元素。调查中发现,一般去书店频繁的家庭,儿童的藏书量会相应更多。在促进家庭良好阅读风气的形成中,家长的身体力行将起到很重要的榜样作用。

三、调查后之探讨:0~6 岁儿童早期阅读建议

通过此次较为立体的多方位调查,我们可以较为清楚地了解北京市 0~6 岁儿童早期阅读的实际情况,可以看出"早期阅读"的概念已经在北京市政府、各类文化经营机构以及大多数市区家庭中得到了较为广泛的普及,

也有一些切实可行的方法值得向全国其他城市推广,比如特色儿童书店的经营,高校与民间合办的各类专业的儿童阅读俱乐部的推广,政府倡导下的儿童主题阅读活动的开展,等等。但是,我们通过调查也可以发现在儿童早期阅读具体的方式与方法上还有很多值得探讨的地方。针对儿童阅读的社会化系统与家庭系统,我们分别给出以下几方面的建议。

首先,根据发达国家与地区已有的国际经验,北京儿童早期阅读的发展事业有以下四方面可以借鉴:

一是加强社区里儿童阅读角的设置,通过强大的社区系统为儿童阅读的发展提供必要支持。二是市政府相关机构可通过各区县的婴幼儿保健机构进行儿童阅读知识的普及。三是对市区内儿童书店的建设予以相关政策支持。四是加大公共阅读场所内儿童阅读专业人士的岗位设置,比如在图书馆配备一定数量的故事老师等。儿童阅读的推广是一个系统工程,需要尽快建立一个政府、教育机构、社区、企业、家庭共同合作的有效促进机制,只有当儿童阅读推广被社会广泛重视与参与后,真正的书香社会才能得以建立。

而针对家庭系统,我们的建议主要集中于平日的家庭早期阅读方法的有效建立,如下所示:

第一,家庭应该为儿童每天进行至少10分钟的固定亲子共读活动。在与孩子亲子共读时,重要的不再是教给了他多少知识,或者认识了多少个字,而是在父母温暖的臂弯里,儿童的精神能得到最大限度的放松。在与父母一起沉浸在书中愉快地亲子共读时,父母的讲述与体温,促成了儿童听和说的绝佳机会。

第二,每个家庭都应充分重视睡前朗读图画书。研究表明,为儿童进行睡前朗读,可以增强其记忆,加强其语言学习的能力。图画书是儿童睡前读物的最佳选择,因为其画面生动、色彩鲜明、语言简洁、内容有趣,这些都有助于学前儿童愉悦情绪的调动。在他们无意注意与有意记忆占优势,且更易受环境影响的情况下,愉快的图画书阅读情绪会减少遗忘量,增强记忆的牢度,对短时记忆转为长时记忆有着促进作用,从而在发掘儿童记忆潜能的同时有利于语言学习能力的提高。

第三,每个家庭在为儿童挑选适宜的早期阅读读物时,要注意0~6岁各年龄段独有的生理与心理特点。什么年龄段的儿童阅读什么年龄段的书,也就是说各年龄段的读物"必须在各方面契合阶段性读者对象的接受心理与领悟力"①。这是为儿童挑选读物的重要黄金法则。比如,0~3岁的儿童可以"看读"无字图画书。"无字图画故事是完全用画面表现内容的形式,又称无字书。"②无字图画书一方面有助于儿童想象力的培养,另一方面儿童可以依靠依序翻页阅读情节,这对儿童语言逻辑能力和流畅表达能力的发展有着重要的促进作用。

第四,形象生动的儿童图画书应成为儿童早期阅读家庭书架的常备读物。在整个学前阶段,儿童具体形象思维是此时期思维的主要形式,其表征的工具依靠具体的表象。具有生动形象特点的儿童图画书色彩鲜艳,造型鲜明,更便于以形象思维为主的学前儿童理解。我们知道,"越小的儿童计划性越小,而视觉固定的持续时间越长"③,因此造型鲜明的形象可以吸引儿童的关注。同时,图画书中的图不同于一般插图,具有表意的功能,图画成为叙述媒介,本身可以表现图画书的内容和主题。因此,儿童可以依靠画面所呈现出的具体表意形象,联系所听到的图画书中的文字,"把零零碎碎的语言和形象联系起来而看到一个整体的奇妙的世界,这种经验、理解力和想象力,是幼儿发展语言不可缺少的。在这方面的丰富经验,是幼儿日后把自己的经验和印象置换成'东西'——语言这种客观存在,并运用它形象化地进行表达的能力的基础"④。

总之,推动儿童早期阅读的发展需要我们政府、每一个科研单位、每一所儿童文化经营机构以及每一个普通家庭的共同协作,如此,才能从根本上促进儿童早期阅读事业的迅速进步与可持续性发展壮大。

---

① 王泉根:《儿童文学教程》,首都师范大学出版社,2008。
② 同上。
③ 康长运:《幼儿图画故事书阅读过程研究》,教育科学出版社,2007。
④ 松居直:《我的图画书论》,湖南少年儿童出版社,1997。

幼儿文学创作者的多元视角

——研究、写作与推广

在英国幼儿园为孩子们讲自己创作的传统文化绘本《当天空出现了大洞》

　　幼儿文学指向学前阶段儿童的阅读,主体是 0~6 岁的婴幼儿。这个阶段的儿童身心发展最大的特点就是:一天一个样儿。这是通俗的说法,就是说幼儿生理与心理的发育变化大,因此他们阅读的文学读物也应该跟随他们的节奏来进行适度的调整。从这个角度说,幼儿文学的呈现形态与内容一定需要分龄分级。从呈现形态来看,不同阶段的幼儿应该有不同载体形式满足他们的阅读,比如:根据 0 岁的孩子视觉发展的特点,他们应该看黑白色块的大卡图书;3 个月时喜欢用"咬一咬"的方式来感知周围,这时材质柔软的布书更适合他们边咬边看。从内容上看,家庭主题、同伴主题、幼儿园生活主题、幻想主题等不同主题的内容需要配合幼儿成长的节奏适当渗入作品中。幼儿文学作为服务于幼儿的文学形态,它的教育功用性与文学性同等重要,因此,有的幼儿文学作品会从语言、人物等方面帮助幼儿进行审美的启蒙,还有的作品会从生活习惯培养、认知能力训练的角度来满足幼儿的需求,比如一些刷牙、如厕、讲卫生等内容的好习惯主题作品。下面以桥梁书为例,谈谈在幼儿文学创作中如何通过研究、写作、推广三方面工作实现作品的文学性与教育功用性有机结合,从而更好地满足幼儿身心成长的变化需求。

桥梁书是介于以图画为主的书与纯文字书之间的一种读物,其主要作用在于帮助孩子实现从读图到读文字,从亲子阅读、教师伴读到独立阅读的顺利过渡,从而让孩子的独立阅读能力有所发展。桥梁书的概念源于欧美,英文是"bridging book",中国台湾地区出版界引进此概念,译为"桥梁书"。桥梁书的重要功能是帮助儿童获得独立阅读能力,这与桥梁书的自身特点存在密切关系。可见,桥梁书就是源于教育功用而产生的。它的主要阅读群体是6~9岁的儿童,也就是幼儿园大班到小学三年级的这样一个群体。如果把幼儿文学按阶划分,桥梁书可以算作幼儿文学的高阶阅读读物,特别适合幼小衔接阶段的幼儿进行文字书阅读的启蒙。

由于桥梁书的教育功用属性,创作这样的特殊读物一定要有据可循,也就是说需要有一定的创作理论做支撑。依托于我主持的教育部阅读课题,我们从2013年开始进行"母语桥梁书阅读研究",研究团队包括教研员、幼儿园、小学一线教师,通过近两年时间的课题研究,2015年在首届北京国际儿童阅读大会上发布了我们的理论成果,这也是国内第一个母语桥梁书阅读理论的发布,而我的"小豆包桥梁书"的创作也正是依据这些理论,做到有据可循,有切实可行的工具来提升它的阅读功用。

让我们从以下八个方面来具体看看理论是如何支撑这部作品的。一,小豆包系列每本书的字数在1万字以内,单篇作品的字数在3 000字左右,这就对应了桥梁书的字量理论。二,每篇作品无论什么主题,文字95%均为语文课标规定的小学一、二年级常用汉字,这就是桥梁书的"常用字词理论"。三,作品以陈述句、对话句、一般疑问句等句式为主,这是桥梁书的"简单语法理论"。四,每本书由同一个主题的三个小故事构成,故事情节发展按照起因、经过、高潮、圆满结局的模式进行,这符合桥梁书的"传统故事模式理论"。因为这个阶段的儿童初步接触桥梁书这种初阶文字书,情节的呈现不能太复杂,他们需要在可预测的故事结构中实现阅读的满足感。五,故事中人物少,每本书都以小豆包为主角,其他有较多"台词"的角色不超过三个,人物性格单纯,形象生动,这是源于桥梁书的"生动化人物塑造理论"。六,故事情节的传统童话三段式结构与重复式叙述,对应桥梁书的"重复性理论",这种情节设计与语言叙述上的重复可以有效帮助儿童理解故事,建立阅读熟悉感与安全感。七,版式采用诗歌体排版,每行基本不超过15个汉字,字号较大,行距宽松,这些都符合桥梁书的"阅读视觉理论",只有符合这个阶段儿童的视觉发育特点,才能帮助他们走近文字书。八,作品每本的文图比例为2:1,每一张跨页包含两张小图或一张大图,同时图画分为装饰性图画与叙述性图画两种,符合桥梁书的"文图过渡理论"。

综上,桥梁书阅读理论与作品创作字量、语法、文图、情节等的一一对应能够很好地实现桥梁书的阅读功能。

但是,让幼儿走进桥梁书阅读,除了外在的形式,如浅语、熟字、短句以外,还应该在文学性上下功夫。桥梁书的文学性与它的教育功用性同等重要,没有味道的作品即使技术再精准,也不过是一个枯燥的语言学习材料,不能在幼童的心里留下痕迹。在创作"小豆包桥梁书"时,我主要从人物形象塑造、语言打磨、主题思想性引导等方面下功夫锤炼。

首先,"小豆包桥梁书"塑造了小豆包、小饺子、老汤圆、烧饼医生等由中国文化孕育而生的"中国小面人"人物形象群,这些形象对于中国小读者来说陌生又熟悉,对于外国小读者来说陌生又新奇。从我们自身的文化里寻找创作元素,塑造具有强烈中国味儿的童话形象,既能便于小读者走进为他们构建的幻想世界——面团国,这些形象就是他们平日餐桌上的老朋友,同时,又能增强他们对本民族文化的兴趣与自信。桥梁书本身就是为提升母语独立阅读能力而生的,所以母语文化符号的借用更有助于实现这一教育功效。此外,着重通过对话方式塑造人物形象使形象呼之欲出,大量浅语式的对话出现在作品中,一方面便于小朋友理解,同时也很好地将小豆包和他的朋友们生动地展示给读者。比如,在《小豆包与奇怪小家具》里,小豆包家的小椅子突然连打了好多喷嚏,关上窗户之后,小豆包拨通了烧饼医生的电话。

"烧饼医生您好,我是小豆包。""你好,你哪里不舒服?""我很好,是我的小椅子生病了,他打了好多喷嚏!""椅子生病了? 这我倒是第一次听说。"烧饼医生在电话那头稍微停顿了一下说,"小豆包,你家的椅子个头大吗?""比我高出两个头,比我宽出两只手。"小豆包在电话这头比画着说。"这样呀,那我就上门出诊吧。""烧饼医生,真是太感谢您了!""在我来之前,先给椅子多穿几件衣服吧。""好的好的!""给椅子穿衣服,我怎么说出这么奇怪的话?"烧饼医生一边嘀咕着,一边放下了电话。

小豆包对朋友(即使只是把椅子)的温柔善良,烧饼医生作为医生,对病人(即使只是把椅子)表现出的认真专业,都展现给了小读者。

很多家长和教师读者翻开"小豆包桥梁书"时,因为它的诗体排版,误以为这是一本诗歌作品,这当然是根据孩子们的视觉发展特点有意为之的,但同时,诗性语言在作品中的反复出现,也是有意为之。作品中有多处借鉴了诗歌的创作方式,如《小豆包与疯狂食物》中"巧克力"章节里对小豆包的巧克力午餐的描写便是借用了数字诗的方式创作的:"一颗草莓巧克力球,两根果仁巧克力棒,三勺麦香巧克力酱,四管椰子巧克力乳,五碗抹茶巧克力浆,六枚芝香巧克力蛋,七块巧克力甜甜圈,八朵蓝莓巧克力花,九杯苹果巧克力奶,还有一大盆芝麻巧克力豆。"此处采用数字诗,不是为形式有趣而借用,而是想用这样的形式突出小豆包爱吃巧克力的程度,从巧克力的数量与品种上足以说明他对巧克力的疯狂,这也为后续故事中小豆包变成了"巧克力包"进行了逻辑铺陈。另外,这样的数字诗引入也很好地表现了小豆包痴迷巧克力的行为特点,对于小读者来讲有一种熟悉感,他们似乎能从小豆包身上看到了自己的影子——每个孩子都爱吃巧克力! 在作者朗读活动里,每读到此处,小朋友们都会情不自禁地跟着大呼小叫,因为这么多巧克力听着都好过瘾! 所以数字诗的借用对铺陈情节、塑造人物、引发读者共鸣都起到了一定的作用。

此外,反复与排比手法也多次出现在作品中,如《小豆包读字典》中为了讲述"搭配"一词的含义,在面团国的字典中设计了这样一段话:"'搭配'一词出现在你每天的生活里,小鸟搭配蓝天,小鱼搭配小河,树木搭配土地,图书搭配书架,火车搭配铁轨,轮船搭配大海,飞机搭配天空,屁股搭配椅子,双脚搭配鞋子……"再如,在"泡泡糖"故事中开篇便是:"绿色的柳叶飘呀飘,小豆包吹一个绿色的泡泡;紫色的薰衣草漫山遍野,小豆包吹一个紫色的泡泡……"反复与排比的使用便于作品中具象场景的描绘,能帮助小读者真切理解作品的细节。

在主题思想引导上,作品将勇气、善良、真诚等主题融入小豆包的一次次奇遇中,即使是一些"无意思之意思"的没有明确立意的作品,也注意在价值观上引导幼童,比如《小豆包读字典》中对于事物规律的尊重,《小豆包遇见童话书》中对于动物天性的思考,等等。

一个幼儿文学创作者,除了在研究、写作上下功夫以外,在推广上也应该予以重视,因为这是让作品从自己写到别人读的一个很重要的交互途径。小豆包作品出版之后,我主导协同全国各地阅读特色学校的教师联合开发了"小豆包桥梁书阅读课程",这个课程目前已在全国近百所学校使用,同时配合家庭阅读的线上课程也已经推出。我作为研究者与创作者全程参与到作品推广工作中,让我能及时了解到各种各样的读者反应。作品一旦创作出来就应该是一个开放的体系,在有效的推广工作中,作者的思考与读者的思考汇聚在一起,才能成就一个富有价值的作品空间,而这样一个空间将有助于创作者的不断进步,推动文学生态的积极发展。

研究、写作与推广,能使幼儿文学创作达到"不隔"的境界,从具象、生动、真切中为孩子们提供有趣有益的阅读食粮。

幼儿文学经典作品阅读
教育活动的目标①

与商务部附属幼儿园全园教师交流阅读方法

　　幼儿园的教育活动的性质是教师有目的、有计划地组织幼儿进行集体学习。在教育活动中欣赏什么作品,怎样欣赏,需要教师在具体目标指导下,选择适合大多数幼儿接受水平的作品和方式方法,进行讲述、复述、朗诵、表演、早期阅读等活动,以保证幼儿受到最早的优秀文学作品启蒙。为幼儿文学教育活动确定的目标、内容是本文的核心内容。

---

① 本文合作者陈小杰。

一、儿童作品中的教育活动目标

（一）培养幼儿对文学作品的兴趣

幼儿对文学有一种天然的需求。这种天然的需求包含两层意思：一是可以从文学中获得他们成长所必需的营养；二是可以获得一种维系心理健康所必需的精神享受。

鉴于文学作品对幼儿的功能，自幼就开始对他们进行文学方面的熏陶是很有必要的。幼儿可以通过欣赏、讲述、表演幼儿文学作品，初步培养对文学作品的兴趣，乐于接受各种体裁儿童文学作品的讲述、朗诵和表演活动。

（二）培养幼儿倾听作品内容的习惯

幼儿文学是诉诸听觉的文学，幼儿主要是通过"听"来接受文学的。幼儿文学作家鲁兵曾说："对尚未识字的幼儿，亦即学龄前的孩子来说，文学作品不是他们自己读的，而是父母、教师念给他们听的……儿歌、故事、童话，都只能通过大人的朗读，尚未识字的幼儿才能真正地欣赏。"[①]这种倾听不只是了解其内容，而且是欣赏其语言艺术。文学作品生动的情节、形象化的语言对幼儿有很大的吸引力，对培养幼儿通过"听"来欣赏文学作品极为有利。

要培养幼儿学习欣赏文学作品，首先要幼儿能集中注意力、有目的地倾听，养成良好的倾听习惯，既能复述别人说话的内容，又能理解别人话语中的含义，这是对幼儿欣赏文学作品的基本要求。其次，在幼儿欣赏文学作品的过程中，要注意培养幼儿对作品中的人物情节进行分析、评价和说出自己的看法的习惯和意识，逐渐使其对欣赏的内容产生赞美的态度和愉悦感，使作品中人物的美好行为能在其心灵中产生影响。

让幼儿能达到以上的欣赏水平是有条件的，既需要听的内容要对幼儿有吸引力，又需要文学作品的内容和形式的趣味性符合幼儿心理发展的特点。

---

① 鲁兵：《教育儿童的文学》，少年儿童出版社，1982。

(三) 培养幼儿欣赏文学作品的技能

幼儿文学作品是通过艺术形象反映现实生活的。它与一般文学一样,都是经过对现实生活的提炼、概括,典型地反映各种事物。幼儿只有理解了作品的内容,才能受到思想品德、知识、语言、美感等方面的整体熏陶。

在幼儿欣赏儿童文学作品过程中,要逐渐培养幼儿欣赏文学作品的技能,即要求幼儿逐步学会确定作品的主要人物(作品里讲的是什么人的故事),能说出自己对他们的态度(喜欢什么人,为什么?不喜欢什么人,为什么?),能对主人公的行为作出评价,记住作品中的事件(情节)及其发展顺序。教师还可以引导幼儿将作品中描写的内容与现实生活进行比较,使其深入具体领会作品的要领,从而受到某方面的启示。

文学作品的特殊之处在于具有艺术感染力,即不仅能给人以思想影响,而且还能从感情上打动读者。这是因为作家在创作时,总是按照一定的审美观念反映生活和塑造形象,这就会使读者对人物的行为、命运和各种生活情景,在感情上产生强烈的反应。让幼儿体验作品中所表达的感情和情绪,是指让较大的幼儿能与作品的主人公怀有同感,能像作品主人公那样设身处地地展开思维活动,如能像主人公一样在危险的时刻感到畏惧,在胜利时刻感到轻松和愉快,在焦急时刻感到不安。幼儿有了这种情感体验,就可促进其社会情感的发展,增进其美的感受能力,陶冶其性情。这是幼儿最重要的审美体验和鉴赏能力,是儿童欣赏文学作品的一种较高境界和水平。

(四) 引导幼儿学习文学作品的艺术语言

文学作品中的语言,是经过作家提炼、加工的艺术语言。优秀作品中的语言都是简练、生动、富于情感的,幼儿在欣赏幼儿文学作品过程中,可以学习具体描述人物、自然、日常生活、社会环境的词句;学习代表抽象概念的形容词;学习描述人的心理活动和状态的词句;学习叙述故事情节的连贯性语言;学习不同体裁作品中的语言表达形式,丰富语言经验。在学习的同时,幼儿还需要对语言进行积累和运用,将积淀下来的优秀作品的语言运用到生活学习中,才能让语言始终保持鲜活的青春生命。

二、欣赏文学作品的年龄阶段目标

（一）小班

（1）喜欢欣赏并初步感受幼儿文学作品。

（2）能独立地朗诵简短的儿歌。

（3）能在成人帮助下学习复述简短的故事。

（二）中班

（1）能初步理解文学作品的中心意思。

（2）学会有表情地朗诵幼儿抒情性文学作品。

（3）能根据作品提供的线索续编简单的故事。

（三）大班

（1）能初步区分幼儿文学作品的不同体裁。

（2）学会欣赏幼儿文学作品中优美的艺术性词汇。

（3）能有表情地朗诵幼儿抒情性文学作品。

（4）能有表情地复述、表演幼儿叙事性文学作品。

在以上各班的目标和内容中，还应涵盖以下方面的目标：

认知目标：能感受语言艺术的美；阅读和聆听文学作品增加知识，明白事理；初步区别不同类型的文学作品。

情感、态度目标：乐意听和阅读文学作品，积极参与文学作品的学习活动。

能力与技能目标：理解文学作品的内容，体会文学语言的美，积累文学语言；能用动作、美术、音乐、语言等表述对文学作品的理解。

抒情性与叙事性低幼文学作品的
阅读教育活动[①]

2018 年在成都花溪森林图书馆给孩子们讲故事

一、抒情性低幼文学作品的阅读教育活动

（一）抒情性低幼文学作品范畴

　　幼儿欣赏的抒情性文学作品，主要是儿歌和幼儿散文。儿歌（童谣）主要采用一种简短的诗歌形式，来反映自然和生活中的情趣。散文则是一种着力观照内心世界、抒发主体情思，以真实、自由为核心，适合儿童阅读与欣

---

① 本文合作者陈小杰。

赏的文学样式。[①] 抒情性作品主要是通过抒情,来表达一定的思想、情感或审美的。

(二) 抒情性文学作品特点

抒情性文学作品是一种抒写作家的情绪感受以与读者进行精神对话的文体,所以特别强调个性化和个体情感的抒发。它在写作上相当自由灵活,表现在选材上极为宽泛,在文章的结构上极为自由。

1. 真实性

儿歌、散文是最接近生活真实的文学样式。它记人叙事、状物写景或抒发情意皆是"有感而发""有为而作"。抒写作家真实的心理感受和真实生活境遇的,如冰心女士的散文作品《寄小读者》,就是将自己的真实故事娓娓道来,和小朋友们进行心灵的交流。儿歌、散文要求写真人真事真情感,或在真人真事的基础上进行适当的加工。文中的"我",常常就是作者自己,散文的这一特点尤其突出。正如著名作家吴伯箫所说:"说真话,叙实事,写实物,抒实情,这仿佛是散文的传统。古代散文是这样,现代散文也是这样。"

2. 自由灵动

诗歌、散文的题材相对更广泛自由。可以写人、叙事、写景、咏物、怀友、访旧,风土人情、天上地下、古往今来,无所不可。这类抒情性文学作品的结构没有严格的限制和固定的模式,写作手法的自由和灵活,带给了诗歌和散文独特的风格——形散神不散。"形散"指散文运笔自如,时而描绘,时而抒情言志;"神不散",指中心明确,紧扣主题。

3. 个性化

诗歌、散文抒写的是主体的情绪感受,是一种与接受对象进行精神对话的文体。因此,这类作品必然是个性化的、张扬自我的。作家的情感既是创作动力,同时又是表现对象,这需要作家个人情感(个性化)与人类情感(公众性)的有机联系。儿童抒情性作品的创作,是个人情感与接受对象——儿童的联系,体现两种精神对话。

---

① 王蕾主编《儿童文学与小学语文教学》,人民教育出版社,2015。

（三）抒情性文学作品的教育活动

抒情性作品,除了抒发一定的感情外,对幼儿还具备一定的特殊教育价值。其中的教育功能,主要是通过作品中的文字或图画创设一种意境,来含蓄地表达和实现对幼儿的引导及启迪。

1. 道德的启发

在教育中,借助文学作品来传递道德内容、传递一种重要的行为准则和规范,会更容易被幼儿接受。例如在传递"友善谦让"的道德观时,完全可以借助两首趣味童谣。

盆和瓶

左手一只盆,

右手一只瓶,

盆和瓶一起响。

不知是盆碰瓶,

还是瓶碰盆?[①]

如今的幼儿,多是独生子女,是父母长辈心中的无价珍宝。在家中的"自我"和"权威"的心理和行为,不免会被幼儿不知不觉地移植到集体生活中。因此,集体生活中的许多"小磕碰",就成为幼儿吵闹的"导火线"。此时,可以将幼儿被动接受的"说教"变成上述的小童谣,令其主动地发现和感悟。在文字中,幼儿可以发现"相互摩擦"是生活的必然。因此,"谦让"和"友善"的道德准则就通过一个小童谣播种到了幼儿的心里。

借助文学作品引导幼儿道德的方式,是对幼儿心理的一种尊重。文学自身所蕴含的美感,如同一座桥,实现了成人与幼儿的一种沟通和对话。

2. 情感的熏陶

在如今的信息化社会中,伴随着人们步履匆匆的快餐式生活,人们的心灵也显得匆匆忙忙。对于幼儿而言,来自身边的关爱与情感已经成为一种理所当然和习以为常。因此,对幼儿"感受爱"和"表达爱"的情感熏陶十分重要。在《猜猜我有多爱你》[②]这部作品中,"一问一答"的语言游戏和"我当

---

① 王蕾主编,李若木绘:《趣味童谣》,商务印书馆,2012。
② 指山姆·麦克布雷尼:《猜猜我有多爱你》,梅子涵译,明天出版社,2006。

妈妈(爸爸)你当娃"的儿童剧表演活动,可以让幼儿深深地感受到亲人对自己的付出和深厚的爱。这种感受和领悟,是幼儿一种主动的自我认知和情感接受,更有利于促使孩子形成自我教育。

3. 童心的释放

幼儿的世界,是一片不可思议的天地。他们会"童言无忌"地讲真话,也会毫无顾忌地"我行我素"。他们未受世俗困扰,言行中自然流露出一股子天真和自然。例如,他们看到月夜下灯的影子时,会跑上前去和影子"捉迷藏"。又如,妹妹看到哥哥滑倒,自己也故意模仿哥哥滑倒。再如,在家里故意穿上爸爸妈妈的大鞋子,摇摇晃晃,把它们当成船。许多民间童谣中,都记录下了孩子的童心童趣。通过对一些文学作品的阅读,幼儿可以欣赏童真童趣的美好,认识到童心的可贵。在文学的世界里,可以让孩子将惯受压抑的天性释放出来,做回"顽童"。①

4. 审美的教育

幼儿散文作者常常把作品中的形象"幼儿化",让作品中的形象渗透着幼儿的情感与想象,引导幼儿进入情景交融的艺术境界,获得美的享受。

如《春娃》(鲁兵):

春天是个娃娃,喜欢图画,又喜欢音乐。

他走过树林,给树林涂上嫩绿色;走过小溪,教会小溪唱歌。

今天,春娃来了,看见我们,高兴极了。他说:"你们都长高了。"

我们问:"是吗?"

他说:"真的,你们比去年高得多了!明年我来的时候,你们一定

长得更高了。哎呀,十年以后,你们都是小伙子、大姑娘了。可是我还

是个娃娃。"②

作者通过对"春娃"形象的描绘,把春天比喻成一个天真活泼的娃娃,让幼儿在趣味中了解了春天的特征,把幼儿难以理解的季节特征变成了通俗易懂的审美形象。

---

① 刘绪源:《儿童文学的三大母题》,华东师范大学出版社,2009。
② 转引自祝士媛、张美妮主编《幼儿文学》,吉林大学出版社,2000。

二、叙事性低幼文学作品的阅读教育活动

（一）叙事性低幼文学作品范畴

幼儿阶段所欣赏的叙事性文学作品主要是童话和生活故事。童话是以幻想为核心,以拟人、夸张、变形等为主要艺术表现手段,满足于表现人类最普遍愿望的、适合儿童欣赏和接受的叙事文学样式①。儿童故事的读者对象为学龄前儿童,描写一人一事,简单明了,属于儿童小说的雏形②。童话和故事相对于诗歌、绘本而言,情节更加曲折生动,篇幅也都较长。鉴于幼儿不能独立阅读的特点,听教师讲述故事是幼儿欣赏故事的主要途径,教师讲述的技能技巧水平直接影响幼儿的欣赏效果。

（二）叙事性文学作品特点

人物、情节和环境是叙事性文学重要的三要素。区别于抒情性文学,叙事性文学主要以叙述和事件为主,使读者能够从叙述中受到感染。以下,就从叙事性文学的三个重要特点出发,进行阐述。

1. 人物独特个性

在童话或故事中,作家都会为作品量身打造一个富有个性的人物形象。以安徒生的名作《海的女儿》为例,这篇童话的主人公是一条漂亮的小美人鱼,她有着人脸鱼身,这一点就突出了她在外形上与众不同的特性。而恰恰,这条与众不同的鱼儿,却偏偏喜欢上了陆地上的王子。为了接近王子,她不惜以牺牲自己美妙的声音和优美灵巧的鱼尾为代价,来换取两条普普通通的腿。这在众多海族生灵中,无疑又是一个大胆而富于挑战之人的个性形象。最令人动容的是,为了成全王子的幸福,小美人鱼甘心沉入大海化作泡沫的举动。这个举动,将小美人鱼至真至善的个性形象推到了极致。再看格林《渔夫和他的妻子》这篇童话,作者运用对比的手法,将老实巴交却唯妻命是从的渔夫形象和贪婪无止境的妻子形象表现得淋漓尽致。准确而

---

① 王泉根主编《儿童文学教程》,首都师范大学出版社,2008。
② 王蕾主编《儿童文学与小学教学》,人民教育出版社,2015。

又细致的言语、行动和心理描写,将渔夫妻子这个人物形象的个性刻画得入木三分。

2. 情节变化起伏

叙事性作品区别于抒情性作品的一个重要特点,就是它的叙事性功能。在叙述中,变化起伏的情节是不可或缺的。每一个读过《女巫》[①]的儿童,心里总在期许着下一个情节的出现,就像猜测一个又一个谜语,期待着最终的谜底一样。小主人公从遇到女巫到见到真正的女巫,再到被女巫变成小老鼠,直至最后和姥姥一起发挥聪明才智打败女巫,可以说曲折起伏的情节一次又一次地将读者的心提起,将儿童的兴趣不断地激发到顶点。同样,在绘本故事《小薇哭了,你看见了吗?》[②]这部作品中,作者围绕一个"哭"字,通过同学们的各种猜测,将情节一点一点地推向高潮,最后才借助大牛的"推波助澜",让小薇亲自开口,将谜底揭露。在一次次猜的过程中,幼儿既有好奇心又有求知欲,这与作者巧妙的构思是密不可分的。

3. 环境衬托渲染

如果说人物和情节是叙事性作品的魂,那么环境就是作品魂魄的培养皿。任何一部叙事性作品,都离不开一定的背景环境的衬托和渲染。以经典幼儿小故事《拔萝卜》为例:

> 老公公种了个萝卜,他对萝卜说:"长吧,长吧,萝卜啊,长得甜呐! 长吧,长吧,萝卜啊,长得大啊!"萝卜越长越大,大得不得了。
>
> 老公公就去拔萝卜。他拉住萝卜的叶子,"嗨哟,嗨哟"拔呀拔,拔不动。老公公喊:"老婆婆,老婆婆,快来帮忙拔萝卜!""唉! 来了,来了。"
>
> 老婆婆拉着老公公,老公公拉住萝卜叶子,拔萝卜。"嗨哟,嗨哟"拔呀拔,还是拔不动。老婆婆喊:"小姑娘,小姑娘,快来帮忙拔萝卜!""唉! 来了,来了。"
>
> 小姑娘拉着老婆婆,老婆婆拉着老公公,老公公拉着萝卜叶子,一起拔萝卜。"嗨哟,嗨哟"拔呀拔,还是拔不动。小姑娘喊:"小狗儿,

---

① 指罗尔德·达尔:《女巫》,任溶溶译,明天出版社,2009。
② 指王蕾著、七色花工作室绘:《小薇哭了,你看到了吗》,四川少年儿童出版社,2014。

小狗儿,快来帮忙拔萝卜!""汪汪汪! 来了,来了。"

　　小狗儿拉着小姑娘,小姑娘拉着老婆婆,老婆婆拉着老公公,老公公拉着萝卜叶子,一起拔萝卜。"嗨哟,嗨哟"拔呀拔,还是拔不动。小狗儿喊:"小花猫,小花猫,快来帮忙拔萝卜!""喵喵喵! 来了,来了。"

　　小花猫拉着小狗儿,小狗儿拉着小姑娘,小姑娘拉着老婆婆,老婆婆拉着老公公,老公公拉着萝卜叶子,一起拔萝卜。"嗨哟,嗨哟"拔呀拔,还是拔不动。小花猫喊:"小耗子,小耗子,快来帮忙拔萝卜!""吱吱吱! 来了,来了。"

　　小耗子拉着小花猫,小花猫拉着小狗儿,小狗儿拉着小姑娘,小姑娘拉着老婆婆,老婆婆拉着老公公,老公公拉着萝卜叶子,一起拔萝卜。"嗨哟,嗨哟"拔呀拔,大萝卜有点动了,再用力地拔呀拔,大萝卜拔出来啦! 他们高高兴兴地把大萝卜抬回家去了。①

多么热闹而又安静的一个场景! 一个大萝卜,居然需要老公公、老婆婆、小姑娘、小狗儿、小花猫和小耗子这么多的力量,才能拔出来。一边读,儿童仿佛一边看到了大家彼此呼唤、互相鼓劲的一幕幕,热闹而有序。与此同时,另一幅场景又在幼儿的脑海里浮现:大家屏住呼吸,暗暗使劲,一时间周围安静异常。大家就像纤夫一样,一边紧紧地依次拉着拔萝卜,一边默默地在心中祈祷:大萝卜,赶快出来吧! 这就是作品创设的环境,一个热闹紧张又干劲十足的场面。这种环境,在绘本故事《我的兔子朋友》②中,也可见一斑。

(三) 儿童作品的教育活动

阅读能力是可持续地进行阅读活动的重要保障。在幼儿阅读过程中,成人对幼儿进行基本能力的培养十分重要。

1. 培养幼儿学会表达

对于低幼儿童而言,完整地表达出故事内容有一定的难度,这很容易引起幼儿的失败感和挫折感。如果幼儿长期经历这种失败的经验,就会产生

---

① 上海幼儿园教材编写组编《语言》,人民教育出版社,1982。
② 指埃里克·罗曼:《我的兔子朋友》,柯倩华译,河北教育出版社,2009。

习得性无助,从而失去尝试的信心和勇气。因此,在培养幼儿的表达能力时,不妨先从抛出"重点词"入手,以身示范,教给幼儿连词成句的方法,然后在反复的方法练习中,不断地鼓励幼儿,引导幼儿连句成段,将故事内容慢慢讲述下来。

在幼儿讲述过程中,可以先放低要求,将正确、流利讲述作为标准。当幼儿达到一定的熟练程度后,可以再通过对语句的停顿、轻重音的指导,让幼儿在讲述中表达出自己的感情。

2. 激发幼儿合理想象

想象是人脑对已储存的表象加工改造形成新形象的过程。① 阅读作品的过程,不仅是幼儿识字的过程,也是幼儿发展思维的过程。在众多文学作品中,作者为读者留下空白和暗示线索,引导读者对已存在的信息进行合理加工和联系,从而创造出新形象和新想法。以经典儿童作品《隧道》为例,当妹妹爬进隧道寻找哥哥时,却遇到了一片恐怖的森林。仔细观察,大树的形状里竟隐藏着狰狞的野猪、阴险的狼外婆、可怕的斧头和咆哮的断臂熊。② 这些形象都是幼儿在故事中经常见到的,在阅读时只有启发幼儿仔细观察和合理联想,才能让幼儿在自我发现中体验到一种不一样的快感与兴奋。其实,文学作品中的想象大多源于生活。如果没有想象,生活将是一片苍白与乏味。因此,在阅读作品中对幼儿进行想象力的培养,将会使儿童的想象能力不断得到提升,为儿童未来的生活埋下一颗丰富想象和学会欣赏的种子。

三、早期阅读活动指导

(一) 低幼儿早期阅读概念的界定

学界对早期阅读有不同的界定。常见的界定中,一种是:早期阅读是指幼儿对图画读物和以图画为主、文字为辅读物的阅读。这些读物是以入学前幼儿为主要对象的、一种特殊的儿童文学样式。另一种是:早期阅读

---

① 北京师范大学出版社组编《心理学》,北京师范大学出版社,2007。
② 安东尼·布朗:《隧道》,崔维燕译,二十一世纪出版社,2009。

除阅读图画书外,必须包括认读与书写文字,读与写要同时发展。对不识字和识字不多的幼儿,早期阅读也包含成人为其阅读文字较多或纯文字的文学作品,丰富他们的经验,扩大他们欣赏文学作品的范围。

(二)早期阅读对幼儿发展的作用

有关资料还证明,早慧幼儿的共同特点之一就是喜欢阅读。美国心理学家推孟在天才发生学研究成果中指出:有 44% 的天才男童和 46% 的天才女童是在 5 岁以前开始阅读的。早期阅读受到各国教育专家的重视,不外乎以下原因:

1. 早期阅读利于神经组织发展和右脑潜力开发

幼儿阅读的起步越早越好。美国脑科专家格伦·多曼博士认为,应对大脑频繁、紧张、持久地施加刺激。阅读就是积极刺激大脑和神经组织发展的良剂。0~6 岁是人的一生中大脑生长最迅速的时期,而且每当孩子对某一刺激有反应时,他的脑子就会将经验储存下来,反之,若是大脑缺少刺激,幼儿在阅读阀门的学习就无法得到发展,这也是研究早期阅读的专家极力提倡幼儿早期阅读的主要原因。如果错过了良机,长大了再去补偿,必定是事倍功半。

从大脑左右半球的分工来看,阅读纯文字的书籍,主要是大脑左半球在活动,而幼儿所阅读的图画书以图为主,主要由右半球负责图画、图案的区域活动。图画书大都配有少量的文字,幼儿在阅读图画书的过程中,自然要涉及认读文字,这时大脑左半球亦要参与活动。幼儿阅读图画书,不仅有利于开发右脑的潜力,而且可使大脑的左右半球同时接受刺激,同步发展。

2. 早期阅读可以促进幼儿心理的发展

幼儿早期阅读,不仅能引导幼儿正确认识事物,开阔眼界,增长知识,还可以发展幼儿的观察力,使他们的眼睛、耳朵灵敏,丰富视觉美感的基本经验;可以发展幼儿的想象力、语言能力,以及理解、分析、比较等思维能力。图画书的内容可使幼儿的生活变得丰富多彩,激发情感,陶冶性情,使生活充实而愉快。早早进入纯洁、美妙的图书世界,生活会变得丰富多彩、乐趣无穷。

3. 阅读可以增加幼儿的阅历

人生不可能什么事都亲身经历,让幼儿尽早进入阅读阶段,大量阅读古今中外的图书,可以丰富幼儿的经验,增添幼儿的生活感受。阅读还可以使幼儿与古人、现代各国人甚至"未来人"交往。在以后的生活中,有某方面的需要时,他们会懂得如何寻求支援,因为古今中外的人,都是他的老师和朋友。

4. 阅读是幼儿学习成功的重要条件

阅读兴趣和能力是学习能力的核心。幼儿阶段掌握初步的阅读能力,可以为入学后进一步形成独立获取信息的能力,从而去学习各方面的知识打基础。因此,早期教育的一个重要任务就是培养幼儿阅读兴趣和良好的阅读习惯,为幼儿入小学作准备。图画书形象直观、生动有趣,可以激发幼儿对书的兴趣,降低幼儿阅读的难度。早期阅读有益于幼儿良好阅读习惯的培养,一旦阅读习惯养成,它会陪伴和影响整个求学过程,使幼儿受益终身。

(三) 早期阅读活动的培养目标

教育部 2001 年颁布的《幼儿园教育指导纲要》(试行)中,涉及早期阅读的目标为"喜欢听故事、看图书";"利用图书、绘画和其他多种形式,引导幼儿对书籍、阅读和书写的兴趣,培养前阅读和前书写技能"[1]。该纲要把早期阅读能力列为重要的教育目标。

1. 激发幼儿阅读图书的浓厚兴趣

兴趣是一种重要的内部动机,是反映个体认知、探索外界事物的需要。兴趣可以提高幼儿活动的积极性和坚持性。幼儿对外界事物的探索有赖于兴趣的激发。没有兴趣,就不会产生认识的需要,也会影响到对事物认识的广度和深度。早期阅读就是要孩子自幼养成对书的兴趣,这会对幼儿终身热爱读书有积极的影响。我们从前人的研究成果中可以发现,凡是父母从小为幼儿讲故事,让幼儿接触书的,幼儿就会比较容易爱上书本。在他们对图画、文字有了初步认识后,就需要进一步让他们了解书本的好处,促使他

---

[1]　教育部基础教育司组织编写《幼儿园教育指导纲要(试行)解读》,江苏教育出版社,2001。

们对书产生感情,打下这样的基础,他们才会一辈子爱看书。凡是从小养成这种观念和习惯的幼儿,将来长大必定是个快乐的读书人。

让幼儿对图书产生兴趣,达到手不释卷的程度,就需要给他们创造一定的条件。如提供适合他们年龄阶段的读物,安排舒适、自在的读书环境,保证专门的读书时间,让他们有与他人分享阅读心得的机会,给他们可以自主选择图书的权利。

2. 引导幼儿读懂图画书中画面的内容

对幼儿来讲,图画书是最好的阅读材料,当幼儿看见书中美丽的图画时,一定会好奇地想知道,书里有什么好听的故事,从而产生对阅读内容的期待。

在指导幼儿早期阅读时,为了让幼儿能较好地理解图画的内容,需要掌握幼儿观察、理解图画的水平。《学前心理学》"幼儿对图画的观察逐渐概括化"的论述中提出:幼儿对图画观察概括化的发展,可以分为 4 个阶段。

(1) 认识"个别对象"阶段。只有对图画中各个事物孤立零碎的知觉,不能把事物有机地联系起来。

(2) 认识"空间联系"阶段。只能直接感知到各事物之间的外表的、空间位置的联系,不能看到其中的内部联系。

(3) 认识"因果联系"阶段。观察到各事物之间不能直接感知到的因果联系。

(4) 认识"对象总体"阶段。观察到图画中事物的整体内容,把握图画的主题。

幼儿对图画的观察主要处于"个别对象"和"空间联系"阶段,少数属于"因果关系"阶段。认识对象的总体水平要能完整地理解图片,一般要到小学低年级才能达到。实际上,"因果联系"和"对象总体"阶段,已经主要是从感知过渡到思维的过程。[①]

培养幼儿读懂图画,需要发展他们的艺术观察力、把美术符号转化为语言符号的能力。即培养幼儿正确认识画面的对象,逐渐理解画面内容的空间联系,理解连环图画之间的前后关系。在读懂图画书中每一幅画大意的

---

① 陈帼眉主编《学前心理学》,北京师范大学出版社,2000。

基础上,逐渐会讲述图画书的主要内容,发展幼儿能把图画内容与真实生活经验进行合理联系的想象力。

3. 培养幼儿理解图画书中的文字含义

幼儿的早期阅读以图画书为主,在他们不识字时,对文字的理解要靠成人的帮助,使其将文字与已掌握的词建立联系,在其识字以后,即可进入独立阅读,成人只需在幼儿有困难时给予帮助。幼儿对文字内容的理解,只能是理解文字的含义,不能过早地让幼儿概括一本书的主题思想,因为这是幼儿力所不能及的。

培养幼儿认识图书中的文字,需要幼儿懂得口语与文字和图画的对应与转换关系。

首先,要引导幼儿对文字的注意。因为对幼儿来讲,文字不具有吸引力,以他们的眼睛来看,文字只是一些抽象的图案。这就需要靠成人的引导,让他们感觉到文字是老师和父母都很注意的东西,他们才会逐渐注意文字。开始,可以给幼儿指出书中带有感情的字,如"宝宝""爸爸""妈妈"或他们喜欢的玩具名称,并大声念出来,激发他们对文字的兴趣。

其次,要建立口语和文字的联系。幼儿在掌握的词汇中,已经逐步建立起了"字音—字义"的联结关系,在阅读有文字的图画书时,面临的是"字音—字形"的联结,把大量已掌握的口头词汇转化为书面词汇。这是让幼儿认识文字的重要过程。当他们知道文字有意义,就会转化成语言。在幼儿不识字,或识字很少时,成人带领幼儿阅读图画书,要善于运用图文对照的方式,最好一边读一边指着画面,引导幼儿认读文字,使其自然理解文字的意义,并启发幼儿从书中找出自己认识的字,把它念出来。

4. 培养幼儿阅读图书的方法和好习惯

(1)学会以正确的方式取、拿图书,一页一页翻书。

(2)学习按照从上到下、从左到右以及画面排列顺序的规律阅读。

(3)坐姿端正,眼睛和书的距离适当。

(4)幼儿3岁以后,就要教幼儿看完书后放回原处,并摆整齐;5岁以后可以教幼儿保持书的"身体健康",要爱护图书,看书时手要干净,不用手指沾唾液翻书,翻书时要小心;要一页一页地翻书,不撕、不拆;在幼儿园也可以轮流值日,使图书角保持清洁、整齐;在家庭内,要让幼儿养成自己收拾图书的习惯,父母还可以协助幼儿将图书分类,不但可以使阅读更方便,也培养了幼儿对书的重视心理。书看坏后要教幼儿利用胶带或胶水等工具将破损的地方及时修补好。阅读是一生的计划,但阅读习惯的养成越早越好,只有让幼儿亲身体验到阅读的乐趣,他才会重视阅读,而且终身与书为伴。

(四) 早期幼儿活动的指导与实践

1. 为幼儿创设良好的阅读环境

在幼儿园,各班都应有图书角,可使幼儿经常接触各种书籍,不断扩大他们的眼界,增长有关大自然、社会生活等各方面的知识,培养优良品德,促进他们观察、分析、想象及讲述能力的发展。更重要的是通过图书角,让幼儿从小培养读书的兴趣,学习选择书籍的能力,养成爱惜书籍的习惯。有条件的幼儿园可以设公用的小图书馆,供各班幼儿轮流使用。

在图书角(或图书馆)图书的选择上,应为幼儿提供经典、优质和多样化的图书。为幼儿选择的书籍应以图为主或图文并茂。因为幼儿尚未识字或识字较少,文字过多的作品,幼儿难以独立阅读。除了要考虑内容是否有益于幼儿身心健康发展外,还要注意图书中的形象是否生动有趣,色彩是否鲜艳,质量低劣的图书不宜放在图书角内。

图书角除配有以上图书外,还应有画册。除购买专门画册外,教师(或幼儿)可以把平时收集的图片装订成册。每册页数不要过多,以便于幼儿交换翻阅。另外,应经常注意补充新的作品。小班幼儿喜欢与别人看同样的书,每本书最好有复本。每隔一段时间,书籍要进行更换,除添置新书外,还可与别的班交换图书。已经没有人再看的书即可收起来,以免损坏。

幼儿对图画形象、画面、色彩的兴趣、爱好、理解,有明显的年龄倾向,这是图画读物创作者和教师、父母必须注意到的。他们喜爱的图画书不仅要有生动的情节、鲜艳的色彩,而且要有样式的多样化。

2. 教师进行有针对性的阅读指导

由于幼儿识字量较少,因此早期幼儿阅读的作品多以图画书为主。在阅读时,对幼儿进行有针对性的欣赏图画语言、文字语言,以及良好阅读习惯的指导,十分必要。

（1）引导幼儿读懂图画语言。

在许多优秀的幼儿作品中，图画不仅不是附庸，还是不可或缺的另一种语言。因此，引导幼儿学会注意和读懂图画语言，十分重要。在《海底的秘密》①这部作品中，整个故事没有出现一个字。但在图片中，幼儿分明可以看到主人公小男孩对海底生物研究的那份专注，发现海底照相机冲洗出来的照片的那份惊异，以及用海底照相机拍下自己照片时的那份兴奋。这些信息，都是通过那一个个被放大了镜头的特写照片和一组组前后关联的组图传递出来的。图画语言虽无声，却可以像故事中的海底相机一样，将故事悄悄地传递。在阅读指导中，教师可以引导幼儿观察"谁在干什么"和"哪里有什么"，并用这样简单的话语，让幼儿边观察边讲故事。

（2）引导幼儿体会文字语言的魅力。

在多次阅读实践中，我们发现儿童阅读作品时，只是浅浅地从文字上"一听而过"，而并非真正深入体会了文意，造成了幼儿"只见其文不解其意"的现象。文字不是苍白的，每段文字背后都有温度。以《勇敢的面条》为例：

> "嗨，面条儿，你长得太瘦了，我一只手就能把你举起来。"胖乎乎的包子喘着粗气说。
>
> "嘿，面条儿，你长得太细了，我的一根手指头都比你腰粗。"面包棍粗声粗气地说。
>
> "哎哟，面条儿，你又细又瘦，一阵风就能把你吹倒……"圆滚滚的汤圆话还没说完，一阵风正好吹过，真的把面条儿吹倒了。
>
> 哈哈哈，哈哈哈，大家都止不住笑起来。
>
> 可是，我们的面条儿从地上爬起来，拍拍身上的土，说："嘿，朋友们，我又细又瘦，可我还是很快乐！"②

简单的几句话和几个动作描写，却生动地刻画出了面团国几个不同形象的个性特征。在教师示范朗读中，幼儿感受到的是包子、面包和汤圆的自傲，感知到的是面条的从容和自信。在幼儿阅读时，可以让幼儿比较一下前

---

① 指大卫·威斯纳：《海底的秘密》，河北教育出版社，2008。

② 王蕾：《勇敢的面条》，四川少年儿童出版社，2014。

三个语气词"嗨""嘿""哎哟"和面条口中的语气词"嘿"的不同态度。

（3）培养幼儿边读边思考的好习惯。

在幼儿阅读结束后，被问及"最喜欢的地方"和"有什么不懂的情节"时，孩子常常一脸茫然。因此，在阅读过程中，要培养幼儿边读边思考的好习惯，鼓励孩子开动脑筋、发散思维。当幼儿阅读时，可以给他们设置一些简易的思考题，让他们带着问题阅读绘本。例如，幼儿在赏读《我爸爸》①这部作品时，就可以让他们一边阅读一边收集一下"爸爸很棒"的表现，然后再引导幼儿通过观察图片语言，捕捉到我对"爸爸很棒"这种赞赏背后的喜爱之情。

---

① 指安东尼·布朗：《我爸爸》，余冶莹译，河北教育出版社，2007。

第二章

儿童文学 与

语文教育

儿童文学与语文教育关系论

文学教育历来是语文教育的重要组成部分。在基础教育中,由于学习者的接受特点,儿童文学在文学教育中占据着特殊位置,尤其是对于小学阶段的学习者而言显得尤为重要。在目前新一轮的语文课程改革中,儿童文学的重要性已引起了教育界的充分重视,在课程设计、教师培训、课程资源开发等方面都出现了一些令人鼓舞的现象。比如,北京师范大学出版社在编写小学语文教材时,将儿童文学理论家王泉根教授的《儿童文学与中小学语文教材选文工作研究》作为整个教材编写工作的理论支持,同时在教材中选入多篇中外儿

笔者主持召开的全国儿童文学教育年会自 2011 年在首都师范大学召开首届以来,每年的年会已成为全国师范院校儿童文学领域的重要学术活动,图为在第四届年会上进行总结发言

童文学的名家名篇。又比如,北京师范大学、浙江师范大学的儿童文学专业"多渠道、多层次地开展相关的教师培训课程,为教师编写儿童文学教材,向小学教师普及儿童文学理论知识,介绍儿童文学的内容、特点、功能、作用,介绍中外儿童文学的发展历史、代表作家作品等,组织教师在实践中摸索儿童文学的教学方法,指导教师组织学生开展课外阅读活动,以全面提高小学教师的儿童文学修养"。此外,依据教育部的新课标,阶段目标对小学一至二年级的阅读目标提出了 10 项要求,其中第 6 项明确指出学生的阅读文类为"浅近的童话、寓言、故事",由此可见,儿童文学的重要文体之一的童话、

寓言已经受到小学语文教育的重视与关注。目前部编版小学语文教材中，儿童文学在整个语文教材篇目中所占的比例明显提升，儿童文学作为一种重要的课程资源在小学语文教育中扮演着越来越重要的角色。

一

文学在学生发展中具有重要的意义。

文学是最古老的艺术形式之一，它源于生活又高于生活，它是人类价值观的体现。学生通过阅读文学作品可以丰富自己的人生体验、了解人类的历史与文化、弥补自身经验的不足。

文学对基础教育阶段的学生具有德育、美育、智育等功能。具体地说：

文学作品是人的本质力量的具体化，优秀的文学作品具有高度的精神感召力，可以净化人的心灵，促进人与人之间的理解和信任。

文学作品是人类审美意识、审美理想和审美体验的集中体现，它可以传达给处在成长期的学生，并且经由学生自身的情感和经验内化为他们自己的审美体验。

文学是人类的精神创造，文学的欣赏需要调动学生的形象思维，需要丰富的联想力和想象力，它可以促进学生的智力发育。

由于文学教育可以促进学生德育、美育、智育多方面的发展，因此它应该受到教育工作者的重视。我们常常提到，21世纪呼唤新的人才观，那么，新型人才的素养应该包括一定的文学素养，从人的全面发展的角度来看，文学素养也应该是一个健全的人的基本素养。

文学历来是语文教育的重要内容。

人类早已认识到文学教育的重要性与必要性。在世界范围内，许多世纪以来文学课就是学校课程的一部分。以往，学生主要通过阅读经典文学作品学习识字，或者学习外语（例如拉丁语），或者获得宗教知识，或者学习阅读方法。直到20世纪，文学成为一门独立的学科，文学教育才走上关注文学自身的道路。学生阅读文学作品主要是为了体验、感悟和学会评价。

西方的母语教育一直有重视文学教育的传统，虽然随着社会生活的发展，人们日益感到应加强母语教学的实际应用色彩，但文学教育仍然受到普遍的重视。一种共同的看法是在母语教学中把语言教育与文学教育加以区分,这和张志公先生提出的从初中开始在语文课之外增设文学课的看法是一致的。例如在美国,由全美英语教师委员会制定、对美国中小学的英语教学具有指导意义的《英语教学纲要》(1982)指出:"英语研究包括语言知识本身,包括作为交际手段的英语应用的发展,以及对文学作品所表现的语言艺术的欣赏。"这份纲要把语言应用与文学欣赏区分开来,要求通过文学教育,使学生认识到文学是人类经历的一面镜子,把文学当作与他人联系的方式,从与文学相关联的复杂事物中获得洞察力。德国的母语教学分为德语课和文学课,法国也十分重视文学作品和文学史的教学。至于苏联,十年制的中小学语文教学一直采用两套教材,即俄语和文学。文学教材又分为《祖国语言》(一至三年级用)、《祖国文学》(四至七年级用)和《俄苏文学》(八至十年级用)。

中国有着悠久的文学传统,唐诗、宋词、元曲、明清小说等都是我们宝贵的文学遗产。中国传统语文教育也是十分重视文学教育的,能否吟诗作赋一直是衡量一个人是否有文化的重要标准,不过,传统的文学教育是和历史、经学教育等糅合在一起的。21世纪以来的文学教育则是作为语文教育的一部分存在的,我国的语文教材中也选用了大量的文学作品。

1956年,我国曾经学习苏联母语教学的模式,把语文课分为语言和文学两科,并为此编写了两套教材——语言教材和文学教材。现在语文界一种普遍的看法是:1956年的分科是失败的。但是究竟失败在哪里,有没有合理的成分,却很少被研究。其实,即使那次分科教学不成功,也不能因此而否定文学教育在基础教育中应有的位置。目前在基础教育阶段应当重新认识文学教育的地位、功能,应当重视基础教育阶段的文学教育。

二

从学习者的接受特点出发,儿童文学在基础教育阶段的文学教育中担当着极其重要的角色。

不论是从文学在人的发展中所产生的重要作用这一角度出发,还是从中外母语教学的历史演变来观察,文学教育都是教育的一个重要组成部分。

那么在基础教育中,考虑到学习者的心理发展、审美趣味等特点,儿童文学应该成为文学教育的主要载体。

什么是儿童? 1989 年 11 月联合国大会通过的《联合国儿童权利公约》界定:"儿童是指 18 岁以下的任何人。"什么是儿童文学? 儿童文学是指专为 18 岁以下未成年人精神生命健康成长服务并适合他们审美接受心理与阅读经验的文学。众所周知,中小学语文教学的对象正是 18 岁以下的学生,因而在很大程度上,儿童文学与语文教学可以说是"一体两面"之事。儿童文学理应成为语文教学尤其是小学语文教学的主体教学资源。儿童文学作为语文教学主体资源所具备的特别优势,来自儿童文学自身的性质与特征:

第一,儿童文学是以儿童为本位的文学。

儿童文学是指"在文学艺术领域,举凡专为吸引、提升少年儿童鉴赏文学的需要而创作的且具有适应儿童本体审美意识之艺术精神的文学"。儿童文学独立于成人文学之外,本质上是因为它将儿童当作首要的读者对象,对儿童文学的儿童中心、儿童本位立场,儿童文学作家们都有明确的认同并反映于他们的创作中。特别是现在的儿童文学作家经过长期的探索已经认识到,为儿童写作并不是把成人的思想、信条强加给儿童,儿童文学必须要让儿童读者能够理解和领会,儿童文学的内容和结构都应该符合并激发儿童的兴趣,儿童文学作家必须了解儿童读者的年龄特征、身心发展特征、思维特征与社会化特征,在具有文学才能的同时还需持有与儿童共鸣的思想和心绪。

作为儿童本位的文学,所有体裁的儿童文学作品都会尽可能贴近儿童的生活和心理,反映儿童的现实生活和想象世界,表达儿童的情感和愿望,具有儿童乐于体验、能够接受的审美情趣,尤其对于学龄学期、学龄初期的儿童,儿童文学具有天然亲和力和吸引力,是其他品种读物不可替代、无法比拟的。

第二,儿童文学是具有教育性的文学。

虽然儿童文学已不再被视为教化儿童的工具和手段,现在的儿童文学也摆脱了过去教育和想象的矛盾冲突的处境,教育性还是隐含在儿童文学的内容和形式之中。当然,人类社会,包括儿童文学世界,对教育的理解业已发生了深刻的变化。

《联合国儿童权利公约》认为教育的目的应该是：最充分地发展儿童的个性、天赋、智能和体能；培养对人权和基本自由以及《联合国宪章》所载各种原则的尊重；培养儿童对其父母、自身的文化背景、语言和价值观、居住国的民族价值观、原籍国以及不同于本国的其他文明的尊重；培养儿童本着各国人民、族裔、民族和宗教群体以及原为土著居民之间的谅解、和平、宽容、男女平等和友好的精神，在自由社会里过有责任感的生活；培养对自然环境的尊重。

事实上，早在公约签订之前，世界儿童文学已经多样化地呈现了上述理念。与19世纪的儿童文学相比，20世纪的儿童文学明显更具有社会的、文化的责任感，注重沟通儿童与现实、历史、未来的联系，注重向儿童表达人与人相互间的平等、友爱、宽容、理解以及人与自然的和谐相处，注重培养和增进儿童的审美意识和审美能力，以全面促进儿童精神和个性的成长。儿童文学之所以和先进教育思想同步，是因为它是人类提供给后代的精神产品，传达着社会的理想，也凝聚着人类最进步的文化和文明，即使儿童文学不再承担宣传成人的思想、向儿童进行直接的道德教育的任务而转向想象和娱乐，但其陶冶性情、培育心智的作用，它对儿童审美的熏陶和浸染，对儿童情感、态度、价值观的潜移默化的正面影响，也是非常突出的。

小学的语文资源，需要直接呈现给成长期的儿童，对思想性、教育性有着很高的要求，在这一点上，儿童文学已经具有明显的优势。与此同时，由于儿童文学向儿童传达的多是人类社会的基本美德、共同理想，不会受到意识形态的专制影响，不同国家、不同民族、不同宗教信仰背景的儿童文学在传播、交流方面享有更为广泛的自由，儿童文学这一资源也因此更为丰富，应用上更为便利，可以在很大程度上满足语文教学的需要。

第三，儿童文学是特别重视语言艺术的文学。

儿童文学对于小学语文的资源优势还突出表现在语言方面。

儿童文学和成人文学一样，都是语言的艺术。在文学中，语言是第一要素，它和各种事实、生活现象一起，构成文学的材料，文学中鲜活的人物形象、生动的故事情节，作者深刻的思想和感情、艺术风格和个性，都必须通过语言呈现和表达。由于儿童文学是以儿童为主要读者对象的文学，因而对语言美有着更高的要求。

俄罗斯著名作家列夫·托尔斯泰晚年专门为乡村儿童写作,这位语言大师吃惊地发现,他需要花在语言上的功夫比创作成人文学作品时更多。为了让故事字字句句都做到"精彩、简洁、淳朴,最主要的是明确",他转而向民间文学学习语言,努力让自己的故事语言"明确、清晰、美丽和温和"。实际上,儿童文学的语言必须把简明、规范和鲜明、生动结合起来,同时还要符合儿童的审美趣味,这样才能吸引儿童,让他们感悟到语言的艺术魅力、感悟到文学语言的艺术美。从世界范围看,各个国家的儿童文学作品,都显示了其本民族语言特有的个性,具有较高的艺术品质,成为儿童学习语言最理想的范本。

儿童文学在儿童成长的各个年龄段,都直接参与儿童的语言学习。学龄前期,儿歌、童话、故事,由教师或家长以口头讲述方式提供给儿童;学龄初期、中期,儿童则自主阅读童话、小说,在口语、书面语言两个领域,儿童文学对儿童语言学习的影响都非常深刻。

小学语文作为为儿童开设的基础教育课程,致力于学生语文素养的形成和发展,特别强调语言学习中的工具性和人文性的统一。针对我们汉语言文字的特点,即使在小学阶段,语文的学习也开始注重语感和整体把握能力的培养,为了实现这一目标,学生需要直接接触大量的语言材料,通过具体的语言学习活动,掌握本民族语言运用的能力。在语感、整体把握、人文性与工具性的统一方面,文学作品尤其是儿童文学作品较之一般的语言材料,优势相当明显,也更形象、更生动,能够激发学生学习语言的热情和主动性。大量的调查证实,小学阶段语文素养较高的学生,都有从小阅读儿童文学的经验。要将小学语文建设成开放而有活力的课程,推动小学生进行自主、探究性的语文学习,全面提高小学生的语文素养,应该重视开发和利用儿童文学资源,以促进课程目标的最终实现。

第四,儿童文学是传递人类价值的文学。

各国的儿童文学当然也具有意识形态性,"有着自己明确的美学原则",但同时也反映一些共同的国际主题,如亲近自然、保护环境、热爱和平、国际理解、种族和解,儿童文学比其他种类的文学更适宜表现,也更能表现这些主题。法国史学家波尔·阿扎尔曾说:"儿童们阅读安徒生的美丽童话,并不只是度过愉快的时光,他们也从中自学到做人的准则,以及作为人必须承担的重担责任。"希腊儿童文学作家洛蒂·皮特罗维茨在 1986 年日本 IBBY(国际儿童读物协会)发言中也强调,儿童文学是一座桥梁,是沟通儿童与现实、儿童与历史、儿童与未来、儿童与成年人、儿童与儿童之间的精神桥梁,在这个"桥梁"的概念中,包含了理解、抚慰、拯救、引导等不同的功能。在社会道德价值上,儿童文学中传达的也多是人类共通的基本美德,如诚信、勇敢、合作、宽容等。

结　语

日本社会活动家池田大作曾谈到,童话往往成为构建人性基础的重要方式,如果幼年时期受过相同童话的熏陶,那么在人格最根本的基础部分,仍会保留着共同的成分。新课标提出语文课程是工具性与人文性的统一,儿童文学在人文性上有着不可取代的作用。儿童文学在陶冶性情,增进美感,对儿童情感、态度、价值观产生潜移默化的影响方面具有十分明显的优势,从而在语文教育中占据越来越重要的位置。

儿童文学与语文教育现状分析

在第 14 届亚洲儿童文学大会上发表主题报告，
重点讨论儿童文学与语文教育

儿童文学正在全面进入中小学语文教学。

目前我国正在进行的基础教育课程改革的重中之重是中小学语文教学的改革。中小学语文教学改革以及新课程标准的全面实施，给儿童文学提供了十分难得的发展机遇与空间，一个儿童文学全社会推广和应用的局面正在出现。

首先，儿童文学作为中小学语文课程资源已被大量选入新编教材和必读书目之中。以现行的人民教育出版社出版的九年义务教育小学语文教科书为例，儿童文学作品（从文学的角度划分）占总篇目的80%以上，说明儿童文学已经成为小学语文课堂教学的主要资源，在小学语文教学中扮演着重要角色。此外，教育部公布的《义务教育语文课程标准》所规定的学生必读书目，也就是 6 年小学、3 年初中这 9 年间学生应当阅读的书目中，至少有 9 种都是儿童文学范畴内的：《中国古代寓言故事》、《中国古代神话传说》、《安徒生童话精选》、《格林童话精选》、《伊索寓言精选》、《克莱洛夫寓言精选》、《鲁滨逊漂流记》、《格列佛游记》、高尔基小说《童年》。此外，20种书目中的古典名著幻想小说《西游记》与冰心的小诗《繁星·春水》，也属于广义儿童文学的范畴。

其次，儿童文学与中小学语文教学改革的紧密关系还直接体现在《九年义务教育小学语文教育大纲》对语文课程的教学要求中。大纲规定："低年级课文要注重儿童化,贴近儿童用语,充分考虑儿童经验世界和想象世界的联系,语文课文的类型以童话、寓言、诗歌、故事为主。中高年级课文题材的风格应该多样化,要有一定数量的科普作品。"大纲中规定的童话、寓言、诗歌(实际上就是儿童诗)、故事以及科学文艺类文章等,都是儿童文学文体,这充分说明:小学语文课文的儿童文学化已成为一种必然趋势。儿童文学与中小学语文课文的接受对象都是少年儿童,都必须充分考虑到少年儿童的特征与接受心理,包括他们的年龄特征、思维特征、社会化特征,契合他们的经验世界和想象世界的联系。因此,从根本上说,小学语文实现儿童文学化,这是符合儿童教育的科学经验和心理规律的。

再次,随着中小学语文教学的改革和新课标的实施,儿童文学作为课外阅读或延伸读物正被大量应用、出版。教育部颁布的《义务教育语文课程标准》明确规定必须加强学生的课外阅读:"要求学生九年课外阅读总量达到400万字以上。"并提出了"适合学生阅读的各类图书的建议书目",其中有大量读物正是我们熟知的中外儿童文学名著。为了适应课标实施的需要,同时也为了抓住这巨大的出版商机,各地出版部门尤其是教育与少儿出版社,纷纷瞄准书市,组织专家学者编选相关读物。根据新课标选编出版的中小学生课外读物,实际上是一种儿童文学的全社会推广,中外优秀儿童文学作品正通过新课标的实施源源不断地走进课堂,走进孩子们的精神世界。这为我国儿童文学的发展提供了十分难得的机遇,同时也提出了更新更高的要求。

时代的发展,语文教育的变革,新课标的实施,尤其是千百万未成年人也即广大学生精神生命的健康成长,向语文教师提出了必须加强自身素养包括专业素养的要求,而这专业素养中的一个重要内容就是儿童文学素养。广大语文教师应如何加强儿童文学素养呢? 有些什么行之有效的途径呢?我们认为,下列途径都是切实可行的,甚至具有立竿见影的效果。

一、职前教育应加强儿童文学课程的建设

众所周知,师范院校的学生毕业后主要从事中小学教育工作,工作性质

决定了他们今后接触最多的将是少年儿童。儿童文学所具有的先天的多元教育功能,在儿童教育过程中发挥着重要而独特的作用。然而儿童文学课程在培养中小学师资队伍的高等师范院校并没有得到应有的重视。在师范院校文科教学的整体计划和课程设置中,儿童文学课程尚无应有的地位,至今还作为三级学科挂靠在中国现当代文学这个二级学科的名下。尽管在 20世纪 80 年代,我国一些师范院校开设了儿童文学课程,但并不普遍。过去培养小学师资的中等师范学校,儿童文学只是在"文选与写作"课程中的一个单元推出,学生不能对儿童文学知识有系统的掌握。同时,从事儿童文学教学的教师也缺乏应有的儿童文学知识背景。以河北邢台地区为例,培养中小学师资队伍的学校在过去共有 5 所:邢台师范高等专科学校、邢台教育学院、邢台市师范学校、隆尧县师范学校、威县师范学校。现 5 所学校已经合并为邢台学院。从儿童文学课程的设置情况来看,在 1998 年以前,都没有开设专门的儿童文学课程;从 1998 年开始,随着小学教师大专化要求的提出,首次在小学教育专业开设儿童文学必修课;2003 年,邢台学院中文系开设儿童文学专业选修课,同年又在全校范围内开设儿童文学公选课。从学生对儿童文学课程的接受情况看,此课程的开设受到学生的普遍欢迎,选修人数达到 200 人(学校规定选修课人数一般不能超过 180 人)。虽然是选修课,虽然只有 36 课时,但学生听课后流露出来的欣喜与肯定,真的让人深感这门课开设的必要性。学生们普遍反映这门课开得好。一是新鲜,是以前从没有接触过的;二是实用,对今后从事教学工作大有裨益。从某种意义上讲,儿童文学的不被重视更多的是缘于人们对儿童文学的不甚了解,因此加大儿童文学的宣传和推广的力度就迫在眉睫。著名的儿童文学理论家蒋风曾发出热切呼吁:"希望全国师范院校和文科专业都能把儿童文学列为选修或必修,借以提高全国教师的儿童文学素养。这不仅有利于年幼一代能在具有儿童文学高素养的教师熏陶下茁壮成长,也有利于儿童文学学科建设的推进。"中国作家协会儿童文学委员会的 20 余名委员也发出呼吁书,吁请全社会关注儿童文学教学这一关系中华民族未来的重大现实问题。

今天的师范院校培养的是跨世纪的基础教育工作者,他们的能力、素质如何,直接关系着 21 世纪我国基础教育的质量和水平。作为未来的中小学教师,如果不具备儿童文学素养,没有对祖国下一代的深厚爱心,是很难适应和胜任今后的中小学教育改革工作的。因此,为中小学输送师资队伍的师范院校,在相关专业的课程设置中,就不能忽视儿童文学课程的开设。我国的各级各类师范院校,应该具有远见卓识,尽快把儿童文学课程纳入幼教、小教、中文、教育等专业的教学范围之内,采取切实有效的措施,抓好儿童文学的师资建设,及早改变目前师范院校忽视儿童文学教学的现状。

二、职后培训应加强儿童文学课程的建设

为适应教育改革发展的需要,教育部发布了《中小学教师继续教育规定》,明确提出所有的中小学教师必须接受5年一轮训的继续教育。各级教育行政部门也出台了不少举措,不少地方把继续教育纳入教师的业务档案。但在继续教育培训中也存在一些问题,比如教学内容整齐划一,针对性不强,培训者缺乏对学员实际需求的了解,等等。以儿童文学这一与小学语文教学关系最为密切的课程为例,其长期以来没有被纳入继续教育内容的范畴,而作为教学活动的设计者和组织者的小学语文教师恰恰缺少的就是对儿童文学基本知识的掌握。试想,一个语文教师如果连什么是童话都说不清楚,又如何能引领孩子体会童话中所蕴含的深层意蕴? 一个对贴近儿童审美心理的文学作品缺少感悟能力和审美鉴赏能力的教师,又如何能传神地向孩子们展示丰富多彩的儿童世界? 因此,加强小学语文师资培训中儿童文学课的教学就刻不容缓。笔者认为,儿童文学课要做到有效的培训,还应注意以下几点:

(1) 理论和实践相结合。儿童文学不仅是一门欣赏课,更是一门应用课。小学语文师资的培训不同于培养儿童文学的研究人员,它的培养对象是直接服务于教学第一线的语文教师。在教学中首先就应让学员了解儿童文学与小学语文密不可分的联系,把儿童文学理论知识的传授与小学语文的教学实践结合起来,以便其能有效地将儿童文学融于语文教学。

(2) 知识与审美并重。儿童文学这门课比较特殊,它既具有一般文学的共性,又有其独特的审美品质。因而在教学中既要让学员掌握儿童文学的基本知识,又要引导学员通过名篇的阅读逐步培养儿童文学的审美能力,才能在今后的教学中发现文章中的美,才能采取有效的方法和手段,利用各

种辅助教具,引导学生去体会美、欣赏美。

（3）关注当代。从现实情况看,大多数语文教师对当代的儿童文学作家作品知道得不多,甚至有时还不如学生。这不仅对学生的课外阅读指导带来影响,也不利于教师把握当代儿童的心理。因而小学师资培训应尽可能地为教师提供最新的儿童文学信息。

总之,儿童文学作为小学语文重要的课程资源,要得到充分的利用,要发挥其应有的作用,小学语文教师就必须加强儿童文学修养,这是小学语文教材中儿童文学作品获得教学效果的保证。关心儿童是全社会每一个人的义务,关注儿童文学是每一个教育工作者的责任,我们有理由相信,随着基础教育改革的不断深入,儿童文学对少年儿童的重要意义会得到越来越普遍的认识。

《儿童文学与小学语文教学》主编前言①

儿童文学作为以儿童为本位、具有教育性、特别重视语言艺术和传递人类价值的文学,在语文教育中有着非常重要的作用。在基础教育中,由于学习者的接受特点,儿童文学在学科教育中占据着特殊位置,尤其是对于小学阶段的学习者而言显得尤为重要。以现行的人民教育出版社出版的小学语文教科书为例,儿童文学作品占总篇目的 80% 以上。儿童文学已经成为小学语文课堂教学的主要资源,在小学语文教学中扮演着重要角色。新版《义务教育语文课程标准》对语文课程的教学要求规定:

国内首部儿童文学与语文教育互联研究的高校教材
《儿童文学与小学语文教学》封面

低年级课文要注重儿童化,贴近儿童用语,充分考虑儿童经验世界和想象世界的联系,语文课文的类型以童话、寓言、诗歌、故事为主。中高年级课文题材的风格应该多样化,要有一定数量的科普作品。童话、寓言、诗歌(实际就是儿童诗)、故事以及科学文艺(作品)等,都是儿童文学文体,这充分说明:小学语文的儿童文学化已成为一种必然趋势。儿童文学与小学语文的接受对象都是少年儿童,都必须充分考虑到少年儿童的特征与接受心理,包括他们的年龄特征、思维特征、社会化特征,契合他们的经验世界和想象世界的

---

① 有删减。

联系。因此,从根本上说,小学语文实现儿童文学化符合儿童教育的科学经验和心理规律。

对于时代的发展、语文教育的变革、新课标的实施,尤其是广大学生的健康成长来说,儿童文学与语文教育的结合研究已成为当下儿童文学学科、基础教育学科的重要发展方向。也正是基于这样的背景,为本科生开设儿童文学与语文教学实践结合的课程将有助于更好地培养服务小学的准教师。

本教材以《教育部卓越教师培养计划》为指导,参照《小学教师专业标准》《教师教育课程标准》和《义务教育语文课程标准》而编写,系国内首部将儿童文学与语文教育进行有机融合的高校小学教育专业教材。其突出特点如下。

第一,本教材研发人员以首都师范大学初等教育学院儿童文学学科团队为主,偕同全国高等师范院校初等教育院系儿童文学骨干教师、全国知名小学一线优秀教师共同参编,力求构建一部专业、系统、开放的教材。本书编委会成员中既有国内高校从事儿童文学、语文教学、基础教育研究的理论工作者,也有具备丰富语文教育实践经验的一线教师,这支由理论和实践工作者组建的研究团队,从教材的立项、体例规划到内容编写、课程实验等环节共同讨论、研究,奠定了教材开放性、专业性的基础。

第二,本书体例构建完备、新颖,以期为小学教育专业的学生及从事基础教育的一线教师提供专业、多维的儿童文学教育教学理论与实践知识。全书主要从宏观理论角度介绍儿童文学的理论知识,内容包括儿童文学的概念、重要性、美学责任及三大层次、两大门类等儿童文学学科的核心原理;主要介绍儿童文学各类文体的理论与教学应用,包括童话、寓言、儿童诗歌、儿童散文、儿童小说、图画书等在小学语文教育中最常涉及的六大文体的理论、历史发展与教学应用。在基础原理方面,本书着重探讨了作为小学语文准教师或在职教师应掌握的儿童文学学科的核心原理、基本概念、学科体系等;在应用原理方面,突出阐述了如何进行教材内外各类儿童文学文体的教学,及在小学语文整体教育中,教师如何有效运用儿童文学实现语文教育工具性与人文性统一的培养目标。

第三,本教材在内容编排上以理论性与实践性相统一为原则,从理论层面和实践操作层面阐述各章节内容。尤其在各文体的教学应用版块,充分将儿童文学的理念、方法与实际语文教学结合起来,让课堂内外的儿童文学教学变得立体、多元,并且极具操作实践性。首先本教材选择的六大儿童文学文体均为目前在小学语文教学中最常教授的文体,包括小学教材涉及的童话、儿童诗歌、儿童寓言、儿童散文及儿童小说,还特别增加了当前小学课程资源中非常受学生欢迎的儿童图画书。同时,在对每一种文体进行概念辨识、艺术特征介绍、历史发展综述等理论概述后,对小学语文教材中此文体的课堂教学方法进行了详细介绍,并以小学语文教材中的篇目为例以求生动、具体地阐述儿童文学文体的课堂教学策略;之后还单辟一节选取优秀教学案例并进行解读,让学生对教学策略的理解从理论到实践有了更充分的认识。儿童文学教学不仅涉及教材作品的课堂教学,还有对课外阅读、校本阅读中的作品的教学解读,因为大量的课外阅读作品均为儿童文学作品,因此本书在对教材儿童文学教学进行介绍后,还选取了 10 部具有代表性的儿童文学作品进行了课外阅读教学的设计,让学生通过此部分更好地把握儿童文学课堂内外教学的互促互助。每章结束后本书还单设两个附录,一为人教版小学语文教材中儿童文学作品的分布表格;二为儿童文学文体课外阅读书目推荐。这两个附录的设置是为了让学生对现行小语教材的儿童文学文体作品有更深入的了解,同时扩大自己的儿童文学作品知识,加强作品阅读。在本书整体理论框架支撑下,章节之间的框架逻辑、章节之下的版块设计都充分体现了教材理论与实践有机结合的编写原则。在重视学科体系的统整性基础上,立足学科知识在语文教育中的应用性,注重培养学生的实际操作能力,突出教材的应用导向。

当前,儿童文学教学广泛存在于小学教育、学前教育等学科领域,因此本书的适用范围较广,包括高等师范院校小学教育专业本、专科生,课程与教学论中文方向研究生,学前教育专业本、专科生,小学及幼儿园一线在职教师,高等院校文学院及教育学院儿童文学课程学习的本科生及研究生,从事小学教育的培训机构教师,等等。

希望这本书的出版能为小学教师教育研究、初等教育学、儿童文学学科的发展贡献绵薄之力。

全民阅读时代下小学语文教师
儿童文学素养提升策略研究[①]

在 2015 年全国小学语文教学研讨会的高峰论坛上讨论"儿童与语文"

  随着系列推动全民阅读的国家文件的出台,倡导、推动全民阅读工作的开展已上升为国家战略,是当前精神文明开展的重要内容之一。而推动儿童阅读更成为全民阅读工作中的重中之重,因为阅读关乎儿童的精神生命成长,关乎未来一代的综合素养提升。学校是开展儿童阅读工作的主要阵地,而教师的阅读素养直接影响着学校阅读活动的开展以及学生阅读素养的发展。小学阶段是儿童阅读习惯养成的关键期。而小学阶段儿童阅读的主要

① 本文合作者李东萍。

内容为儿童文学作品,因此,提升小学语文教师的儿童文学素养不仅仅是响应国家全民阅读活动,更是为培养祖国未来的建设者打下良好的精神底子。

一、全民阅读时代背景下小学语文教师儿童文学阅读素养提升的必要性

在当前全民阅读时代下,提升小学语文教师儿童文学素养的必要性主要体现在以下几方面:

(一) 提升儿童文学素养才能帮助教师响应推动全民阅读活动在学校的开展

为适应时代的发展和需求,我国自 2006 年起开展"全民阅读"活动,这同时也是中央宣传部、中央文明办和新闻出版广电总局贯彻落实党的十八大关于建设学习型社会要求的一项重要举措。此外,系列国家文件的出台,表明全民阅读已经上升到国家战略。例如,2014 年至今,国务院工作报告已经连续三年明确提出要"倡导开展全民阅读";《中华人民共和国国民经济和社会发展第十三个五年规划纲要》也要求"推动全民阅读";国家新闻出版广电总局发布正式推动阅读的首个国家级"全民阅读规划"——《全民阅读"十三五"时期发展规划》中将"大力促进少年儿童阅读"作为"十三五"期间的重点任务之一予以明确儿童阅读的重要性。[①] 在这样的时代背景下,儿童阅读已成为一个国家儿童教育发展的基础与核心课题。而小学阶段儿童阅读的核心内容即为儿童文学,因此教师只有提升儿童文学素养才能更好地响应、推动儿童阅读活动在基础教育领域的开展。

(二) 提升儿童文学素养才能实现教师知识结构的优化

最新颁布的《小学教师专业标准》要求小学教师要"优化知识结构,提高文化素养;具有终身学习与持续发展的意识和能力,做终身学习的典范"。教师的知识结构由本体性知识(即所教学科专业知识,约占 50%)、专业知

---

① 研文:《〈全民阅读"十三五"时期发展规划〉发布》,《出版发行研究》2017 年第 1 期。

识（即教育学、心理学以及职业知识,约占 30%）、人类基本知识（约占 20%）三部分组成。① 儿童文学作品作为小学语文教师和小学儿童教与学的主要内容,属于小学语文教师的本体性知识。为此,提升小学语文教师的儿童文学素养对于优化小学教师的知识结构具有重要的意义,同时,合格的儿童文学素养也是《小学教师专业标准》对一名合格的小学教师专业素养的要求。

（三）提升儿童文学素养才能更好地进行儿童文学阅读教学

当前小学语文教材中儿童文学作品占有较大比例,这些儿童文学作品如何教,是语文教学的难点与重点,这不仅与教师平日缺乏儿童文学作品的大量阅读有关,也与绝大多数教师在职前职后缺乏系统的儿童文学学科的学习不无关系,因此语文教师面对近年教材中儿童文学作品比例的逐渐加大,不能很好地从以往的学科基础上进行教学调整。同时,儿童文学作品也作为重要的课程资源进入了小学校本阅读课程建设、课外阅读指导中,只有系统地进行儿童文学学科的学习,阅读一定数量的儿童文学作品,提升自己的儿童文学素养,教师才能更好地进行儿童文学课内外阅读教学。

二、当代小学语文教师儿童文学素养构成论

儿童文学素养是指教师在儿童文学学科领域由训练与实践而获得的学科能力与修养。小学语文教师的儿童文学素养主要表现为对儿童文学的审美、鉴赏、教学和创作能力,并因此形成的教育观、儿童观等。主要包含以下方面:

（一）儿童文学基础知识素养

儿童文学基础知识素养主要是指小学语文教师要学习并了解儿童文学基础理论,这包括儿童文学学科的核心原理,幼年文学、童年文学、少年文学这三级不同的儿童文学层次;了解儿童文学所服务的对象涵盖 18 岁以下的未成年人群体,及不同时期儿童文学发展的历史、代表性的作家作品等。了

---

① 刘本剑:《从〈小学教师专业标准〉看小学教师专业素质的整体架构》,《沧桑》2014 年第 4 期。

解这些基础知识能够帮助小学语文教师建立有关儿童文学的"思维坐标"，理清儿童文学阅读和学习的思维脉络。学习儿童文学基础理论能使小学语文教师在对儿童文学感性模糊的片面认知基础上对这门独立学科建立系统的理论认知与学科框架，为儿童文学阅读教学夯实理论基础。

（二）儿童文学文本鉴赏素养

儿童文学文本鉴赏素养主要是指小学语文教师对各类儿童文学文体的文本解读能力。儿童诗歌、童话、寓言等各类儿童文学文体作品被选进小学语文课本，一方面是想通过符合儿童审美和接受能力的儿童文学作品对儿童进行初步的阅读熏陶；另一方面，也是想通过一篇篇的儿童文学课文，让儿童了解和学习文学作品中各种文本的写作特点，进而进行文学认知与审美的启蒙。小学语文教师必须掌握各类儿童文学文体的美学特征、核心规律等，才能更好地解读这些文学文本。

（三）儿童文学教学运用素养

儿童文学教学运用素养是指小学语文教师在真实的课堂中将教材内的儿童文学作品一步步地呈现给儿童的实践能力，也就是如何将儿童文学作品通过适当的教学策略进行课堂教授。而这也正是小学语文教师儿童文学素养的重心。小学语文教师的儿童文学教学运用素养建立在教师不断的实践和自觉反思的基础之上，并结合着《义务教育语文课程标准》的教学建议持续来完善和提升。

（四）儿童文学阅读指导素养

儿童文学阅读指导素养是指小学语文教师应具备的儿童阅读指导能力。在课堂内外的阅读指导上，教师能够积极组织主题阅读活动，激发学生对儿童文学作品的阅读参与和阅读分享交流的兴趣，在阅读活动过程中能够适时引导，帮助儿童提升阅读能力。

（五）儿童文学创作素养

儿童文学创作素养是指教师应具备一定的儿童文学作品创作水平。小学语文教师无论是进行教材内的儿童文学作品的教学,还是进行校本阅读课程及课外阅读中儿童文学作品的讲授与活动组织,都需要具备一定的儿童文学创作水平,只有自己亲身实践创作,才能深入解读、引领儿童对于作品的阅读。

三、小学语文教师儿童文学素养的提升策略

小学语文教师可以通过以下方面系统、持续的学习来提升儿童文学素养:

(一)阅读中外儿童文学经典作品

小学语文教师只有阅读儿童文学作品才能了解儿童文学作品的特点,把握儿童文学作品中的教学重点。但是在阅读儿童作品时不能毫无目的和计划,随便找几本拿来就读,这样对素养的提升帮助甚微。阅读时要有自己的"阅读地图",这"阅读地图"就是以时间为序的中外儿童文学发展史。世界儿童文学的发展大致分为四个发展阶段,即 18 世纪以前的史前期、18 世纪的萌芽期、19 世纪的成长期和 20 世纪以来的繁荣期。中国儿童文学的发展分属两个时代六个发展阶段,即以 1949 年为界,前后分别属于现代与当代两个不同的儿童文学时代,以及晚清儿童文学活动、"五四"儿童文学运动、20 年代至 40 年代的战争儿童文学、50 年代至 60 年代的新儿童文学运动、60 年代至 70 年代的儿童文学荒芜期、80 年代至今的新时期儿童文学这六个文学发展阶段。在阅读中外儿童文学经典作品时,小学语文教师可以根据中外儿童文学史发展时间段和每个时期的杰出儿童文学作家,以及儿童文学作品文类,如童话、诗歌、寓言、儿童故事、图画书等进行选择。

(二)掌握儿童文学文体特征

小学语文教师要对儿童文学作品进行文本解读与鉴赏,首先需要了解儿童文学各种文体的特点,只有掌握了不同文体独特的美学特征,才能对作品进行有效的文本解读。比如需要了解童话即是以幻想为核心,以拟人、夸张、变形等为主要艺术表现手段,满足于表现人类普遍愿望的适合儿童欣赏

和接受的叙事文学样式。童话的一个本质属性是它的幻想性,除了幻想性,童话的文体特征还有:语言的幽默本质与模糊特征、重复性的叙述结构。再如儿童诗是指以儿童为主体接受对象,适合儿童听赏、吟诵、阅读的诗歌,它受特定读者对象心理特征的制约,因此所反映的生活内容、所进行的艺术构思、所展开的联想和想象、所运用的语言文字等,都必须符合儿童的年龄特征。熟悉儿童文学基本文体的特点之后,还需要结合具体的儿童文学作品进行文本鉴赏,并且可以对多篇不同文体的儿童文学作品进行文体特征鉴赏对比,找出它们的相同点和不同点,这样更有助于教师对儿童文文体特点的理解。

(三)掌握儿童文学课堂教学策略

小学语文教师要掌握儿童文学课堂教学策略需要熟悉《义务教育语文课程标准》中的教学理念和教学设计要求,并结合不同学段学生的特点和不同的教学内容,采取合适的儿童文学教学策略。《义务教育语文课程标准》指出:一到二年级学生应该"阅读浅近的童话、寓言、故事,向往美好的情境,关心自然和生命,对感兴趣的人物和事件有自己的感受和想法,并乐于与人交流"。三到四年级学生应该"能复述叙事性作品的大意,初步感受作品中生动的形象和优美的语言,关心作品中人物的命运和喜怒哀乐,与他人交流自己的阅读感受"。五到六年级学生应该"阅读叙事性作品,了解事件梗概,能简单描述自己印象最深的场景、人物、细节,说出自己的喜爱、憎恶、崇敬、向往、同情等感受"。[1] 因此,小学语文教师在进行儿童文学作品教学时需要根据各学段的不同要求设立教学目标,并在此基础上进行教学设计。例如,对属于童话这一文体的儿童文学作品可以进行多样化的教学方法探究:童话表演法——创设童话情境,在轻松愉悦的氛围中自然地激发学生的想象力;朗读法——以"读"促"悟",升华情感;改编和扩写法——帮助小学生用"童眼"改编和续写童话;创编法——讲童话与作文教学相结合,为小学生搭建"乐想、敢想、善想"的平台。[2]

---

① 温儒敏、巢宗祺:《〈义务教育语文课程标准(2011年版)〉解读》,北京高等教育出版社,2012。
② 王蕾:《儿童文学与小学语文教学》,人民教育出版社,2015。

（四）掌握儿童文学阅读指导方法

《义务教育语文课程标准》对小学生在不同学习阶段的阅读量有明确的规定,并要求小学生阅读总量不少于145万字。要完成这一阅读目标,仅靠教材作品的阅读远远不够,必须依靠校本阅读课程及课外阅读活动的组织来促进学生阅读数量与质量的提升。教师可以系统学习三种儿童阅读指导方法来掌握基本的阅读指导技巧,即整本书阅读法、自由阅读法、分级阅读教学法。

整本书阅读法是指小学语文教师结合小学不同学段学生的生理、心理以及语言能力的发展,不同文体的儿童文学特点和阅读规律进行指导时,特别注重一本书整体阅读的重要性的阅读方法。注意从整本书阅读导读环节开始就吸引学生的阅读兴趣,在阅读过程中鼓励学生与文本产生对话,并让学生用自己喜欢的方式进行交流分享,从而提升学生对于阅读内容的更深层次的感悟。

自由阅读法旨在激发学生自由阅读的兴趣,让学生因为真正想阅读而阅读。自由阅读不需要写读书报告,不用回答章节后的问题,不勉强读不喜欢的书。但是自由阅读不等于为了消遣的阅读,而是对作品的一种自由的、多元化的解读,是一种自由的鉴赏、自由的品读。因此,小学语文教师要积极利用学校的图书馆资源和家长交流会,鼓励小学生在课外和课内进行自由阅读,以此增加小学生的阅读量。

分级阅读教学法指从少年儿童的年龄(身心)特征、思维特征、社会化特征出发,选择、提供适合不同年龄阶段少年儿童阅读需要的读物,并指导他们如何阅读的一种阅读方法与策略。分级阅读教学要立足学生实际,综合考虑学生阅读能力的总体特点和个体差异。小学语文教师在选取分级阅读书目时应把重点放在对儿童文学读物的挑选上,注重分级阅读书目的文学性,不仅要力推国外的优秀儿童文学作品,也应强调推荐国内原创的优秀儿童文学作品,同时培养儿童的民族意识和世界眼光。

（五）探索儿童文学校本课程的建设

当前,我国的校本阅读课程开发与实施仍处于研究和实践的探索阶段,因此,校园阅读活动建设成熟的学校可以尝试通过探索儿童文学校本课程的建设来提升教师的儿童文学素养。例如,在课程改革的背景下,清华附小进行学科间的整合,创建了"1+X"课程模式,明确提出以儿童文学作为阅读课程开发的核心内容,取得了一些实践效果,这对于其他有能力进行儿童文学校本课程活动的小学具有一定的借鉴意义。

　　小学语文教师的儿童文学素养不是一朝一夕就能提升的,在阅读时代的背景下,教师需要结合各方面的综合学习进行儿童文学的阅读、鉴赏、教学、指导、创作,但这些又要根据教师不同发展期(适应期、熟练期、成熟期、发展期、创造期)的需求进行儿童文学的教学实践与研究,小学语文教师要主动将儿童文学理论学习和儿童文学教学实践相结合,通过实践——反思——再实践——再思考的循环提升自身的儿童文学素养,以此来有效实现教师自身的专业化发展。

《城南旧事》与语文阅读教育

在如今儿童阅读正进行得如火如荼的中小学校园，儿童文学阅读是学校进行阅读教育的中心内容，而优秀的儿童文学经典作品更是老师与学生进行阅读教育交流的极佳资源。林海音先生的《城南旧事》如纯清至极的清茶，有一种隐约之中藏香、有无之间存味的独特韵味。这部作品不仅流传于成人读者之间，也深受广大少年儿童的喜爱，成为学校阅读教育推广的经典作品。很多小学生都是通过一篇名为《冬阳·童年·骆驼队》的文章，在老师的带领下慢慢地走进了《城南旧事》，这篇文章就节选自《城南旧事》的序言部分。

2011 年参加《城南旧事》出版 50 周年研讨会，
与林海音先生的儿子台湾作家夏祖焯先生合影

我们知道，进入语文课堂的作家作品很多，但并不都受到学生和老师的喜欢，因为语文教学本身需要考虑很多的学习实用功能，比如有的文章对学生学习字词、篇章结构等语法知识很有帮助，就是说这样的文章适合作语言教育的范本；而有的文章对学生理解作品的审美价值很有帮助，也就是说适于对学生进行文学教育，通过学习这样的文章，学生的思想、感情、文学鉴赏力都会得到很大的提高。而林先生的《冬阳·童年·骆驼队》在目前的小学语文阅读教育中是一篇很特殊的作品，这篇文章作为《城南旧事》的序言不仅具有帮助学生进行语言学习的功用，也是一篇能有效提高学生审美意识的美文佳作。将林先生的作品作为学校阅读观摩课、阅读精品课或者班级读书会的学校不在少数。

《城南旧事》在当前语文阅读教育中是一部重要作品，主要表现在以下两方面：

一、《城南旧事》与语言教育

《城南旧事》在儿童进行母语学习的过程中起到了范本的作用。

我们知道儿童学习语言一般来讲有两种方式，一种是大量集中地学习生词，另一种是将生字词分散于作品中，在儿童阅读作品时，进入作品创设的情境，在与文本的对话中无意识或在教师的有意识指引下习得语言的正式语言规律与语言形式。在目前的课堂教学中，后一种语言学习的方式是大多数学校和教材采用的方法。那么在这种语言学习的方式中，用什么样的作品来学习语言的正式规则与形式就非常重要，好的作品能让儿童在无意识的阅读过程中，为儿童提供具体的语言学习环境，通过字词、句段的阅读，习得语言的正确规则。下面我举一段《冬阳·童年·骆驼队》课堂教学中的语言学习片段来说明林先生的作品对儿童习得语言的范本作用。在这篇文章中，"咀嚼"对小学生来说是一个难词，要认识和理解这个词需要一定的时间，但是事实证明，学完这篇作品之后大多数学生能第一时间准确地掌握这个词，因为他们正是在老师的带领下进入作者创设的有趣情境中，在与文本的愉快对话中学会了这个词。这个词出现在这样一段场景中：

> 我站在骆驼的面前，看它们吃草料咀嚼的样子，那样丑的脸，那样长的牙，那样安静的态度。它们咀嚼的时候，上牙和下牙交错地磨来磨去，大鼻孔里冒着热气，白沫子沾在胡须上。我看呆了，自己的牙齿也动起来。

很多学生在读完这一段后非常兴奋，因为作者幽默风趣、童真毕现的情境设置让大家禁不住纷纷讨论起骆驼吃草的有趣样子，在课堂上，很多同学还边读边模仿骆驼的咀嚼样子，有的老师还让学生互相评比，看谁学得惟妙惟肖。在这样有趣的课堂学习中，同学们知道了咀嚼的意思就是用牙齿磨碎食物，咀嚼不是嚼，而是用上下牙慢慢地磨碎食物。作者从一个儿童的视角将骆驼咀嚼的特点讲得栩栩如生,正是这样以儿童为本位的描述,让很多学生非常喜欢读这一段,在课堂上自选朗读时,好多同学都会选择这一段。而通过这一段的学习,大家也轻松地认识了咀嚼的字形和含义。

这样一段有趣的课堂学习充分说明了优秀的儿童文学作品对儿童学习语言具有不可替代的范本作用,在与作品进行对话的过程中,语言学习不再枯燥,而是充满了新奇与乐趣。儿童文学的语言必须把简明、规范和鲜明、生动结合起来,同时还要符合儿童的审美趣味,这样才能吸引儿童。《城南旧事》的语言正是具有这样的特点,所以在儿童语言的习得过程中是理想的学习范本。

二、《城南旧事》与文学教育

《城南旧事》在儿童的审美能力与审美经验的培养方面起到了文学教育范本的作用。

我们同样以《冬阳·童年·骆驼队》为例来说明。整篇文章充满了童真的笔调,作者在文章中回忆起自己童年时看到骆驼队的情景,写了自己怎样痴迷于看骆驼的咀嚼,怎样和爸爸讨论骆驼挂铃铛的事情,怎样想着为骆驼剪下肚子下的长毛。这一幅幅关于骆驼的童年画面通过作者如梦如诗的语言鲜活地呈现在小读者面前。《冬阳·童年·骆驼队》的文字似茶,在纯真简单的文辞中,有一种充溢心灵的意蕴弥漫课堂。作者的文字虽如氤氲的淡茶,但所表达的对童年珍惜和怀念的情感却通过一个个富有神韵的片段强烈地传递给了小读者。小读者在阅读的过程中,慢慢地和作者交流着,彼此的心也在靠近着。小学生在读此篇文章时并未因为和作者的年龄相差悬殊,而出现代沟严重的"被动阅读"状态。这种被动阅读状态其实在目前的语文阅读教育中经常出现,其原因往往是作品的成人视角过于突出。小学生们喜欢读《冬阳·童年·骆驼队》,因为作者的作品充满着儿童的观察视角和表达方式,充满着儿童的心智与情趣。"培养学生体会作品的情感"是小学语文阅读教育中一个很核心的培养目标,在讲授《冬阳·童年·骆驼队》这篇作品时,很多老师都将教学目标设置为"感受文字的魅力,体会作品中的快乐与忧伤,理解作家对童年珍惜和怀念的情感"。在实际教学时,老师一般都会创造很多机会让学生朗读课文段落,通过朗读体会课文的情感。如何达到有感情的朗读是语文阅读教育培养的内容之一,但是在现实教学中要让学生进行有感情的朗读并不容易,大多数时候因为学生游离于文本之外,常常将有感情的朗读演化为感情虚假的大声读,或摇头晃脑的做作读。而只有当学生真正走进作品,真正与作家的心靠近时,才会成就有感情的朗读。我们发现,在教学时,很多学生在第一二次按老师提出的感情要求去朗读时,还显得游离于文字之外,但随着对文本的越来越深入的了解,学生的朗读逐渐由被动变为主动,慢慢地开始入情入境,慢慢地朗读的情绪和文本的情绪到达了水乳交融的程度。因此,在教师的正确引导下,学生通过学习《冬阳·童年·骆驼队》这篇文章,相信对其精神生命的丰富,对情感的感悟都会得到有效的提升,这就是优秀儿童作品的艺术魅力。儿童文学往往成为构建人性基础的重要方式,在人文性上有着不可取代的作用,在陶冶儿童性情,增进美感,对儿童情感、态度、价值观产生潜移默化的影响方面具有十分明显的优势,而这些也正是语文教育的目标之一。从这个角度来说,《城南旧事》正是对儿童进行文学教育的绝佳范本。

文学教育与语言教育是当前语文教育培养的两个重要内容,而儿童文学作为专门为儿童创作的、适合儿童阅读兴趣与心理的文学作品已成为语文教育的重要资源,一线教师应更多地从优秀儿童文学作品中寻求语文教育的最佳途径,从儿童文学的审美性、儿童本位性、教育功能性赋予语文教育目标实现的可能性与有效性。

童心　慧心　诗心
——高洪波作品与文学教育

2011年在高洪波先生文学创作40周年座谈会上发表主题演讲

  我在高校从事儿童阅读教育研究，主要是小学阶段的阅读教育与教学研究，据我所知，高洪波先生的儿童文学作品深受学生和老师的喜欢，甚至可以说是追捧，小学生们都亲切地称呼高洪波先生为大高老师。为什么叫大高老师，小学生给出的理由有二，一是通过读高老师的诗歌、散文发现这位作家老师的水平真的很高，二是他们通过老师提供的照片发现这位高作家长得真的很高大，于是，高洪波老师就成了小学生心目中独一无二的大高老师。他们喜欢朗读大高老师的诗歌，喜欢阅读大高老师的散文，更喜欢仿写大高老师的好词佳句。到底洪波老师的作品深受学生和老师一致欢迎的原因是什么呢？高洪波先生曾说过，要成为一个好的儿童文学作家要具有童心、慧心与诗心,而这"三心"也正是高洪波儿童文学作品的主题词,正是这三个主题词打动了无数儿童。下面我想结合这三个主题词谈谈高洪波先生的作品在学校语文教育中,尤其是文学教育中的突出表现。

一、童心对接儿童生活经验,实现文学教育的审美体验

从中外语文教育的传统来看,文学教育历来是语文教育的重要组成部分。在基础教育中,由于学习者的接受特点,儿童文学在文学教育中占据着特殊位置,尤其对于小学阶段的学习者而言显得尤为重要。优秀的儿童文学作品对语文教育在课程设计、教师培训、课程资源开发等方面都发挥着重要的作用。高洪波先生的多篇儿童文学作品曾被不同版本的语文教材不约而同地选入,主要集中于儿童诗歌和儿童散文作品,而这两类恰恰是容易凸显成人意识的文体,但高老师的这两类作品却深受儿童喜爱,不是因为它们的文笔优美,也不是因为它们充满哲理,而是因为它们契合了儿童的思维特点,对接了儿童的生活经验,因此,自然能被儿童接受与喜爱。高洪波的儿童诗《草叶上的歌》被收录进北师大版小学语文教材第 6 册中,这首诗歌中作者调动了听、视、味、触等多重感官,将一片"绿茸茸""亮晶晶""笑盈盈"的草坪展示在小读者面前,是一篇充满着童真、浪漫与快乐的童心之作。我在多次小学听课的观察实践中,都发现很多小朋友在学习这首作品时课堂往往会充满着欢声笑语,甚至有的学生还会手舞足蹈,因为作品中描绘的景象、表达的意境、传递的情绪唤醒了他们曾有过的生活经验,在儿童的眼中草地就是作者所描绘的"蚱蜢腾空、蟋蟀欢笑、蜻蜓跳舞"的充满着奶香味的甜蜜绿地,学生们在听和读这首诗歌的时候情不自禁地入境入神了,他们的记忆之门被打开了,他们对草地曾有过的美好情绪被唤醒了,他们在用自己已有的生活经验去对接作品中的熟悉又新鲜的情境。在这样一种文本对话中,儿童收获了快乐美好的审美感受,实现了文学教育的审美体验。

二、慧心滋润儿童心田,传递文学教育的多元价值观

慧心,简而言之,是指作家的作品充满智慧。这也正是高洪波先生的很

多作品所具有的关键词。高洪波先生创作了许多以动物为主角的系列作品，其中有一首诗歌《我喜欢你，狐狸》深受儿童喜爱。儿童喜爱这首作品并非仅仅因为作品的幽默风格，最重要的是这首诗歌解决了很多儿童心中的困惑。许多儿童从成人提供的图书上，从成人拍摄的动画片中，从成人日常的交谈中，感觉到似乎"狐狸"是一个坏家伙，他聪明但狡猾，从不干好事，可是在高洪波先生的笔下，狐狸成了作家崇拜的对象，狐狸的"狡猾"是机智，狐狸的"欺骗"是才气。这样全新的价值观让很多儿童在初读这首诗时都很兴奋，因为他们发现了一只不一样的狐狸，原来狐狸也是可以喜欢的，狐狸也是可以被崇拜的。这是一种极具包容性的价值观，具有作家独特的充满个性的意识形态与明确的美学原则。再比如高洪波先生的另一首关于"懒惰"的诗歌，也为儿童提供了全新的思维方法。儿童从家长、老师那里常常听说"早起的鸟儿有虫吃"，也就是说"勤奋"是美德，相对应的"懒惰"自然是不应该被提倡的，可是高洪波先生又独辟蹊径，自创一首歌颂"懒惰"的儿歌《懒的辩护》，"懒得挑水的人，发明了自来水管"，"懒得上楼梯的人，把电梯装进高楼；懒得扇扇子的人，叫电扇不停地转"，这些有趣的诗句孩子们读得有滋有味，他们从作家的作品中读到了异于平常的新鲜想法。教育部《义务教育语文课程标准》中提出语文课程是工具性与人文性的统一，儿童文学在人文性上有着不可取代的作用。儿童文学在儿童情感、态度、价值观产生潜移默化的影响方面具有十分明显的优势，高洪波先生的作品以独特的慧心向小读者传递着多元丰富的价值观。

三、诗心荡涤儿童心灵，培养儿童对母语的热爱

有调查显示，目前小学生最不喜欢的课程排名中语文课榜上有名，而语文课中最不喜欢的就是写作文，甚至有小朋友说，宁愿做噩梦也不要写作文。当然这其中的原因值得我们深思，但有一个有趣的现象却在高洪波老师的作品出现在语文课堂上之后发生了，很多小学生在学完高老师的儿童诗《我想》之后，纷纷自觉地想当小诗人，他们很乐意仿写高老师的《我想》，因为这样的创作实在让他们感觉有趣。我们知道高老师的《我想》是他的一首极具代表性的儿童诗歌作品，文字简单、干净、纯粹，用现在的流行语来评

价,可以说颇有些小清新,就是这样一首儿歌在学校里让许许多多的儿童着迷,为什么? 我觉得这首诗歌充满童心、富有想象力的诗化意境与诗性语言是吸引儿童喜爱的最大原因。《我想》一开篇就用一系列只属于儿童行为的想象牢牢吸引住了儿童的眼球:想把小手安在桃树枝上举一串花苞,想把脚丫接在柳树根上汲取营养,想把眼睛装在风筝上看白云看太阳,想把自己种在土地上变幻出春天的花草……这样的意境生动形象、顽皮稚趣、贴近儿童的生活。更绝妙的是诗歌极具特色的诗性语言,尤其是几句原汁原味的孩童诗性语言“悠啊——悠”“长啊——长”“飞呀——飞”的呈现,彻底让儿童爱上了这首奇妙的小诗,这几句诗歌极富特色的节奏感与韵律感非常贴近儿童的语言特点,儿童开心的时候总是喜欢这样拖着长音或者重复着表达意思。很多儿童喜欢这首诗歌是因为写的就是他们头脑里的想象,说的话也符合他们语言的节奏和韵律。于是,孩子们都拿起了笔,他们也要学着高老师的样子写出他心中的美好理想。大量实证显示,优秀的儿童文学作品是培养儿童语感和语言整体把握能力的绝佳范本,好的作品能通过生动、形象、富有活力的语言激发儿童学习母语的热情和主动性,通过观察高洪波作品在学校语文教育的课堂上的表现,我们欣喜地证明了这一点,孩子们读完这些生动的诗歌后,他们不但爱上了阅读,爱上了写作,在这个过程中,对我们母语的热爱也因此油然而生。

语文教学中阅读《草房子》的非同一般

摄于江苏盐城"草房子主题乐园"的草房子教室

  阅读对于儿童发展的重要作用已经成为不争的事实,现在各类学校无论是从书香校园的宏观构建,还是从发展特色校本课程的具体理路,都已将推动儿童阅读工作纳入学校发展的重要方向。从我近年来开展的儿童阅读研究的调研来看,用什么样的内容资源来开展阅读是当前学校开展儿童阅读活动关注的焦点问题。

  从我主持的多项儿童阅读课题研究的现实出发,我认为儿童文学应该也正在成为儿童阅读内容资源的主体,这是由儿童文学的特质所决定的。儿童文学是成人为儿童创作的文学,其独立于成人文学之外,诉说儿童的故事,表达儿童的情感,承载儿童的想象,是真正的以儿童为本位的文学。儿童文学在儿童的成长过程中起到重要的作用。现在小学语文课堂内各版本语文教材里儿童文学作品被大量选入,课外阅读的内容资源也主要以儿童文学为主,可以说,儿童文学已经成为小学语文教学的重要课程资源,在语文教育中扮演着重要的角色。

对于小学阶段的儿童应该选用哪些儿童文学作品来开展阅读活动呢?我们知道儿童文学的门类很多,有童话、寓言、散文、小说、诗歌、戏剧,也有近年活跃于阅读活动中的图画书(绘本),多种文类的引入对于儿童阅读的开展很重要,但同样重要的还有多种文学风格作品的导入。与儿童交流的文学不应该仅仅只是闪亮着明亮绚丽、欢快芬芳、舒展快乐的作品,还应该有流动着悲悯情怀、庄重醇厚、执着美感的不同风格的作品。当代作家曹文轩的《草房子》就是这样一部不同于一般儿童文学风格的作品。

情感培养是阅读教育的重要目标,通过阅读不同风格儿童文学作品来进行情感培养是人文素质培养的绝佳途径。《草房子》带给小读者的情感体验不同于一般儿童文学作品所洋溢着的快乐、欢畅的基调,它用主人公男孩桑桑六年刻骨铭心的小学生活,诉说着一个个触动灵魂的故事,阅读这样的作品,儿童能通过主人公的眼睛,产生也许与自己的生活经验并不对接,但能撼动自己内心的感性体验,这种感性体验连接着同情、勇气、自尊、自强等永恒的人性光彩。

在小学阅读教学中教授这样的作品,教师可以将学生的自读与教师的讲读相结合,教师与学生共读这本书,共同讨论,慢慢咀嚼作品精致优美又散发着忧郁格调的文辞,深入作品人物的情感脉络,相信这样的阅读活动,不仅仅让学生深切体会到了曹文轩作品高度审美、追随永恒的美学风格,更重要的是通过对感性、直观、具象的文学语言的阅读,儿童情感的力度与宽度得到了丰富,审美世界的长度与厚度得到了拓展。

这就是儿童文学的力量,融价值传递、情感渗透于无形的文字阅读中,儿童文学的教育功能从来都是与它的审美价值融为一体的。

第三章

儿童文学

绘本教育

图画书与学前儿童语言发展

全国学前教育专业（新课程标准）"十二五"规划教材，
国内首部绘本教学高校教材《幼儿园图画书主题赏读与教学》封面

对学龄前儿童而言，以图画为主、文字为辅的图画书是最适合他们的读物，是每个儿童人生的第一本书。图画书对促进儿童语言表达能力、思维发展和心理成长具有重要意义。在早期教育中，图画书教学已成为一种重要的教学资源和手段，尤其是对学前儿童语言教育。

一、图画书：属于学前儿童自己的书

图画书，英文为 picture book，在日本和我国台湾被称为绘本。关于图画书的定义一直没有准确、公认的说法。有些学者从广义界定图画书,认为图画多文字少、只有图没有字与文字多、辅以插图的书,都属于图画书的大范畴,这三者的区别只是图画和文字各自所起的作用各异。图画多文字少的图画书,图画与文字的作用相等,图文合奏,共同进行文字的叙述;只有图没有字的无字书(wordless book)完全依靠图画进行文字的表达;文字多,辅以插图的书,文字是叙述的主体,图画只是附庸于文字的装饰媒介而已。

上述广义的图画书定义不能说全无价值,此定义拓展了图画书的研究视野,有助于更好地看待图画与文字的互动关系,但为了分析研究的集中有效,本文中的"图画书"概念采用狭义的界定。

日本著名儿童文学学者松居直是这样定义图画书的:"现代的被称为图画书的读物,并不只是有很多插图的儿童书,而是指一种特定的少儿读物的形式,所谓图画书,文和图之间有独特的关系,它以飞跃性的、丰富的表现方法,表现只是文章或只是图画都难以表达的内容。图画书是文章也说话,图画也说话。文章和图画用不同的方法都在说话,来表现同一个主题。"①国内的图画书研究者彭懿对图画书的定义是:"图画书是用图画与文字共同叙述一个完整的故事,是图文合奏。说得抽象一点,它是透过图画与文字这两种媒介在两个不同的层面上交织、互动来讲述故事的一门艺术。在图画书里,图画不再是文字的附庸,而是图书的生命,甚至可以见到一个字也没有的无字书。"②

根据学界不同学者对图画书的定义,图画书的构成要素至少包括以下两方面:

(一) 图画是图画书叙述的主要媒介

图画书中的图画并非没有意义的装饰性插图,它是文字叙述的主要载体。线条、形状、颜色、画技、风格等这些特性汇合构成了一幅幅图画作品,激发人们的审美鉴赏和艺术欣赏。但图画书中的图画不仅仅是提供艺术欣赏的媒介,其主要价值和本质特性在于呈现叙述的功能。松居直曾用数学公式来表现图画书的这一特点:

① 松居直:《我的图画书论》,湖南少年儿童出版社,1997。
② 彭懿:《图画书:阅读与经典》,二十一世纪出版社,2006。

文＋画＝有插图的书;文×画＝图画书。①

在图画书中,图画并不是文字的补充或点缀,而是表情达意的主要媒介,无字书甚至完全依靠图画来完成文字叙述的功能。

(二) 图画书中图画必须具有连贯性

图画书非常强调图画的连贯性,无论是横画面构图,还是侧画面构图,抑或俯瞰画面构图,图画必须根据内容需要来安排,具有序列性、连贯性与逻辑性。一本好的图画书,能让一个不认字的学前儿童也能通过看图画读懂大意。比如整本书没有一个字,全靠图画来叙述的故事书 *The Red Book*,书中一幅幅充满连贯性又极富于逻辑性的图画,让不识字的学前儿童也能离开父母、老师的讲述,读懂故事的大意。图画书富有连贯性的画面,极大地丰富了阅读者的想象力,Perry Nodelman 的 *The Pleasures of Children's Literature* 中对图画书的图画表示上下文关系时有这样一段表述:"图画书包含一连串的图,所以当我们从这张图看到下一张图时,就必须想象可能发生的事,以便说明我们在图与图之间所看到的改变。当然文本常告诉我们图画间所发生的事情细节,但只要我们具备策略来寻找这些关联,即使没有文字,也能找出关联,这就是插图画家制作无字图画书时的技巧——只提供一连串互有关联的图来暗示故事。"②

二、图画书与学前儿童语言的发展

儿童语言的发展是指儿童对母语的理解能力随着时间的推移而发生变化的过程和现象。在儿童语言发展的过程中,图画书起到了重要的促进作用。国内外相关研究表明,图画书阅读的最大价值之一就是促进儿童语言的迅速发展。英国 Book Start 阅读研究中心 2005 年发布的研究数据表明,1~3 岁婴儿期的语言习得机会有近 50% 出现在图画书阅读中。

---

① 松居直:《我的图画书论》,湖南少年儿童出版社,1997。
② Perry Nodelman, *The Pleasures of Children's Literature* (New York:Longman Publishers USA, 1992).

　　在儿童学习语言的过程中,父母的关爱和温暖会直接影响语言学习能力的发展。如果在学习的过程中,儿童与父母能够多交流,而且是愉快的交流,那么就会刺激儿童表达和交谈的欲望,从而丰富和累积语言的经验,最终有助于语言的发展。图画书阅读最重要的方式之一就是亲子共读。在与孩子亲子共读时,重要的不再是教给了他多少知识,或者认识了多少个字,而是在父母温暖的臂弯里,儿童的精神得到了最大限度的放松,在与父母一起沉浸在图画书中愉快地亲子共读时,父母的讲述与体温,促成了儿童听和说的绝佳机会,从而促进了语言的发展。

　　学前儿童语言能力对大脑语言中枢的机能成熟存在依赖,而外部的刺激对促进儿童语言中枢的成熟起着重要的催化作用,尤其是加强后天的语言训练,可以优化外部刺激。学前儿童的语言训练必须要依据儿童自身的心理生理的发展规律,研究表明,为儿童睡前朗读,儿童可以增强记忆,加强语言学习的能力。图画书是儿童睡前读物的最佳选择,因为其画面生动、色彩鲜明、语言简洁、内容有趣,这些都有助于学前儿童愉悦情绪的调动。在他们无意注意与有意记忆占优势且更易受环境影响的情况下,愉快的图画书阅读情绪会减少遗忘量,增强记忆的牢度,对短时记忆转为长时记忆有着促进作用,从而在发掘儿童记忆潜能的同时有利于语言学习能力的提高。

　　图画书的一个重要元素便是连贯性的画面,学前儿童完全可以在不识字的情况下自己进行图画书的"看读"。依靠依序翻页阅读情节,这对学前儿童语言逻辑能力和流畅表达能力的发展有着重要的促进作用。比如在笔者的研究中,曾为 4 岁幼儿讲述澳大利亚画家 Gregory Rogers 的 *The Boy*, *The Bear*, *The Baron*, *The Bard*。这本书讲述的是一个现代与过去时空交错的历险故事,虽然没有文字,但画面连贯性非常强。在分两次讲述完 4 遍后,笔者请其中一位幼儿为大家讲述小男孩放熊的这场戏。这场戏被画家分割成一幅幅小图,如果用文字表达,可以简单描述为:小男孩打开笼子放走了大熊。但这位讲述的小朋友对这几张分解的无字图画按照顺序进行了富有逻辑的讲述:"熊和小孩在想""熊摸了小孩""他们看看""熊亲了小孩""熊指了指笼子""小孩拿出钥匙""笼子门开了""熊扔下链子""熊和小孩要握手""他们跑了"。在图画书阅读中,幼儿无须依靠文字就能讲述连贯性的图画,这让他们的语言表达得到了有益的发展。

在整个学前阶段，儿童具体形象思维是此时期思维的主要形式，其表征的工具依靠具体的表象。图画书的图画生动形象、色彩鲜艳、造型鲜明，这为以形象思维为主的学前儿童提供了便于理解的基础。同时，图画书中的图不同于一般插图，具有表意的功能，图画成为叙述媒介，本身可以表现图画书的内容和主题。因此，儿童可以依靠画面所呈现出的具体表意形象，联系所听到的图画书中的文字，"把零零碎碎的语言和形象联系起来而看到一个整体的奇妙的世界，这种经验、理解力和想象力，是幼儿发展语言不可缺少的。在这方面的丰富经验，是幼儿日后把自己的经验和印象置换成'东西'——语言这种客观存在，并运用它形象化地进行表达的能力的基础。"①

三、图画书：学前儿童语言教育的新资源

学前儿童语言教育是促进幼儿语言听说读写全面发展的教育活动，是幼儿全面素质发展教育的重要组成部分。根据《幼儿园教育指导纲要》，学前儿童语言教育的目标是培养学前儿童：乐意与人交谈，讲话礼貌；注意倾听对方谈话，能理解日常用语；能清楚地说出自己想说的事；喜欢听故事、看图书；听懂和会说普通话。

考察近几年欧美发达国家的学前儿童语言教育，图画书教学正日益成为儿童语言教育活动中的新兴教学资源与手段，在此，我主要从 3 个方面分析图画书如何成为幼儿园语言教育活动的新资源。

（一）图画书为普通话教学提供绝佳文字资源

培养学前儿童正确说普通话是学前儿童语言教育的重要任务之一。普通话是以北京语音为标准，以北方话为基础语言，以典范的现代白话文著作为语法规范的通用语。心理学研究表明，学前儿童期是语音学习最重要的时期，4 岁以上的儿童一般能掌握本民族的全部语音，其中 3~4 岁是语音发展最迅速的时期，语音发展呈现扩展的趋势，也就是说，儿童能逐渐从不会发清晰音节的语音，到掌握越来越多的语音。而到 4 岁以后，儿童的语音开

---

① 松居直：《我的图画书论》，湖南少年儿童出版社，1997。

始逐渐成形,再想学其他不同的语音就会显得吃力。因此,4 岁之前是普通话教学的重要时期。但针对 4 岁之前普通话教学的语言材料必须依据儿童的心理生理发展规律,语言要简单清楚,为学前儿童创造的图画书中的文字,相对于其他幼儿文学作品应更为简单明了,这为幼儿的普通话学习提供了绝佳的教学脚本。日本图画书《换一换》讲述了一只小鸡与不同的小动物交换声音的故事,在一次次奇妙而有趣的声音交换中,幼儿可以听到讲述故事的老师发出不同动物的声音,这对幼儿掌握象声词的正确普通话发音提供了一次愉快的原初体验。

(二)图画书成为复述故事教学法的重要内容资源

复述故事是故事教学的主要形式。教师在向幼儿多次讲述同一故事后,可以要求幼儿在理解故事内容的基础上,按照故事原文复述或者按照故事内容复述。幼儿通过复述可以加强对故事的理解与记忆,从而促进其语言、思维与记忆的发展。研究表明,幼儿在学习语言的过程中,受到成人的鼓励至关重要,如果成人对儿童学习语言时的吃力表现出不满,就会影响儿童说话的意愿,也会让儿童没有兴趣倾听他人的表达,这样便会使交流中断,严重影响儿童语言的发展。因此,复述故事教学中对故事的选择非常重要,如果是儿童不太能理解的故事,文字生涩难懂,情节过于复杂,那么儿童在复述故事时就会出现困难,从而影响语言的表达。如果老师没有意识到是由于故事太难,而将幼儿不流利的表达归咎于幼儿自我语言学习能力的迟钝,就会给幼儿的心理带来压力,从而影响幼儿语言表达的欲望与需求。复述故事教学中所选择的故事必须:人物少,情节简单有趣,句子结构简洁短小,同一个句子或者同一种语法结构的句子不断重复出现。为学前儿童所创作的图画书大多具备这些特点。以日本著名画家创作的经典儿童图画书《鳄鱼怕怕 牙医怕怕》为例,故事讲述了一只长了蛀牙的鳄鱼怕见牙医,牙医也怕见鳄鱼的有趣故事。在短短三十几页的故事中,几乎每一张跨页左右两幅图下配的文字都是一模一样的,这是作者的精心设计。比如 10～11 页,左页画面是鳄鱼望着牙医的椅子,怯怯地想:"我一定得去吗?"右边画面上椅子旁的牙医半睁着眼睛,害怕地嘀咕道:"我一定得去吗?"在补完牙后,左边画面的鳄鱼向牙医弯腰道谢:"多谢您啦!明年再见。"右边画面的牙医也弯腰回谢道:"多谢您啦! 明年再见!"同一句话被两个不同角色用不同的口气重复念出来,这不仅给听故事的幼儿提供了非常有趣的阅读体验,而且能让他们很快理解故事大意,复述出故事的内容。

(三) 图画书阅读: 培养儿童阅读兴趣的法宝

早期阅读是目前学前儿童语言教育的重要任务之一,培养儿童的阅读兴趣是让儿童进行早期阅读的基础。图画书阅读是帮助学前儿童喜欢阅读的重要法宝。图画书首先是借助画面来叙述,造型丰富、色彩明快的图画很容易让儿童一下子觉得赏心悦目。如果讲述的故事有趣,那么儿童会发现:原来书里有这么好玩的事,原来阅读是这么一件让人快乐的事。他们在一次次有趣的图画书阅读过程中会逐步发现阅读图画书是快乐的体验,图画书是知识的源泉。随着这个认识的加深,他们会慢慢开始拓展自己的阅读方式和种类,从而在浓厚的阅读兴趣中提高自己的阅读能力,这便为儿童以后的学习打下了良好的基础。Laura Joffe Numeroff 和 Felicia Bond 创作的图画书 *If You Give a Mouse a Cookie* (《要是你给老鼠吃饼干》)是一本适合在幼儿园进行班级集体阅读的图画书。当一个男孩碰见一只身穿蓝色牛仔裤的可爱小老鼠时,随手给它一块饼干吃,谁知道就此开始了没完没了的奇妙故事——老鼠有饼干后,就要喝牛奶;要了牛奶后,就要吸管;有了吸管就要餐巾……最后,男孩再也受不了这只小老鼠的纠缠,竟然被它不断的要这要那折磨到累得睡着了,而此时老鼠发现自己又饿了,于是它又要饼干吃!……一块饼干既是故事的开始,又是结尾。在这样有趣的情节设置中,幼儿的阅读兴趣被充分调动起来,老师可以让幼儿根据"要是你给……一个……"为题目创造类似的连锁反应故事。

综上所述,图画书作为一种独特的读物形式,带领学前儿童进入了一个奇妙又愉快的世界,对幼儿语言、想象、思维与记忆发展都具有重要的价值,图画书教学将越来越多地成为学前儿童语言教育的重要资源和教学手段。

中国儿童图画书的原创出版突围^①

在图画书作品"海绵姐姐传统文化棒棒糖系列"
2019年新书发布会现场为孩子们送上一面原创绘本阅读墙

图画书英文即"picture book",是一种文字与图画共同参与讲述的特殊出版品类,国际通行的图画书观念按其内容、图画、接受的难易程度,将图画书分为成年人图画书与未成年人图画书两大类,这就如同西方国家的电影有分级制一样,国外的成年人图画书整体上不是提供给儿童阅读的,给儿童阅读的实际上是那些未成年人图画书,也即儿童图画书。本文接下来将探讨的是中国原创的儿童图画书。但为了行文的方便同时也是儿童文学研究领域内已经形成的习惯,本文多会简用"图画书"的提法。

---

① 本文合作者王泉根。

一、"图画书热"下的原创图画书出版

儿童图画书的引进、出版、阅读推广、研究与原创,是21世纪中国儿童文学与儿童阅读运动,以及童书出版业、幼儿教育与小学语文教学的热点与新的增长点。我们试看今日国内关注、热心图画书的行业与人士,不但有儿童文学作家、评论家、插画家、儿童阅读推广人,更有出版机构、幼儿教育机构、小学教育界等。

早在2000年前后,图画书这一在当时还非常稀有的出版品类逐步进入到中国出版界。我国与欧美图画书市场发展规律一致,儿童图画书因其特有的创意性与教育性,现已成为0~6岁儿童的主体阅读物。经过近20年的发展,图画书已成为国内出版社,尤其是童书出版社的重要产品线,甚至出现了以儿童图画书为支撑性品类的出版机构。图画书出版也从最初的边缘品类成为热门品类。那么图画书出版热下中国原创儿童图画书现状如何呢?

新事物的发展离不开理论的支持,因此,要了解原创图画书的发展现状,首先需要关注其理论的发展态势。2008年5月,中国作家协会儿童文学委员会主办、明天出版社承办的首届"中国原创图画书发展论坛"在济南举行。2016年4月,中国作家协会儿童文学委员会再次在北京召开图画书研讨会。这两次研讨会对于认识本土图画书现状、推动本土原创图画书的发展意义重大,标志着21世纪图画书引进出版热,正逐步走向自觉的本土原创图画书出版理性建设时期。2015年8月,国内第一本图画书教学教材,全国学前教育"十二五"规划教材《幼儿图画书主题赏读与教学》的出版标志着我国图画书教学正式进入到高校相关专业的课程方案建设里,在此之前,图画书教学都是零散存在于"儿童文学"课程中的。很快,第一本全国师范院校小学教育专业的图画书教材《小学图画书主题赏读与教学》于2017年3月正式出版并进入相关学校使用。这两本教材的出版对于推动我国学界图画书教学推广研究起到了重要作用,图画书教学与推广也借此成为儿童文学、出版学与教育学领域的新兴研究方向。与此同时,北师大与首师大合作的"图画书研究"专题在2016年并入国家社科基金重点项目子课题研究,首师大研究团队的"图画书分级阅读理论与实践研究"获批 2019 年北京市教委研究项目,等等,这些研究成果从认识论与方法论角度都为更加深入探索图画书出版构筑了坚实基础并提出更高要求。图画书对少年儿童发展所具有的不可忽视的促进作用正日益获得学界与社会的广泛重视。图画书以其不可替代的教育功能与审美特质,正在成为儿童早期阅读材料的主要形式,以及学前儿童语言教育与小学教育的重要课程资源。多元视角下的图画书出版研究对于丰富和拓展儿童读物出版的内涵、本体维度与研究视野,对于探索艺术审美表达方式均具有重要的理论意义与价值。

我国原创图画书出版在品种数量上,近十年来增加迅猛。目前我国几乎所有的出版社都参与童书出版,争抢着这块"唐僧肉"。与前些年热心于外国图画书版权的购买与出版有所不同,近年来以"原创绘本""原创图画书"冠名出版的图画书数量飙升。在当当网上以"原创绘本"作为关键词可搜索到 100 页当当自营书,以"原创图画书"作为关键词也可搜索到 100 页当当自营书(2019 年 8 月 16 日数据,选择"当当自营书"可避免重复选项),以每页 60 本计算(实际不止),可供选购的原创绘本多达 6 000 余册/种。考虑到有的图画书以丛书、系列书形式成套出版等因素,实际册数显然还要远多于此。

除了在出版数量上的增加,出版的细分品种也有所变化。原创图画书除了早前的低幼启蒙读物外,也发展出了生命教育、习惯养成、品德培养、社会交往等主题丰富的绘本,既有文学性绘本,也有认知功能性绘本,并且年龄段不再局限于 0~3 岁,而是覆盖了幼儿园、小学阶段,满足了学校幼儿园的教育需求,现在很多学校幼儿园都开设有校本或园本绘本课程,对本土原创绘本需求很大。

此外,在原创图画书的出版规模上除了数量、品种增加以外,还有一个明显的增加,就是参与原创图画书出版的出版机构数比十年前大幅增加。原创图画书由最早参与的中国少年儿童出版社、明天出版社等发展到所有的专业少儿出版社都有不同品种的出版,再到今天很多非专业少儿社,尤其是教育类、大学类出版社的加入,如北京师范大学出版社、人民教育出版社等现今每年均有不小规模的原创品种出版。

原创图画书出版的作者队伍也从之前的专业儿童文学作家变化为多种

社会身份人士的加入,这与图画书本身内容的多元性息息相关,如法治绘本《正义岛儿童法治教育绘本》的 3 位作者均为法学博士,又如近年屡登畅销书排行榜的原创绘本《这就是二十四节气》的作者就是中国科学院地理资源研究所的专业人士。专业作家、画家、教育专家、科学家等等都加入了原创图画书的创作者队伍中,极大地丰富了本土图画书的作者资源。

但在这么多原创图画书中,称得上公认精品,经得起时间考验,现已成为长销书、将来可能成为经典原创图画书的却为数不多。"根据开卷公司监测的数据,2019 年上半年,中国图书零售市场总规模同比增长 10.82% ,少儿类图书码洋占比 27.38% ,占据细分类别第一,比 2018 年同比上升了 1.22 个百分点。"①但研究人员发现,原创图画书在家长中的认可度虽然较过去有所提高,但仍然不敌引进版图画书。2013—2017 年间,全国顾客购买的童书中原创童书占据了 1/3,引进童书占 2/3。原创儿童绘本在品类占比中,销量上涨了 34% 。南方要比北方更喜爱原创儿童绘本,其中,最推崇原创童书的省份是福建省,销量为 41.2% ,北京、上海仅为 29% ,仍然更喜爱引进版。②

由此可见,图画书出版繁荣的表象背后深潜的还有中国原创图画书在出版上的艰难与隐忧。

二、原创图画书出版与创作的三大瓶颈

我国原创图画书出版虽已有了起色,但在整个图画书出版总量中占比只有 34.7% ,而且质量良莠不齐。在国内外能获得普遍好评的优秀原创图画书更少,中国幼儿读到的优秀图画书大多是从外国引进的,这正是许多家长和教师十分期待优质中国原创图画书的原因。欲使中国原创图画书成为中国幼儿早期阅读的首选书是很难短期实现的目标。综观 21 世纪图画书出版十多年的发展之路,虽然出现了出版社众多、出版数量惊人的景象,但我们应该清醒地认识到中国原创图画书尚处于发展的"学步"阶段。

---

① 开卷:《2019 半年度中国图书零售市场分析报告:总规模同比上升网店保持较高增长》。据中国小康网-文体-文化:http://www.chinaxiaokang.com/wenhuapindao/wenhua/20190719/752104_1.html。

② 虞洋:《当当图书 2017 用户行为报告》,《出版人》2018 年第 2 期。

与经典图画书相比,中国原创图画书出版与创作到底存在哪些瓶颈?以我们的观察,主要有以下三个方面。

(一)"文图合一"的图画书创作者太少

国外优秀图画书有一个突出特点,即文画合一,文字与绘画都由同一人完成,出自一人之手。如《彼得兔的故事》,文与图都出自英国比阿特丽克斯·波特之手;《花婆婆》,文与图都出自美国芭芭拉·库尼之手;《母鸡萝丝去散步》,文与图都出自美国佩特·哈群斯之手。

反观我国原创图画书的创作者,绝大多数是文图合作完成,即文字作者与图画作者不是同一人。图画书的综合性艺术样式本质决定了创作者最好能文画合一,是既懂文学、懂美术,又懂孩子、懂教育的复合型人才。但这对于在应试教育环境中长大、美育先天不足、更少通识教育的中国图画书创作者来说,显然是一种通过后天努力还很难立时补救的缺憾。当然,文图合作也能创作出好的图画书,但毕竟是两个人,创作过程中充分、透彻的沟通与交流就十分重要且必要。国外也有文图合作的情况,但文图作者要么是"夫妻店",要么是多年的"合伙人",即使这样还会增加作品成型的时间成本。第一届丰子恺儿童图画书奖首奖作品《团圆》,从文稿修改到最后出版历时3年,个中艰辛自是文字作者余丽琼、图画作者朱成梁以及该书编辑最能深味的,但并不是每位创作者和编辑都能如此令人感佩地坚持到最后。

现在国内原创图画书出版通常采用的是现成儿童文学作品加图画的形式来出书,好处是出版起来又快又多,一个系列可以有十本二十本,但这种做法最易伤害到图画书的"以图为主、文图结合"的本质特征。佩里·诺德曼在《儿童文学的乐趣》一书中指出:"图画与文字有着内在的区别,并且二者以不同的方式传达着不同种类的信息。图画涵盖空间而非时间,无法以简单的方式表达因与果、主与次、可能与现实的时间关系;文字则涵盖时间而非空间,其语言文法能轻易地再现这些关系。……图画书提供的主要乐趣在于,读者能够感受到插画家如何利用了文字与图画之间的这些差异。"图画书文图结合的方式有多种,如图文映照、图文互补、图画叙事、文即是图等,一本好图画书的文图结合常多种方式并用。文字作者与图画作者在图画书出版前肯定会进行必要沟通,但文字作者当初在创作文字部分时通常不会考虑图画部分,图画书成书过程中如何达到图画与文字的完美融合实在是一个不小的挑战,一不小心容易变成饮鸩止渴——书是很快出版了,却把图画书的文图结合简化成了"文+图",从而让人读这种"准图画书"后享受不到回味无穷的诗意、领悟不到掩卷而思的深度。

(二) 本土意识强,对话意识弱

中国图画书工作者都有很强的民族本土意识。熊亮在"五色土"原创图画书博客中指出:"在平凡中找到传奇,在平淡中找到诗意,这就是本土图画书的责任。我们的孩子如果看很多国外的图画书,那么他们可能缺乏爱身边环境和人的能力。"这是一个有民族文化传承责任感的图画书创作者说出的心里话。作为大陆地区中国原创图画书作者的代表人物,熊亮的这一主张深得人心,这也说明中国原创图画书创作在多元文化交融的时代从一开始就有极强的民族文化自觉意识,这种意识具体体现在许多方面,如图画书的题材内容、表现形式、形象塑造与情感表达方式等。近年来原创图画书出版尤其偏爱中国传统文化题材,许多出版社不约而同地出版了中国传统节日、二十四节气、民间故事、神话传说等相似题材的图画书,同时常选用水墨、版画、剪纸等传统技法及敦煌画风、中国山水画等绘画风格彰显中国特色。这些鲜明的中国风让久读欧美日韩图画书的中国读者不禁眼前一亮、心生亲近。但相近题材、相似画法扎堆出版似乎又隐含了一个问题,那就是原创图画书出版的本土意识是否就等同于传统文化与艺术的再现?

(三) 出版物说教性强,趣味性弱

2012 年 4 月英国伦敦书展期间,中国当代儿童插画展和中国绘本图书展在大英博物馆举行,英国插画同行对中国的儿童插画赞美有加[1],单从插画作者的水平方面看,中国是有创作图画书的高水平画家的。不过从一个好的画家到一本好的图画书,中间还有一段很长的路要走。走这段路时,尤其要注意避免说教性对图画书趣味性的伤害。现在有些原创图画书有一种"哲学化"倾向,似乎讲得越玄乎、越深刻就越好。这种误判与我们不论成年

---

① 沈利娜:《论中国图画书的前身后世》,《出版广角》2012 年第 8 期。

人图画书与未成年人图画书的一股脑儿引进、又误以为凡是图画书都适宜孩子的误解有关,这就造成了图画书出版中的"悖谬"现象,如将《失落的一角》这类需要历经人生沧桑才能感悟的表达生命哲学的国外成年人图画书,也来向儿童推广。

三、原创图画书出版突围策略

针对上述三大瓶颈,我们逐一给出突围策略建议:

首先,针对文图合一图画书创作者少的问题,我们应该加大原创图画书出版的扶持力度。这里的扶持包括政府层面的政策扶持,还有些权威童书奖项在评奖时会对文图合一的原创作者予以特别支持,这些都是值得推广的做法。当然,最重要的是来自出版社的图画书出版理念的同步:在原创绘本选题立项时加强对文图合一作品的策划,鼓励更多绘本图画创作专业人员动笔写文字。文图合一图画书作者少,这是由创作环境、创作人才、创作标准等多方面原因综合形成的结果。当然,少并不等于没有,我们仍能列举出不少优秀的中国原创图画书文图合一的创作者,如50至70后的蔡皋、熊亮、周翔等,80、90后的新生代王云生、邓正棋、董肖娴等,但人数确实不如文字、图画分开的图画书作者群体多,更难成为主流,所以对文图合一的创作更要支持。使人欣慰的是,这种局面正在开始改变。2014年,熊亮获得了国际安徒生插画提名奖,这显然是对坚持追求文图合一的高标准图画书创作者的一种肯定。特别是最近八九年来,中央美术学院图画书专业培养了一大批毕业生,他们大多为文图合一的创作者,他们创作的不少作品,如《听奶奶的话》《小黑漫游记》《人之初》等叫好又叫座,并屡次获奖。希望是在于将来的,相信这些后起之秀必能成长为中国原创文图合一图画书的主力军。

其次,针对对话意识弱的问题,应该加强现代性的对话,而非采用简单传统文化符号的直接呈现。从杨志成到张世明、蔡皋再到陈江洪、郁蓉,这些能凭鲜明的中国特色在国际化展上斩获图画书大奖的画家们用他们的作品说明了中国传统文艺与图画书结合是大有可为的,是能够被国际插画界欣赏认可的图画书出版之路。不过,同时我们还要意识到,这种结合是以文化间的对话与交流为特征的,而不是简单地复制传统。因为从上述几位获奖画家的图画书中,我们都能强烈地感受到其中不仅有中国传统文化与艺术,更有现代艺术与意识。如杨志成的《狼婆婆》对西方叙事方法与油画风格的吸收,陈江洪的《神马》借用中国古代故事对战争杀伐的正义性及其转化等主题的探讨,郁蓉的《云朵一样的八哥》对爱与自由的思考、中国剪纸技法与西方美术构图法的高明结合等,这些正是中国原创图画书出版目前普遍缺乏,今后要大力借鉴、思考与追求的特质。只有通过充分的古今对话、中外对话,我们表达的传统才不会是生硬的中国传统文化符号,而是今日中国人需要的传统,是今日中国人能坚持并能被世界理解与接受的传统,是今日中国人可发扬光大的那部分传统。

　　从已经出版的原创图画书中我们可以找到这种基于对话的本土作品,如周翔和熊亮二人依据同一首北方童谣各自先后创作的《一园青菜成了精》。周翔的创作在忠实于文字的同时尽显菜精们的个性特点,画面中还藏了许多令人捧腹的细节,与文字相映成趣,用想象丰满了童谣中的奇思妙想和游戏精神。熊亮在作品中更加注重对童谣中童趣的丰富与拓展,直接把自己放进了作品里,甚至参与到了菜精大战的结局中去,真假虚实之间,让读者好似看了一部静态的迪士尼动漫,设计与构思都出人意料,每页藏笑点。这两本绘本都很好,却是各有个性与特色的好,适合阅读的人群也会不同:周翔的更适合年幼一些的学龄前儿童,熊亮的更适合小学生。同样的传统童谣在二位图画书作者的手下呈现出了不尽相同的风貌,是"对话"后深思熟虑才能创作得出的。这种不同既是作家个性的展示,也是作品独特魅力形成的核心元素,这种被现代性"对话"加工过的传统才是21世纪依然有生命力的传统,也应该是原创绘本出版努力的方向。

　　要增强原创图画书的趣味性,降低甚至零化说教的成分,图画书策划编辑的儿童本位出版理念很重要。在编辑判断是否为好图画书时,图画书的本质性特征即是否以图为主、是否文图结合仍然是先决条件。怎样才算把趣味性与教育性完好结合呢? 试以英国作家葛林德和画家瓦勒舍合作的《天空为啥是蓝的?》为例,从表面看该书讲的是一头驴和一只多动小兔子的故事,驴似教师,兔子似幼儿,但情节却有意料之外的审美趣味和感人动人的细节。这部作品有着儿童文学与图画书都要追求的与艺术相融合的教育性,摒弃了目的先行、伤害到艺术的说教。

图画书的美图和精妙设计总是会让人拍案叫绝,如《逛了一圈》《黎明》等,这自然是图画书趣味性的重要来源。但图画书要好到让孩子读过几十遍依然爱不释手,除了要有美图和好设计,还要有深入浅出、抵人心灵又妙趣横生的文字,如果没有对儿童的充分了解、对艺术境界的追求是很难做到的。文学的深度是审美的深度,部分编辑对儿童文学深度的无知或无求,正是中国原创图画书出版中有美图和好设计,却少有经典大作的原因之一。中国原创图画书更难创作的当是文字部分,它要表面浅,孩子们能看懂也能听懂,同时内涵深广,即便是耄耋老人或学富五车的智者来看也不觉空洞。

以上中国原创图画书出版的三点瓶颈分析与突破策略建议,其实都可归结到"儿童观"问题,即我们的出版者没有真正深入了解儿童,从儿童需要出发,而更多的是从成人的目的与兴趣出发教育儿童应该知道什么。如果能在儿童"想知道什么"和"该知道什么"二者之间找到平衡点,把儿童需要与成人要求统一在深入浅出、趣味盎然上,中国原创图画书的出版或许就可趋向成熟了。

儿童绘本如何创作^①

与教师谈绘本创作,摄于北京市朝阳区教育局教师培训会现场

一、绘本创作的原则

(一) 儿童性

儿童阶段是一个较为特殊的发展阶段,这种特殊性主要体现在:这个时期的孩子的认知能力、思维能力和想象能力都还在持续不断的完善和发展过程中,并且他们的审美能力和判断能力也是具有独特性的。由于绘本的受众主要是儿童,因此绘本的创作应该与儿童身心发展特点和审美观念

---

① 本文合作者闫慧茹、郝桐、王佳雯、张宁。

保持一致,使绘本的内容能够符合儿童的认知和审美,激发儿童阅读绘本的兴趣。绘本为每一个儿童都提供了一个宽阔的自然发展环境,反映着一个儿童发展过程中的点点滴滴,并且通过那些令人难忘的可爱的角色来引领孩子们的成长。

首先,绘本创作的题材应该贴近儿童的现实生活,使绘本的内容丰富且具有趣味性。例如,在《一园青菜成了精》(编自北方童谣,周翔/绘)中,每一种菜都根据自身的特性有了属于自己的角色,"大蒜裂了瓣,黄瓜上下青,辣椒一身红,茄子通身紫……"这场面就好像一群顽皮的小孩子在一起嬉戏玩闹。由于选择了青菜的题材,儿童既可以通过观察画面来丰富自己的生活经验,认识更多蔬菜的种类;又可以通过朗朗上口的童谣,来感受美妙的韵律感和节奏感。在施欢华的作品《左左和右右》(施欢华 文/绘)中,左左和右右是一对双胞胎姐妹,两个人有着共同的喜好,但又有着不一样的性格:一个活泼开朗,一个文静内敛。但是姐姐右右的一次生病,让经常吵闹的两个人突然安静下来,妈妈也告诉右右:"是呀!分享才能一起长大……""分享"这个题材与儿童的生活密切相关,孩子们可以通过这个温馨、甜蜜而又感人的小故事,真正体会到分享的快乐。像《红绿灯眨眼睛》([日]松居直/文,[日]长新太/绘)、《别再捉弄人了》([英]艾玛·奇切斯特·克拉克 文/绘)、《小黑鱼》([荷兰]李欧·李奥尼 文/绘)等这些绘本都是选材于生活或是与生活息息相关的,又以一个有趣的故事或是奇妙的形式呈献给孩子们,生动又有趣。

其次,绘本创作的文字也应该做到精练和生动,符合儿童的审美特点。如,《14只老鼠吃早餐》([日]岩村和朗 文/绘)中多处用到了拟声词:"哗啦,哗啦,冷水洗脸真舒服。""哇,好舒服啊,好舒服啊!""闻闻看,好香啊!"这些拟声词的使用,不仅描绘出了这个大家庭的热闹与温馨的场面,而且生动形象地让孩子们感知到这14只小老鼠生活的丰富多彩。又如《南瓜汤》([英]海伦·库珀 文/绘)中,为了呈现"哐当!汤勺掉了下来"几个字,字体被醒目地放大了,就好像真的能让孩子看到汤匙掉下来一样。像《憋不住、憋不住、快要憋不住了》([日]土屋富士夫 文/绘)、《小房子》([美]维吉尼亚·李·伯顿 文/绘)等的文字都是与众不同的,让孩子在看文字的同时,也能联想到画面的场景。

此外,绘本创作的插图可以运用儿童喜欢的夸张的画面、有冲击性的色彩来表现鲜明的形象,为儿童所接受。如《一个黑黑、黑黑的故事》([美]露丝·布朗　文/绘)中,这个故事加上黑色画面有些吓人,但画家考虑到不是每一个孩子都会喜欢黑色的图画,便在每一幅画面上都画上了一束明亮的光线,来冲淡孩子们心中的恐惧。作品《我的连衣裙》([日]西卷茅子　文/绘)中,画面中小兔子的连衣裙可以根据所处的场景变换花样:"当小兔子走进花田里,画面中的连衣裙就变成花朵的花样;当小兔子走进雨水里,连衣裙就变成雨点花样;当小兔子走进草地里,连衣裙就变成了草籽花样……"这本书对于孩子来说,像是一个不断变换图案的万花筒,每一帧画面都带给孩子们无限的幻想和欢乐。

(二) 创意性

在绘本创作中,除了图画和文字两个要素外,还有一个要素也是我们必须考虑的,那就是读者,绘本的价值和意义很大程度上要通过读者的理解体现出来。儿童是绘本的主要阅读群体,富有创意的绘本往往更受他们喜爱。因此,我们要想让绘本更受欢迎,使其具有创意性是必须遵循的一条原则。别出心裁的设计可以将故事推向高潮,让儿童的想象拓展到一个无限的空间。其中文字部分是最能引发孩子幻想的,一本富有创意的绘本,可以通过简短浅显却妙趣横生的文字,把孩子带到一个自我想象中的五彩斑斓的世界,这也是绘本所具有的独特魅力。

《月亮的味道》([波兰]麦克·格雷涅茨　文/绘)就是这样一本深深吸引孩子们的书。对于儿童来说,最感兴趣的莫过于食物了,他们吃过各种水果、蔬菜、饼干、糖果……但是又有谁吃过月亮呢? 它究竟是像苹果一样酸酸甜甜的呢,还是像饼干一样脆脆香香的呢? 还有,动物们竟然通过一个叠一个的方式就吃到了天上的月亮! 多么奇妙的幻想! 这样充满着创新的绘本一定是受孩子们喜欢的。

(三) 艺术性

儿童绘本创作的艺术性是一种基于儿童审美视角的艺术呈现,这不仅体现在其创作风格的艺术性,也体现在它能够呈现给孩子不一样的文图结合的视觉体验。其实每个孩子对美都有着自己的感受,并会通过自己独特的方式表达出来。但是孩子的表达方式比较稚嫩,因此需要大人有意识地引导孩子们去了解和感受美的存在。而充满艺术性的儿童绘本可以使儿童逐渐理解什么是艺术、什么是美,激发他们对于艺术的兴趣和热爱,使孩子们愿意投身到艺术活动、艺术创作中去,并获得乐趣和成就。① 在艺术的熏陶和滋养下,孩子的审美趣味和品格情操都能得到长足的提高。因此在绘本的创作过程中,艺术性的呈现也是我们要考虑到的重要问题。

《小猫鱼》([日] 渡边有一　文/绘)系列就是很好的例子。首先,站在孩子的角度上来看,一切皆有可能。所以作者大胆地将小猫和小鱼艺术性地结合在一起,构成了"小猫鱼"这个神奇的小动物,一点一点地带领孩子感受小猫鱼的神奇世界。其次,这套绘本最大的特色在于其独特的艺术设计,有洞洞、模切、立体页、胶片页、抻拉页,让孩子在阅读的同时体会到无限的惊喜。比如在《飞翔的小猫鱼》([日] 渡边有一　文/绘)中,当画到"海上刮起龙卷风"的时候,便设计成了立体页,用卡纸剪成了龙卷风的螺旋形状,从不同角度来看,龙卷风的形状也是不一样的。这种设计不仅生动有趣,更能直观地给孩子呈现出龙卷风立体的样子。在《抱抱的小猫鱼》([日] 渡边有一　文/绘)中,那幅小猫鱼、海狮宝宝、小章鱼、小乌龟抱在一起的画面则采用了抻拉折叠式的手工制作方法,孩子们打开那张页面的时候,几只平面的小动物立马呈现出"抱抱"的姿势,这种呈现方式更加真切和生动地给孩子们展示出了"抱抱"的直观体验。在绘本《高空走索人》([美] 莫迪凯·葛斯坦　文/绘)中,一个跨页加上一个折页的长画面,实在是气贯长虹。那栋矩形的塔楼发生了变化,头重脚轻,让本来就充满了不稳定因素的画面变得更加不稳定了,每个孩子看完都仿佛身临其境一般。洞洞书《好饿的毛毛虫》([美] 艾瑞·卡尔　文/绘)更是极具艺术性。

(四) 整体性

绘本的类型有很多种,其中图画和文字的关系也有很多种,但绘本都要通过图画和文字的结合来共同推动故事情节的发展。一般来说,绘本都是

---

① 王蕾:《幼儿图画书主题赏读与教学》,复旦大学出版社,2015。

先有文字,然后根据文字来进行图画的创作。文字和图画都不可能脱离彼此而完全独立地存在,二者是相辅相成的关系。曾经两次获得过凯迪克奖金奖的美国画家芭芭拉·库尼就用一个形象的比喻说出了图画与文字之间的关系:绘本像是一串珍珠项链,图画是珍珠,文字是串起珍珠的细线,细线没有珍珠不能美丽,项链没有细线也不存在。协调的图文关系会加强绘本的艺术效果,使其更具吸引力,从而激发读者反复阅读的欲望。优秀的绘本都是二者结合的范本,读文字,能激发学生对图画的想象,看图画,能得到对文字的延伸,通过图文合奏,共同演绎精彩的绘本故事。因此,我们在绘本的创作中,要兼顾图画和文字之间的整体性,避免将二者割裂开来。如在《奥莉薇》([美]伊恩·福尔克纳　文/绘)中,一开始就写"奥莉薇是一只小猪,她擅长很多事情,要说最拿手的一件事就是把人累昏,她甚至常常把自己也累昏"。为什么奥莉薇最拿手的事是会把别人和自己累昏呢?这个疑问在与文字相配的图画里就能找到答案。奥莉薇一出场就让人感觉活力四射、哭笑不得:这里同时出现了 13 只忙碌的小猪,有倒立的、跳绳的、尖叫的、钉钉子的……这样使得文图对应,让奥莉薇这个累昏别人也累昏自己的猪小妹的形象生动地出现在了读者面前。

二、文字语言创作特点

(一) 文字表达的浅语化

关于绘本文字语言的浅语化创作,已经被很多绘本创作者所关注。台湾著名儿童文学作家林良先生曾说过:"儿童文学是浅语的艺术。"虽然为孩子创作的文学作品应该使用浅显易懂的语言是一个常识,但是浅语化并非那么容易。林良认为,儿童文学作家"必须懂得把他所知道的种种文学技巧用在浅语的写作上……在'文学技巧'还没有跟浅语连接起来以前,你必须先有写作浅语的能力"。因此,浅语化的创作是非常重要的。

在"林良童心绘本"系列中,大部分的故事情节都是非常简约的。例如其中《汪汪的家》(林良/文,何云姿/绘)讲述的是寒冬里,小狗汪汪和妈妈在生活困难的时候得到了前村伯母的帮助,等爸爸回来之后,带着柴火和粮食去伯母家,两家人一起热闹地过冬的故事。在最后写道:"爸爸的心里很快乐,妈妈的心里很快乐,汪汪的心里也很快乐,这真是一个快乐的冬天!"文字虽简单易懂,却更显得幸福和温馨。又如《聪明的笨小孩》([斯洛文尼亚]海伦娜·卡拉杰克 文/绘)是一个有阅读障碍的小孩子的自我描述,在现实生活中有很多这样的孩子。虽然全书都是以最简单易懂的句子来阐述这个故事的,但是却用温柔的话语教会我们用平常心面对,让幸福能够传递……诸如此类的情节展开似乎太缺乏传奇色彩,但作者却能以浅语将其叙说得温馨感人,清浅诗意的语象表层下,蕴含着作者对儿童文学独特的思想把握与艺术理解。

(二)文字内容的形象化

绘本本身是图画和文字共同表达的形式,书中的图画是整个绘本中最重要的组成部分,有些绘本不需要文字也能很好地表达整个故事的内容,但是形象化的文字能够帮助图画更好地传达信息。绘本中的文字设计,大多数是能够形象化地阐释图画的内容的,以达到补充甚至是深化画面的作用。与此同时,还可以在一定程度上向读者传达故事角色的情感色彩,方便孩子们更直接地读懂故事情节,享受阅读的乐趣。

关于文字语言的形象化设计,《七彩下雨天》(金静华/文,姜香英/绘)就是个很好的例子。"如果下起了彩虹色的雨,会是什么样的啊?……如果下起了橙色的雨,酸酸甜甜。是好喝的橙汁吗?快伸出舌头尝尝吧。"这本绘本的文字虽然不多,但是每句话都很精彩,富有诗意。尤其是当孩子们读到"橙色的雨"的时候,恐怕都想伸出舌头,尝尝雨的味道呢。又好比前边提到的例子《一园青菜成了精》,这原本是一首富有韵律和节奏的北方童谣,后来经过周翔的改编,成了这个让小朋友更容易理解的版本。"红头萝卜称大王,绿头萝卜当娘娘。隔壁莲藕急了眼,一封战书打进园……"朗朗上口的童谣,哪怕没有图画的映衬,孩子们光听或者看文字就能有很强烈的画面感,这也是文字语言的魅力所在。

(三)文字内容的修辞化

在小学阶段,儿童已经接触并学习了简单的修辞手法,而绘本中多种修辞手法的运用也能让故事的情节更加生动和形象,吸引儿童的阅读兴趣。

在儿童绘本中常见的修辞手法包括比喻、拟人、夸张等。

在诸多的修辞手法中,比喻是一种非常常见的修辞。比喻的运用可以使儿童眼中抽象的事物变得具体化、形象化,儿童通过比喻的描绘,可以自己获得对事物的认知。例如《友谊就像跷跷板》([澳]肖纳·英尼斯　文/绘),孩子们可能不知道友谊到底是什么,但是通过巧妙的比喻,让每个玩过跷跷板的孩子都能很容易理解自己和朋友之间奇妙的关系,引导孩子学会理解朋友,学会保持与朋友之间的平衡关系。

拟人的修辞手法也是在绘本中常见的。为了增加绘本的趣味性,作者常常会将动物或者植物的形象拟人化,符合儿童的审美视角。例如《猜猜我有多爱你》([爱尔兰]山姆·麦克布雷尼/文,[英]安妮塔·婕朗/绘)讲述的是一只大兔子和一只小兔子的温情故事。作者以两只兔子对话的口吻,将父子(母子)之间的温情表达得淋漓尽致。还有《快活的狮子》([美]路易斯·法蒂奥　文/绘),也生动地写出了这只小狮子的困惑,教会了孩子应该站在他人的角度上思考问题。

夸张也是一种很有意思的表达手法。《100万只猫》([美]婉达·盖格　文/绘)就是个很好的例子,老奶奶想要一只属于自己的猫,老爷爷为了满足老奶奶的愿望便出门帮奶奶找猫去了,结果遇到了"好几百只、好几千只、好几百万只、好几亿只、好几兆只猫",这里就是运用了夸张的手法,写出了民间故事的幽默与诙谐。

三、图画的创作

(一) 角色形象

角色是绘本中最主要的组成部分之一,成功的形象塑造往往能给人留下深刻的印象。角色的性格和命运推动着故事情节的发展,因此,角色的塑造不只是一个图画符号,而是有着深刻的内涵,包括其气质、个性以及现实意义等因素。在角色的塑造中,要注意其性格、身份等因素,然后通过丰富的语言、动作、神态等来表现角色形象。比如在形象塑造上非常出色的绘本《大卫,不可以》([美]大卫·香农　文/绘)中,我们看到的是一个长着圆圆的脑袋、稀疏的头发、三角鼻子,一张嘴满口尖牙的小孩。这在成年人眼睛里,可能看起来更像一个坏小孩,但正是他的这些特征,再加上脸上时而无辜,时而淘气的表情,才给我们带来了一个如此受欢迎的大卫。

(二) 表现技法

媒材的使用没有明确的规定,使用任何媒材都可以,但是通常都有一定的技法,比如色彩、素描、雕刻等,创作者要根据创作需要来混合使用不同媒材,去最大限度地展现故事情节。以下将举例介绍几种常见技法。

1. 油画

油画的好处在于可以通过一层层涂抹来使画面具有层次感和立体感,具有丰富的色彩和纹理,干燥以后能够长期保持光泽。如《三只小猪的真实故事》([美]莱恩·史密斯 文/绘)、《浴缸里国王》([美]奥黛莉·伍德,[美]唐·伍德/绘)等。

2. 水彩

水彩的干湿浓淡变化以及在纸上的渗透效果使水彩画具有很强的表现力,并且有奇妙的变奏关系。水彩颜料具有较强的细微表现力。但是在绘画的时候,要注意干画法与湿画法的区别。如《流浪狗》([美]马克·西蒙特 文/图)、《图书馆》([美]萨拉·斯图尔特/文,[美]戴维·斯莫尔/绘)、《疯狂星期二》([美]大卫·威斯纳 文/绘)。

3. 铅笔画

即用不同的铅笔作的画。画家一般用粗线条来描绘事物轮廓,用细线条来描绘事物细节。绘图铅笔有 20 多种硬度,软铅笔用来绘制柔和的线条,硬铅笔用来绘制细致的线条。它不像其他绘画那样重视总体和彩色,而是着重于结构和形式。比如在《勇敢者的游戏》([美]克里斯·范·奥尔斯伯格 文/绘)中,采用的正是细腻的铅笔画。

(三) 页面布局与构图

我们通常见到的绘本有两种类型的页面布局:跨页和单页。跨页的插图会将一幅完整的图画置于两个页面,这样的设计适合风景画或人物较多的故事场景,有时也会在情节或线索需要的时候出现。例如在《隧道》([英]安东尼·布朗 文/图)中,在第 18 页和第 19 页就有一个阴森恐怖的经典跨页,中景是两棵老树,一棵的树干是呼之欲出的断臂熊,树根则是一头长着獠牙的野猪。另一棵的树干上则是一只伸着舌头,拄着拐杖的狼。远景还有同样盘根错节的树,有一座小屋,还有一道可以穿越时空的拱门。近景中,穿着红衣服的妹妹在快速奔跑,眼神惊恐万分,我们仿佛听到了妹妹的尖叫,还有森林里的鬼哭狼嚎。

构图方式对于读者理解图画是非常重要的,它是画面营造最核心的部分,通常由视觉中心和几个视觉注意点组成,它们的位置决定了其重要性,各部分的布局影响着画面的秩序和平衡。对于不同年龄阶段的孩子而言,这两者的被注意程度是不同的。年龄较小的儿童注意力通常集中在视觉中心,而对于分布在角落或其他不太明显的位置的细节内容则很少关注或关注不到。而年龄较大的儿童则在认知、心理等各方面发展较为成熟,通常能较为全面地看到构图要素。所以总的来说,构图要考虑将想要突出的重点内容放在视觉中心。

(四) 艺术元素

1. 颜色

在绘本中,绘图的主要构成要素是色彩和图案。其中,颜色可以表现出绘本故事的背景、主题和气氛,同时可以有效地传达作者的创作感受和意图。因此,要想让读者产生视觉上的愉悦,并且和作者产生共鸣,那么在创作的时候就要探索绘本设计的配色。比如在《獾的礼物》([英] 苏珊·华莱　文/绘)中,獾佝偻的身子坐在晚秋的乡村,他的生命也如同这秋天一般,即将走到尽头。画面中,淡淡的颜色烘托出淡淡的哀愁,这一页的色彩为以后的故事奠定了基调:悲伤而温暖。而在獾死后,天却蓝得出奇,那是整本书中最耀眼的一抹亮色,它也成为这个故事的转折点,把读者引入动物们珍贵的回忆之中。

2. 亮度

亮度是颜色的明暗程度,与黑色混合,颜色就会变深,与白色混合,颜色就会变浅。[①] 不同的亮度,对于表现图中空间的纵深感、人物的心情、环境的

---

① 丹尼斯·I.马图卡:《图画书宝典》,王志庚译,北京联合出版公司,2017。

变化等都有重要作用。如在《一个黑黑、黑黑的故事》中,色调就与我们平时所见的绘本不同,第一个画面就是整体都呈暗黑色:黑黑的天,黑黑的地,鬼屋一般的老宅……这样的颜色可能会带给读者一些恐惧感,但是每一幅画面上又有一束光亮,使得整体亮度有一个提升。

3. 形状

形状,既简单又复杂,可以烘托故事背景和主人公形象。形象有两种不同的类型:规则形状和不规则形状。规则形状一般包括三角形、正方形、长方形、圆形等形状,通常用来描绘非自然的(或人造)的事物。规则形状都是精确的、具体的、有秩序感的,同时也是复杂的、稳定的、略显呆板的。规则图形常用来表现事物的秩序感和设计感,而不规则图形则能够用来表现万物的自然性、真实性和多样性。比如《母鸡萝丝去散步》([英]佩特·哈群斯 文/绘)中,就运用了很多形状。虽然那只倒霉的狐狸是一个丑角,但作者并未将其丑化,反而把它美化了:两只三角形的尖耳朵,身体及长长的尾巴则布满了由复杂的圆点、线条和黑三角组成的装饰性图案,就像一个美丽的狐妖。这样的形状更增添了画面的趣味性,使主人公形象别具特色,给读者留下深刻印象。

幼儿绘本创作谈[①]

在中挪绘本交流会上谈挪威绘本特色

基于幼儿的认知、情感、思维特点，绘本一直以来都是备受幼儿青睐的读物。目前图书市场上有着类型多样、内容丰富的绘本可供选择，但是"纸上得来终觉浅"，只有自己亲自创作过绘本，才能对未来从事幼儿绘本教学指导更有心得。本文将从绘本的创作原则、文字创作与图画创作两方面详细介绍绘本创作的一般方法。

一、绘本创作的原则

（一）儿童性

学前时期的幼儿在认知、情绪情感、思维、个性心理等方面具有特殊性，

---

① 本文合作者张凯真、钱佩雯、周瑾、秦亚其。

在认知方面,幼儿通过感知、依靠表象来认知事物;在情绪情感方面,幼儿的情绪不稳定、易受外界环境的影响;在思维方面,幼儿以具体形象为主;在个性方面,幼儿已形成个性的基础或雏形。因此,绘本作为最受幼儿欢迎的读物,其创作要符合儿童发展规律,从而激发儿童的阅读兴趣、引领孩子的成长。

1. 图画方面

由于幼儿园阶段的孩子有意注意的时间短,他们更喜欢看明亮的和高对比度的东西,在纯色的背景中使用鲜亮的颜色和清晰的形状是最佳的选择。如《小飞机,小心》(〔日〕五味太郎 文/绘)中,整本书以绿色为背景色,书中的事物如小飞机、大树、山都颜色鲜亮且形状以几何形状为主,简单清晰。《小黑和小白》(〔中〕张之路 孙晴峰/文,〔阿根廷〕耶尔·弗兰克尔/绘)中,全书以黑白灰色调为主,小白处在黑灰色调背景下,小黑处在白色调背景下,对比鲜明,易引起儿童的注意。

2. 文字方面

绘本的句子要简练并有很强的韵律和节奏感。如《我喜欢自己》(〔美〕南希·卡尔森 文/绘)中,"我喜欢自己卷卷的尾巴,也喜欢自己圆圆的肚子,还有自己细细的小脚",句子简洁,还富有节奏感。又如《鼠小弟和音乐会》(〔日〕中江嘉男/文,〔日〕上野纪子/绘)中,狸先生打鼓时,"咚 咚 咚 咚 嘣",长颈鹿吹长号时,"噗噗噗叭"……全文多次运用拟声词,简洁而又很有节奏感,既有趣又生动。

文字重复性也很重要,重复使用单词、短语、句子或者文本段落来构建和推进故事,能更好地激发儿童的阅读兴趣。如《想吃苹果的鼠小弟》(〔日〕中江嘉男/文,〔日〕上野纪子/绘)中,全文都是以"来了一只……,拿了一个苹果。要是我也有……"来展开故事情节的。

(二)创意性

创意性指的是打破传统的规范,创造出新颖、奇特的事物。在绘本的创作领域中,由于对象是自由、开放、喜欢接受新事物的孩子,所以,他们更容易被一些新颖而又奇特的事物所吸引。只有富有创意性的语言才能让读者和听者在内心深处产生共鸣。绘本创作的创意性主要体现在主题、意象、语句、字词等方面。

1. 主题的创意性

绘本的创作已涉及众多领域,主题更是层出不穷。有紧跟时代、反映时代热点问题的绘本,如提倡保护环境、热爱自然的《小房子》([美]维吉尼亚·李·伯顿 文/绘)。小房子是大自然的象征,是现代文明的牺牲品,它被赋予人的特征和情感,会好奇,会孤独,也会恐惧和快乐,这都是孩子们能识别的情感,作者把热爱自然的情感通过一种有创意性的方式传递给了孩子。还有为了培养孩子的某种习惯而创作的富有生活气息的绘本,比如改变孩子挑食习惯的《我绝对绝对不吃番茄》([英]罗伦·乔尔德 文/绘),作者罗伦对儿童内心有深刻的洞察力,善于发掘平凡生活的不凡之处,使之成为书中的幽默素材。也有一些单纯地符合孩子兴趣的绘本,比如符合女孩子兴趣的《小真的长头发》([日]高楼方子 文/绘),作者运用了天马行空的想象描写长头发可以用来干什么。富有创意的绘本总能引起成人或小孩的特别注意。

2. 意象的创意性

意象往往通过富有韵味的语言来体现。对于尚未识字的孩子来说,他们更多地依赖图画或者听成人的有声语言来认识世界。富有创意性的意象能让孩子在听成人讲述的过程中通过听来想象。如《圆白菜小弟》([日]长新太 文/绘)就是一本通过具有创意性的意象来让孩子通过天马行空的想象感受实物的绘本。通过孩子熟悉的圆白菜这一意象,联想戴上圆白菜头套的各类动物,如蛇的身体变成一串串的圆白菜,狸猫的肚子变成圆白菜,大猩猩的身体、狮子的脑袋都变成圆白菜的样子。作者通过语言让读者或听者在脑海里构建画面,从而让每一个孩子都能构建出与众不同的动物形象。

3. 语句的创意性

在幼儿的感知中,有各种质地的语言环绕着他们。比如,在日常生活中,有与父母、伙伴对话的语言,有来自电视等传播媒介的语言,也有一些通过倾听别人读故事的书面语言。在这三种语言形式中,能给孩子带来持久影响和独特体验的便是书面语言。书面语言是一种具有科学性、逻辑性的语言形式。幼儿期如果没有体验过书面语言的世界,那么儿童在想象力和理解力方面就会受到一定的局限。特别是一些以诗句写成的绘本,幼儿能够从中感受到语言韵律、音调的和谐,从而感受到这些句子中所蕴含的乐趣。这些富有创意性的语言对于培养幼儿的语言敏感力、表达力都是有帮助的。如《大河马》([日]岸田衿子/文,中谷千代子/绘),它的文字部分如诗一般简洁优美、富有节奏感,并且字里行间都渗透着幽默,这种幽默感也能传播给幼儿。孩子读到书中的语句是快乐的,因此,它非常适合给孩子朗读。

4. 字词的创意性

绘本的每一个字词的使用都要充分地考虑到幼儿的认知特点。绘本大多是为儿童创作的,因此,在文字叙述方面应该尽可能地使用富有创意性的儿童化字词,这些字词的使用容易调动他们对整篇故事的敏感性。比如《月亮的味道》([波兰]麦格·格雷涅茨 文/绘),这是一本真正充满了童趣的书。整篇故事主要以月亮的内心独白叙述,如:"这么个小不点儿,肯定捉不到我的。""小不点儿"是幼儿经常从大人口中听到的爱的称呼,让孩子感觉到了生活之爱。还有"咔嚓"这样的拟声词,是幼儿最敏感的一些字词,这一词语给幼儿一种像吃到了饼干,薄薄脆脆的感觉,忍不住想要流口水,它会让孩子们备感亲切。

(三) 艺术性

考虑到儿童认知发展的特点,再加上儿童本身对视觉形象比较敏感,因此儿童绘本创作的艺术性主要体现在视觉趣味上。顾名思义,视觉趣味就是让绘本的插图更有意思,从而让儿童有强烈的阅读兴趣去发现绘本中藏着的秘密。绘本是可以反复阅读的,每次细细品味,小读者都会发现从前没有发现的新大陆。这样一来,孩子们不但会享受到绘本阅读带来的乐趣,还会自发地、主动地去思考,在阅读中体会艺术,在阅读中学会思考。创造视觉趣味的手段有很多种,在这里主要介绍戏剧性、节奏、分栏、出画这四种。[①]

1. 戏剧性

戏剧性是推动绘本故事向前发展的关键因素,没有戏剧性的设置,故事就无法走向冲突和高潮。如绘本《毛鲁斯去旅行》([瑞士]阿洛依斯·卡

---

① 丹尼丝·I.马图卡:《图画书宝典》,王志庚译,北京联合出版公司,2017。

瑞吉特　文/绘)主要讲述的是一个叫毛鲁斯的少年独自一人去城里找叔叔的故事。开始的画面是少年一路向右走去,但是到了后面却调转了方向,向左走去,这一戏剧性的改变一定在暗示着什么。果不其然,后面的文字说明了毛鲁斯调转方向的原因:右面的路要坍塌了。

2. 节奏

为了让小读者有阅读的热情和兴趣,绘本的文字生动有趣,但是故事的情节或许会发展得有点快,为了让节奏稍稍慢下来,便有了用插图的设计来让节奏舒缓一下。如果一本绘本全文都没有节奏的变化,就会难以吸引儿童的兴趣。为了避免这一情况的发生,在绘本创作的时候可以运用转换视角、留白、避免重复等手段来调节视觉节奏。同时,合适的节奏也可以让文字表达的空间更为广阔,从而带动孩子们的想象力。

如作品《当风吹来的时候》(〔英〕雷蒙·布力格　文/绘)就运用了留白来放缓节奏,留给小读者思考的空间。这个绘本主要描述了原子弹带来的灾难,一颗原子弹落到了一对老年夫妇的身边,前一页夫妇俩还战战兢兢地躲在桌子底下,后面却是整整两页的空白,这两页空白将故事的节奏放缓,给足了读者反应、思考的空间,此时无声胜有声。

3. 分栏

分栏就是将一个页面分成几个画格来达到特定的视觉效果,这是一种特殊的艺术表现方式,我们可以通过这种方式来控制读者的视觉阅读速度,还能够较有效地体现人物性格的多样化,除此之外,还可以表现出时间变化和物体运动。

如绘本《我》(〔日〕藤野可织/文,高富纯/绘)就利用了分栏来控制读者的视觉阅读速度。开始将一页分成两栏,一半是"我",一半是男生,读者会思考男生会怎样看"我",这边读者的阅读速度会较快;而接下来的一页将一页分成了三栏,一栏是"我",另外两栏是画家跟警察,这边读者速度就会减慢,慢下来思考画家、警察会怎样看"我"。

4. 出画

出画是一种通过让故事里的人物进入画面或离开画面的手法,其目的是体现时间变化或者运动变化。另外,出画还有一个重要的作用就是承上启下,能够引发小读者的翻页兴趣。《三只小猪》(〔美〕大卫·威斯纳文/绘)这个绘本中就有这样一个很有意思的结构,小猪从前一页的左上角到了下一页的右上角,虽然中间什么也没有画,也没有一句话交代,但是读者们却可以轻松地感受到小猪飞了好长一段距离。

(四) 整体性

绘本的创作还需要遵循整体性原则,绘本的整体性主要是指将绘本中的图画与文字看作一个整体,两者的关系与其他文类不同,两者不是完全一致或者相互排斥的关系,而是相互补充,相互依赖,相互制约的。绘本中图画与文字的关系非常重要,很多学者对绘本的概念就是从绘本的图画与文字的关系来定义的。伦纳德·S.马库斯称绘本为"跨越图画世界和文字世界的对话";美国画家芭芭拉·库尼这样描述绘本的图画与文字之间的关系:绘本像是一串珍珠项链,图画是珍珠,文字是串起珍珠的细线,细线没有珍珠不能美丽,项链没有细线也不能存在。可见,一本绘本的故事是图画与文字一起呈现出来的。绘本中图画与文字的关系有如下几种:

1. 对称关系

图画与文字的对称关系是指图画和文字同时进行,共同讲述一个故事,文字是对图画的描述与渲染,图画是对文字的视觉呈现。

比如《小塞尔采蓝莓》([美]罗伯特·麦克洛斯基 文/绘)中有些场景体现出了对称关系。故事中提到了小赛尔和小熊在采蓝莓和吃蓝莓的途中跟错了妈妈,文中写道:"树丛里传出脚步声,她想一定是妈妈。错啦,那是小熊的妈妈。""树丛里传出脚步声,小熊想一定是妈妈。错啦,那是小赛尔的妈妈。"画面中小赛尔跟妈妈上山时,是从左面爬上去的;小熊跟着妈妈上山时是从右面爬上去的。但是爬着爬着,小赛尔和小熊就换了位置,小赛尔在右面,小熊在左面。小赛尔妈妈和小熊在左面山坡上,熊妈妈和小赛尔在右面山坡上。文字直白地描述出小赛尔和小熊跟错了妈妈,图画中从方位上体现出了小赛尔和小熊跟错妈妈的场景。

2. 补充关系

图画与文字的补充关系是指图画和文字相互补充,文字可以对图画的内涵进行补充解释,文字中没有呈现出来的也可以用图画补充。

《和甘伯伯去游河》([英]约翰·伯宁罕 文/绘)的第一个画面中只

有一句简单的文字介绍——"他就是甘伯伯",而图画中甘伯伯的形象却十分生动。甘伯伯站在自家小屋前面,头戴一顶草帽,身穿西装、牛仔裤,脚踩一双雨靴,手里还拎着一只不知做何用处的水桶……使读者产生了"甘伯伯到底是什么样的人"的疑问,促使读者继续读下去。

3. 对应关系

图画与文字的对应关系是指图画和文字不能单独呈现整个故事,必须结合起来才能讲述完整的故事。也就是说,"文字告诉我们图画没有显现的东西,图画则告诉我们文字没说的事情"。

图画与文字的对应关系可以表现为主观性与客观性的对应。绘本在叙述故事的过程中,为阅读者提供了两条路线,一条是由文字部分体现出来的主观的、明显的、表面路线,一条是由图画部分体现出来的客观的、隐秘的、内在的路线。

《母鸡萝丝去散步》(〔美〕佩特·哈群斯 文/绘)就是最好的例子。由于文字主观性的描述只是一部分事实——母鸡萝丝去散步,她穿过农家院,绕过池塘,翻过干草垛,经过磨面房,钻过栅栏,路过蜂箱,最后回到鸡舍,正好赶上吃晚饭。如果只读文字部分显然特别平淡无奇,而如果你观察图画,就会发现"叙述的重点在于隐藏在文字背后的事实"——图画中出现了一只饥肠辘辘的狐狸在后面跟着她,想要吃掉她,但是每次想下手的时候,都会被耙子、池塘、面粉、手推车、蜜蜂等东西戏剧化地阻挡。

图画与文字的对应关系还可以表现为时间与空间的对应。时间与空间的对应指文字所表达的时间与图画所表达的空间之间的对应,两者之间也可能会产生某种差距。《好饿的毛毛虫》(〔美〕艾瑞·卡尔 文/绘)中,作者采用了拼贴的手法作画,将其中的四页分别做成五分之一至五分之四的长度,饥饿的毛毛虫开始吃东西,他吃的每一样食物上都会留下一个洞洞,按照文字描述,毛毛虫会从最后一天吃的食物的洞洞里爬出来,可是艾瑞·卡尔却将毛毛虫留在了前一天吃的食物的洞洞里。这种文字与图画表现出的就是时间与空间的差异,不合逻辑的处理使作品充满了趣味。

4. 矛盾关系

图画与文字的矛盾关系是指图画和文字看起来彼此是独立的内容,讲的却完全不是一件事。这种关系可以触发阅读者思考超出画面和文字之和的新意义。在同一版面内让图画与文字表现的是不同的内容,图像不具体阐释文字内容,图画与文字分别平行叙事,使两者"并肩而行",也可以称为"图文并行"。

《莎莉,洗好澡了没》和《莎莉,离水远一点》(〔英〕约翰·柏宁罕 文/绘)是作者所著的姊妹篇,这两本书都可以体现出图画与文字的矛盾关系。

《莎莉,洗好澡了没》中第一个画面是小莎莉坐在浴缸中,妈妈在旁边为莎莉放水并送来了浴巾,之后的对页中左边画面和文字描述的是在现实生活中的妈妈一边做着家务,一边唠叨着莎莉;而右边,莎莉早把妈妈的话当成了"耳旁风",已经跟随自己的想象进入了一个五彩缤纷的童话世界,已经坐在了骑士的马上……左边的文字是现实空间,右边的图画是想象空间,文字与图画的情节在同一时间分别展开,并行叙事。当然,这里面还存在着一个我们看不到的故事——现实中莎莉的故事。

《莎莉,离水远一点》这本书也运用了同样的手法。莎莉和爸爸妈妈在海边玩,爸爸妈妈躺在沙滩上不停地嘱咐莎莉注意安全,但是莎莉早已经进入自己的想象世界了。

一本绘本中所有页面的图画与文字的关系不一定是单一的一种关系,有可能同时存在上述几种关系。如《丢饭团的笑婆子》(〔美〕阿琳·莫塞尔/文,〔美〕布莱克·兰特/绘)中,一个爱笑的老婆子的饭团突然滚动起来,她一直追着自己的饭团,追到了地下恶鬼的家中,书中的文字与笑婆子追饭团的彩色画面是对称关系。可是图画中还同时出现了一个带着草帽的老头子在找笑婆子,并且用天气变化来表示时间的推移,这个时候的图画中的黑白画面与文字又形成了对应关系。又如《爷爷一定有办法》(〔加〕菲比·吉尔曼文/绘)的描绘手法也类似。但是无论是哪一种关系,图画和文字的地位是同等重要的。

二、文字语言创作特点

(一)浅语化

绘本语言要浅语化,就是绘本的文字语言要浅显易懂、明白流畅。台湾儿童文学作家林良指出"浅语的艺术"是儿童文学的核心艺术精神。林良认为,浅语,是指"儿童听得懂、看得懂的浅显语言"。提炼儿童日常生活中的口语或者是模仿儿童生活中的稚语(包括儿童在生活中听到的各种声音)作为作品中的素材是幼儿绘本语言创作的一个途径。这些语言是儿童所熟悉的语言,在绘本文字语言创作中对这些浅白易懂的儿童语言进行筛选、加工,不仅浅白、自然、不失童趣,而且还使语言极具天然本色,受到儿童的喜爱。

"林良童心绘本"系列中的故事都极浅语化。《我要一个家》(林良/文,张化玮/绘)中有两只大狗、两只小狗,两只小狗中一只叫咪咪,一只叫哀哀,这些名字都是幼儿习惯用的语言,他们听起来会感到比较亲切,里面的对话如:"会有小孩子要你吗? 他说: 会会会,一定会。我明天就去找。"这些对话语言都是幼儿在日常生活中经常听到的,他们很熟悉,很容易理解,进而乐意阅读。

林良用浅语化的语言将这样平淡无奇的故事叙述得温暖感人,林良笔下的拟人化形象,并不是被简单地赋予能说会道的人类语言,而是与人类有着共同的情感生命。作者在创作感言里作了这样的表述: 为了让孩子能够放心从事快乐的阅读,特意让出现在故事里的人物都是人身狗脸的"狗人",它们的身体和身上的穿戴都跟人一样,它们的心也都是人心,只是有一张忠厚可靠的狗脸。

(二) 节奏性、韵律性

考虑到幼儿的言语发展水平,幼儿绘本语言一般具有鲜明的节奏、流畅的音韵,给读者以一种音乐的美感,让孩子在体会故事趣味的同时也能提高审美能力。短促有力的节奏造成明朗向上的音乐感,缓慢稳定的节奏造成平缓的音乐感,从而带动孩子的阅读节奏随着故事的发展或快或慢。

如《星星和房屋的故事》(王蕾/文,小可酱/绘)就有许多朗朗上口、富有节奏感的句子。如:"他会躺在斜斜的山坡上数星星;会跑到陡峭的山峰上数星星;会游到最上游的河岸数星星……""星星似乎永远数不完,永远都看不够。"这些句子语言简洁、节奏明快,符合儿童阅读的喜好。

(三) 趣味性

幼儿园阶段的儿童接触的语言需要具体生动,能够清晰地将事物的色、形、韵直观完整地勾勒在幼儿读者面前,以达到见其形、闻其声、感其韵的效果。这样儿童才会对文字语言产生强烈的兴趣。幼儿借助色彩可以对认识的对象产生强烈的直观感受。动作的夸张能唤起和增强幼儿对作品中的人物或动物的注意、理解。语言有音响感也可以增加语言的趣味性,通过一些熟悉事物声音的响声词,可以让幼儿自己感受事物的外形,同时通过这些声音更充分地表现事物的形象特征,使幼儿对内容有较深的印象。

为了突出语言的趣味性,在语言表达上要运用修辞手法。在幼儿想象的过程中,一切形象都是被拟人化的,所以幼儿会对形象化的事物感兴趣。比如,《鳄鱼怕怕 牙医怕怕》(〔日〕五味太郎 文/绘)采用拟人化的写作手法,赋予鳄鱼一些心理活动和动作表现,描绘了患者鳄鱼与人类牙医之间每时每刻所发生的微妙心理落差与变化,让人捧腹大笑,从而使鳄鱼和牙医形象生动鲜明,增强了趣味性。另外,夸张性的语言往往也会吸引幼儿阅读,幼儿喜欢幻想,特别是根据一些引导性的语言进行天马行空的想象。例如《猜猜我有多爱你》(〔爱尔兰〕山姆·麦克布雷尼/文,〔英〕安妮塔·婕朗/绘)中就采用了夸张性的语言描述了临睡前一对父子或母子表达爱的对话,如"小兔子对大兔子说:我爱你一直到月亮那里"把自己对爸爸妈妈的爱夸张到无限大,留给幼儿无限的想象。

(四) 重复性

绘本语言最显著的一个特征就是有许多重复的语句,这些重复句的出现并不会让幼儿感到厌烦,相反,它对幼儿具有较强的吸引力,并且有利于他们掌握。在绘本中,一个词语或者短句的重复出现,不仅可以让他们体验到阅读的趣味,而且可以让他们在重复中理解文字所蕴含的意义,还能让幼儿有复述文字内容的可能,从而锻炼了幼儿的语言表达能力。

比如在《鳄鱼怕怕 牙医怕怕》《猜猜我有多爱你》等作品中都有大量重复的语句,《猜猜我有多爱你》中每一次对话都会重复"我爱你有这么多",但是,每一次重复都有不同的含义,一层比一层爱得深。通过反复地运用"我爱你有这么多",孩子更容易理解整篇故事内容。

三、图画的创作

(一) 构图

"构图"是"造型艺术"的术语,来源于西方美术。在中国传统绘画中,构图被称为"布局"或"位置经营"，它是指作品中艺术形象的结构配置方法，是艺术家表达作品主题思想并获得艺术感染力的重要手段。

1. 视觉角度

图画是绘本创作的灵魂，承载着叙述故事和表达情感的主要功能。构图是绘本图画创作的重要部分，是将绘本图画作品各个部分组合成一个整体的一种形式。不同的构图反映出来的故事情节、情感不同，给读者的视觉效果也不同。优秀的画面构图对提升整个画面的气氛以及吸引读者起着重要的作用。构图是否得当对于绘本创作的成败有重大影响。西方构图学中，最常见的构图样式有水平式构图、垂直式构图、S 形构图、三角形构图、长方形构图、圆形构图、辐射型构图、中心式构图、渐次式构图、散点式构图等。

彭懿在《世界绘本：阅读与经典》一书中提到："视角是指观察的俯仰角度。角度是构图最富于戏剧性变化的因素，它像迷人的色彩一样，不但会配合主题，让一个故事的视觉语言变得跌宕起伏，还会唤起人们的情感。"美国的电影史学家布鲁斯·F.卡温在《解读电影》中把拍摄角度归纳为 4 种：鸟瞰、俯视、平视和仰视。电影是通过摄影机摄制成影像画面的，我们可以把摄影机的角度当作视觉角度来分析绘本中的视觉角度构图特点。①

（1）俯视，是指从高处往下看，读者居高临下，可以总览全局。比如《小狐狸买手套》（［日］新美南吉/文，［日］黑井健/绘）中黑井健用俯视的视角描绘出小狐狸对人类的不信任，图画中小狐狸站在白雪皑皑的山丘上，俯视整个灯火通明的小镇，但是不敢往前走，从小狐狸的角度可以引发读者丰富的想象。

运用这样的视角表现角色的绘本还有很多，如《天空在脚下》（［美］埃米莉·阿诺德·麦卡利　文/绘）、《当天使飞过人间》（［日］田中伸介　文/绘）等。

鸟瞰是指像鸟一样，从极高的地点往下看，比一般俯视的视角稍微高一些。如《高空走索人》（［美］莫迪凯·葛斯坦　文/绘），绘者采用走钢丝的主人公菲利普的视角设计画面，让读者站在比菲利普更高的位置观看整个过程，让人看得头晕目眩。

---

① 彭懿：《世界绘本：阅读与经典》，接力出版社，2011。

（2）平视，是指观察者的视觉角度与画面事物的高度基本保持一致，这样的画面效果平实，具有真实性和亲切感，是最常见的一种视觉角度。平视更适合幼儿的视觉心理发展水平，幼儿绘本创作可以把平视构图作为首选。

比如《妈妈的红沙发》（［美］威廉斯　文/绘）就是用平视视角来表现思想内容的代表作品。故事采用第一人称，图画通过平视视角设计，讲述了小女孩一家在遭遇火灾后积极地重建家园、努力攒钱买沙发的故事，赞扬了祖孙三人勤劳、坚强、生活简朴的优秀品质以及不怕困难、心怀希望的生活态度。《妈妈的红沙发》采用轻松、柔和的画风，亲切自然的平视视角表现故事内容，体现故事的精神，容易与读者产生共鸣。

（3）仰视，是指抬头从下往上看。仰视的对象是榜样，是偶像，令人崇拜和敬畏。仰视的视角设计利于表现角色形象的高大、崇高，容易让读者感受到征服感、压迫感，并反衬出仰视主体的渺小、平凡。

比如《两只坏蚂蚁》（［美］克里斯·范奥尔伯格　文/绘）是仰视视角应用的经典作品。作品采用蚂蚁的视角描绘出高不可攀的阳台、高大的咖啡杯、草丛变成了森林等，图画多处用仰视的视角表现生存环境的巨大，使读者站在蚂蚁的角度，给读者压迫感，借此反衬出蚂蚁的渺小和脆弱，生动地表现了两只"坏"蚂蚁逃跑后的种种遭遇，令人忍俊不禁。

2. 线条

构图中线条的使用也是非常重要的环节。线条可以分为直线、曲线、锯齿线等，有粗有细，可虚可实。线条不仅可以用来勾勒轮廓、塑造形象，还可以表达进行中的动作。线条有自己的语言与情绪，如愤怒、镇定、恐惧、悠闲、紧张等，每种语言和情绪也有自己独特的表现形式。如垂直线条让读者有直接、严肃以及上升下降的感觉，富有生命力与伸展感，能增加稳定性和强度；水平线条让人有静止安宁感，引导读者的视线从左向右移动；斜线条有运动、速度、飞跃的感觉，自然随意；粗线条显得稳中有力；细线条纤弱精致。

（二）画面布局

画面布局通常有两种，一种是跨页版式，一种是单页版式。跨页插图横跨两个页面，这种设计适用于风景画或人物较多的故事场景，跨页上可以没有文字,也可以在两个页面上都配上文字。单页版式的插图仅占双页面的其中一页,大段文字往往设置在另一页。通常情况下,绘图者会交替使用单页布局和跨页布局,遵循两个原则。

1. 对比原则

比如《白与黑》([美]塔纳·霍本　文/绘)中,作者用白色剪影把纽扣、小鱼、小船等常见用品放置在每一页的黑色背景上,而《黑与白》([美]大卫·麦考利　文/绘)则正好相反,这本图画书将黑色的物体放置在白色的背景上。

2. 强调原则

比如《野兽国》([美]莫里斯·桑代克　文/绘)中,桑达克塑造了一个叫迈克斯的小男孩,读者通过第一幅插图就知道了他的形象和名字。在这幅插图中,迈克斯被送到了他自己的房间,他双臂交叉在胸前,无视他所处的困境。虽然房间里有床、毯子、柜子等物品,但是读者的视觉焦点仍然是迈克斯。桑达克使用留白手法让插画发挥叙事作用。比如《母鸡萝丝去散步》全部使用了跨页布局,这种设计可以产生强大的视觉感染力,因为读者已经熟知这个故事,关键要看插图如何表现出狡猾的狐狸尾随萝丝在黄昏前散步的情形。从封面开始,几乎每个跨页中狐狸都被画在页面的左下角,激发了读者的好奇心,如果采用另外一种方式,交替使用跨页布局和单页布局,这本书的魅力将大大降低。

(三) 角色形象

1. 角色类型

(1) 无生命的事物。

绘本中有很多对无生命事物的塑造,用拟人的手法赋予它们人类的情感、动作,让它们在绘本中"活"了起来,这样的形象深受孩子们的欢迎。另外,这样的形象也更会引起孩子们的情感共鸣。在孩子的日常生活中,当他心爱的玩具车从桌上摔到地上的时候,他会觉得玩具车一定也很疼。绘本角色引入这些无生命事物的形象也更能激起孩子们的同情心。

在绘本作品《垃圾车来了!》([美]凯特·麦克姆兰　文/绘)中,垃圾车有眼睛、有鼻子、有嘴巴、有牙齿、有胡须,跟孩子们日常见到的由钢铁制成的冷冰冰的垃圾车完全不同,这个作品里的垃圾车充满着活力,还带着一丝小调皮,因为它还会在自己装满了之后打个大大的响嗝。这样的垃圾车怎么会不得到孩子们的喜欢呢?

(2)动物形象。

在儿童文学作品,尤其是幼儿文学中,动物的形象经常出现,动物的形象都是小小的,很可爱,就像儿童一样。绘本中动物的形象一般都具有人的影子,例如狐狸是狡猾的、乌龟是慢吞吞的、狼是凶残的……这些动物也被拟人化,它们会说话、会走路,还穿着衣服。这些角色形象的背景有的是在与人类类似的社会中,也有的回归自然,在动物本该生存的大自然中。无论是哪一种,都能引起孩子们的兴趣,因为孩子们天生对这个世界有强烈的好奇心。

日本绘本《鼠小弟的小背心》([日]中江嘉男/文,[日]上野纪子/绘)中的角色都是动物形象,猴子、海獭、狮子、马、大象都一起生活在这里,这本绘本里的动物形象都是可爱的、单纯的,没有一个反面形象。虽然老鼠在儿童文学作品中的形象一般都是负面的,但是这里的老鼠大方、乐观。它不但将自己心爱的小背心借给森林里的伙伴们,最后就算背心被撑大得像根绳子也没有生伙伴们的气,而是用它在大象的鼻子上荡秋千。这个作品向小读者们呈现的是种单纯、美好的人际关系。

(3)日常人物形象。

幼儿绘本中的日常人物形象也很多,如家人、朋友、同学、老师等等,这些都是孩子们每天要见面、相处的人,也是儿童最喜爱的、最熟悉的人,这类人物角色很能引起孩子的代入感,阅读有这样角色的绘本会让孩子备感熟悉,也会让孩子更好地去爱他的家人、爱他的朋友、爱他的小伙伴。

比如《爷爷一定有办法》([加]菲比·吉尔曼 文/绘)中主人公约瑟就有一个爱他并且手很巧的爷爷,约瑟的爷爷总是能够用一双巧手满足他的要求。一开始爷爷为约瑟做了条毯子,后来爷爷又将这条毯子改成了外套、背心、领带、纽扣。儿童在现实中一定也有这样的长辈,他们疼爱自己的孩子,尽自己最大的能力来满足孩子的愿望,因此这样的绘本很能引起孩子们的共鸣。

2. 角色造型

关于绘本的造型,不但要真实可信,也要前后连贯一致,而且对于幼儿绘本来说,最重要的就是要有童心、有童趣,将原本静态的、无生命的事物赋予生命,或者将原本不会说话的动物们拟人化,让它们都"活"起来、变得可爱起来,不同的造型会给人带来不同的心理感觉和视觉印象。

如绘本《小石狮》(熊亮　文/绘)中,小石狮本是没有生命的,但是绘者却给了它生命,它有大大的眼睛、圆圆的脸蛋、甜甜的微笑……这样的形象让绘本变得更加有趣,儿童也容易将自己代入其中,大大加深了作品对读者的吸引力。

(四)画面

1. 表现形式

绘本的画面往往由很多艺术元素构成。主要包括颜色、亮度、线条、形状、空间等 5 个方面。

(1)颜色。颜色是图画中最突出的表现形式。由于幼儿对颜色有极高的敏感度,所以,任何一本绘本中的图画都是多种颜色填充而成的。当幼儿拿到一本绘本时,他首先会对图画的颜色产生特定的生理和心理反应。比如,蓝色通常与人的悲伤心情相联系,绿色则通常与人的嫉妒心情相关。颜色在绘本中可以表现故事的背景、主题、气氛等。

(2)亮度。亮度指的是颜色的明暗程度。一般来说,暖色(红、黄、橙)表现为亮度较高的颜色,而冷色(篮、绿、紫)表现为亮度较低的颜色。亮度可以用来体现图画中物体的深度、体积和人物的心情。幼儿在观看图画的过程中会不知不觉沉浸在颜色的控制中。

(3)线条。线条有粗有细、可虚可实,有直线、曲线,也有锯齿线。不同类型的线条可以传递给幼儿不同的感觉。直线可以让孩子感觉到宁静,引导他们的视线沿着一个方向移动。曲线则传递出感性、组织性和节奏感。锯齿线可以表达热情、愤怒和能量。

(4)形状。形状是图画中另一显著表现形式。图画中的形状可以简单也可以复杂,通常情况下,幼儿对形状有自己的认知世界。形状可以是规则的,也可以是扭曲变形或不规则的。规则的形状(三角形、矩形、正方形)经常用来表现事物的秩序感和设计感,而不规则的形状往往表现出万物的自然性和真实性,象征着万物的自然状态。

(5)空间。空间是指视觉上的维度效果。空间可以是平面的,也可以是立体的。绝大多数绘本的画面空间都是二维的平面图。在二维空间中，线条和轮廓线描绘出平面的世界；在三维空间中，线条和轮廓线描绘出立体的世界，物体和人物仿佛都深深地向纵深处后退，深入到画面中。

2. 表现风格

不同的绘本表现风格也不尽相同，但是，它们的一个共同点是趋于用幼儿喜爱的风格来表现。绘本中常见的表现风格有卡通风格、抽象派风格、印象派风格、超现实主义风格。

（1）卡通风格。绘本中的图画关键就在于形状、线条以及颜色的勾勒，卡通绘画者如果能将这三者完美融合，那么其笔下一个个鲜活的卡通形象就会跳跃在幼儿的眼前。许多卡通画家都有自己的风格。比如荷兰画家迪克·布鲁纳的米菲系列丛书，绘画者仅仅用最简单的形状、符号就可以创作出经典的人物形象。他用两个圆点作为人物的眼睛，"×"作为人物的嘴巴，半椭圆作为人物的耳朵，再通过几种颜色的填充，一个简单、可爱、亲切的人物形象就创作出来了，而且受到全世界各地小朋友的喜爱。

（2）抽象派风格。抽象派画家不会拘泥于直接的艺术表达，他们通常会夸大或简化事物对象及其形式，强调情绪和感觉的表达。比如《小蓝和小黄》（［美］李欧·李奥尼　文/绘），它是一部世人公认的抽象派作品。在这本绘本里，作者用一蓝一黄两个近乎圆形的抽象色块代表两个孩子，讲述了一个关于爱与融合的故事。

（3）印象派风格。印象派绘画风格的一个显著特点就是运用明亮的色彩和温柔的笔触描绘图画。他们运用颜料创造出光线支离破碎或反射的效果，力图表现对生活的感受和印象。比如《狼婆婆》（［美］杨志成　文/绘）中，绘画者运用光和影的互动创造出画面的平衡感，他把狼画在黑暗的阴影中，而狼的眼睛却闪闪发亮，这一设计暗示出人类对黑暗的恐惧。

（4）超现实主义风格。超现实主义绘画富有想象力，强调梦幻与现实的统一，这类作品一个显著的特点就是具有丰富而细腻的细节、天马行空的构思和离奇荒诞的图像。绘画作品中的人物或物体往往是扭曲的，如同梦幻一般。以超现实主义绘画风格著称的是安东尼·布朗的作品。比如《大猩猩》（［英］安东尼·布朗　文/绘）这部作品将视角直接放到了单亲家庭中的亲子关系。这本书开头就是 3 幅整页的画面——安娜与面无表情的爸爸隔桌相坐在吃早餐;地上是一道长长的影子;漆黑的房间里,安娜一个人缩在墙角看电视。从背景方面来看,家里的橱柜以及脚下的地砖都呈现出一种僵硬、呆板的几何形状,而到了书的结尾,那些阴暗的背景已经被温暖的花墙图案代替了。还有环境的颜色,一开始的几页清冷、暗淡,与主人公孤单的心境相符合,到后来安娜从梦中醒来时,颜色已经变得柔和明亮多了。

幼儿图画书专题谈^①

与国外合作画家交流创作作品中的《西游记》元素

一、幼儿图画书意义谈

区别于成人读物,图画书中精巧的图画构思和精练又富有启迪性的语言,使儿童这一特殊读者群能够充分发散思维和开发智慧。同时,在幼儿享受阅读过程中的温情和快乐中,图画书对拉近成人与儿童的心理距离,呵护儿童纯真的天性,放飞儿童的想象,具有非凡意义。以下,将从图画书的作用和价值两方面予以阐述。

---

① 本文合作者陈小杰。

（一）图画书的作用

新西兰图书馆馆员多罗西·怀特在《关于孩子们的书》中曾说："图画书是孩子们在人生道路上最初见到的书，是人在漫长的读书生涯中所读到的书中最重要的书。一个孩子在图画书中体会到多少快乐，将决定他一生是否读书。儿童时代的感受，也将影响到他长大成人以后的想象力。"①无独有偶，美国图书馆学家姆亚（Moore Annie E.）也感慨道："儿童从图画和故事中所获得的印象，是永恒不灭的，同时也是非常微妙的。"由此可见，图画书的作用不容忽视。以下将从 3 个方面进行相关陈述：

1. 有利于大脑神经的发展

图画书的阅读，是积极刺激大脑和神经组织发展的良剂。美国脑科专家格伦·多曼博士认为，应对大脑频繁、紧张、持久地施加刺激。每当孩子对某一刺激有反应时，他的脑子就会将经验储存下来，反之，若是大脑缺少刺激，幼儿在阅读方面的学习就无法得到发展，这也是研究早期阅读的专家极力提倡幼儿早期阅读的主要原因。如果错过了良机，长大了再去补偿，必定是事倍功半。

2. 有利于幼儿阅读能力的培养

阅读习惯和能力是学习能力的核心。早期阅读有益于幼儿良好阅读习惯的培养，一旦阅读习惯养成，它会陪伴和影响整个求学过程，使幼儿受益终身。良好的阅读习惯，还会渐渐形成幼儿稳定的阅读能力。幼儿阶段掌握初步的阅读能力，可以为入学后学习其他知识奠定基础。通过这些基本阅读能力，幼儿可以进一步形成独立获取信息的能力，从而自觉地去学习各科的知识。

3. 有利于个性特征的塑造

英国哲学家培根说过：读书塑造人格。幼儿具有很强的模仿能力，因此幼儿在阅读的同时，也会在无形中受到书中文学形象的影响，从而影响其兴趣、性格、理想、世界观的形成与发展。早期阅读对儿童个性萌芽有重要作用。

---

① 转引自祝士媛、张美妮主编《幼儿文学》，吉林大学出版社，2000。

（二）图画书的价值

1. 图画书拉近亲子关系

儿童语言的发展是指儿童对母语的理解和产生能力随着时间的推移而发生变化的过程和现象。在儿童语言发展的过程中，图画书起到了重要的促进作用。国内外相关研究表明，图画书阅读的最大价值之一就是促进儿童语言的迅速发展。英国 Book Start 阅读研究中心 2005 年发布的研究数据表明，1~3 岁婴儿期的语言习得机会有近 50% 出现在图画书阅读中。

幼儿在学习语言的过程中，父母的关爱和温暖会直接影响语言学习能力的发展。如果在学习的过程中，幼儿与父母能够多交流，而且是愉快地交流，那么就会刺激幼儿表达和交谈的欲望，从而丰富和累积语言的经验，最终有助于语言的发展。图画书阅读最重要的方式之一就是亲子共读。在与孩子亲子共读时，重要的不再是教给了他多少知识，或者认识了多少个字，而是在父母温暖的臂弯里，儿童的精神得到了最大限度的放松，在与父母一起沉浸在图画书中愉快地亲子共读时，父母的讲述与体温，促成了儿童听和说的绝佳机会，从而促进语言的发展。

2. 图画书顺应儿童认知规律

著名儿童文学作家贺宜曾经说过："不尊重不同年龄孩子的理解水平和接受能力，往往会费力大而收效小，甚至作者的一片好心，却得不到孩子的体谅。"[1]所以为幼儿创编图画读物，首先就要研究、掌握这一年龄段孩子感知发展的特点。

学前儿童语言能力对大脑语言中枢的机能成熟存在依赖，而外部的刺激对促进儿童语言中枢的成熟起着重要的催化作用，尤其是加强后天的语言训练，可以优化外部刺激。学前儿童的语言训练必须要依据儿童自身的心理生理的发展规律。研究表明，为儿童睡前朗读，可以使其增强记忆，加强语言学习的能力。图画书是儿童睡前读物的最佳选择，因为其画面生动、色彩鲜明、语言简洁、内容有趣，这些都有助于学前儿童愉悦情绪的调动。在他们无意注意与有意记忆占优势、更易受环境影响的情况下，愉快的图画书阅读情绪会减少遗忘量，增强记忆的牢度，对短时记忆转为长时记忆有着

---

[1]　转引自祝士媛、张美妮主编《幼儿文学》，吉林大学出版社，2000。

促进作用,从而在发掘儿童记忆潜能的同时有利于语言学习能力的提高。

图画书的一个重要元素便是连贯性的画面,学前儿童完全可以在不识字的情况下自己进行图画书的"看读"。依序翻页阅读情节,这对学前儿童语言逻辑能力和流畅表达能力的发展有着重要的促进作用。在图画书阅读中,幼儿无须依靠文字,就可讲述连贯性的图画,这让他们的语言表达得到了有益的发展。

3. 图画书促进儿童思维发展

语言是思维的外壳,思维是潜藏在语言之下的真正内核。在整个学前阶段,儿童具体形象思维是此时期思维的主要形式,其表征的工具依靠具体的表象——图画语言。图画书的图画生动形象、色彩鲜艳、造型鲜明,是幼儿最喜闻乐见的童稚语言形式,这为以形象思维为主的幼儿提供了便于理解的基础。同时,图画书中的图不同于一般插图,具有表意的功能,图画成为叙述媒介,本身可以表现图画书的内容和主题。因此,幼儿可以依靠画面所呈现出的具体表意形象,联系所听到的图画书中的文字,"把零零碎碎的语言和形象联系起来而看到一个整体的奇妙的世界,这种经验、理解力和想象力,是幼儿发展语言不可缺少的。在这方面的丰富经验,是幼儿日后把自己的经验和印象置换成'东西'——语言这种客观存在,并运用它形象化地进行表达的能力的基础"①。

二、幼儿图画书的创作谈

图画书是用图画与文字两种媒介共同叙述故事的艺术,应精心设计与制作。

图画是视觉艺术,人对图画的欣赏,是在想象和思维指导下的一种有目的的观察活动。在创作图画书时,需要把握儿童图画认识能力的水平、兴趣和观察特点。

(一) 把握幼儿阅读图画书的兴趣、爱好和接受水平

著名儿童文学作家贺宜曾说:"不尊重不同年龄孩子的理解水平和接受

① 松居直:《我的图画书论》,湖南少年儿童出版社,1997。

能力,往往会费力大而收效小,甚至作者的一片好心,却得不到孩子的体谅。"所以为幼儿创编图画书,首先就要研究、掌握这一年龄段孩子感知图画方面的发展特点。

1. 形象

幼儿喜欢人比物多,人物形象应为画面的主要部分。幼儿很注意人物的面部形象,喜欢活泼的面部表情,喜欢笑脸,也喜欢用夸张手法表现生气、着急、哭的脸。

2. 色彩

幼儿有着强烈的色彩爱好,他们普遍喜爱五彩缤纷的画面,这与他们感知客观事物时,首先抓住的是对象的外部特征有关。色彩是认识对象重要的外部特征,幼儿常常借助色彩来确认对象。幼儿感知客观事物的分化性比较差,笼统、不精细,而彩色有对比感,可以帮助幼儿更精细地把握画面上的各种事物。

画家在为幼儿作画时,既要照顾到他们对鲜艳色彩的偏爱,也要注意不同年龄幼儿辨色能力的发展特点。

3. 画面

幼儿视觉目的性的特点是先看轮廓大的,后看精细的。在作品中就需要把主要内容放在画面中央,还要画得有吸引力。

画面上具有较大抽象性的空间透视关系,三四岁幼儿完全不能理解,给他们看的画面的背景要简单,细节要少。五六岁幼儿逐渐懂得近大远小,开始有深度视觉,但他们感知重叠着的物体形象还比较差,画面互相遮盖现象不要多。

(二) 幼儿图画书的文字与图画应相得益彰

1. 文字部分

文字是图画的依据,决定了图画的从属性,即图画要忠于文字的内容,体现文字的思想,文图一致,图与文是互相补充的关系。

对图画故事中文字的要求是精练、生动。采用散文体时,文字要通俗,句子要短小。作品的连贯性不很强时,可以适当采用儿歌或儿童诗的表现形式,以增强儿童阅读和朗诵的兴趣,发展他们的艺术语言。

2. 图画部分

图画是视觉艺术,人对图画的欣赏,是在想象和思维指导下的一种有目的的观察活动。为幼儿创作图画书就必须了解、研究幼儿观察图画的特点。幼儿对图画形象、画面、色彩的兴趣、爱好、理解,有明显的年龄倾向,这是图画书创作者必须注意到的。

图画书中,完全没有文字的作品所占比例很小,大部分作品都要考虑图画与文字的配合,使图画与文字相得益彰,即图画要忠于文字的内容。但图画部分也有相对的独立性,它要依据文字内容进行艺术再创造,图画的质量对图画书的质量有决定性的作用。对图画书的画面主要要求是:

(1) 图画形象要特征明显、轮廓明确、神态鲜明。

(2) 知识或真人真事题材的作品,图画最好以写实风格为主。

(3) 图画要有趣味、新奇,夸张、变形和拟人是重要的手法。

(三) 幼儿图画书的装帧

幼儿图画书的书籍美术,从编辑学角度可以统称为装帧设计,即在编辑过程中,要从图书内容、性质、读者对象、市场要求诸方面出发,版式上应精心设计,内容含文图配置关系、字号字体选择、封面、环衬、扉页、正文、封底,以及装订方式、用纸等。

从幼儿感知觉发展水平来看,幼儿图画书的开本宜大些,采用的纸质应较好,给较小的幼儿用书纸要厚一些,以适应他们视觉和触觉的发展水平。有的书为避免幼儿撕破纸张,会采用塑料或布进行印刷。在书的编排上也应活泼有趣。当前,国内外儿童图画读物的编排样式很多。如有的书为避免纸张硬角弄破幼儿皮肤,特意把书的四角切成弧形;有的书只有一个基本背景,其他都是半页或大半页,翻动时,背景不变,但画面总在变化;有的书不是方形,而是树形或动物身体形,一本讲救火故事的书,设计成一辆救火车的形状——厚纸板的封面,下面还配有小轮子,可以用手将书立起滚动推进;有的书采用有气味的油墨印刷,图中的肥皂有肥皂气味、鲜花有香气、黄鼠狼有臭气;有的书在右下角有洞,洞安排在苹果的画面上,让幼儿抠着洞翻页既容易又高兴,翻到最后一页是一条青虫,原来苹果上的洞是让青虫咬的。这些都属于幼儿图画书整体装帧设计范围。

在幼儿图画书的装帧中,要特别突出封面和封底的美术设计。因为幼儿认识图画书,往往是从封面开始的,它有如人的面孔,给人以第一印象,可以直接影响儿童欣赏和阅读的兴趣。儿童图画读物的封面设计要注意以下要求:

第一,醒目美观,色彩鲜艳、协调,书名的色彩突出醒目,画面忌琐碎、繁杂,力求简洁清晰。

第二,封面所画事物要具有代表性,能涵括全书的意义。

第三,彩色精印,使其具有吸引力,亦可培养幼儿欣赏事物的能力。

第四,封面与封底是整体,应一并设计,但封底所画事物应小些,不可喧宾夺主。

三、经典图画书作品赏析谈

儿童文学作品创作过程中,出现了许多经典图画书作品。这些经典图画书作品透过有趣的图文小故事,或阐明道理,或表现情趣,或传递真情,或描绘别致景象。以下将从几个角度分别选取国内和国外儿童文学作家作品,进行图画书作品的赏析。

(一)国内图画书赏析

有这么一些图画书,它并不以阐述道理为目的,却通过有意思的情节,向幼儿传递了一种游戏般的情趣。如《萝卜回来了》(方轶群):

雪这么大,天气这么冷,地里、山上都盖满了雪。小白兔没有东西吃了,饿得很。他跑出门去找。

小白兔一面找一面想:雪这么大,天气这么冷,小猴在家里,一定也很饿,我找到了东西,去和他一起吃。

小白兔扒开雪,嘿,雪底下有两个萝卜。他多高兴呀!

小白兔抱着萝卜,跑到小猴家,敲敲门,没人答应。小白兔把门推开,屋子里一个人也没有。原来小猴不在家,也去找东西吃了。

小白兔就吃掉了小萝卜,把大萝卜放在桌子上。

这时候,小猴在雪地里找呀找,他一面找一面想:"雪这么大,天气这么冷,小鹿在家里,一定也很饿,我找到了东西,去和他一起吃。"

　　小猴扒开雪,嘿,雪底下有几颗花生。他多高兴呀!

　　小猴带着花生,向小鹿家跑去;跑过自己的家,看见门开着。他想:谁来过啦?

　　……

　　小熊跑到小白兔家,轻轻推开门。这时候,小白兔吃饱了,睡得正甜哩。小熊不愿吵醒他,把萝卜轻轻放在小白兔的床边。

　　小白兔醒来,睁开眼睛一看:"咦! 萝卜回来了!"他想了想,说:"我知道了,是好朋友送来给我吃的。"

　　多么神奇! 小白兔第一个送出去的大萝卜,最后又回到了小白兔手里。

在反复送萝卜的过程中,充分表现出了如游戏般的情趣。作者在生活原貌的基础上展开幻想,进行艺术概括,从而更深刻地体现出生活中的真实和作者的审美理想。送出去的东西又回来了,这种意外结局具有极大的偶然性,也具有一定的情节必然性。它使得作品洋溢着奇妙的氛围和浓厚的喜剧色彩,潜移默化地熏陶着广大幼儿。作品结构严谨、巧妙,采用循环反复的手法,精心设置了情节、场景、语言的 3 个循环反复。首先是场景反复。动物们分别在雪地上找食物的场景、分别送萝卜的场景交替反复。"找"和"送"加深了幼儿对角色活动内容和场景的印象。其次是情节的反复。小白兔送萝卜给小猴,小猴送萝卜给小鹿……故事情节按预设的循环线索推进,对幼儿颇具吸引力。方轶群的这篇幼儿童话《萝卜回来了》语言特色鲜明,全部用简单的短句组成,造诣极高,值得学习。作者认为:为幼儿写作,要考虑怎样写才能说得最简单、最明确、最优美、最浅显、最适宜幼儿阅读,恰到好处。他对句子的要求是:每句最好五六个字,至多不超过 10 个字,个别长句可达 15 个字左右。

　　这篇作品所具有的较完美的艺术形式和健康有益的内容,使其半个世纪以来一直活跃在幼儿文学欣赏与教育领域。

(二) 国外图画书赏析

1. 神奇的"小红书"之景

世界上有一种书,它没有一个字,但它的每一幅场景,都足以成就一个

生动的小故事。在唯美而丰富的场景中,幼儿感受到了自我探索的快乐。以《小红书》为例:

城市的上空,漫天飘着雪花。

一个头戴红色帽子的小女孩儿大步走在街上,街尽头的雪堆里隐隐露出一抹红色。女孩看到了"红色",忍不住停下了脚步。女孩儿好奇地拨开白皑皑的雪,轻轻地捧起"红色"——

原来,这是一本看上去很不错的"小红书"!女孩儿高兴地双手抱起小红书,飞快地向学校跑去。终于盼到下课!女孩轻轻地翻开小红书,她看到——

一片无边无际的海洋中,有一个像荷叶一样的小岛。小岛上,有一个穿着红背心的男孩儿走在金黄的沙滩上。沙滩的一角,埋藏着一本和小女孩儿手中一模一样的"小红书"!

男孩儿好奇地打开书,他发现了在一座漫天飞雪的城市里有一个小女孩正在教室里读自己的故事。他好奇地看着小女孩的故事——

放学后,女孩儿来到街道的拐角,她买下了红帽子叔叔手里所有的气球。慢慢地,女孩儿的双脚离开了地面,随着气球飘上了天空。她的手臂下,夹着那本心爱的"小红书"。

女孩儿越飞越高,小红书却掉落在了飘着雪花的地面上。书中,小男孩儿双手抱着膝盖哭了。不久,小女孩儿飞到了一片金黄的海滩上,她和沙滩上的好伙伴热情地拥抱在一起。

漫天飞雪的城市里,一个穿着蓝色衣服的高个子男孩儿捡到了小女孩儿遗落的书……①

这是一本神奇的小红书。整本书里,没有一个字。但只要翻开它的人,都会被里面的内容深深吸引。一幅大雪纷飞的画面,让我们认识了故事中的小女孩。一本小红书,让我们随着小女孩的目光走进了小男孩的世界。神奇的是,小男孩的手里竟然也捧着一本小红书!随着小男孩的眼神,我们竟走进了小女孩的生活。当小男孩和小女孩分别在对方的小红书里看到自己的时候,表情竟是同样的诧异!不过很快,这份诧异就转变成了彼此会心

---

① 芭芭拉·莱曼:《小红书》,中国电力出版社,2009。

的微笑。不愧是大师，看似简单的画面，竟藏着如此精妙的构思。此时正在欣赏小红书的读者，是不是也会在连连称赞之后莞尔一笑呢？作者独具的匠心、精妙的语言，都浓缩在了这两页神奇的小红书里了！

红色是热情，它像火一样点燃了两个陌生孩子的友情。两个孩子，一个来自大雪飘飞的大都市，一个身在阳光明媚的金色海滩。没有一句话，却能心领神会。故事结尾，小女孩遗失了小红书，但却乘着梦想的气球找到了小红书里的好伙伴。当小女孩和小男孩拥抱的那一刻，小男孩的书被冲进了浅海。然而，这两本小红书真的消失了吗？一个戴着眼镜、骑着自行车的男孩告诉我们，小红书和他的故事才刚刚开始。相信现在，这本小红书已经漂流到了世界的各个角落。只要是捧起这本小红书的人，都已经读到了一个神奇而生动的故事。更神奇的是，这本小红书没有一个文字，就将人与人之间的这份默契和心有灵犀淋漓尽致地传递了出来。原来，语言的发展并非只是依靠文字的力量。这本小红书，让我们看到了图画的巨大魅力。

2. "不一样"的幸福之情

故事除了明理之外，还有一个非常重要的功能就是"传情"。当故事的帷幕徐徐展开，一场暗含在故事中的"情感大戏"也渐渐走进了幼儿的心里。如《我是彩虹鱼》：

> 深海里，有一条最美丽的鱼。他长着一身和彩虹一样五彩斑斓又闪闪发光的鳞片，别的鱼都叫他"彩虹鱼"。因为与众不同，彩虹鱼常常看不起其他鱼。当那些普通鱼邀请他一起玩耍时，他总是不屑一顾地甩着身子游开。有一条小蓝鱼向他索要一片闪光鳞，他竟毫不客气地回绝了。很快，大家都知道了彩虹鱼是一个既傲慢又小气的家伙。从此，大家都对彩虹鱼不理不睬。[①]

对于美的事物，任何人都不忍心拒绝。然而，深海里一条最美丽的鱼，却遭到了伙伴们的疏远，他十分孤独。彩虹鱼格外美丽。他不仅身体像彩虹一样五彩斑斓，而且身上还长满了闪闪发光的鳞片。每一条见过他的鱼，都既惊叹又羡慕。当其他鱼真诚地邀请他一起玩耍时，彩虹鱼根本不屑一听，"嗖"的一下游开了，一边游还一边骄傲地甩了甩身上耀眼的鳞片。他的

---

① 马克斯·菲斯特：《我是彩虹鱼》，彭懿译，接力出版社，2015。

鳞片是那样的美丽,以至深海里的每一条鱼都想拥有一片。当小蓝鱼鼓起勇气向他求要一片闪光鳞时,彩虹鱼傲慢地拒绝并挖苦了小蓝鱼,它害怕自己拥有的"美丽"被别人夺走。消息一传开,所有的鱼儿都知道了彩虹鱼是一个孤僻、傲慢又无情的家伙。因此,所有的鱼都不愿意再理睬彩虹鱼。渐渐地,彩虹鱼越来越孤独,尽管他的外表很多彩,但他的内心却很苍白。

后来,在章鱼奶奶的点化下,彩虹鱼慢慢放下自身的傲慢,开始认真地倾听伙伴们的想法。当小蓝鱼又一次带着羡慕和赞美向彩虹鱼求要一片闪光鳞时,彩虹鱼不再恶语相向,而是大方地给了小蓝鱼。消息一传开,所有的鱼都想拥有一片闪光鳞。彩虹鱼虽然很不舍得,但他却尝试着一片一片地将身上的闪光鳞分享出去。他发现,当他真正地付出时,伙伴们是那样的快乐。看到伙伴们快乐,彩虹鱼有一种说不出的幸福和喜悦。

这个故事,用富于想象的情节和平实的语言告诉了我们:有一种幸福叫"拥有",也有另一种"不一样"的幸福叫"给予"。

《小学图画书主题赏读与教学》
主编前言[1]

图画书,也称绘本,专指图画与文字具有相同叙述功能的特殊出版文类。图画书在当前的小学教育阶段已成为学校开设阅读活动的重要内容资源,在学校校本阅读课、整本书阅读课程、课外阅读活动、校园读书节活动等书香阅读的构建中占有重要的位置。读图画书、写图画书、演图画书已经深入小学多学科阅读活动的方方面面。但针对小学教育对于图画书教学的现实需求,高等院校的初等教育系统目前还未开设图画书教学的系统课程,只有部分学校将其列为选修课。初等教育作为我国近十几年发展的一个重

《小学图画书主题赏读与教学》封面

要新学科,其研究领域除传统学科教育外,很大程度上会将学科教育与研究专注于基础教育的变化与发展,具有明显区别于其他传统教育学科的现代性与开放性。因此,针对目前小学图画书教学的迫切需要,首都师范大学初等教育学院作为国内小学教育教学与研究的重镇,作为为全国各地区、首都地区小学培养本科甚至更高学历准教师的教学研究机构,必须在学科课程建设中紧紧

---

① 有删减。

贴近小学教育的发展，这就是《小学图画书主题赏读与教学》作为国内高校第一本小学教育专业本专科生与研究生使用的图画书教学教材的重要背景。当然这本教材的出版也将极大满足全国小学教师绘本教学的职后培训需求。

《小学图画书主题赏读与教学》以教育部《关于实施卓越教师培养计划的意见》《小学教师专业标准》《教师教育课程标准》为编写依据，并参照小学阶段各学科的课程标准，以小学教育课程改革为指导，系国内首部小学绘本教学应用型研究的高校教材。其特点如下：

第一，本教材编写由首都师范大学儿童文学学科团队为主，联合了全国各地开展绘本教学的重要小学的一线优秀教师。教材编委会成员中既有国内高校从事图画书基础理论研究、小学教育研究的理论工作者，也有具备丰富小学图画书教学实践经验的一线教师，这样由理论和实践的工作者组建的编写团队力求使教材从基础理论、内容规划、体例设计等方面兼具学术性与实践性，更极大地凸显了首都师范大学图画书教学研究的应用性与开放性。

第二，本教材章节以图画书主题为划分维度，将经典绘本的赏析、阅读与教学进行系统的构建。全书内容分为十章，每一个大主题构成一个章节。所有主题的设定涵盖了小学各学科教育的范畴。图画书教学目前在小学以语文教师的教授为主，但实际上图画书作为一个包含文学、教育、艺术、心理等多学科的现代文类，其内容涉及文学、音乐、艺术、历史、数学等多学科，其教授应该由更多学科的教师参与。主题的设置从当前图画书出版的现状，遴选出最贴近小学教育的十大主题，如品格培养、自我成长、社会交往等与各学科教材相一致的传统主题，也有一些属于近年小学教育发展新理念的现代主题，如不同国家、不同民族的多元文化主题，关注生命成长规律的生命教育主题，传达历史、思想发展的人文社科主题等。十个大主题下还分设多个小主题，通过这样的分设，将大主题细化为更具体的小主题，让原本抽象主题概念的呈现更为具体、明确，如"亲情关爱"这个主题，从概念界定而言属于"人与他人"大范畴下的一个宏观主题，需要将其分设为更为具体的小主题，即母爱、父爱、隔辈爱、同胞爱四个小主题，才能更好地将其对应的图画书内容运用于教学实践中。以主题为线索来构建教材的框架体系，能帮助初步接触图画书的本专科专业学生迅速、有序、系统地了解适合于小学阶段图画书教学的代表作品。

第三,本教材作为笔者所主持的教育部人文社科项目系列成果之一,与之前出版的适合学前教育专业学生及教师使用的《幼儿图画书主题赏读与教学》为系列配套教材,在章节内部体例设计上以理论性与实践性相统一为原则,从理论层面和实践操作层面阐述各章节内容,兼顾图画书作品的文本赏读与小学教育实践中的应用导向。每章内容体例包括阐述本章内容的提要性导言和作品文本解读,作品文本解读部分包含故事简介、作者介绍、侧重教育主题分析的教育解读,及作品在小学教学实践中的活动设计建议等。这样的体例设计充分将图画书作品的文本信息、涵盖主题及其教育实践时的理念、方法等一并介绍给教材使用者,力求让图画书教学的课程内容变得立体、多元,并且极具操作实践性。

第四,本教材主体图画书内容的选择兼顾经典性与代表性、艺术性与教育性。整部教材的十大章节重点选取了 100 部代表性图画书。这其中既有世界经典绘本,也有一定体量的中国原创优秀绘本作品。当前学校绘本教学中有一个突出问题,就是在遴选教学内容时多选择国外经典图画书,较少选用国内作家作品。这其中既有国内原创绘本创作的繁荣是近几年才开始的现状所导致,但同时教学者对于国内原创作品缺乏阅读量的支撑也是导致课程内容选择偏重国外作品的重要原因。图画书教学作为母语阅读课的重要内容,更多地采用国内原创母语绘本才能更好地向儿童传达本民族的文化,构建儿童的民族认同与自信。此外,在教材重点介绍的 100 部代表性作品外,每章节都有大量的同类主题作品的拓展阅读书目,让学生在重点研读主要作品的同时,最大限度地拓展图画书的阅读量。作品阅读的质与量是当前开展图画书准教师教育与职后教师教育的重要研究内容,缺乏对文本的系统、大量的阅读是导致图画书教学易陷入空洞、教学设计陈旧的重要原因。因此,从图画书教材的构建开始,足量的阅读书单是非常必要的组成部分。

图画书教学广泛运用于初等教育学科领域,因此本教材的适用范围较广,包括高等师范院校初等教育专业本专科生、课程与教学论研究生、小学一线在职教师、高等院校文学院及教育学院儿童文学课程学习的本科及研究生、从事小学教育的培训机构教师等。

本教材是笔者所主持的教育部人文社会科学项目的研究成果之一,希望这部教材的出版能为国内小学图画书教学的研究与发展提供参考。

用绘本跟儿童谈重要的事^①

原创绘本《我家里有个妖怪》中国童书博览会新书研讨会现场

　　毋庸置疑,儿童文学在每个孩子成长中扮演着不可或缺的重要角色,而绘本作为儿童文学的特殊门类,它用绚丽的画面、优雅的文字触动着儿童的情感,抚摸着他们柔软的心灵,引领他们步入幻彩缤纷的奇异天地。绘本对于儿童具有天然亲和力和吸引力,是其他儿童文学读物不可替代、无法比拟的。

　　因此,选择用绘本来跟儿童谈重要的事不失为一个好的交流方式。

　　呈现在您手中的这套《男孩女孩绘本系列》,就是借用绘本来跟孩子们交流:何谓男孩精神? 何为女孩涵养?

　　《早起的我,看见了什么?》在弥漫着晨曦雾蒙的画面中,一个不想再当"迟到大王"的男孩,用自己一次次的行动挑战自己,兑现男孩对自己的承

---

① 本文节选自"男孩女孩绘本系列"主编前言。

诺;《爸爸送我的一捧星光》在诗意铺陈的笔触中,每一个字、每一个词都流淌着最沉淀、最馨香的父子挚爱,爱应该成为男孩语中的意,不要仅仅只是心中深埋的情。

《野葡萄》在极富创意的色彩与造型中,游动着坚韧、勇敢的"白鹅女",她柔而不弱,用智慧帮助自己与他人,睿智永远是女孩最重要的美;《我家里有个妖怪》用瑰丽奇幻的色彩,将每个女孩心中那个小小的"恐怖世界"溢出画面,唤出勇气与力量,勇敢不是没有害怕,而是能战胜害怕!

中国作家情感充沛的文字,外国画家舒展芳郁的绘画,融汇出富有感染力的"男孩女孩绘本系列",引导每位男孩女孩的精神成长,做更开阔优秀的自己!

非同一般的"熊的故事"

在 2017 年国际戏剧教育大会上点评绘本教育戏剧课

2014 年 5 月,一部名为《熊的故事》的动画短片在智利上映,这部作品自上映以来获得了许多国际奖项,最有分量的当属第 88 届奥斯卡金像奖最佳动画短片奖,这也是智利第一次获得奥斯卡奖。现在你手上的这本《熊的故事》正是这部奥斯卡获奖短片的绘本版图书。在翻开它之前,让我们先听听这部作品的作者,也是这部动画短片的导演加布里埃尔·奥索里奥说一说创作背后的故事。

奥索里奥的祖父因为战争逃亡英国之后再也没有回到家乡,在小奥索里奥的心里,一直都有这样一位"缺席的亲人"存在,祖父去哪儿了? 他在做什么工作呢? 他过得好吗? 等他长大成为导演奥索里奥后,他创作了这部

《熊的故事》，以此来表达内心对这位缺席亲人的思念，对战争的愤恨，对美好和平的希望。反对战争，追求和平，这是一个深刻永恒的主题，奥索里奥却用一个简单的"熊的故事"动情地向所有的小读者和大读者都传达到了。这部作品无论是动画片还是绘本都适合所有人"阅读"。

从绘本一开始，我们就看到作品中的熊爸爸过着一个人的生活，但他以前过的可不是这样的单身生活，你看他墙上挂着一家人的照片，他的餐桌旁有不同尺寸的大大小小的椅子，很显然，这里住着一家人，但熊爸爸的家人去哪儿了呢？作品没有说。画面一转，转到了熊爸爸拿着他的"移动木头剧院"穿梭在大街小巷的场景。熊爸爸每天都为不同的小朋友播放同一场剧目：熊爸爸一家过着幸福的生活，有一天镇上的马戏团抓走了所有的动物，包括年富力强的熊爸爸，从此熊爸爸与家人各分东西，他每天只能通过打开怀表，看到上面一家人的照片，才能带着希望努力地活下去。终于有一天，熊爸爸在表演中找到机会机智地逃跑回家，他又与家人团聚了。所有的小朋友看完这出剧，都满足地笑了，熊爸爸也笑了，只是他的笑中藏着泪水。他再次打开怀表，看到上面的家庭合影，满怀着希望再次摇动铃铛……在一天又一天的等待中，期待家人的团聚。

奥索里奥说这部作品并不是写他祖父的故事，但是我们分明从这个充满惆怅与希望的熊爸爸身上看到了他祖父的影子，也看到了因为战争的原因被迫与家人离散的"缺席的亲人"的影子。熊爸爸似乎就是那位逃亡的祖父，他生活在异国他乡，但他的心里永远惦记着自己的家人，他的墙上会有家人的照片，他的桌子旁会有家人的椅子，他的工作就是讲述自己与家人的故事，他每一次摇响铃铛，都希望听到家人爱的回应。我相信，每一个孩子读到这位熊爸爸的故事，都会在心里产生不同于以往的阅读感受。以前读过的熊的故事，有可爱温暖的维尼熊，有善良礼貌的帕丁顿熊，有顽皮捣蛋的泰迪熊，可是这位熊爸爸却是那么孤独惆怅。为什么会有这样的"熊的故事"？为什么会有如此可怜孤单的熊爸爸？我们常常说，跟孩子，尤其是年龄小的孩子不容易讲清楚一些深奥的道理，而且，要不要向他们展示成人世界的悲哀，展示社会的不完美面，这些都是儿童文学工作者常常讨论的议题。儿童从一出生，就不是生活在鸟语花香的温室里，无论你想还是不想，生活的真实每时每刻都在他们面前展示着，只是，我们要把美好的、善良的、纯真的一切尽可能多地传递给他们，让他们承载更多的积极能量，而一些负面的成人世界的真实，我们应该用合适的方式富有艺术性地告诉他们。奥索里奥的这部《熊的故事》之所以被称为纯粹、真诚、富有力量的文学佳作，就是他用适合儿童理解的故事讲述方式，用巧妙动人的故事架构，用形象直抵人心的具体人物，将反对战争、追求和平的深奥道理传递给了每一位阅读到这部作品的小读者。所以，我们常发出感叹：绘本真是很神奇！一切再深奥、再难以启齿、再重要的事都可以借助它来向儿童进行讲述。

除去作品深刻的主题、动人的故事架构与人物形象以外，它的绘本语言也非常精彩。绘本的语言分为文字语言与图像语言，在原作动画片中，由钢琴、八音盒，还有画面构成了所有的语言，而在绘本中，简短却富有力量的文字，与色彩简单的艺术画面有机统一，在我们对文字与图画的同步阅读中，故事缓缓地展开了。这部作品的语言，无论是文字还是图画都充满了浓重的情感。"尽管剧院里装满了各种'演员'，大熊还是觉得很孤单"，读到这样的文字，再看看画面中大熊一个人坐在有3把椅子的餐桌旁，默默地吃早餐，桌上还有熊妈妈与小熊玩偶，与之形成鲜明对比的则是墙上一家人其乐融融的家庭合影，作品中的空气处处尽是惆怅又惆怅。作品最后一处画面中，熊爸爸打开怀表，看到合影，他笑了，配的文字是："他盯着自己的怀表，觉得没有那么孤单了。"这样的图像与文字，让我们分明感受到了充满希望的暖流充盈着，游动着。美好的希望，在此处闪耀。优秀的儿童文学作品即便是"展示成人世界的悲哀"，也会留有美好的希望给小读者，用温暖的力量引导儿童向善、向美、向真。

现在，打开这本非同一般的《熊的故事》，用它跟孩子讲重要的事吧，这是一部适合大人和孩子共读共讲的非同一般的作品。

会讲故事的文字与图画

绘本作品《最好的礼物》在小学阅读课堂上展演

能在儿童心里绽放的第一本书是什么？也许对不同的孩子来说，他们听到、看到的是不同主题的故事，公主的奇遇、小兔的历险、玩具的派对……各种类型的故事都有可能成为孩子的第一本书，但无论是什么样的故事，绘本这种特殊读物一定是第一种能在孩子心里产生涟漪、激发感受的读物形态。

为什么绘本有这样的魔力？因为它的图画能讲故事，它的故事能打动孩子。尤其是绘本的图画，对于年龄小的儿童而言，他们通过阅读认知世界就是以阅读图画的方式来达成认识的，从具有色彩、造型、美感的图画里他们理解了书是什么，书里有什么，故事是什么，故事能带给他们什么。

9 岁之前的儿童都以形象思维为主，虽然他们还不认识太多的文字，但并不影响他们阅读图书、感知世界，因为他们有绘本可以看。绘本应该成为,而且也已经成为 9 岁之前儿童阅读的主体读物。因此倡导出版更多的优秀绘本,于儿童而言是一件极其有价值又很实在的好事情。

在当下强调中国原创绘本出版还需要有一定量的基础上,更要看重原创绘本的品质。要在叙述性与儿童性上实现原创绘本的艺术突围,我们依然需要在创作上凸显绘本的本质特征,那就是故事的儿童性与图画的叙述性。2016 年张乐平绘本奖获奖作品《我想要只虎纹猫》正是这样一部不讲绘本创作"桥段",不用花哨的形式,"老老实实"用图画与文字共同叙述故事,回归绘本创作本质的新作。

《我想要只虎纹猫》故事素材用到了儿童生活中常有的一个问题:如何才能拥有一个特别的宠物朋友?作品的主人公悠宝想要的特别宠物是一只虎纹猫,可上哪儿去寻找这样一种花色独特的猫呢?一只普通的黑猫想用自己的方法来帮助悠宝拥有虎纹猫,他带着她到处寻找,可是怎么也找不到,到处都是白猫、黄猫、蓝猫、红猫,可就是没有长老虎纹路的虎纹猫,悠宝很失望,黑猫不希望看到自己的朋友不开心,他想到了一个绝妙的主意……这个绝妙的主意让悠宝收获的不是真正的虎纹猫,却是真正的好朋友。作品的故事叙述线索清晰明了,有起因、发展、高潮与圆满结局,这正是我们所提倡的小年龄儿童绘本要做到符合儿童性的一种很简单有效的故事思路。孩子在这样的一种简单故事结构中才会比较容易达成与文本人物的对话,寻求到故事本身与他生活的关联,获得阅读移情能力的培养,进而延伸到自我情感的丰富生成。这样的故事是属于儿童的,因为儿童能读懂故事,能与文本形成对话,能获得自我情感成长的满足。

除了会讲故事的文字外,好的绘本还需要非常会叙述的画面。《我想要只虎纹猫》的造型、色彩并不受限于传统技法,虽然画者是美术专业出身,但她跳出了技法的条框,将自己对于作品故事的理解渗透到大至画面的布局,小到线条的构型,所以我们会看到充满叙述性的线条、颜色与人物造型。黑猫的善良、聪明、友好,以及悠宝从充满希望到失望,又收获意想不到的友情时的快乐都通过画者的笔传递给了我们。

会叙述的图画,能让儿童习得移情能力的故事,这样的绘本作品才能真正在儿童心中绽放。

真善美：绘本选择不变的原则

绘本作品《勇敢的面条儿》进入中国儿童中心学生舞台

　　儿童阅读除了最大限度地尊重孩子自发的兴趣，让他们自主地选择阅读外，成人的指导阅读也非常重要。而为孩子选择怎样的作品来指导阅读是当前困扰很多家长与教师的问题。现今面对国内出版的绘本已经不是无书可读，而是如何从数量庞大、品种繁多的绘本中挑选出真正适合孩子的作品。怎么选书，这是一个大问题，但其实也是一个小问题，那就是你是否自始至终在为儿童选择作品时都保有一个真实的阅读态度，也就是说你在选择时，是否真正把自己当成了一个纯粹的读者，抛开"私心杂念"，比如这部绘本能让孩子掌握哪些知识？收获哪些道理？开阔哪些眼界？等等。你只是一个读者，你需要有真实的阅读心态，带着这样的心态才能真正走进作品,最直接地判断这部作品是否打动了你? 是否让你的内心泛起了涟漪? 当你积累了一定的阅读经验之后,你会总结出一个最朴素的绘本选择原则,那就是传递真善美的绘本永远是最打动人的,而这样的作品也是最适合儿童阅读的,因为孩子的心天生就是简单、真实、纯粹的集合体。

绘本《巴尼奥与露比》就是这样一部充满至真、慧善、醇美的作品。它很真实,故事从头到尾看不到花哨的绘本创作"桥段"。绘本创作中的创意构建比起其他创作元素似乎更重要,很多优秀的绘本作品都有着令人叹服的创意,但正因为创意的重要,当下很多绘本中都有"为创意而创意"的痕迹。形式之作能让人一时眼亮,但真正能打动人的还是其真实情感的呈现。《巴尼奥与露比》虽然没有让人惊叹的创意,它讲述的故事用一句话就能讲完:一只叫巴尼奥的看鸡犬拯救了一只叫露比的红鸡。但就是这样一个简单传统的动物故事,却让人阅读之后有一种熟悉又陌生的感动。凡是跟动物相处过的人都知道,无论是狗还是猫,抑或是其他的小动物,动物之间的互助是再正常不过的事,但能把这样再正常不过的动物相处之道通过简短的语言、重复的情节、柔美绚丽的色彩表达出来,我想绘本作家与画家应非常精于创作的真谛:用心把真实呈现给读者。所以,我们读这样一部作品时,就像在听一位邻居在讲他们家鸡舍刚发生的事情,听来很生动,又很感动。

我们再来看看这部作品所传递的慧善价值。很多时候家长和老师希望儿童读完一部作品之后能从故事中学习一些为人处世、自我生存的道理,所以我们经常会在绘本阅读课或者亲子阅读活动中听到一句不断重复的话:"通过这部作品你收获了什么道理?"有时候孩子会突然好似从作品的阅读中惊醒过来,赶紧找来一些套话搪塞给大人,一些大而不当的道理就这样从孩子的口中冒出来,其实孩子内心想说的是:"怎么总问我收获了什么道理?""为什么爸爸妈妈和老师读书之后不会总被提这样的问题?"我们阅读研究组所做的一项调查显示:无论多大年龄的儿童在阅读之后都不喜欢总被提问,尤其"懂得了什么道理"这样的问题是他们最不想回答的。这也是很多孩子不喜欢写读后感的原因,他们想享受阅读本身,而不是总被"中心思想""大道理"打扰。绘本《巴尼奥与露比》本身所传递出来的就是互助互爱、善待他人的价值观,这样的价值观需要让孩子在阅读中自己体悟,从故事中点滴渗透,而不是陡然给它上升高度,把一些抽象的道理直接地传递给儿童。优秀的儿童文学作品一定会遵循真善美的原则，它本身就是通过生动形象的故事、人物来传递充满正能量的价值观的，这符合儿童的思维接受特点。儿童文学的主体阅读者即初中以下的孩子多以形象思维为主，成年人不用一次次在阅读形象的作品时剥离出抽象的道理给儿童看，儿童通过充满真善美形象的作品的阅读，自己就能逐渐构建出良好的价值观，美好的"道理"会逐渐种在孩子的心里，而不是被我们硬插在他的心上。

至于这部绘本作品的醇美，先抛开故事本身所持有的纯真情感的美好不说，就只看它的色彩、构图、造型、线条等艺术元素，我相信所有的眼睛都会对作品的艺术之美发出欣赏、喜悦的光芒。但是这样外在的形式之美似乎还不够被称为"醇美"。绘本不仅仅是一部只有艺术形式的作品，它不是插图作品，也不是美术作品，它的图画要参与文字来讲述故事，因此，优秀绘本中的图画一定要具有个性、故事性、表现性，这样构建出来的图画才具有思想性，才能真正称得上散发出醇厚的美丽。画狗画鸡的作品很多，但我们看到的《巴尼奥与露比》中的这只叫巴尼奥的看鸡犬却不同于一般的狗，它就像一个温柔的英雄，而红鸡露比则像一个内心充满幻想、总想展翅高飞的梦想家，它们在画家的笔下成为充满个性张力的人物形象。

绘本《巴尼奥与露比》就是这样一部充满真善美的作品，当你下次再为如何挑选绘本烦恼时，请翻开这本书，它是一部不错的美丽范本！

第四章

儿童文学家庭教育

让孩子爱上文字书

走进"全国小豆包桥梁书课程项目"先锋校北京市朝阳区实验小学教研现场

　　我们抛开大阅读的概念,仅就狭义的阅读,也就是纸质图书的阅读而言,内容资源其实就包括两大领域,一类是以图画为主的书,比如绘本、漫画、连环画等;还有一类是以文字为主的书,即文字书。在进行这两大类图书的阅读教育时,我们很容易步入两个误区。

　　一是以图画为主的书的阅读通常仅仅放在儿童的低龄阶段。典型的像绘本阅读,我们看到的现实是,大多数绘本阅读教育是放在婴幼儿与小学低年级阶段开设,认为绘本只适合小年龄儿童阅读,大孩子再看就幼稚了。其实绘本阅读、漫画阅读、连环画阅读等这些以图画为主的图书阅读属于视觉阅读体系,应该一直持续让各阶段的儿童阅读,只是小年龄儿童由于身心发展的特点,视觉阅读应该成为其阶段阅读的主体,到了 9 岁之后,儿童的阅读应该逐渐过渡到文字阅读体系,但视觉阅读不应该中断,应该继续,只是不成为主体而已。

第二个误区就是我们经常在不合适的时间为孩子提供不合适的文字书,尤其是在孩子第一次接触文字书时。各位家长朋友,是否还记得给孩子买的第一本文字书是哪本?他阅读时是什么反应?

从大家留言给我的问题中,我看到很多朋友知道也看到了阅读对于孩子成长的重要作用,大家都提到希望孩子们能通过阅读更多优秀的文字书来了解丰富的世界,当孩子认识一些汉字时,我们就迫不及待地想把堪称经典的各类作品推荐给孩子们,但他们好像并不领情,要不就对满纸的字提不起阅读的兴趣,要不就非要让大人读给他听,自己不愿意读。

这时,大人们就会说:这孩子就是不爱看文字书,只知道看些漫画、卡通!孩子们真的对文字书没有兴趣吗?怎么帮助孩子们爱上阅读文字书呢?

我们先来看看孩子们在初次接触文字书时会碰到什么状况。

在我所主持的一项儿童阅读教育课题研究中,针对6~8岁儿童进行问卷调查,发现在所调查的孩子中,35%的儿童表示在阅读文字书时因为经常遇到不认识的生字词,而不再想继续阅读。

很多孩子不愿意阅读文字书一个很重要的原因就是他们缺乏对于阅读的信心,因为有很多看不懂的地方,所以产生一种畏惧的情绪。这些看不懂包括:生字太多——看不懂(文本中有很多不认识的汉字);长句太多——看不懂(字词语法太复杂,有的句子看下来连主语都找不到);情节太复杂——看不懂(内容情节错综复杂,人物形象较多)。

面对这样的文字书,阅读成了一件很艰难的事情,儿童在这样的阅读活动里找不到自信,满眼都是他不认识的字词、不懂的句子、理解不了的情节,自然而然,他会拒绝甚至讨厌阅读文字书,转而去继续阅读让他找到自信的图画为主的书,因为图画生动形象,即使有不认识的字词,有不懂的地方,根据自己的猜测也能理解大致内容。当发现我们的孩子不读文字书时,我们就下结论说:这个孩子不爱看文字书。我们有没有想过,是不是我们提供的书有问题,是不是我们在不合适的时间给他提供了不合适的书,让他陷入了阅读的困境?

只有让儿童有足够的信心自己完成文字书的阅读,才能让他真正爱上文字书阅读,从而实现独立阅读的开始。

5~8岁是儿童文字阅读的敏感期,他正处于从具象思维逐渐过渡到抽象思维的阶段,在阅读上正从读图画为主的书,包括漫画、绘本等逐渐过渡到纯文字书的阅读,家长在为孩子选书时就需要了解孩子所对应的阅读能力阶段的特点,根据他的阶段发展特点来为他选择合适的读物才能帮助孩子顺利度过阅读敏感期,最大限度地促进儿童阅读能力的发展。

很多家长朋友在留言给我时,不约而同地提到一个问题:孩子幼儿时很喜欢看绘本,等他进入小学阶段后,本该开始阅读更多的文字书了,但现实是,孩子看见满纸是字的文字书就打退堂鼓,根本提不起阅读的兴趣,或者有图画就忽略文字只看图画,没有图画的书干脆看都不看。这应该怎么办?

在5~7岁这个文字阅读敏感期,我们想通过各种可能的途径帮助我们的孩子爱上文字书,可是现实中,我们却通常会有以下几种好心帮倒忙的常见做法:

(1)为孩子购买成套的经典文学名著。

(2)为孩子选择多种拼音读物。

(3)只要是名家名作,不管讲什么内容的书都给孩子买。

(4)为孩子选择知识性强、道理深刻的读物。

其实我们都能洞悉家长的心思:希望把优秀的名家名作、经典作品,早早推荐给孩子们。想法是好的,但要用科学的方法。

在孩子接触文字书的初级阶段,需要一种特殊的读物来帮助他完成从以图画为主的书过渡到纯文字书的阅读,而不是一下就跳到文字书的阅读。这种特殊的读物就是桥梁书。阅读桥梁书就是帮助我们的孩子们爱上阅读文字书的科学范式。

桥梁书是分级阅读体系中帮助儿童从读以图画为主的书过渡到读纯文字书,从需要成人帮助的亲子共读、教师伴读过渡到自己独立阅读文字书的儿童读物类型,可以简单理解为从读图画为主到读纯文字阅读的一种阅读桥梁。它是一种教育指向明确的读物,其作用就是帮助儿童获得独立阅读文字书的能力。

桥梁书到底有怎样的魔法配方,它是如何帮助孩子爱上阅读文字书的呢?下面我会以"'爱悦读'桥梁书——小豆包系列"为例来详细说明。

第一,"小豆包桥梁书"中95%的字词都是小学语文课标中的基本字与常用字。之前我们已经给大家讲到,很多孩子不愿意阅读文字书一个很重要的原因就是有很多看不懂的地方,而困扰儿童流畅阅读的问题就是生字太多,书中有很多不认识的汉字。如果儿童初次接触文字书,就有太多的汉字不认识,他就会由此对文字书阅读产生畏难情绪;如果大多数都认识,他就会很愉悦地继续读下去,并且会很高兴地发现:书里的字我都认识,我可以自己读书了。在这样的阅读经历中,他就会逐渐建立对文字书阅读的自信。而桥梁书中5%的生字也会用拼音在文中标注出来,使阅读不间断。

第二,小豆包桥梁书故事使用基本语法结构构建,如简单陈述句、一般疑问句、对话句式等,这里特别需要提出对话句。对话句即以对话方式构建的句式,这种句式因其形象、生动、短小而易于儿童理解。

第三,情节安排简单有序。例如"小豆包桥梁书"的所有故事基本按照开始、发展、高潮和圆满结局四段式构成,故事一开始都会有一个问题产生,然后主人公希望解决这个问题,接着情节逐渐发展,最终问题得到圆满解决。比如有一个故事叫《馅儿怎么可能在外面》,讲述的是小豆包和好朋友小饺子跟老汤圆争论,他们说馅儿可以长在肚子外面,而老汤圆则坚持说所有面团国的面团要么不长馅,要长馅都是长在肚子里面,像包子、饺子、汤圆,哪个不是馅儿长在肚子里的?为了探寻这个问题,小豆包和小饺子展开了一路冒险,大家觉得什么面团的馅儿是长在肚子外面的呢?猜到了吗?对,就是披萨。最终小豆包和小饺子来到了披萨国,所有的披萨馅儿都长在外面。问题解决了,原来面团的馅儿是可以长在肚子外面的。

四段式的传统故事结构会让儿童较为容易把握故事的线索,他们会跟随人物、情节,急着翻页,想知道后来怎么样了,正是这种期待保持了读书的兴致。这里特别强调圆满结局的设置,因为儿童在阅读这样的结局时会获得安全感,而非感到困惑与担忧。当然,我们需要强调的是简单情节、四段式的模式结构及圆满结局的设置对于桥梁书是非常适合的,但是当儿童已经通过桥梁书走向独立阅读文字书时,我们就应该让他去阅读多种文学结构、结局不一定圆满、甚至说没有结局的书都是可以的。

第五,"小豆包桥梁书"中人物形象设置简单。这里的人物形象简单不仅是指人物形象类型化、性格特征明确、个性简单,同时故事中人物数量少、关系单纯。系列中小豆包就是唯一的主角,30 个系列故事中每个小故事基本只有两三位人物。

第六,讲述儿童感兴趣的主题故事。之前提到在给孩子选择文字书时,我们会选择名家名篇,或者经典名著,这样的思路当然是有价值的,但是最重要的还是应该站在儿童视角,为儿童选择他们能阅读、想阅读的图书,而兴趣主题是为儿童选书的重要方向。5~8 岁儿童的兴趣主题包括冒险奇遇、校园生活、友情故事、侦探推理、趣养宠物等。小豆包系列的创作从主题切入,确定了多个 5~8 岁儿童最感兴趣的主题,每本书围绕不同的主题,每个主题由 3 个小故事组成,3 个故事之间有一定的逻辑联系。比如《小豆包一路奇遇记》中,小豆包从踏上一条神秘的小路开始,遇到很多稀奇古怪的事,比如大象想要换鼻子,住在苹果里的虫子和住在桃子里的虫子成了好朋友,还有书里居然生活着花生人。

第七,文字量与排版符合儿童的阅读规律。桥梁书中一个完整故事的文字不超过 3 000 字,这是初步接触文字书阅读的儿童能够集中注意力完整阅读一个的文字容量。从文字排版的外观上看,小豆包桥梁书的排版很像诗歌,当然不是诗歌,只是文字字号较一般文字书大,行距稀松,每行大多不超过 15 个字。另外,字与图的比例为 2∶1,即每两页文字上保持有一张大图或两张小图,包括具有叙述功能的图画与装饰性质的图画两种不同性质的图画。这样的排版特点符合儿童的视觉发展规律。儿童不至于看到满纸排得密密麻麻的文字而打退堂鼓,不愿意往下阅读。

以上桥梁书的这七大特点都保证了文字书难度的适度与趣味,儿童在阅读这样的图书时会发现自己很容易与故事里的人物建立个人关系,他能明白人物所讲的话,所做的事,能跟着人物一起紧张,一起高兴。阅读这样的文字书会让阅读变成一件让人感到快乐的活动,有了这样的开始,儿童就会慢慢地去接受更为复杂的文本,因此,从这个角度而言,桥梁书属于分级阅读体系中文字书的低级别类型,由它最终过渡到阅读较为复杂的纯文字书。有家长留言问我,桥梁书适合多大年龄的孩子读呢?一般来说,5~8 岁是文字书阅读的敏感期,因此桥梁书阅读可以为这个阶段的儿童开始文字书的阅读进行过渡。当然,如果你的孩子错过了文字阅读敏感期,他已经9岁、10岁,甚至上初中了,还不习惯纯文字书的阅读,你也可以用桥梁书来帮助他过渡到纯文字书的阅读。桥梁书是每个孩子阅读成长中的必备读物类型。

现在全国很多学校已经开设了"小豆包桥梁书阅读课程",作为帮助低年级学生掌握文字书阅读方法的重要课程。那我们如何在家庭里开展桥梁书亲子阅读活动呢?

第一个方法是跟孩子一起用桥梁书聊一聊、写一写、玩一玩。每一本桥梁书最前面都设置有"聊一聊"页面。在一本书同主题的3个小故事开始之前,先让儿童谈谈对故事主题的想法;整本书讲述完之后的"写一写"是让儿童在读完3个故事之后结合自己的想法续写同主题的故事;同时,在每个小故事之后有针对这个故事的阅读游戏环节,家长可以通过简单的判断题、选择题让儿童与故事进行对话。

通过这样跟孩子们一起聊一聊、写一写,阅读游戏玩一玩,我们的孩子在初步接触桥梁书这样的文字书时,因为有聊,有写,有游戏,在接受故事信息的同时也有机会在输出自己的认识。这样有进有出的脑力活动使阅读文字书变成了有交流的双向活动,孩子自然而然就对阅读文字书产生了兴趣。

第二个方法是跟孩子一起绘制故事地图,帮助孩子掌握文字书阅读的方法。我们经常发现,孩子说他已经读了一个故事好多遍了,可是要让他为我们重新讲述这个故事时,经常会讲得颠三倒四,逻辑混乱,那是因为缺乏阅读方法的引导与培训。故事地图简言之就是为故事画的地图,这张地图包含的要素包括人物、地点、起因、发展过程及结局,通过这样一张故事地图,我们可以帮助儿童清晰地把握故事的文学元素,让他们学会通过把握故事的基本脉络来理解故事。家长可以让孩子读完故事之后,与孩子一起绘制故事地图,把一个故事的人物、地点、情节重要的三要素用地图清晰地梳理出来。

需要注意的是,在孩子还未开始读故事之前,尽量不要先让他们阅读故事地图,这样他们会依赖地图,阅读主动性会减弱,地图应该在儿童阅读完故事后再让他去了解,让他学会从人物、地点、起因、发展及结局5个"路标"来把握故事的人、事、地、物等基本信息。

第三个方法也是回应朋友们之前的问题：如何为孩子选择真正的桥梁书？大家可以按照今天我们所介绍的桥梁书的七大特点，为孩子选择真正的能帮助他们爱上文字书阅读的适合读物。现在标注桥梁书的儿童读物不少，我们经常会看到一些读物把原作长篇变成短篇，没拼音的加上拼音，就称之为桥梁书，这些只是套用了桥梁书这一个国外阅读教育的概念而已，真正的桥梁书应该是从文字、句法、情节、人物等多方面适合文字阅读敏感期儿童阅读的教育功能读物，只有这样的专业读物才能让孩子实现从读图到读文字的顺利过渡。

跟家长谈情绪绘本

为小读者在原创绘本作品上签名

大家有害怕的妖怪吗？你的妖怪会在什么时候出现呢？在你一个人上洗手间时，黑夜来临时，还是天上打雷闪电时？我害怕的妖怪经常会在我一个人在家时出现，它有时会以猪八戒的样子出现，有时会以牛魔王的样子出现，有时会是白骨精……现在我们长大了，知道自己害怕的妖怪都是住在自己心里的，不是真实存在的。可是我们小时候却是很认真地认为那个让自己害怕的妖怪是真实存在的，他会在你一个人睡觉时，一个人上厕所时，黑夜降临时，打雷闪电时出现在你面前。

如果让已经长大的你面对当年那个童年的你，你肯定会说：不要害怕，所有妖怪都是假的，根本不存在。或者让现在的你面对自己的孩子时，你肯定也会说：不要那么胆小，妖怪有什么好怕的！当你说出这样的话时，你是真的变成了一个成年人，一个已经走出儿童幻想世界的大人。在儿童的世界里,妖怪是真实存在的,所以孩子们会乐此不疲地阅读《丑妖怪》《可怕的大妖怪》《妖怪山》《妖怪油炸饼》《大妖怪来了》《帕拉帕拉山的妖怪》……

孩子们害怕妖怪,为什么还要一个劲儿地读讲妖怪的故事书呢? 佳莹今年5岁了,上幼儿园大班,她是我邻居,经常到我家里来听我讲故事。有一次她问我:"阿姨,你见过妖怪吗?"我看她很认真地在问我,于是很认真地回答说:"现在没有见过,但我小时候见过。""真的吗?"佳莹很吃惊,居然像我这样的大人也会遇见妖怪!"那你能不能给我爸爸妈妈说说你小时候见过妖怪的事情?"她告诉我,她晚上一个人睡觉时,一闭上眼睛就会看见妖怪,那个妖怪长着特别大的嘴,特别大的耳朵,还有特别大的眼睛,她跟爸爸妈妈说时,他们都不相信,说世界上根本就没有妖怪。我听了她的话,就问她想不想听我小时候遇见妖怪的故事,她一个劲儿地点头,迫不及待地想听我的故事,于是我把新写的故事《我家里有个妖怪》讲给她听。

当我的故事讲到一半时,佳莹居然摸摸我的手说:"阿姨,你不用害怕,我的妖怪比你遇见的难看多了。你看你这些妖怪,猪八戒多可爱呀,牛魔王还穿着裙子呢。"刚才那个讲起妖怪还有些害怕的小佳莹现在居然来安慰我了,她从我的故事中发现,原来别人也有害怕的妖怪,害怕并不只是她一个人才有的情绪,害怕并不意味着胆小。

我写的这个故事就发生在我童年的时候,准确地说从我记事也就是4岁开始,一直到小学阶段,这个故事会经常出现在我的生活中,尤其是当我晚上一个人在家时。我记得我很小时就有自己独立的卧室。让孩子一个人睡觉是值得提倡的现代育儿观念,现在很多年轻父母都让孩子一生下来有自己独立的小床,大一些之后有自己独立的房间。从儿童身心发展的角度来说,这样的做法的确有值得肯定的地方,但是在让孩子获得独立性格的同时,我们也要了解儿童心理发展的需求,放手的同时也要呵护正在成长的心灵。儿童在4岁左右情绪意识进入自觉阶段,他们会意识到自己的各种情绪,生气、愤怒、悲伤、害怕、恐惧、开心等等,当他们有了这些情绪时,我们应该用合适的方式来帮助他们认识情绪、客观看待情绪、正确管理情绪。比如害怕、恐惧是很多孩子都会面临的情绪,尤其是一个人在家,或者黑夜降临时,而用绘本来帮助孩子阅读自己的情绪是值得推荐给父母朋友们的一种亲子沟通的途径。

故事讲到一半时,小佳莹认同我这个大朋友了,因为我们有难得的共同点:都害怕妖怪。当听到故事里的小女孩用勇气赶跑妖怪时,她哈哈哈地大笑起来,我相信故事希望传达给每一个小朋友的是:"勇敢不是没有害怕,而是能战胜害怕!"不用我说,她自己也能体会。所以很多时候,我们在给孩子讲完一个故事后,不用总是去问他们有什么收获,每一部讲到孩子心里的作品,每一句话,每一幅图都已经进入他的内心。不要总是希望孩子能用成熟的言语把我们大人体会到的道理讲出来,很多时候孩子虽然不能完整地或者准确地表达自己从作品中体会到的意思,但他会用自己的行动来表达感受。

在故事讲完之后的一个星期,我又碰见了佳莹,她轻轻凑到我耳边告诉我:"阿姨,我好几天都没有碰到那个妖怪了。"我笑着回应说:"你把他赶跑了!"她听了这句话,咯咯咯地笑得特别开心。

跟孩子沟通最重要的就是要了解孩子,真正做到蹲下来与孩子平等对话,但是真正蹲下来与孩子对话,这不仅仅是一个动作,更重要的是你能否站在儿童立场,以儿童为本位来与他们对话。虽然我们都是从小时候的自己长成现在的大人,但我们很难再从内心回到童年,我们会觉得孩子的想法很奇怪,很幼稚,那是因为我们已经长大了,我们已经忘了自己小时候的想法,童年与成年隔着一堵墙,互相都望不到对方的模样。所以,教育儿童是需要学习的,我虽然也是做儿童教育的,但是我也经常通过多种途径学习很多教育新理念。

通过刚才的案例讲述与分析,大家也许就能明白我之前提到的问题:为什么儿童害怕妖怪,还偏偏喜欢读讲妖怪的绘本呢?妖怪主题绘本带给儿童的不仅仅是一个个有趣的故事,更重要的是让儿童直面自己的恐惧情绪,在阅读妖怪主题绘本时,释放自己的恐惧,了解自己的恐惧,才能更好地控制自己的恐惧。任何事情处于想象中时是最可怕的,当你真正面对他时会发现根本就没有想象中可怕!而且,当儿童在阅读这样的绘本时,他也会发现原来自己害怕的东西,比如妖怪,也出现在故事书里,这说明大家都害怕,并不只有自己一个人害怕,在看到别人有相同的经历时,他内心就不再会有一种挫败感。所以,我们要给孩子讲妖怪的故事,根本不用担心他们会害怕,他们会在这样的阅读中认识自己的害怕,这样才能更好地管理自己的害怕。当然,最好是我们的父母在给孩子讲述妖怪故事的同时,也能讲讲自己小时候害怕的妖怪。要知道每个父母在孩子心中都是绝对的英雄,孩子最崇拜的人就是父母与老师,如果他发现自己心目中的英雄也有害怕的妖怪时,他会更放松地跟你一起讨论自己内心的恐惧,你们可以一起来想办法赶跑妖怪!

下面我想谈谈我是怎样创作这部妖怪作品的。之前我提到,这个故事源于我的童年,一个人在家时,一个人睡觉时,我脑子里总是会出现各种各样的妖怪,总觉得家里有个妖怪,不是只有我自己。我是那种胆子不大的孩子,到现在都是这样,但这种觉得家里有个妖怪的想法,我后来发现好多朋友小时候都有,这中间不乏现在已经长得人高马大的男性,而妖怪在家里的躲藏地点也五花八门,有躲在柜子里的,有躲在锅盖下的,有躲在窗帘后的,还有躲在水瓶里的……反正妖怪无所不能,如影随形,随处藏身。当我应出版社邀请创作一本情绪管理绘本时,我就想起了属于自己童年,也属于许多朋友童年的与妖怪相遇的记忆,这个记忆是没有时代性的,无论是哪个年代的孩子都会在小时候遇见只有他才看得见的妖怪,因为这个妖怪住在每个孩子的心里,当他怕黑时,当他怕打雷时,当他怕一个人时,甚至当他怕打针时,这个妖怪都会出现。我写过一个绘本叫《害怕怪怪》,就是把孩子的各种各样的害怕幻化成了一个名叫害怕怪怪的小东西,它其实小得不能再小,是一个小到你看不见的小怪物,你可能一脚就踩到他,或者一屁股就坐在他身上都不知道。可是,害怕怪怪把自己装扮成各种大怪物,让大家看见他,知道他的厉害!给孩子讲黑夜不可怕,打雷不可怕,孩子依然觉得害怕,只有把这些害怕具象化了,让他看见害怕本身长什么样,看见害怕的妖怪长什么样,他才会首先从感性上认识害怕本身,而不是虚无缥缈地让害怕住在他的头脑里。还是那句话:任何事情处于想象时才是最可怕的,一旦清晰地、具象地、直接地出现在你面前,你就会发现根本没有那么值得恐惧。在《我家里有个妖怪》这部作品中,妖怪被具象为各种怪物,有呆萌的猪八戒,有文质彬彬、戴副眼镜的太白金星,有妖里妖气的白骨精,还有有异域风情的牛魔王,这些妖怪都是住在作品中小女孩心里的怪物,当她一个人在家时就会冒出来,以各种形象现身。当然这些形象有个共同点,它们都是来自《西游记》的妖怪形象,这样的构思一方面是因为情节设计衔接推进的故事性,小女孩把手里的一根树枝变成孙悟空的金箍棒,赶跑了所有的妖怪,这与《西游记》中孙悟空用金箍棒打妖怪的情节进行了一番巧妙的对应;另一方面也是用这些最具中国元素的形象来向我最喜欢的中国幻想文学代表作《西游记》致敬。《西游记》不仅是大人喜欢看的经典名著,更是孩子们喜欢看的幻想文学作品,所以儿童文学研究者把《西游记》列为中国古代儿童文学的代表作。虽然这部作品本身的创作一开始不是为了写给孩子看的,但是它其中所充盈着的各种幻想元素极为符合孩子们的阅读兴趣。《西游记》也可以称得上是一部真正的妖怪宝典,里面各种大大小小的妖怪数以千计,这些妖怪有名有姓,有模有样,有美女也有野兽,都是中国孩子们最熟悉的妖怪形象,因此以《西游记》中的典型妖怪来构思我作品中的妖怪形象,也是对中国传统文化的一种现代构思,这样的构思也比较容易让中国的孩子们马上接受,很容易就走进故事,亲近人物形象。同时,这样的构思也易于向其他国家的孩子们表达具有中国元素的世界故事。大家是否发现,这本书的绘图者不是我们中国的画家,而是来自智利的知名画家凯瑟琳·格雷罗。当负责作品整体装帧的意大利设计师问我是否需要给插画师具体的配图要求时,我说不用。首先《西游记》的故事很多外国朋友都知道,也许没有完整读过,但至少知道大致情节,就像我们知道白雪公主的故事一样,只要她知道大概的故事,至于这些妖怪长什么样,就完全可以凭其理解与想象来绘制,想象世界才是最精彩的艺术来源,所以大家现在才会看到超乎我们一般认识的牛魔王、太上老君、白骨精、蜘蛛精等这些既熟悉又陌生的《西游记》妖怪形象。中国文字外国绘制,让中国元素有了一个有趣的陌生化创造。

那这样一部讲述孩子共同心理经历的妖怪绘本应该怎样在家里玩呢?我在高校主要从事儿童阅读教育研究,我有本书叫《幼儿图画书主题赏读与教学》,就是把各类绘本按照主题进行划分,然后再给出这些绘本在幼儿园的教法。我提倡绘本在幼儿园或者小学要教法与玩法结合,而在家庭里一定是读绘本、玩绘本,把系统教育留给学校,绘本在家庭里应该成为亲子玩具,让大人和孩子一起来玩。比如这部《我家里有个妖怪》,至少我可以给大家介绍10种不同玩法,现在我重点讲两种在家里马上可以操作的玩法。一种是微黑绘读法,首先把家里灯都关上,只留一盏小灯,制造黑暗气氛,然后大人读故事给孩子听,读完之后孩子再重述故事给大人听。这种玩法的关键是用环境来烘托故事,让孩子在异于寻常的环境中走进故事,交流心灵。阅读环境的构建是亲子绘本阅读的重要思路,大家可以根据不同内容的主题来构建不同的阅读环境,比如食物主题的绘本就可以选择与食物对应的环境,如菜园、厨房、餐厅等来进行阅读,总之,创造性地构建阅读环境为我们提供了绘本亲子活动的一个思路。第二种是戏剧绘读法。讲起戏剧,大家都觉得,那是不是很复杂,还要搭一个舞台,给孩子买道具,重新写剧本?戏剧教育老师在学校给孩子们上《我家里有个妖怪》的戏剧课时,整个课程活动的核心环节就是让孩子讲心中的妖怪,画心中的妖怪,演心中的妖怪。他们很强调每个孩子自己的想法,老师不会告诉你这个故事你必须按照原作来演,必须按照书里的图来画,重要的是要讲你自己的故事,画你自己的作品,最后成就你自己的一部戏剧。通过这样的一个戏剧活动,孩子们学会了自己创作剧本,自己裁剪服装,自己设计道具,自己表达内心的感受。同样地,按照这样的思路,我们也可以在家里一起来演属于每个孩子自己的《我家里有个妖怪》。关键是你是否把创作权交给了孩子,而不是由大人主导。在这样的戏剧活动组织中,孩子才是主导,我们大人是配合者,大家可以试试在家里让孩子来导一出《我家里有个妖怪》,你一定会有惊奇的发现!

分级阅读:
家庭阅读教育科学解决方案

在中国儿童中心与家长谈儿童阅读

2020 年教育部工作要点中提高基础教育质量的措施之一就是颁布《中小学生分级阅读指导目录》,这是分级阅读第一次出现在教育部的文件里,对于很多教师、家长来说,分级阅读还是一个相当陌生的概念。其实早在2011 年 8 月,由国务院制定的《中国儿童发展纲要(2011—2020)》中就首次明确提出"推广面向儿童的图书分级制,为不同年龄儿童提供适合其年龄特点的图书";2016 年 12 月,《全民阅读"十三五"时期发展规划》中明确提出"探索建立中国儿童阶梯阅读体系";2017 年《全民阅读促进条例(征求意见稿)》中第二十二条明确提出"应当根据不同年龄段未成年人身心发展状况,推广阶梯阅读"。一系列政府重要文件都从不同层面上涉及了指向儿童阅读年龄的分级阅读。那么什么是分级阅读呢？

我们给孩子买衣服、买鞋都得看尺码，大多数同龄孩子尺码差不多，当然也会有上下尺寸的浮动。孩子阅读也是一样的，他们看的书、接受的阅读指导，跟他们的生理年龄会有很大的关系，同龄孩子所处的阅读能力级别会差不多，当然，跟买衣服鞋子一样，同年龄孩子也会有上下阅读"尺寸"的浮动。分级阅读指的就是根据孩子的阅读能力级别所提供的相匹配的阅读读物与阅读指导，这里的指导既有学校教师的指导，也有家长的指导。不同年龄段孩子有不同的身心特点，他们所具有的阅读能力也跟他们的身心发展密切相关，因此，分级阅读是尊重孩子发展的阅读教育范式，懂分级阅读的家长，会根据孩子的年龄特点，循序渐进地为孩子选书，跟孩子一起阶梯阅读。

分级阅读这个概念是个舶来品，源自欧美发达国家，在英国、美国、瑞士等阅读教育发达国家，很多家庭都为孩子配备了从幼儿到初中阶段的分级阅读书架，在这个书架里，放满了适合不同年龄段孩子阅读的读物，同时，家长还定期参加分级阅读父母指导，了解不同年龄段孩子的阅读指导方式。科学的家庭阅读教育对孩子而言事半功倍，不能一味依赖学校的阅读教育。家长精心为孩子选书，跟孩子共读，是助力孩子养成终身阅读习惯的最佳途径。

家庭阅读教育易入误区

在第六届北京国际儿童阅读大会现场与尹建莉女士对谈家庭阅读教育

当前我们处于全民阅读的时代，一系列国家文件的出台，让全民阅读上升为国家文化战略。与此同时高考的变化、统编语文教材的变化，都向我们抛出一个重要信息：阅读已处于教育的核心位置，无论是素质教育还是家长最关心的应试教育，都需要阅读！阅读！再阅读！这里的阅读不是只读教材就可以，阅读教育需要指向教材外更广泛的作品阅读，既有文学类作品的阅读，也有生活化文本如信息文本的阅读。阅读是一切学科的基础，阅读也是一个人基本的生活技能。提升儿童的阅读力，学校是重要的教育场所，家庭阅读教育也同等重要，对每个孩子来说家庭应该是最好的学校，父母是最好的老师。

现在我们的家庭阅读教育有两种极端，一种是家庭几乎不开展阅读教育。家长认为，教孩子阅读，那是学校的事。殊不知，家庭阅读才是让孩子阅读力提升最有效的途径。另一种,家长非常重视阅读,但用力过猛,不懂孩子成长的规律,一岁开始读古诗,两岁开始识字,三岁开始读名著……这两种极端都对孩子的阅读力培养非常不利,那到底应该怎样开展家庭阅读教育呢? 根本一点,要从孩子各阶段的成长特点出发,循序渐进进行指导。接下来,我们从当前中国家庭阅读易入的误区出发,让大家看到阅读教育的"弯路"有哪些。

第一个误区是将阅读等同于识字。阅读是什么? 它是我们从书面材料提取整合信息的过程。阅读行为包含儿童凭借文字、图画及成年人的讲述语言来理解书面材料的一切活动,可见,文字只是孩子阅读活动借助的途径之一,他还可以通过看图、摸图(触摸书)、咬图(玩具书),或者听爸爸妈妈的讲述,走进阅读的材料,理解里面的内容。如果只把阅读等同于识字,就剥夺了儿童,尤其是幼童真正阅读的权利。试想,一个正拿着书流着口水大啃特啃的孩子,书对他而言,跟一块蛋糕一样美味;一个正倒着翻书的孩子,书正着倒着都是一件奇妙的东西;一个虽然大字不识,却指着报纸一个字一个字大声朗读的孩子,他此时也正在阅读! 一切与书面材料(包括图书、报纸、电子读物等)有关的活动都可以算作阅读。

第二个误区是将阅读等同于看文字书。其实,第二个误区与第一个有相关性,将阅读等同于识字的家长,一定会同意阅读等于看文字书。殊不知,除文字书以外,大量的图像阅读材料也是孩子应该"大饱眼福"的资源。近些年,随着社会阅读推广的深入,许多年轻父母对于字少图多的绘本已经能够接受,但是大多数父母只接受孩子幼年时看绘本,等进入小学后,绘本阅读似乎变成了家长眼中的"幼稚阅读",他们希望孩子不要再看图画书了,赶紧捧起大部头的文字书开始啃吧,否则怎么考试,怎么提升能力呀! 另外,像漫画这样的图像阅读材料,家长们更是生怕孩子接触到,漫画在部分家长眼中就等同于低俗读物。家长如果自己也阅读就会了解,有很多优秀的漫画作品非常值得不同年龄段的孩子阅读,《父与子》《蓝精灵》《三毛流浪记》等不都是陪伴几代孩子快乐成长的优秀漫画吗? 读图与读文字是阅读能力培养的两个同等重要的内容,它们都应该成为儿童成长过程中持续阅读的资源。

第三个误区是在选书读书的过程中,孩子们的意见,我们听得太少,其至根本不问他们的意见。阅读的目的有很多类型,有的为了获得信息,有的为了考试,有的为了提升审美,还有的为了娱乐放松,等等,根据不同的阅读目的,我们可以选择不同的阅读内容。但是在常态的阅读活动中,家长更多关注的是孩子们为了考试的阅读,为了审美的阅读,而对于其他的阅读,尤其是为了娱乐放松的阅读几乎不在关注的范畴之内。所以,我们会经常在书店听到这样的对话:"妈妈,我想买这本芭比娃娃的故事。""宝贝,这本没意思,买这本《爱的教育》吧,这本书很有名的。就买这本了!"这个场景里家长的推荐没有错,推荐的也是优秀的读物,但问题是,这位家长不是推荐,而是"果断"地替孩子做了决定,不听也不征求孩子的意见。我们不要忘了,儿童阅读的主体是儿童,如果孩子没有兴趣,他怎么可能会喜欢阅读这件事呢?孩子选的书有些就是为了简单的放松,放松才可能有主动的阅读。如果每次他读的书都是大人为他选的,主动的阅读是不可能出现的,孩子会将读书等同于大人让他读,而不是自己想读,长此以往,儿童是不可能爱上阅读的。

第四个误区是儿童阅读中家长对儿童各阶段阅读特点了解太少,这与家长对阅读这件事情的科学性认知不够有很大关系。很多家长重视孩子读书,但并没有觉得自己应该系统地了解一下阅读教育是怎么回事,也许大家更愿意把时间花在做各种培训班报名的攻略,做各种入名园、幼升小、小升初等的攻略上,但没有觉得读书这件事还需要家长花时间去研究、去琢磨。实际上,现有的各类国内外研究已经证明,阅读素养高的孩子综合学习能力也会很强,而他的这种学习能力会帮助他形成终身自学的能力,让他在人生的不同阶段都有所收获。

第五个误区是家长将亲子共读的家庭阅读教育方式仅放在2~6岁阶段,实际上,亲子共读从孩子出生,甚至胎教时就应该进行,要持续推进到孩子进入小学,乃至中学之后的学习阶段。亲子共读,不是等同于父母给孩子讲故事,在2岁之前的阶段,父母与孩子一起"玩"书,当孩子在啃书、撕书时不要去禁止孩子,而要像陪他搭积木一样在旁边陪伴他,跟他一起摸摸书,闻闻书,故意撕撕书,这都是很好的共读方式。而当孩子会认字,进入小学独立阅读阶段后,父母虽然不用给孩子讲故事了,但可以跟孩子一起读同一本书,或者读同类型的书,相互讨论分享,借书来交流,这可比一个家庭人手一部手机,或者共同看电视来交流的效果更好。

　　这些误区看似表征不同,但归根结底,都暴露了我们成年人在应对孩子的阅读教育问题上的非儿童本位问题,如果让孩子站在阅读教育的中心,真正蹲下来听听孩子的想法,也许这些问题就都迎刃而解了。

家庭阅读教育第一法：
坚持每天十分钟家庭共读

与家长谈家庭阅读教育方法，摄于 2016 年广州图书馆家长课堂现场

阅读对于儿童成长很重要，意识到这一点后我们应该如何在家庭开展阅读教育呢？方法有很多，排第一的方法就是：坚持每天十分钟家庭共读。

家庭共读包括很多内容，不是大家通常以为的只是父母给孩子讲故事，根据孩子的不同年龄，形式各有不同。0~1 岁的婴儿，大人把书介绍给孩子，他们这个时候会撕书、啃书、翻翻书，你在旁边陪着他玩书或者讲书里的内容，这些都是共读的方式；2~5 岁的幼儿，大人可以给孩子讲书里的故事，一起讨论跟书里内容相关的话题；6~12 岁的孩子，他们自己已经具有独立阅读的能力，可以自己看书，这个时候大人可以跟他讨论书，一起看同一本书，分角色朗读书；到了初中以后，家长可以和孩子们一起在固定的阅读时间看各自喜欢的书，或共读同一本书，这些都是不同形式的家庭共读。所以，只要进行跟书有关的活动，都是家庭共读。大家还可以根据自己的情况，确定家庭的特有共读形式，比如有的孩子喜欢乐高，家长可以跟孩子一起搭建与故事相关的场景；有的孩子喜欢表演，家长可以跟孩子一起讨论如何把故事演出来，家庭成员都参与表演。共读的关键在于能有一个固定的时间段，家庭因书、因阅读联系在一起，这对于家庭书香氛围的形成非常重要，也有助于家庭的凝聚和情感的升华。

每天十分钟，是什么概念呢？你在手机上看一条新闻，刷一下朋友圈，逛一下网店，打一个电话，炒一道菜，等等，很多我们日常做的事情都超过十分钟。所以，十分钟真的很短，短到一本故事书可能还没讲完，十分钟就到了。能不能每天留十分钟给家庭共读，这真的是与意识有关，与时间无关。看到这儿，你可能就不会再对自己说：每天这么忙，哪有十分钟给读书呀？

还有就是坚持，只要坚持每天十分钟家庭共读，你一定会看到孩子的成长，不只是语言能力的成长，思维、想象、表达、情商等，都会在不知不觉中生长着，因为阅读是教育的核心，是一切学习的基础，阅读对于孩子能力、素养、品格的塑造是细无声的滋养；你也会看到自己的成长，因为阅读是终身学习的最佳途径；你还会看到家庭情感在共读中的持续增长，有了情感的浓度，家庭才能有深厚的信任基础，有了信任，大人和孩子，大人和大人之间，还会有解决不了的问题吗？我们会发现，童年时期书香氛围浓郁的家庭，孩子进入青春期后很少会出现严重的叛逆，因为他信任父母，他们有着很好的情感基础。

我们把每天坚持十分钟的家庭共读方法作为家庭阅读教育排序第一的妙招介绍给大家，还有一个重要的理由，就是用这样的方式，我们能真实了解自己孩子的阅读兴趣、水平，这样当你去为他选择"读什么"时，你才能够从他的实际情况出发，为他选择到合适的读物，而不是一味用"别人家孩子"喜欢的读物来要求你自己的孩子也得读，每个孩子的阅读"味蕾"是不一样的。

第五章

儿童文学

与

生命教育

从美丽图画书走进儿童生命教育[①]

国内首部生命教育图画书工具书封面

　　生命,从一开始就是一个奇迹。就像诺贝尔所说:生命,那是自然给人类雕琢的宝石,是无价的、多彩的。儿童生命的成长包括身体的强健、情感的丰富、精神的高尚。这个过程需要良好的营养,细心的照顾,更需要源于生命本身的陶养。家庭、学校、社会应该关注儿童生命的丰满与愉悦。儿童的生命世界需要我们的帮助,需要我们给予他们生命的呵护与润泽。

---

① 本文节选自《生命教育怎么教? 100 本图画书告诉你》作者序。

一、何为生命教育

生命教育是以生命为基点,借助生命资源,唤醒、培养人们的生命意识与生命智慧,在保护生命不受伤害的同时,更引导人们追求生命价值,活出生命意义的一种教育形态。

人若想活着并且活得精彩,就必须学会处理人与自己、他人、自然、生命之间的关系。每一个人都应该首先学会认识、保护并欣赏自我,适时追求自己的梦想,恰当管理自己的情绪,明晓生命的成长历程,学会珍爱生命。同时,人与他人要友好相处、团结互助,还要懂得感恩与分享。人还要了解大自然的现象和规律,进而与自然万物和谐共生。

生命教育将生命之"真""善""美"集于一身,是全人教育的基础,其教育的根本就是让我们每个人都要珍惜自己的生命,发挥生命的价值,活出精彩的人生!

目前,很多发达国家和地区,如英国、德国、澳大利亚等已经把生命教育列入了国家教育的纲领性文件之中,并且在学校、社区、家庭中得到了有效实施。我国台湾地区也早在 20 世纪 90 年代就于中小学全面施行了生命教育,有效帮助了儿童各方面的成长。根据国内外的发展形势以及儿童自身成长与适应环境的需求,我国已明确将生命教育列入了《国家中长期教育改革与规划纲要(2010—2020)》之中,生命教育正得到社会、家庭与学校越来越多的重视。

二、以图画书为载体开展生命教育

运用图画书(绘本)进行生命教育,是当前国内外儿童生命教育的重要途径。

生命教育图画书所蕴含的丰富内容是儿童了解生命、了解人际关系、了解社会、了解自然的重要渠道,尤其是一些深奥的、深刻的、深层的生命主题,如生命认知、自我建构等问题。在此方面,上述发达国家和地区有关生命教育图画书的开发与运用,给了我们很好的启示与借鉴。我们的学校和家庭可以以生命教育绘本为资源,开展多种形式的生命教育图画书教学与生命教育家庭亲子活动。

三、一本指导书看全 100 本生命教育图画书

《生命教育怎么教? 100 本图画书告诉你》是由国内专业生命教育研究机构首都师范大学儿童生命与道德教育研究中心与海绵阅读汇联合研制的儿童生命教育指导书。作为国内首部将生命教育图画书进行系统梳理、研析的图书,其突出特点如下:

第一,本图书依托于专业的研究机构,力求构建一部专业、系统、开放的儿童生命教育教学与实践教育资源。本书的研制主要依托于首都师范大学儿童生命与道德教育研究中心与海绵阅读汇,以儿童生命教育、儿童文学教育等相关学科知识为理论支撑构建全书体系。首都师范大学儿童生命与道德教育研究中心作为国内儿童生命教育专业研究机构,近年来开展了多项围绕儿童生命教育与实践的重要课题研究工作,而海绵阅读汇作为儿童文学教育研究、推广与实践的专业研究机构,从文学与教育的互联角度系统分析了生命教育图画书的文学教育价值。因此,基于这两个专业研究机构而构成的本书编委会成员中,既有国内高校从事儿童生命教育、儿童文学研究的理论工作者,也有具备丰富教育实践经验的一线教师,这样由理论和实践的工作者组建的研究团队,将注定研究从一开始就具有开放性,并力求通过这样的研究行为让优秀的生命教育图画书能真正走进教育现场,让儿童图画书服务于基础教育,成为教育的重要资源。

第二,本书体例构建完备、系统,以期为一线教师及家长提供专业、多维的生命教育图画书资源。全书从目前国内已出版的大量图画书中精选了100本适合进行生命教育的代表性图画书,其中既有国外引进的经典作品、大师级作品,也有华文地区原创的体现我们母语生命教育文化的特色作品,并按照生命教育理论体系中人与自我、人与他人、人与生命及人与自然四大维度,对作品归类细分为四辑,并在每一辑开始时对本辑所系维度的理论进行详细阐释与解读,在每一辑结束时增加拓展阅读表,抛砖引玉,让读者能更多地了解、研究、运用儿童生命教育图画书,还挑选出 4 本代表性图画书,

完整呈现了4堂生命教学课堂过程。

第三,在全书整体理论框架支撑下,对每一本图画书作品下属板块的设计充分呈现了其文学价值与教育功用。包括对图画书文本内容概要叙述的"重述故事",以生命教育理论解读图画书、细读文本的"生命教育解读",着眼生命教育课堂教学实践重难点分析的"教学小提醒",及以课堂学习单、家庭活动单为形式的具有操作性实用功能的"课堂活动与亲子活动设计"。每一个板块都从不同角度对图画书的文学审美价值与生命教育实践功用进行了充分研读与教学分析。

第四,本书从内容到体例注重理论性与实践性相结合,从事一线教学的教师与年轻家长通过本书的系统阅读,既能提升生命教育的理论知识,增强儿童生命教育图画书的阅读经验,同时还能增强课堂教学实践与家庭教育的教学运用能力和亲子沟通技巧。儿童生命教育图画书的阅读与教育教学应该充分实施于学校、课堂与家庭中。

有了生命教育,儿童在成长过程中,就能正确认识自我存在的价值,学会如何与他人相处,懂得分享,学会合作,明白生命的奇妙、宇宙的伟大,敬畏万物的存在,生命教育对儿童发展极为重要。那么从一本本生动活泼、充满童趣的美丽图画书的阅读与教学开始,带领儿童体悟成长、体会生命、欣赏自然是我们每位教师与家长都可以,也应该乐于从事的一项有意义、有价值的事情!

试论翌平作品的生命教育价值

接受北京人民广播电台采访谈创作的生命教育绘本

近几年,国内很多中小学都在开始不同程度地关注生命教育,有的学校已开设专门的生命教育课程,有的学校已将生命教育纳入整个校园文化建设中,关注生命教育、重视生命教育已经提上了学校教育的议程,并逐渐成为一股教育热潮,出现在各地区的基础教育活动中。但当生命教育的重要性已成为不争的事实之后,接下来的问题便是:用什么来对儿童进行生命教育呢? 是有关生命教育的理论知识? 还是案例分析? 还是系统教材呢? 我在首都师范大学从事文学教育工作,也兼任学校生命与道德教育研究中心的研究员,以何种教育载体来进行有效的生命教育是一线教师们经常向我提出的问题。我将向来自各所小学的一线教师推荐翌平的这本短篇小说集《穿越云霞的小号》,不仅是因为这本书充满了有趣的故事、形态各异的人物组群、精彩的语言叙述,最重要的是这本书处处洋溢着对生命的观照、对生命的尊重、对生命的热爱,这正是一部饱含生命教育价值的优秀作品。翌平作品的生命教育价值主要体现在两个"关注"上,一是关注自我价值,二是关注他人价值。

首先我们来看作品是如何关注自我价值的。人与自己的关系,这是生命教育的首要体系向度。在发现自我、认识自我的过程中,要逐步学会悦纳自己。这是一种积极的自我价值观,翌平的作品正是通过性格各异的人物形象引导儿童在阅读中建立积极的自我价值观的。《飘扬的红领巾》是一部充满生命光彩的作品,我们随着故事的讲述,看到了小主人公"我"如何在哥哥的引导下从一个怯懦、胆小、怕事、自卑的小不点儿一步步成长为一个真正的小男子汉。作品中的"我"的自我成长与自我认同离不开哥哥为他创造的一次次机会——教他练拳击、带他长跑、与他一起跳绳,更重要的是当这个弟弟受人欺负时,做哥哥的并没有立即帮他还击,而是让弟弟自己去拿回属于自己的东西,在这一次次哥哥为他创造的机会中,弟弟认识到自我的力量,意识到自我的价值,他挺起腰、抬着头,承担起自我的担当,照顾母亲,像哥哥那样成为一名男子汉。大家知道,心理学理论中的重要概念"自我同一性"简言之就是指"我就是我自己",是对自我的发现,"自我同一性是一个不断增长的信念,一种一个人在过去经历中形成的内在恒常性与同一感"。发现这种同一性,确立自我的意识,对于儿童心理的健康成长非常重要。儿童自我发现、自我意识越早,就越会促进自我概念的形成,健康、自信地成长。如果对自我没有认识,对自我没有发现,那么则容易陷入自卑、胆小、畏惧的困顿状态。翌平这部作品中有很多主人公都是身处困境、挫折、失败、自卑与绝望中,如《飞》中遭遇天灾的兄妹、《野天鹅》中从外地来到陌生环境读书的兄弟俩、《迷失的弹丸》中受到多次欺负的少年林涵等,作者通过构建生动的故事情节,将这些小主人公的成长历程细致入微地呈现在我们面前。阅读这样的作品,我相信小读者会得到一种积极的心理暗示与情绪调适,从而促进儿童形成积极的自我价值观。

下面让我们再看作品中所关注的他人价值。他人价值是生命教育体系中的第二个向度,它与自我价值向度属于并列关系。我们不仅要学会认识自我、认同自我,还要意识到他人的重要性。"重要他人"是指在自我成长中起到重要作用的人物。在翌平的作品中我们会发现,与主人公并列存在的正是"重要他人"形象,如《飘扬的红领巾》中的哥哥形象、《飞》中的父亲形象、《野天鹅》中的母亲形象等。儿童成长除了需要在不断的自我关注中发现自我、反思自我,还需要"他人"来认同自我,在自我关注与他人观照中真正地确立"自我同一性"。"自我"与"他人"这一对概念自然会涉及同一性与变化性的相互关系,自我在逐步走向内我的过程中,也不断在从"他人"的认同中汲取力量。德国心理学家埃里克森曾说:"对于一个刚刚发现自己会走路的孩子,周围的人或许会耐心地哄他、鼓励他,或许也会忽略他,但是因为学会了一种新技能,孩子会有一种喜悦感,因而会愿意反复练习,也很希望更好地掌握这一技能。同时,他也会意识到自己的新身份,意识到自己是一个会走路的人。"(《儿童的秘密》,第 111 页)儿童在自我形成的过程中,他人的肯定和关注,都会对儿童的人格与心理的形成造成重要影响。《飘扬的红领巾》中的哥哥对弟弟的影响处处可见:哥哥一身匀称健美的肌肉、高超的潜水技巧,让弟弟也常常幻想自己"身穿海盗服,脊背上留着八爪鱼的纹身",肌肉比他哥哥更强壮;哥哥教弟弟一切海边的男子汉应该有的本领——练拳击、长跑锻炼、潜水、划船,还教他要学会担当起家庭的责任,可以说弟弟在从不谙世事的小男孩蜕变成一个富有责任感、勇气、胆量与魄力的男子汉的过程中,哥哥是一个举足轻重的"重要他人"。《飞》也是用第一人称叙述的小说,同样,作品中"我"的成长也正是在重要他人"父亲"形象的影响下逐步从绝境中意识到自己的力量。当主人公遭遇地震,被埋在废墟之下时,当他快绝望时,他"父亲"的形象即使没有出现在他身边,只是存在于他脑海中,但这坚强、乐观、勇敢的"父亲"形象依然赋予了主人公力量,让他不再害怕,没有畏惧,勇敢地在绝境中寻求生存的可能,哪怕只是一丝生机,他都不放弃。我们可以发现,作品中的这些深陷困境、自卑、胆小的主人公身上自我的发现、自我的觉醒,甚至潜能的爆发都离不开他人的关注与认同。

　　生命教育的目标在于让儿童认识自己,认识他人,从而认识、肯定、尊重生命本质,文学作品是人的本质力量的具体化,优秀的文学作品具有高度的精神感召力,阅读美好的文学作品,正是为儿童打通了一条认识生命本真的途径,它将生命的美好、瑰丽、庄重、深远具体而形象地传达给处在成长期的儿童,并且经由儿童自身的情感和经验内化为他们自己对生命的感怀与体悟,生命的历程也因而散发出温暖的光和热!

我与我身边的"他们"

笔者创作的系列生命教育图画书封面

　　生命教育是当前基础教育中非常重要的一种教育形态。生命教育不是单指对生命本身的自然属性予以关注，如安全教育、出生教育、成长教育，它所涵盖的维度涉及生命体所概有的自然属性与社会属性。从本质而言，生命教育是一种全人教育，它关注生命体本身的自我价值、他人价值、自然价值及生命成长价值。简单地说，作为一个生命自然体，对其与自己、与他人、与自然、与生命成长之间的各种关系维度的探究与研析便是生命教育的本体内容。文学是儿童教育的重要载体，优秀的儿童文学作品也正是对儿童进行生命教育的优质资源。教师和家长应该挑选适宜的儿童文学作品，用儿童喜欢的故事、儿童中意的叙述方式、儿童热衷的形象与儿童对生命教育进行探讨。

挪威作品《棕色侠》作为一部来自北欧的当代儿童文学作品，以其独特的他人价值维度来建构文本，可作为儿童生命教育课堂的典型文本，让成人与儿童一起跟随作品的情节、人物进行一场思索自我与他人关系的主题对话。

《棕色侠》整部作品的建构无论从情节的推进、人物形象的塑造还是语言的叙述，你都会看到"我"与"他"这一组二位体的存在。这里的"我"指向作品的主人公：鲁楠。与鲁楠相对应的"他"在作品中就包含与"我"对立的3个捣蛋鬼——安东、牧师的儿子和"从德拉门来的鲁本"；帮助"我"成长、给"我"勇气的已经去世但又"复活"的外公；友善、可爱、团结合作对付捣蛋鬼的同伴阿特勒与奥丝；保护"我"、关心"我"的父母。当然作品中还有其他与"我"形成关系的"他们"，如兰薇格婶婶、牧师等，这些属于作品中的次要"他体"，对文本建构起次要作用。

《棕色侠》的故事情节推进紧紧围绕着"我"与"他"，即鲁楠与身边各种不同关系的"他"来开展。"我"与"他"的矛盾冲突是作品情节发展的内在线索。鲁楠与好朋友阿特勒搭建的小木屋遭到3个大个子男孩安东、牧师的儿子和鲁本的破坏，面对这样的欺负，鲁楠勇敢、机智地进行还击，于是矛盾对立体鲁楠与3个大男孩相互间的不断冲突便构成了作品发展的情节线索。这样的线索构思从现实角度符合儿童读者的视角：校园欺凌、同学冲突等来自同龄人的欺负是学龄儿童并不陌生的故事，直接对接儿童的生活经验。而我们的主人公正是在这样的故事里，与对立的、帮助的、协作的、保护的各类"他体"产生关系，让"我"不断磨炼，经历成长。

首先我们来看鲁楠与对立的"他体"：3个大个子捣蛋鬼，安东、牧师的儿子、鲁本。他们从一开始就不友善，对和家人一起从城市搬到乡下来、还人生地不熟的小个子鲁楠进行欺负。他们粗暴地破坏鲁楠和朋友阿特勒搭建的小木屋，他们用脚踢木屋、乱动搭建用的木板，"整个木屋被弄得摇摇摆摆,快要塌了似的"。3个男孩为什么要对并不认识的鲁楠这样做? 因为他们仗着自己个子大,仗着自己是当地人,仗着自己人多,恃强凌弱,这本是人性中非常原始丑陋的本能,如果这样的本能在后天的家庭教育、学校教育中没有得到遏制,而是任其发展,就会生发出欺凌弱小的可怕暴力行为。那我们的主人公鲁楠面对来自同龄人的不友善,他是忍气吞声、躲避退让,还是以同样暴力的方式以暴制暴呢? 鲁楠并没有因为自己的年龄小、个子矮而惧怕3个大男孩,他用自己的方式来应对——他勇敢地上前去阻止3个男孩的破坏行为。牧师的儿子不怀好意地问鲁楠:"小木屋上写着你的名字吗?"鲁楠说:"没有,但是它是我们的。"3个捣蛋鬼听了得意地宣告说: 既然如此,那它"现在这是我们的木屋了!"当鲁楠发现没有办法跟他们讲道理时,扭头看见小山坡上停着的3辆自行车,他冲着自行车的方向还击3个大男孩说:"那上面写着你们的名字吗?"鲁楠勇敢地跑向山坡上的自行车,3个大男孩停下对小木屋的破坏,赶紧在后面追赶……显然,鲁楠用机智的方式解救了自己心爱的小木屋。可3个男孩并未停止对付鲁楠,冲突还在继续,他们在夜晚偷偷跑到鲁楠家,企图破坏他家的苹果树。对此,鲁楠不知从哪里来的勇气与灵感——

> 突然,他站了起来。他在衣柜里找出了一条棕色的裤子,在衣柜的最上层找到了一件黑色的T恤衫,上面有棕色的彩条。然后,他蹑手蹑脚地走到客厅里。客厅的沙发上有一条棕色的毯子。他把它悄悄地拿回自己的房间里,披在身上,在脖子前系了个结。这看上去是件不错的披风,就是那个领结有点儿大。鲁楠在书桌的抽屉里面找到一把剪子,他用剪子在领子的地方剪了一个半圆,这让领结看上去舒服多了。他还用剪刀把一块儿硬纸板剪成了一个面具的形状,像是大盗会戴的那种面具。

我们的"棕色侠"正式登场了! 他不再是小个子鲁楠,他是超级英雄棕色侠! 他用自己幽默又独特的"刷漆"方式惩罚了3个捣蛋鬼。鲁楠在晚上化身超级英雄棕色侠的情节安排,作者并未给予太多细节上的解释,因为超级英雄的出现本身就符合儿童读者的思维预期,每个孩子心目中都有一个会随时出现的超级英雄。鲁楠在与3个大男孩的对立冲突中,学会了勇敢与机智。也许在还未碰到对立"他体"之前,鲁楠还有些胆怯,作品中用反衬的方式对此有所提及。但"坏孩子"的出现反倒使鲁楠变得勇敢,他学会用聪明、机智的办法来解决面对的冲突。正是这些冲突、挫折让我们的小主人公获得了成长!

除了对立他体之外,鲁楠的他人关系中还有一个重要的"他体",就是他去世又"复活"的外公。作品一开始就交代了鲁楠外公的去世,得知这一消息,鲁楠表面显得很平静,只是"嗯"了一声,但其实他内心很难过——"他静静地坐在车里,用手不停地抠仪表盘上的贴纸","贴纸被撕掉后有残留的白色痕迹,他一直盯着这些白色的痕迹"。鲁楠虽然并未与自己的父母交流太多对外公去世这件事的想法,但其实他只是不知如何跟父母去谈论,他内心对外公的离世,对亲人的死亡充满困惑与思念。他跟自己的朋友阿特勒、奥丝多次谈论对死亡的看法,只要一提及离世的外公,他总是会用"他是一个特别特别好的人"来评价,显然,鲁楠内心对外公的离世充满了不安、困惑与焦虑。当作家用幻想文学的手法在作品中安排鲁楠跟死去的外公见面时,每次见面,鲁楠都很激动,他信任外公,想念外公,向外公敞开心扉。当要与外公分离时,他总会问外公"明天还能见到您吗?"其实,鲁楠与外公的深情厚谊是贯穿作品的一条重要的情感线索,正是因为这浓浓的爷孙情,故事才得以发生、伸展。虽然,作品一开始就用冰冷的死亡将鲁楠与外公分离,但正是真挚的爷孙情让鲁楠与外公再次相见,他们聊天,他们分享,他们讨论,外公始终都在鲁楠的身边,用棕色侠的方式帮助他成长为真正的男子汉。

此外,鲁楠与朋友阿特勒与奥丝的同伴关系、与父母之间的亲子关系,这些他人价值都作为鲁楠成长中的正向因素帮助他在面对困难时走向成熟,收获成长。

我们每个人作为社会中的一员,都生活在无数他人关系中,正是与不同他体的关系,及我们所持有的应对方式,让我们不断经历,超越自我,获得力量,体验成长。《棕色侠》以小主人公为核心,构建出多重维度的他体构建方式,让我们在跟随作者的笔触走进鲁楠的世界时,一起去思考勇敢、友情、亲情、善良,及死亡、正义这些严肃、理性的生活话题。优秀的文学作品不仅要让小读者在阅读中获得乐趣,还要让他们在思索中探寻生活、自我成长。《棕色侠》正是这样一部让儿童快乐阅读、思索探寻的优秀作品。

第六章

儿童文学

儿童观教育

"长者本位":
中国古代儿童观核心论

在讲座现场蹲下来听听孩子们的想法

  中国现代儿童观的生成,主要经历了晚清时期的铺垫与五四时期的正式诞生两个阶段。在此之前,中国古代的儿童观是封建父权主义与宗法主义的儿童观,"长者本位"是传统儿童观的核心内容。鲁迅说:"往昔的欧人对于孩子的误解,是以为成人的预备;中国人的误解是以为缩小的成人。"①郑振铎说:"对于儿童,旧式的教育家视之无殊成人,取用的方法,也全是施之于成人的,不过程度略略浅些而已。他们要将儿童变成'小大人'。那种'小大人',正像我们在新年的时候在街上看见走过的那些头戴瓜皮帽

---

① 鲁迅:《我们现在怎样做父亲》,载王泉根《中国现代儿童文学文论选》,广西人民出版社,1989,第28页。

（帽结是红绒的），身穿长袍马褂，足登薄底缎鞋的，缩小的成人型的儿童一般无二。"①周作人说："中国向来对于儿童，没有理解。""不是将他当作缩小的成人，拿'圣经贤传'尽量的灌下去，便将他看作不完全的小人，说小孩懂得什么，一笔抹杀，不去理他。"②中国古代儿童观之所以存在时间久，根深蒂固于全社会的普遍意识中，这与中国传统文化的人文观密不可分。儒家思想盛行的中国古代社会，君为臣纲、夫为妻纲、父为子纲这样的儒家三纲之说被尊为圭臬，人的主体性失落在伦理纲常的窠臼里，三纲五常的道德规范操纵着人们的思想意识，主体的人被忽视，社会强调个人的服从，臣对君，妻对夫，子对父，都必须绝对服从，人的社会价值取代了人的自身价值，人的共性取代了人的个性，人的地位与权势取代了人的权利与尊严，大写的"人"在这样的社会里不被发现，作为"小号人"的儿童更不可能有存在的独立价值。因此，儿童只能作为成人的附属品存在，"小顺民""小奴才"才是他们应有的社会属性。儿童在这样的制度里接受的不过是注入式的教育，是成为顺民或忠臣孝子的教育而已。以养成顺民或忠臣孝子为目的，成年人把"'成人'所应知道的东西，全都在这个儿童时代具体而微地给了他们"，要求他们"在社会上要做一个洁身自好的良民；在专制朝廷的统辖之下，要做一个十足驯良的奴隶，而且要'忠则尽命'；在腐败的家庭里则要做一个'孝当竭力'的孝子顺孙。甚至连成人们的'荣枯得失'之感也太早熟地全盘地给了他们"③。儿童的主体性在"父为子纲"的约束下已被成人的巨大阴影所淹没。

有观点认为儿童在中国古代社会里向来受到重视，传统观念里不是有"多子多福""有子万事足"的说法吗？的确，在中国古代传统思想里最重视的是氏族宗法传统遗风的延续与强固，结婚生育、传宗接代是家族绵延的需要，"不孝有三，无后为大"，香火不绝，生育后代被视为孝道的第一要义。在这样的家族主义观念影响下，儿童作为香火的传递者，其地位当然不能用"卑微"二字概括。相反，中国古代社会一向重视儿童教育，家庭教育与私塾教育构成了传统教育的完整体系，"子不教，父之过；教不严，师之惰"，《小

---

① 郑振铎：《中国儿童读物的分析》，《文学》1936 年第 7 期。

② 周作人：《儿童的文学》，载王泉根《周作人与儿童文学》，浙江少年儿童出版社，1985，第 41 页。

③ 郑振铎：《中国儿童读物的分析》，《文学》1936 年第 7 期。

学》《圣谕广训》《三字经》《神童诗》《高厚蒙求》《幼学琼林》等成为古代系统的蒙学读物。有完整的教育体系,有系统的教材,也有延续家庭香火的重要使命在身,这样制度下的儿童还不是真正的儿童吗?答案当然是彻头彻尾的否定。一个社会对儿童所采用的教育方式与教育内容是什么,这是考察一个社会儿童观的重要指标。① 因此,我们要问的是:传统社会到底对儿童采用的是何种教育方式?教的又是什么样的内容?通过对这两个问题的探解,真实的儿童处境才能呈现出来。

首先从教育内容来看,儒家经学是传统教育的核心内容,这可以从古代"小学"的课程设置与教学材料两方面予以反映。中国传统教育只有"小学"与"大学"两级划分,这不同于现代中国基础教育、中等教育与高等教育三段教育划分法。古代"大学"教育是指"大人之学",通常是指 20 岁以上的成人所接受的以治国平天下为学习目标的教育;而"小学"教育则以儿童为教育对象。虽然传统教育有年龄上的"小""大"之分,但儒家经学却是整个教育的核心内容。

经,即指儒家的经典之作:《诗》《书》《礼》《易》《乐》《春秋》。由于《乐》早佚,所以一般只有五经流传。经历先秦秦始皇的"焚书坑儒"之后,儒家的这几部经典几遭灭顶,经过一些年老儒生的口授笔录才得以在西汉初年逐渐传授开来。至汉武帝时期,今文经学派大家董仲舒"罢黜百家,独尊儒术"的建议得到了汉武帝的采纳,自此以后,儒家经典的学习与传授便从贵胄向民间子弟逐步传播开来,经学教育成为中国传统教育的一个主流。教学材料也从最开始的五经,扩展为《论语》《孝经》《尚书》等儒家著作。《后汉书》记载了《五经》用于教育儿童的情况,如《后汉书·明帝红》:东汉明帝"十岁能通《春秋》,光武奇之。后立为皇太子,学通《尚书》"。《后汉书·邓寇传》:寇恂"修乡校,教生徒,聘能为《左氏春秋》者,亲受学焉"。《后汉书·马续传》:马续"七岁能通《论语》,十三明《尚书》,十六治《诗》"。《后汉书·崔骃传》:崔骃"年十三,能通《诗》《易》《春秋》,博学有伟才"。北齐颜之推在《颜氏家训·勉学》也谈到了当时儿童教育所用的教材:"士大夫子弟,数岁已上,莫不被教,或至《礼》《传》,少者不失《诗》

---

① 参见方卫平:《中国儿童文学理论批评史》,江苏少年儿童出版社,1993。

《书》。"文献材料,无法尽举。

小学的课程设置也以服务于儒家经学传播为目的。诵经是中国古代"小学"教育的一门主要课程。诵经即学习、诵读儒家的传统经典,并且诵经课的学习也有先后次序之分,汉魏时期的小学教育中,学童一般先进行《孝经》《论语》的学习,然后再接受其他经典的传授。唐代大文豪柳宗元的《报袁君陈秀才避师名书》中曾提及各门经史学科的学习顺序:"其外者当先读《六经》,次《论语》,孟轲书,皆经言;《左氏》、《国语》、屈原之辞,稍采取之。"宋明理学的集大成者朱熹在《朱子语类》中认为读经的顺序是:"先读《大学》,以定其规模;次读《论语》,以立其根本;次读《孟子》,以观其发越;次读《中庸》,以求古人之微妙处。"北宋吕本中所作的吕氏家塾的课本《童蒙之川》谈到了在家塾中的教学顺序是:"学问当以《孝经》《论语》《中庸》《大学》《孟子》为本,熟味详究,然后通求之《诗》《书》《易》《春秋》,必有得也。既自做得主张,则诸子百家长处皆为吾用矣。"南宋的《三字经》指出课业顺序应是:"凡训蒙,须讲究。详训诂,明句读。为学者,必有初;《小学》终,至《四书》……《孝经》通,《四书》熟;如《六经》,始可读。"元代设立国子学后,规定学习儒经的顺序为先是《孝经》《小学》《论语》《孟子》《大学》《中庸》,然后再是《诗》《书》《礼记》《周礼》《春秋》《易》。

因此,从古代儿童教育的内容来看,儿童的独立价值与人格并没有得到承认与尊重,儿童受到重视与教育,出发点都是为以三纲五常为核心的社会培养未来的"小顺民",这才是在中国传统文化背景下儿童真实的地位与命运。

中国现代儿童观发展之路

在美国加州公立小学与孩子们一起上一堂阅读课

"光荣的荆棘路",这句话不仅适用于西方现代儿童观所走过的风雨历程,也适用于中国儿童观从古代走向现代的发展之路。

当时间的车轮驶到 19 世纪末 20 世纪初之时,占据中国主流文化核心地位的三纲五常意识开始遭遇质疑、反对、抨击与否定。文化意识的变动源于社会的变动。1840 年,鸦片战争爆发,中华民族开始遭受到前所未有的猛烈侵略,面对坚船利炮的入侵,曾经闭关自守、夜郎自大的封建统治者变得手足无措,接连几次反侵略战争的失败,让中华民族遭受了巨大的打击,民族生死存亡,只在旦夕。面对这样的局面,一些有思想的进步人士开始提出学习西方的口号,力求"师夷长技以制夷"。梁启超在《清代学术概论》中有一段话记录了当时有识之士学习西学的情形:"鸦片战役之后,志士扼腕切齿,引为大辱奇戚,思所以自湔拔,经世致用观念之复活,炎炎不可抑。又海禁既开,所谓'西学'者逐渐输入,始则工艺,次则政制,学者若生息于漆室之中,不知室外更何所有,忽穴一牖外窥,则粲然者皆昔所未睹也,环顾室中,则皆沈黑积秽。于是对外求索之欲日炽,对内厌弃之情日烈。"但是,此时的"西学东渐"还没有扩展到对西方文化的学习,仅仅停留在对西方技术层面的学习,以求"中学为体,西学为用","器"变但"道"不变,纲常伦理的传统文化,在此时并未受到质疑。

甲午战争以后,维新派开始意识到落后的封建思想文化才是中华民族打败仗的关键原因所在。于是,他们选择了全面介绍西方文化的途径,希望通过介绍转而学习西方文化,改变彼强我弱的现状,寻求民族的复兴之路。正是在这样的寻求图强制夷之方的过程中,大写的"人"开始抬头,开始被发现。当然,史实证明,五四新文化运动时期,中国才真正发现了"人",但晚清的这场启蒙救国运动却为五四新文化运动的到来作了充分的铺垫与酝酿,而只有当"人"被发现,才有"发现儿童"的可能性。因此,如果说到五四时期"人"与"儿童"才真正立于舞台的中央,那么在晚清时,他们的踪影已经被一些有识之士寻觅到,这些进步人士中首推的便是梁启超。

在谈及梁启超之前,需要先谈谈严复和他的译著《天演论》。严复是晚清时期宣扬西方思想的重要人物之一。他主张变法维新,致力于西方自然科学和资产阶级社会思想的介绍,先后翻译了多部西方学术名著,有斯宾塞的《群学肄言》、亚当·斯密的《原富》、孟德斯鸠的《法意》等书,这些书传播西方资产阶级政治经济思想,在当时中国影响很大。其中英国生物学家赫胥黎的《天演论》成为当时最具影响的"思想炸弹"。1893年赫胥黎在牛津大学作了一次题为《进化论与伦理学》的演讲,这就是《天演论》的雏形,系统介绍了达尔文的进化论思想"物竞天择,适者生存"的观念。《天演论》经严复翻译后引入中国,在当时的社会造成了很大的影响。胡适在《四十自述》中称:"《天演论》出版不上几年,便风行全国,竟做了中学生的读物了,在中国屡次战败之后,在庚子、辛丑大耻辱之后,这个'优胜劣败,适者生存'的公式,确是一种当头棒喝,给了无数人绝大的刺激。几年之中,这种思想像火一般,延烧着许多少年人的心和血。"《天演论》所介绍的进化论思想让国人认识到优胜劣汰、新旧更替是历史发展的必然规律,腐朽落后始终会被先进之物所替代。因此,国人应该意识到自己身处的是一个世界各国竞争生存的时代,王朝大国,宇宙中心的迷梦应该被彻底抛弃。既然新旧交替,落后被先进替代是历史的必然,那么在与西方列强屡次交战失利的现实面前,国人是否应该自省我们落后的根本原因? 严复将矛头直指中国的三纲伦理。在《论世变之亟》一文中,严复有言如此:"中国最重三纲,而西人首明平等;中国亲亲,而西人尚贤;中国以孝治天下,而西人以公治天下;中国尊主,而西人隆民;中国贵一道而同风,而西人喜党居而州处;中国多忌讳,而西人众讥评。其于财用也,中国重节流,而西人重开源;中国追淳朴,而西人求欢娱;其接物也,中国美谦屈,而西人务发舒;中国尚节文,西人乐简易。其于为学也,中国夸多识,而西人尊新知。其于祸灾也,中国委天数,而西人恃人力。"

正是受严复资产阶级启蒙思想的影响,梁启超提出,中国落后的根本在于三纲伦理的封建文化意识,而要改变这种状况,按照进化论的观点,必须要依靠民族新生的力量,少年才是中国的希望。梁启超的启蒙思想有两层意思,一是将矛头的关键指向传统的三纲五常文化;二是将解决问题的途径寄希望于"中国之少年"。梁启超于 1901 年在《清议报》第 98、99 两期发表了《卢梭学案》一文,着重向国人介绍法国资产阶级启蒙运动的代表人物卢梭及其"天赋人权"的政治学说。在这篇文章中,梁启超认同卢梭的"人生而有自由权"的观念,人的自由平等之权即使其父也无权剥夺,认为:"彼儿子亦人也,生而有自由权,而此权,当躬自左右之,非为人父者所有强夺也。"人生而平等的观念与封建"君君臣臣父父子子"的三纲五常观决然不同。传统的纲常伦理文化受到了坚决的抨击。

梁启超不仅仅将封建纲常文化竖立为抨击的靶子,更可贵的是,他提出了一个全新的解决问题的办法——民族复兴的希望在"少年",由此,儿童的重要性开始被关注。甲午之后的维新思想一步步将矛头指向了以三纲五常为核心的传统文化,这为"儿童"的发现提供了宏观的文化气候,因为只有封建传统文化动摇了,才可能将儿童从"小奴才""小顺民"的命运中真正解脱出来。而随着卢梭的《民约论》在中国的出现,"天赋人权"的观念直接冲击着三纲五常的传统文化,大写的"人"开始"抬头",这为"儿童"的独立作了进一步的准备。直到梁启超《少年中国论》的发表,"儿童"的重要性才正式引起国人的关注与重视。

梁启超的《少年中国论》一文中,用慷慨激昂的论点彻底颠覆了中国传统成人与儿童的关系,肯定儿童的作用,承认儿童的重要性。这篇文章在中国儿童观发展历程中具有里程碑的意义,儿童首次被看成了民族的希望与未来。正因为这篇文章如此的重要性,现摘取文中重要段落如下:

> 欲言国之老少,请先言人之老少:老年人常思既往,少年人常思将来。惟思既往也,故生留恋心;惟思将来也,故生希望心。惟留恋也,故保守;惟希望也,故进取。惟保守也,故永旧;惟进取也,故日新。惟思既往也,事事皆其所已经者,故惟知照例;惟思将来也,事事皆其所未经者,故常敢破格。老年人常多忧虑,少年人常好行乐。惟多忧也,故灰心;惟行乐也,故盛气。惟灰心也,故怯懦;惟盛气也,故豪壮。惟怯懦也,故苟且;惟豪壮也,故冒险。惟苟且也,故能灭世界;惟冒险也,故能造世界。老年人常厌事,少年人常喜事。惟厌事也,故常觉一切事无可为者;惟好事也,故常觉一切事无不可为者。老年人如夕照,少年人如朝阳;老年人如瘠牛,少年人如乳虎;老年人如僧,少年人如侠;老年人如字典,少年人如戏文;老年人如鸦片烟,少年人如泼兰地酒;老年人如别行星之陨石,少年人如大洋海之珊瑚岛;老年人如埃及沙漠之金字塔,少年人如西伯利亚之铁路;老年人如秋后之柳,少年人如春前之草;老年人如死海之潴为泽,少年人如长江之初发源。此老年与少年性格不同之大略也。任公曰:人固有之,国亦宜然。

梁启超把儿童从封建伦理纲常的压抑中"捧出来",视为民族救亡的希望所在。这样的儿童观引起了其他进步人士的响应,由蔡元培主办的爱国学社发行的《童子世界》,是我国有史以来最早的一份儿童报,其创刊号(1903年)的首版就发表钱瑞香的《论童子世界》一文,开宗明义地说:救国的"责任尽在吾童子……二十世纪中国之存亡,实系于吾童子之手矣。则虽谓二十世纪之世界为吾童子之世界也亦宜。……中国之人,莫不曰国将亡矣。国将亡矣,不闻有人能兴之也。吾谓此责任尽在吾童子。……然兴中国者,非十余岁之童子所能为也,必先求学问。学问既成,然后为之,何忧乎?然则二十世纪中国之存亡,实系于吾童子之手矣。"该报第五号所载《论童子为二十世纪之主人翁》一文说:"吾辈行年方幼,趁此好光阴,努力向学,抱定宗旨,不稍苟移,夫然后而革命,而流血,脱奴隶之厄,造自由之邦,靡不济矣。少年乎童子乎,勉之哉!"第二十八号的《敬告同志者》一文又再次强调"中国存亡悬诸吾童子之掌上"。

儿童既然为民族的希望,那么对儿童的教育便至关重要,因此,很多有识之士在各种报纸上发表自己对儿童当如何教育的新观点。1902年《杭州白话报》刊登了《儿童教育》一文,大声疾呼"少年乃为国之宝,儿童教育休草草",文章倡导对儿童的教育,认为"儿童譬如花木,儿童智识初开的时候,就譬如花木萌芽初发的时候,花匠栽培花木,就譬如蒙师教导儿童……儿童幼时知识,至老不忘。教师最好把一些爱国的故事、为人的箴言,替儿童演说,就可以养成儿童爱国心,陶铸儿童天良性"。《中国白话报》《新民丛报》刊载阐述儿童教育的理论文章,如《小孩子的教育》《中国新教育案》等,宣泄着他们对儿童教育的理论阐述热情。《新小说》《月月小说》《中华小说界》等清末民初重要的文学刊物,则以诗歌和翻译小说的形式,为儿童教育的弘扬提供了话语空间。尤其是梁启超于1902年10月创办的《新小说》,创刊号上就反复咏唱:"结我团体,振我精神;二十世纪新世界,雄飞宇内畴与伦?可爱哉我国民!可爱哉我国民!"以诗歌内蕴的爱国热情感召着少年儿童,激起他们为中国而团结奋斗的精神气质。此后,又一再歌吟"新少年,别怀抱,新世界,赖尔造""思救国,莫草草""新少年,姑且去探讨",以劝喻救国的方式鞭策少年人。

除倡导儿童教育以引起国人对儿童的重视外,晚清时期翻译外国儿童读物也是关注儿童的另一种表达方式。1875年至1911年近40年间,从外国引进的翻译小说有600余种之多,包括英、美、法、德、日、俄等许多国家的作品,这里面就有不少外国儿童文学名著,如周桂笙根据《格林童话》、《伊索寓言》、阿拉伯民间故事编译的《新鑫谐谭》,林纾译的《海外轩渠录》(即《格列佛游记》),梁启超翻译的《十五小豪杰》,包天笑改译的《馨儿就学记》(即《爱的教育》),孙毓修编译的《无猫国》《大拇指》,等等,还出现了"凡尔纳热",法国凡尔纳的科幻小说一开始就作为儿童文学的新品种被大量译介进来。

晚清时期的这股新儿童观浪潮,对儿童的重要性给予了前所未有的肯定与赞扬,使一向沉埋在传统纲常文化之下的儿童获得了生命价值的承认,这不仅是对传统儿童观的颠覆,也是对中国传统人伦价值观的反击。但是,基于改良群治的时代背景,儿童在当时沉重的民族危机之时,是作为民族未来拯救者的身份受到来自成人的关注与重视的,从这点来看,儿童相对于国家前途的重要性而言只是成人生活的预备。因此,这时期的儿童观是被政治功能主导的儿童观,而只有到"五四"时,儿童才被视作具有独立精神个性与生命特质,以儿童为本位的现代儿童观才得以真正确立。但是,近代儿童观与现代儿童观的出现之间,并不只是眨眼的一步之遥,民国初期政局风云变幻,新的儿童观的到来并非易事。

1911 年辛亥革命推翻了两千多年的封建帝制,但很快革命的果实被以袁世凯为代表的军阀所窃取,中国先后经历了以袁世凯、张勋、段祺瑞为首的 3 次复古运动,四书五经再次进入学生课堂,封建文化重新成为社会的主流文化,批判封建文化的声音逐渐变得微弱,直到 1914 年 5 月在日本东京创办的杂志《甲寅》的出现,文化领域才再次出现批判封建势力的思潮。《甲寅》的文章以批判封建势力出发,强调人的自我价值与独立,张东荪在《甲寅》上撰文提出人格说,强调应该重视自我意识的发展。《甲寅》的出现向前呼应了晚清维新派对封建纲常伦理的批判,往后进一步为新文化运动铺天盖地的到来作好了一定程度的铺垫。

1915 年 9 月陈独秀创办《青年》杂志,第二卷起改名为《新青年》。主编陈独秀在创刊词《敬告青年》中明确提出"人权、平等、自由"的思想,"确认'人权平等之说兴'与'科学之兴''若舟车之有两轮'是推进现代社会进化的基本条件"。① 自《新青年》创办之日起,一场声势浩大、具有思想启蒙性质的新文化运动就此开始。新文化运动与晚清时的思想启蒙运动相比,主张推翻封建纲常文化与广泛引进、吸收西方文化的强度更大,正如 1919 年 1 月在《新青年》上发表的《本志罪案的答辩书》一文所说:"本志同人本来无罪,只因为拥护那德谟克拉西和赛因斯两位先生,才犯了这几条大罪。要拥护那德先生,便不得不反对孔教、礼法、贞节、旧伦理、旧政治。要拥护那赛先生,便不得不反对旧艺术、旧宗教。要拥护德先生又拥护那赛先生,便不得不反对国粹和旧文学……我们认定只有这两位先生可以救治中国政治上、道德上、学术上、思想上的黑暗。若因为拥护这两位先生,一切政府的压

---

① 钱理群、温儒敏、吴福辉:《中国现代文学三十年(修订本)》,北京大学出版社,1998,第 5 页。

迫,社会的攻击笑骂,就是头断血流,都不推辞。"对旧文化与旧伦理的抨击和反对坚决而鲜明!

正是在这场史无前例的、大规模的、彻底的、反封建文化的运动中,"人"的独立、自由、平等成为时代的共识,"人"的发现顺理成章成为新文化运动的重要成果,"五四运动的最大成功,第一要算'个人'的发现"。[①] 周作人在1918年12月发表在《新青年》第五卷第六期上的《人的文学》一文,集中体现了新文化运动对人的发现:

> 我所说的人道主人,并非世间所谓"悲天悯人"或"博施济众"的慈善主义,乃是一种个人主义的人间本位主义。这理由是,第一,人在人类中,正如森林中的一株树木。森林盛了,各树也都茂盛。但要森林盛,却仍非靠各树各自茂盛不可。第二,个人爱人类,就只为人类中有了我,与我相关的缘故。墨子说兼爱的理由,因为"己亦在人中",便是最透彻的话,上文所谓利己而又利他,利他即是利己,正是这个意思。所以我说的人道主义,是从个人做起。要讲人道,爱人类,便须先使自己有人的资格,占得人的位置。耶稣说,"爱邻如己"。如不能自爱,怎能"如己"的爱别人呢? 至于无我的爱,纯粹的利他,我以为是不可能的。人为了所爱的人,或所信的主义,能够有献身的行为。若是割肉饲鹰,投身给饿虎吃,那是超人间的道德,不是人所能为的了。

当"人的问题"弄清楚了,"女人"与"小儿"的问题,才会得到真正的重视。"人的发现""妇女的发现"与"儿童的发现"是新文化运动的3个显著成就,新文化倡导者正是从人的问题出发,进一步认识"儿童",发现"儿童",在这个过程中"以儿童为本位"的现代儿童观终于产生。

周作人与鲁迅是现代儿童观的先觉倡导者。周作人首先在《人的文学》一文中就简单描述了西方发现人、妇女与儿童的过程:"欧洲关于这'人'的真理的发见,第一次是在15世纪,于是出了宗教改革与文艺复兴两个结果。第二次成了法国大革命,第三次大约便是欧战以后将来的未知事件了。女人与小儿的发见,却迟至19世纪,才有萌芽,古来女人的位置,不过是男子的器具与奴隶。中古时代,教会里还曾讨论女子有无灵魂,算不算得一个人

---

① 郁达夫:《中国新文学大系·散文二集》,良友图书公司,1935。

呢,小儿也只是父母的所有品,又不认他是一个未长成的人,却当他作具体而微的成人,因此不知演了多少家庭的与教育的悲剧。"①周作人接着指出,在中国,"人的问题"更是从来未经解决,女人小儿更不必说了。周作人认为"祖先"应"为子孙而生存,父母理应爱重子女,子女也就应该爱敬父母",这才是"自然的事实"②,这样建立在平等基础之上的亲子之爱是决然不同于封建传统中的"父为子纲"的伦理观点的。

紧接着,鲁迅在1919年11月《新青年》月刊第六卷第六号署名为"唐俟"发表了《我们现在怎样做父亲》一文,明确提出了"以幼者为本位"的儿童观。鲁迅在文章一开篇便鲜明地指出"写这篇文章就是要对在中国从来认为神圣不可侵犯的父子问题,发表一点意见","革命要革到老子身上罢了",矛头径直指向三纲五常中的"父为子纲"。鲁迅认为"中国的'圣人之徒'"以为"父对于子,有绝对的权力和威严;若是老子说话,当然无所不可,儿子有话,却在未说之前早已错了"。这样的"伦常",必须要坚决"铲"掉。对儿童应该一要"保存生命",二"要延续这生命",三是"要发展这生命"。因此,鲁迅提出"欧美家庭,大抵以幼者弱者为本位",这是"最合于这生物学"(引者注:合于生物学实指符合进化论)的真理的办法。"此后觉醒的人,应该先洗净了东方古传的谬误思想,对于子女,义务思想须加多,而权利思想却大可切实核减,以准备改作幼者本位的道德。"③鲁迅对如何以幼者为本位提出了3点看法:

> 开宗第一,便是理解。往昔的欧人对于孩子的误解,是以为成人的预备;中国人的误解,是以为缩小的成人。直到近来,经过许多学者的研究,才知道孩子的世界,与成人截然不同;倘不先行理解,一味蛮做,便大碍于孩子的发达。所以一切设施,都应该以孩子为本位,日本近来,觉悟的也很不少;对于儿童的设施,研究儿童的事业,都非常兴盛了。第二,便是指导。时势既有改变,生活也必须进化;所以后起的人物,一定尤异于前,决不能用同一模型,无理嵌定。长者须是指导者

① 周作人:《人的文学》,载王泉根《周作人与儿童文学》,浙江少年儿童出版社,1985,第21页。
② 同上书,第22页。
③ 鲁迅:《我们现在怎样做父亲》,载王泉根《中国现代儿童文学文论选》,广西人民出版社,1989,第25页。

协商者,却不该是命令者。不但不该责幼者供奉自己;而且还须用全副精神,专为他们自己,养成他们有耐劳的体力,纯洁高尚的道德,广博自由能容纳新潮流的精神,也就是能在世界新潮流中游泳,不被淹没的力量。第三,便是解放。子女是即我非我的人,但既已分立,也便是人类中的人。因为即我,所以更应该尽教育的义务,交给他们自立的能力;因为非我,所以也应同时解放,全部为他们自己所有,成一个独立的人。①

就在鲁迅提出"以幼者为本位的儿童观"之后不到一年时间,又有一篇对中国现代儿童观的形成具有重大意义的文章刊登在了1920年12月出刊的《新青年》第八卷第四号上,这就是周作人的《儿童的文学》。这篇文章本是周作人1920年10月26日为北京孔德学院所作的一次讲演中用的底稿,全文的核心内容是谈"儿童的文学",重点探讨了儿童为什么要读文学,儿童需要读什么样的文学。在讨论这两个问题之前周作人首先阐述了涵盖"儿童"本质与特性的儿童观作为"儿童的文学"的立论基础。

在这篇文章中,周作人的儿童观有两层内容:一是认为儿童是独立的个人,"儿童在生理心理上,虽然和大人有点不同,但他仍是完全的个人,有他自己的内外两面的生活。儿童期的20多年的生活,一面固然是成人生活的预备,但一面也自有独立的意义与价值。"②儿童是人,儿童是独立的个人,儿童不是成人生活的预备,这样的儿童观与封建纲常文化下儿童是"缩小的成人"的观点针锋相对,也与晚清以梁启超为代表的启蒙思想家只把儿童视作民族复兴希望的政治功利儿童观也有所不同。周作人放弃了成人的眼光,正视儿童,尊重儿童的特性,客观地理解他们,并加以相当的尊重。周作人儿童观的第二层内容在第一层基础上,更进一步深入探讨儿童的特性。周作人按照西方儿童学的分期,将儿童分为四期:婴儿期(1~3岁)、幼儿期(3~10岁)、少年期(10~15岁)与青年期(15~20岁)。他认为学校里1岁至6岁的儿童,便是幼儿期及少年期的前半。此外,他还将幼儿期又分作前后两期,3~6岁为前期,又称幼稚园时期;6~10岁为后期,又称初等小学时

---

① 鲁迅:《我们现在怎样做父亲》,载王泉根《中国现代儿童文学文论选》,广西人民出版社,1989,第28页。
② 周作人:《儿童的文学》,载王泉根《周作人与儿童文学》,浙江少年儿童出版社,1985,第41页。

期。前期的儿童,"心理的发达上最旺盛的是感觉作用,其他感情意志的发动也多以感觉为本,带着冲动的性质。这时期的现象,也只是被动的,就是联想的及模仿的两种,对于现实与虚幻,差不多没有什么区别"①。幼儿期后期的特点是:"观察与记忆作用逐渐发达,得了各种现实的经验,想象作用也就受了限制,须与现实不相冲突,才能容纳;若表现上面,也变了主动的,就是所谓构成的想象了。"②对于少年期的特点,周作人认为:"自我意识更为发达,关于社会道德等的观念,也渐明白了。"③

这些对儿童的认识已超越了晚清时的儿童观,体现出对儿童独立精神与个性的尊崇。至此,中国以儿童为本位的现代儿童观终于建构成形。考量现代儿童观的形成过程,有一点需要我们特别注意,整个现代儿童观的形成是基于以鲁迅、周作人为代表的新文化倡导者形成于纸面上的理论陈述而推演出的理论成果,理论先行正是中国现代儿童观产生的客观事实。周作人、鲁迅等新文化倡导者的儿童观理论,是在借鉴西学与继承发扬晚清启蒙思想的基础上提出的。鲁迅称自己"以幼童为本位"的观点源于西方的进化论。鲁迅认为,进化论的观点主张生命继续与发展。"个体既然免不了死亡,进化又毫无止境,所以只能延续着,在这进化的路上走。走这路须有一种内的努力,有如单细胞动物有内的努力,积久才繁复,无脊椎动物有内的努力,积久才会发生脊椎。"④因此,从这个科学事实出发,"后起的生命,总比以前的更有意义,更近完全,因此也更有价值,更可宝贵;前者的生命,应该牺牲于他。"⑤顺着这个逻辑,鲁迅鲜明提出本位应在幼者,而非长者。而周作人也在《儿童的文学》一文中也声称:"照进化说讲来,人类的个体发生原来和系统发生的程序相同:胚胎时代经过生物进化的历程,儿童时代又经过文明发达的历程;所以儿童学上的许多事项,可以借了人类学上的事项来作说明。"⑥很明显,周作人的儿童观依循了西方生物学与人类学的科学

① 周作人:《儿童的文学》,载王泉根《周作人与儿童文学》,浙江少年儿童出版社,1985,第44页。
② 同上。
③ 同上。
④ 鲁迅:《我们现在怎样做父亲》,载王泉根《中国现代儿童文学文论选》,广西人民出版社,1989,第24页。
⑤ 同上。
⑥ 周作人:《儿童的文学》,载王泉根《周作人与儿童文学》,浙江少年儿童出版社,1985,第42页。

观点。周作人早在日本留学时就开始接触西方的人类学,在《我的杂学》一文中周作人写道:"我到东京的那年,买得该莱的英文学中之古典神话,随后又得到安特路朗的两本神话仪式与宗教,这样便使我与神话发生了关系。"此外,他的儿童分期理论据他自己所言也是按照儿童学上的分期归纳得出的。儿童学以儿童为研究对象,运用问卷调查法、谈话法、诊断法和智力测验法等多种方法,研究儿童身心发展的规律,认为儿童的发展趋向的决定因素是生物遗传与环境的影响。西方儿童学在"五四"前传入中国。1916 年商务印书馆出版的朱元善撰述的《儿童研究》一书中在谈到"儿童研究"(即儿童学)时说:"以研究成人心理所得法则,应用之于儿童,而以所得儿童心理之知识,确立教育学之客观的基础,是即所谓儿童研究……'儿童研究'一语,亦与儿童心理学略有不同,盖不独研究其心理方面,兼研究其生理方面也。"这段文字是较早在中国介绍有关西方儿童学的文献。

除了西方的生物学、人类学与儿童学外,对中国现代儿童观的形成影响甚大的还有以杜威为代表的儿童中心主义论。杜威的儿童中心主义观的提出是从批判旧有的学校教育出发,提出儿童应成为新教育的中心的。这虽然是一种从教育立场出发提出的儿童观,但这并不影响新文化运动的文化精英们将其拿来套用于新文化革命中。尤其是在 1919 年杜威的中国之行后,儿童中心主义成为在全中国范围内影响很大的西方理论。杜威从 1919 年 5 月到 1921 年 7 月一直住在中国讲学,"先后到了直隶、奉天、山东、山西、湖北、湖南、江苏、江西、浙江、福建、广东等 11 个省及主要城市讲学,传播他的学说和思想。他在北京高等师范学校和南京高等师范学校任教期间,以他的《民主主义语教育》为教材,系统传播他的学说和思想。在北京,他还讲了《社会哲学与政治学》《教育哲学思想之派别及现代的三个哲学家》和《伦理学》等;在南京,还讲了《实验主义理论》和《哲学史》等。他的这些讲演除逐日在报纸上发表外,还在《新教育》杂志 1~3 卷的各期中作了系统介绍,第 3 期更出了'杜威'专号。《北京晨报》出版了《杜威五大讲演》,两年内印行十几版之多;他在高师的讲演记录也编成《杜威教育哲学》等著作在中国翻译出版"[1]。杜威的儿童中心主义理论之所以能在当时的中国

---

① 方卫平:《中国儿童文学理论批评史》,江苏少年儿童出版社,1993,第 176 页。

产生巨大影响,正是由于其以儿童为中心这一响亮口号的提出,有助于中国当时的文化倡导者直接用于批判旧有的纲常文化,为新的儿童文化的建立树立可直接套用的理论范本。

从中国现代儿童观确立的发展道路可以发现,以儿童为本位的中国现代儿童观是有效借鉴西方先进学术理论与吸纳晚清启蒙思想的结果。这样的形成过程导致现代儿童观从一产生便科学性与学理味十足,难免枯燥生涩,因此要让以儿童本位的儿童观真正确立与发展下去,必须将其形象化、具体化。正是在这样的背景下,中国现代儿童文学开始逐渐产生,用具体形象的儿童文学作品践行推广"儿童为本位"的现代儿童观。

世界儿童观发展之路

参加美国小学生的化装舞会大游行

　　中国现代儿童观的世界背景就是指世界现代儿童观的发展之路。在对西方儿童观的发展历程进行梳理之前,需要在此明确儿童观的概念。一言以蔽之,儿童观就是指成年人如何看待与对待儿童的观念。一般认为,18世纪的法国教育家卢梭是"发现儿童"之父,这里所指的"发现儿童"当然不是说儿童在卢梭之前都不存在于人类社会,而是指把儿童视作一个独立完全的人,其人格和权利应得到承认与尊重。但是,在人类历史长河中这种现代儿童观的产生却经历了艰辛而漫长的磨难。

　　1962年法国学者菲力普·阿留斯的著作《儿童的世纪》英文版在伦敦出版后不久,便引起西方学术界的广泛关注。阿留斯这本书的一个核心观点便是:中世纪社会不存在童年观念。此言一出立即引起其他持不同意见学者的反驳,有学者指出,中世纪后期存在童年观,虽然当时的儿童观或童年观与后世不一样，但确实存在过。无论学者们怎样反驳阿留斯的观点，他们不可否认的是中世纪的儿童观与现代观念中的儿童观相去甚远。阿留斯所道正是客观的事实：中世纪的成人对儿童缺乏认识，儿童并没有被当作一个有独立人格的个体来看待，在成人世界里"儿童"是缺失的。

其实在中世纪之前的社会里，"儿童"也不存在，童年与成年之间几乎看不到区别。当我们翻开一篇篇发黄的历史文献，向前追溯儿童观发展的历史，可以清晰地看见，越往前看，儿童被成人关照，以及被照顾的水准越是低下。因为儿童在成年人眼里并不是区别于成人的儿童，只是小号的成人而已。在原始社会里，人类最重要的活动就是如何在残酷的大自然中生存下来，终日追兽猎禽或采集果实只是为了能在生产力极端低下的情况下勉强糊口。因此，人口数量的增长势必带来更大的生存压力，在这样恶劣的情况下，为了防止人口过剩，很多孩子在出生前往往被用原始的方法堕胎或者生下来不久就被弃之荒野。那些被幸运留下来的儿童也不过被视为氏族成员的一分子，经过一些基本训练后便加入氏族成员的狩猎活动中。在古罗马时期，社会并没有明确划分出生命的各个阶段，也没有一系列准确的术语来解释各个阶段的情况，儿童意识并不存在于成人的头脑中。当时，如果国家处于危急时刻，14岁的儿童也要像成年人一样参加战争。一些生来骁勇善战的儿童会被国家直接招募，他们会在战争中杀死敌人或者被敌人杀死，这些在现代社会里完全被视作残酷行径的事却实实在在地发生在当时的儿童身上。在古罗马时期，儿童的意志要绝对服从于父亲。父亲对子女握有生杀予夺的大权，他们对子女拥有彻底的专断之权，当儿女对父亲的意志有所反抗不从时，做父亲的甚至可以杀死子女而不被问罪。所以，在这样父权至上的社会中，何来真正的儿童？何来儿童的独立人格与尊严？

当"黑暗中世纪"来临时，欧洲进入了封建社会。这时期基督教成为西欧诸国占绝对统治地位的意识形态，正如恩格斯所说："中世纪的政治和法律都掌握在僧侣手中，也如其他科学一样，成为神学的分支，一切按照神学中通行的原则来处理。教会教条同时就是政治信条，圣经词句在各法庭中都有法律的效力。"①当时西欧各国的君主将大片土地赠予教会,后者成为最有势力的封建主。教会宣扬"原罪"说,认为人生而有罪,只有一心向神,才能得救。儿童作为"小成人"自然也是带有原罪的。在 16 世纪 20 年代,德国的一份布通书认为,"就像猫天生爱抓老鼠,狐狸爱抓小鸡,狼爱吃小羊一样,刚出生的婴儿在他们的内心中也有一种天生的不良倾向,如对奸邪、不道德行为的渴望,对偶像的崇拜,对魔法的迷恋,对敌意、争吵、激情、愤怒、冲突、纷争、结党营私、仇恨、谋杀、酗酒、贪吃等等行为的嗜好"②。当时的学校教育是带有浓厚宗教色彩的经验主义教育,教育任务是培养为教会服务的人才,最终目的是教人皈依上帝和服从教会,此时学校只是一个洗涤儿童原罪心灵的场所,根本没有儿童生长发展的概念。J.H.普拉姆在《儿童的巨变》中写道:"中世纪没有分离的童年世界。儿童跟成年人一样做同样的游戏,玩同样的玩具,听同样的童话故事。他们在一起过同样的生活,从不分开。"③阿留斯的《中世纪的儿童》也有类似的表述:"在儿童面前,成人百无禁忌,粗俗的语言,淫秽的行为和场面,儿童对此都能听见和看见。"④总之,"儿童"在中世纪社会里是看不见、摸不着的。

　　"儿童"的出现伴随着"新人"的出现。要理解这句话,必须先谈谈人文主义教育思想。这种不同于中世纪经院主义教育的思想由欧洲文艺复兴时期的人文主义教育所倡导。以拉伯雷与夸美纽斯为代表的人文主义教育思想强调培养"新人"的思想,拉伯雷曾说过,理想的人应该在各方面都十全十美,没有缺陷。赞美"人",崇拜"人性"成为当时人文主义思想的主旋律。新的人生观直接将矛头指向中世纪基督教会所谓儿童生来有罪的"原罪说"儿童观,从批判经院主义教育出发,强调尊重和爱护儿童,重视儿童个性的发展,激发儿童学习的兴趣与主动性。这些新的儿童观为现代儿童观的到来奠定了基础,铺垫了道路。但是受中世纪"黑暗"儿童观的影响,人文主义的儿童观还只是停留在纸上的概念而已。夸美纽斯在其著作《世界迷宫》中

---

① 中共中央马克思恩格斯列宁斯大林著作编译局:《马克思恩格斯合集:第 7 卷》,人民出版社,2002,第 400 页。

② 施义慧:《近代西方儿童观的历史变迁》,《广西社会科学》2004 年第 11 期。

③ J.H. Plumb *The Great Change in Children.* Horizon 13, No. 1 (Winter,1971):6.

④ Philippe Aries. *Centuries of Childhood: A social History of Family life* (New York:Random House, Vintage Books, 1962),p.103.

叙述自己 16 岁之前的学校教育状况——仍然是拳头与棍子打在学生身上，直到鲜血冒出来，学生全身都布满了杖迹。当时的家长和学生仍然认为诉诸体罚是学校理所当然的作风，煎熬与折磨是儿童应该承受的体验。

17 世纪时，思想界明确提出：儿童生来是没有原罪的。英国著名教育思想家和唯物主义哲学家洛克的"白板说"是当时新型儿童观的代表学说。洛克认为人性如白纸，像蜡版，"是可以随心所欲地做成任何式样的"①。《教育漫话》是洛克的教育代表作。这本书原是他与友人爱德华·克拉克讨论有关儿童问题的书信，后于 1693 年结集出版。全书的核心内容是论述有关"绅士教育"，是一本家庭教育的理论著作。全书仔细讲解了有关儿童身体保健、道德教育与知识习得三大部分的内容。洛克认定儿童与成人一样，生下来并没有既定观念，也没有恶念，而是一块"白板"，后天的观念并非自明，而是学得的。这其实是一种经验主义的主张。他认为，"儿童如果生活在一个除了白与黑以外皆无其他颜色的环境里，则他绝对不会有猩红色或绿色等观念；犹如他从未品尝过菠萝或牡蛎，所以也从不知这两种食物有什么特殊味道一般"②。因此，洛克认定儿童应接受教育，这样才能获得知识。而接受教育的过程中，儿童应得到充分的自由，对此洛克指出："儿童在跟前的时候，应使他们感到舒适自然；他们在父母或导师的跟前应当获得他们的年岁所应有的自由，不可无故加以不必要的拘束。假如他们觉得处在父母导师的跟前等于坐牢似的，他们自然不喜欢跟父母导师在一道了。他们的稚气，他们的幼稚的游戏或幼稚的举止，都不应该受到阻碍，只要做到不坏就行，其余的自由都应给予他们。"③洛克的儿童观得到 17 世纪中上层资产阶级的支持，极大地影响了当时人们对儿童的看法，《教育漫话》这本书在当时被英国奉为办学的新型"宪章"。

洛克的"白板说"儿童观直接推动了儿童观的发展，对"原罪说"是一种根本的否定。但是洛克的学说仍然将儿童视为潜在的成人，他们生下来精神与头脑是一张空白的书写板，成人必须用各种知识去填满这张白板，让儿童长大为成人，成为合格的公民。这样的儿童观从根本上依然视儿童为小

---

① 洛克：《教育漫话》，傅任敢译，人民教育出版社，1985，第 209 页。
② 林玉体：《西方教育思想史》，九州出版社，2006，第 272 页。
③ 洛克：《教育漫话》，傅任敢译，人民教育出版社，1985，第 67 页。

号的成人、潜在的公民,教育的主动权仍掌握在成人的手里,并没有将儿童从成人世界中剥离开来。真正将成人为本的儿童观作了一百八十度转变的,当数发动了"教育界哥白尼式革命"的大教育家卢梭。

在 18 世纪法国资产阶级启蒙运动中,自然主义教育家卢梭发表了一系列关于儿童问题的见解,教育小说《爱弥儿》是其儿童教育思想的集中体现。《爱弥儿》一书卢梭自称构思了 20 年,整整撰写了 3 年之久。全书以小说为体裁,虚构了出身名门的孤儿"爱弥儿"和他未来的妻子"苏菲"的教育,详细讲述了儿童各阶段生理和心理发展的自然进程,中心思想就是如何培养适合未来理想社会的新人。把儿童看作儿童,尊重儿童的人格与尊严,这是《爱弥儿》的核心观点,也正是卢梭儿童观的基本思想,具体包含以下三方面的内容:

首先,卢梭认为儿童的本性是纯洁无瑕的,既没有原罪,也不是白板一块。《爱弥儿》开篇的第一句话便是:"出自造物主之手的东西,都是好的,而到了人的手里,就变坏了。"[1]这就是说,儿童生下来便是善与纯洁的,一切的罪恶与错误都是由不良后天环境所造成的。卢梭深信人性本善,越接近原始状态的人,心地越善良,所以在他眼里乡下人、小孩、土著、古人,都比城市人、大人、文明人、现代人的心地更善良。

其次,卢梭认为要给儿童应有的地位,尊重儿童,爱护儿童的天性。卢梭激烈地批判旧儿童观把儿童当成人看,完全按照成人的标准对待儿童。他认为,"大自然希望儿童在成人之前更要像儿童的样子。如果我们打乱了这个次序,我们就是在造成一些早熟的果实,长得既不丰满也不甜美,而且很快就会腐烂:我们将造成一些年纪轻轻的博士和老态龙钟的儿童。儿童是有他特有的看法、想法和感情的;如果想用我们的看法、想法和感情去代替他们的看法、想法和感情,那简直是最愚蠢的事情"[2]。卢梭主张在人生中,儿童有儿童的地位,必须把人当人看,把儿童当儿童看待,儿童是与成人完全不同的独自存在。同时,卢梭反对儿童期只是成人的准备期,儿童也是真正独立的人,儿童期具有独立存在的价值。

---

[1] 卢梭:《爱弥儿》,李平沤译,商务印书馆,1983,第 5 页。
[2] 同上书,第 91 页。

把儿童看作儿童，就要按照儿童的天性自然而然地教育，这是卢梭儿童观的第三方面含义。卢梭明确提出成人要做的不是按照成人的准则去教育儿童，而是要仔细辨别哪些是儿童真正天然的需要。成人不仅要尊重儿童的天性，而且要在教育时将儿童放于中心位置来考虑儿童的利益。卢梭批评许多成人考虑他自己的利益比考虑儿童的要多，指出有些教师把一套易于表现的本领教给他的学生，以便其随时拿出来向别人炫耀展示，这些都是不利于儿童心性健康发展的教育，儿童在接受成人教育时，只能处于绝对的中心位置，成人要将儿童的利益放在第一位。

卢梭的儿童观从根本上正是倡导以儿童为本位，击中了旧儿童观以成人为本的种种弊病，被视为西方儿童观发展的新旧分化岭，点燃了西方儿童观变革的火炬。卢梭的教育思想加深了人类对儿童的认识，把儿童当作儿童，以儿童为本位，儿童有独立存在的价值，儿童不是小号的成人，儿童世界与成人世界是截然不同的两个世界。人类的历史发展到卢梭这个时代，儿童才真正从成人中彻底剥离了出来，因此，卢梭被誉为"发现儿童"之父。

儿童本位的儿童观促进了后世儿童观与教育观的巨大变革，但在当时却受到多方面的批评与否定。罗马天主教会对卢梭的观点不断责难，强调原罪的清教更视卢梭的自然儿童观为谬论，但是卢梭的儿童观却引发了华兹沃斯、柯勒律治等英国浪漫主义诗人的共鸣。华兹沃斯认为儿童是人类的创始者，儿童具有与神相似的创造力，这种创造力会随着年龄的增加逐渐消失，在华兹沃斯著名的诗歌《虹》中儿童被尊奉为成人之父，成人不过是儿童的变化："婴孩本是成人之父。"这样的儿童观不仅赞同儿童是不同于成年人的独立存在，更明确出两者之间的关系：儿童是成人之父，儿童拥有上帝赋予的神性，童年是人生中最重要最纯真的阶段。但18世纪末产生的浪漫主义儿童观一直到19世纪后期才产生了广泛的影响，儿童崇拜论才逐渐在当时的中上阶层中普遍流行。

卢梭的教育观不仅在欧洲影响甚大，20世纪的美国教育家杜威更是系统深化了卢梭的儿童观。杜威身兼唯心主义哲学家、社会学家与教育学家三重身份，不仅是实用主义哲学最有影响的代表人物之一，也是实用主义教育理论的创始人，他的教育理论不仅在美国，而且在全世界范围内产生了巨大而深刻的影响。

如果说18世纪法国教育家卢梭开启了西方现代儿童观的大门，那么在20世纪，美国实用主义教育学家杜威则为西方现代儿童观的发展奠定了坚实的基础。卢梭在《爱弥儿》中向世人呼吁儿童应有儿童的地位，应当"把儿童当儿童看待"，人的教育是同人的生命一起开始的。几个世纪后的杜威接过了他的呐喊，用自己更有力的观点阐述了被后世称为典范的"儿童中心论"。杜威认为，学校的旧教育重心在儿童之外，在教师与教科书中。因此，他主张把教育的重心进行转移，由教师转向儿童，由成人转向儿童。儿童才是一切教育措施围绕的中心。

以儿童为本位的儿童观在杜威这里得到了根本的确立和发展，西方儿童观从此进入真正的现代化发展阶段。

综上所述，西方儿童观经历了从原始到黑暗，从古代到现代的漫长发展历程，以儿童为中心的现代儿童观的确立，不仅对西方世界影响深远，也"东渐"入中国，为中国的现代儿童观发展输入火种。

发现儿童的真实世界

在讲座现场为孩子们即兴弹奏

　　秘密在儿童的生活中意味着什么？是不是所有的孩子们，不管大孩子还是小孩子，都有秘密体验？拥有秘密在儿童的生活和成长中是一种有益的现象吗？秘密具有什么道德意义吗？秘密是阻碍人与人之间坦诚交流的不健康屏障吗？保守秘密和内向性格有关系吗？我们为什么要看重儿童的私人空间和私人物品呢？

　　对于这些一系列有关"秘密"的问题你曾经仔细思考过吗？加拿大阿尔伯达大学和荷兰育奇特大学的国际合作项目"儿童的秘密"的课题成果《儿童的秘密》一书正是通过现象学的方式，研究儿童日常生活中的普通秘密是如何让儿童明白和意识到自己逐渐拥有的内心世界和外部世界，探索儿童秘密和隐私的体验，从而发现秘密在儿童个人成长中可能产生的积极或消极的作用的。

　　这项国际项目的两位主要负责人,一位是来自加拿大阿尔伯达大学的马克斯·范梅南教授,他是现象学教育学的开创者之一,也是世界第一本且目前唯一一本现象学教育学领域的杂志的主编,同时他还是北美和欧洲6种教育和人文科学研究国际学术杂志的顾问或国际编委。另一位巴斯·莱维林教授则来自荷兰育奇特大学,他是《国际质性研究方法》期刊的欧洲编辑,同时也是荷兰一本教育杂志的主编。这两位国际知名学者所进行的这项关于秘密的有趣而专业的项目历时几年,他们从成年人和年轻人那儿收集了许多童年秘密的回忆,大多数是普通秘密。他们还和儿童一起进行了关于秘密的研究,比如撒谎、耍小聪明、编造故事等。他们希望通过一些关于秘密的调查、研究发掘出秘密在教育学方面的意义。

　　《儿童的秘密》一书有两个区别于其他关于秘密的研究著作的主要特色。一是研究者关注的儿童秘密主要着眼于日常生活中的普通秘密,包括那些迄今为止在心理学、精神病学和政治研究中被忽略了的各种各样儿童时代的秘密。儿童日常的秘密有些与个人有关,有些与家庭有关,有些秘密存在于兄弟姐妹之间、朋友之间,或者教师与孩子之间。"有美好的秘密、深沉的秘密、亲昵的秘密、社会的秘密,也有可怕的秘密、尴尬的秘密、恐怖的秘密、阴森的秘密、不情愿的秘密。"虽然秘密是复杂的、多层次的、多范畴的,但秘密可以分成3种类型:生存秘密、交际秘密和个人隐私。两位研究者认为生存秘密是把整个人都看成一个秘密或者一个谜,交际秘密则与某些藏于内心的或者无法表达的、无法触及的东西有关。而谈到个人秘密则要回溯到"秘密"的拉丁语原词 secretus,意为"分离、拆散、隐秘"。秘密"不只是体现了当事人与其自我或其内心世界之间的关系,也体现了人与人之间的关系"。因此秘密就存在了第三种类型,就是有时候我们不愿与别人分享某些想法,这就是通常所说的保守个人秘密。儿童的日常秘密藏于他们日常生活的地方,如秘密的藏身处、通道、衣柜、过道和滑板门等,他们也可能会有自己的秘密物品、秘密宣言、秘密发现和秘密仪式。

　　《儿童的秘密》一书的另一个特色是该书用现象学的方式研究秘密对儿童成长的教育意义。现象学教育学理论和实践源于现象学、解释学思想。现象学是德国哲学家胡塞尔创立的现代西方哲学最重要的哲学思潮之一。海德格尔、庞蒂、萨特、伽达默尔等一起形成了欧洲大陆20世纪最重要的哲学思想运动之一：现象学运动。现象学提出"回到实事本身""直观事情的本质"，用"还原的方法，描述事情的本质"，强调"生活世界的在先给予性"，"生活世界是一个始终在先被给予的、始终在先存在着的有效世界，每个目的都以生活世界为前提"。而现象学教育学思想则起源于德国和荷兰，在德国现象学教育学被称为"人文科学教育学"，在荷兰被称为"形象学教育学"。在 20 世纪 40 年代至 70 年代，现象学教育学在欧美的教育领域逐步被人们所接受。《儿童的秘密》正是通过现象学教育学的研究方式，探索秘密是如何被体验的，秘密在社会生活中会起到什么样的作用，秘密在正式和非正式教育环境中的具体实例，秘密在儿童生活中的意义何在，隐私和秘密之间的关系是什么，等等关于秘密的教育学问题。用现象学教育学的方式将研究关注于直接体验到的普通生活世界，而不是概念化的世界。这样所关注的是儿童的真正经历和体验的样子，书中大量有关儿童对秘密体验的真实叙述，直接揭示了儿童的秘密与其成人后的生活所具有的关系。

　　《儿童的秘密》探讨的核心便是秘密对儿童的教育意义。父母和教育者要从儿童小时候就正确对待孩子的秘密，承认孩子的隐私权，为孩子的秘密创造空间。只有真正了解孩子的秘密，才能知道为何和孩子亲密无间时还要保持一定的距离。这正是为渴望了解孩子内心世界的父母和教育工作者提供了打开儿童秘密花园的钥匙。

图书在版编目（CIP）数据

王蕾谈儿童文学教育 / 王蕾著. — 上海：上海教育出版社，2021.3
（中国儿童文学教育研究丛书）
ISBN 978-7-5720-0442-1

Ⅰ.①王… Ⅱ.①王… Ⅲ.①儿童文学－教学研究 Ⅳ.①I058

中国版本图书馆CIP数据核字(2021)第045042号

责任编辑　曹婷婷　董龙凯
书籍设计　郑　艺

中国儿童文学教育研究丛书
王蕾谈儿童文学教育
王　蕾　著

出版发行　上海教育出版社有限公司
官　　网　www.seph.com.cn
地　　址　上海市永福路123号
邮　　编　200031
印　　刷　上海颛辉印刷厂有限公司
开　　本　700×1000　1/16　印张 25.5　插页 1
字　　数　400 千字
版　　次　2021年3月第1版
印　　次　2021年3月第1次印刷
书　　号　ISBN 978-7-5720-0442-1/G·0322
定　　价　88.00 元

如发现质量问题，读者可向本社调换　电话：021-64377165